검정도 색깔이다

검정도 색깔이다

초판 1쇄 발행 | 2010년 10월 4일

지은이 그리젤리디스 레알 옮긴이 김효나 발행인 이대식
편집진행 김화영 마케팅 이의고, 이승현 디자인 모리스

주소 서울시 종로구 평창동 437-6(우편번호 110-848)
문의전화 02-394-1037(편집) 02-394-1047(마케팅)
팩스 0505-115-1037(02-394-1029)
홈페이지 www.saeumbook.co.kr
전자우편 saeum98@hanmail.net

발행처 새움출판사
출판등록 1998년 8월 28일(제10-1633호)

ISBN 978-89-93964-23-3

이 책은 저작권법에 따라 보호받는 저작물이므로 무단전재와 무단복제를 금지하며,
이 책 내용의 전부 또는 일부를 이용하려면 반드시 저작권자와 새움출판사의
서면동의를 받아야 합니다.

• 잘못된 책은 바꾸어 드립니다.
• 책값은 뒤표지에 있습니다.

검정도 색깔이다

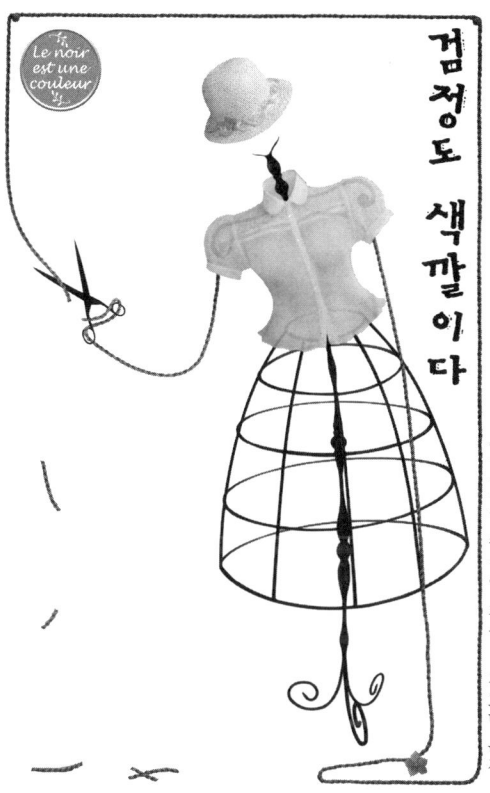

그리젤리디스 레알 지음
김효나 옮김

새움

LE NOIR EST UNE COULEUR
by Grisélidis REAL

Copyright © EDITIONS GALLIMARD (Paris), 2005
Korean Translation Copyright © SAEUM Publshing Co., 2010
All rights reserved.

This Korean edition was published by arrangement with
LES EDITIONS GALLIMARD (Paris)
through Bestun Korea Agency Co., Seoul

이 책의 한국어판 저작권은 베스툰 코리아 에이전시를 통해
저작권자와의 독점계약으로 (도서출판) 새움에 있습니다.
저작권법에 의해 한국 내에서 보호를 받는 저작물이므로
무단전재와 무단복제를 금합니다.

차례

옮긴이의 말 • 6

빌 • 13
붉은색 대저택 • 211
로드웰 • 281

후기 • 425
부록: 매춘은 혁명적인 행위이다 • 430

옮긴이의 말

모든 것은 목소리에서 시작되었다. 인터넷 라디오에서 우연히 그녀의 살아생전 인터뷰를 들었을 때, 나는 '혁명적 창녀'로서의 그녀에 대한 소문이나 그녀가 자신의 손님들에 대해 낱낱이 기록한 일종의 '매춘수첩'을 출판한 일, 그녀의 시신이 스위스 제네바의 권위 있는 왕립묘지에 이전되는 걸 두고 한동안 들끓었던 여론 등에 대해서 아무것도 모르고 있었다. 그저 한 늙은 창녀의 목소리를 들었다. 허스키하고 강하지만 결코 걸걸하지는 않았다. 그리고 하루, 이틀이 지났다. 잠을 자려고 눈을 감을 때마다 그녀의 목소리가 귓가에 아른거렸다. 당시 한여름 폭염 때문에 불면증으로 고생을 하였을 것이다. 여자의 단호하면서도 온화하며 지속적인 울림이 결국에는 나를 잠재웠을 것이다.

삶에 정면으로 대응한 사람들만의 목소리가 있다. 작품을 넘어서 삶 자체가 예술인 사람의 그것.

이 여자, 삼십 년 몸을 팔았다. 네 명의 자식이 있고 열한 번의 낙태를 했다. 매춘도 하나의 선택일 수 있고 자유의지에 의한 행동이라고 주장하며 스위스 매춘부지원협회 ASPASIE에서 성노동자의 권리 향상 운동을 전개했지만, 그녀도 처음부터 자발적으로 성매매를 한 것은 아니었다. 그녀는 독일이라는 낯선 타국에서 정신이상자인 흑인 애인과 자식들을 먹여 살리기 위한 수단으로 길거리에서 몸을 팔기 시작했다.

출판한 책들이 상업적 성공을 거두고, 한 명의 '작가' 그리고 '혁명가'로서 사회적 입지를 굳히고, 66세의 나이로 매춘을 그만두고 나서도 자신은 영원히 '창녀'라고 말하는 그리젤리디스 레알. 그녀는 종종 자신의 직업을 제빵업자와 비교하곤 한다. 그들이 고도화된 다양한 기술을 사용하여 맛있는 빵을 만들듯이 창녀들도 훈련된 기술과 예술, 거기에 과학을 도입하여 심리적으로나 성적으로 절망에 빠진 사내들을 구하는 역할을 분명히 하고 있다는 것이다. 그녀가 자신을 찾던 실제 고객들의 이니셜과 특징을 적나라하게 나열함으로써 논란을 불러일으켰던 책 《고급 매춘부의 무도 카드 carnet de bal d'une courtisane》에는 위와 같은 그녀의 직업관과 혁명관이 드러난, 시와 같은 수편의 에세이를 읽을 수 있다. 그중 하나인 '매춘은 혁명적인 행위이다'를 이 책에 부록으로 실었다. 이 저항적인 텍스트를 읽으면 당시 중견 창녀로서 그녀가 내던 짜랑짜랑한 목소리를 그대로 들을 수 있다.

《검정도 색깔이다》는 그녀의 첫 저서이자 자전적 소설이다. 어느 인터뷰에서 소설 제목에 대한 질문에 그리젤리디스 레알은 그녀 특유의 장난기 어린 어조로 솔직하게 말한다.

"오! 난 몰라요. 편집자가 지은 거예요! '검정도 색깔이다', 한 2천 년 전쯤에 예수가 씨부렁거린 문장이라네요!"

그녀는 이렇다. 매춘, 강간, 매독, 마약, 감방 생활, 그 무슨 이야기를 하더라도 우울과 한탄에 젖어들기보다는 그 사이에 느꼈던 소소한 행복과 유머를 잃지 않는다. 타고난 예술가 기질 때문이다. 그 모든 사건을 일종의 모험으로 받아들이고 요리조리 관찰하여 세계를 이해하고, 자신의 세상을 구성하는 데 이용한다. 그리고 글을 쓰고, 그림을 그리고, 춤을 추고, 매춘을 한다.

그녀가 소설 속에서 거침없이 내뱉는 욕설마저도 색채감이 풍부하고 오감을 자극시키며 톡톡 튄다. 하물며 지난날 사랑했던 흑인 사내들과 자신의 영적 동지와도 같은 집시들을 예찬할 때의 언어는 오죽하랴. 만일 어떤 독자가 이 책을 읽으며 조금이라도 당황한다면 그건 아마 조금도 남김없이 퍼주는 그녀의 삶과 사람에 대한 과도한 사랑 때문이리라. 또한 그 열정을 적나라하게 드러내는 구십구 퍼센트의 솔직함. 미적지근한 사회에서 큰 무리 없이 미적지근하게 살아가는 우리는 이렇게 스스럼없이 자신의 감정과 욕망을 발현시키는 뜨거운 존재들 앞에서 고개를 돌려 모른 체를 하거나 심지어 비웃음을 날린다. 미적지근한 우리의 삶에 필요 없는 감정과 욕망이기 때문이다. 하지만 냉정과 절제라는 덕목으로 꽉 찬, 그 맹맹한 생활에 지칠 대로 지친 무의식은 끊임없이 목말라하며 삶을 끈끈히 지속시켜줄 무언가를 찾아 헤매고 있다. 그 어느 여름날 오후, 우연히 귓가를 스친 목소리를 잊지 못하고 수백 페이지에 달하는 책 한 권을 번역하게 된 누군가처럼.

그리젤리디스 레알만의 독특한 프랑스어 표현 해석에 도움을 준 음악가 지미세르와 독일어 발음 표기법을 도와주시면서 한국의 성매매 여성들이 처한 진상을 다시금 일깨워주신 노들장애인야학의 김영준 선생님께 감사를 드린다. 첫 장편 역서로 부족함이 많음에도 불구하고 참을성을 가지고 꼼꼼히 교정을 봐주신 새움 편집부 식구들, 무엇보다도 《검정도 색깔이다》가 한국에 소개될 수 있는 기회를 주신 이대식 대표님께 고개 숙여 인사를 드린다.

2010년 가을

김효나

이 이야기는 시카고 미시간 애버뉴의 흑인 구역에 사는 나의 흑인 애인, 로드웰을 기억하고 찬양하기 위해 쓰여졌다.
로드웰은 말했다.
"미국은, 우리의 영혼을 죽여."
부디 그에게 축복이 있기를. 폭동 도중 머저리 같은 백인들이 저지르는 우습고 집요한 만행 속에서도 그만은 살아남기를.
내 새하얀 손 안에서 검정 백합과도 같이 바르르 떨렸던 그 부드럽고 거대한 성기가 반짝이는 흑인 여인들을 사랑에 복받쳐 비명 지르게 하고, 그녀들의 유방을 구릿빛 달덩어리처럼 터질 듯 부풀릴 수 있기를.
복부를 뚫어대던 그의 불기둥, 검게 불타오르던 그 사랑의 돌풍을 다시 느낄 수만 있다면! 나는 정말이지 맨발로 전 대륙을 횡단하며 살을 할퀴는 가시와 온몸을 불태우는 사막, 살을 에는 눈보라마저도 더없는 기쁨으로 여길 텐데. 그래, 우리는 서로 사랑했고, 함께 약에 취했었고, 재즈가 질러내는 황량한 비명 속에 파묻혀 지냈다.
이제 나는 텅 비었다. 당신이 없다는 사실이 가장 사무친다.
당신이 곁에 있으면 창밖의 밤하늘마저도 창백해졌고, 당신이 황금빛 땀방울 총총한 돔이 되어 날 감싸면 온 세상이 캄캄해졌다.
나는 곧 당신이다. 당신의 이름을 부르는 것만이 내가 부를 수 있는 유일한 노래이다.

빌

나는 언제나 흑인들이 좋았다.

검정은 신비로운 색이다. 자연스럽게 만물의 그림자가 된 검정은 마법처럼 온갖 표면 속으로 스며들어가 마침내 그 모두를 삼켜버린다. 만물을 태초의 어둠으로 이끄는 것이다. 흑인은 축복받은 종이다. 검은 현무암처럼 번득이는 이들은 빛이 없음을 찬양하고, 모든 고통을 녹아내리게 하는 한밤중의 열기를 고조시킨다.

검정이라는 색깔은 존재하지 않는다. 검정은 존재하지 않음으로써 그 모든 존재를 자기 안으로 완전히 흡수해버린다.

나는 집시의 피를 물려받았다. 밤을 사랑하고, 우주에 무한한 공간을 펼쳐내는 암흑의 숨결을 사랑한다.

여섯 살의 나는 한 흑인 간호사의 무릎 위에 앉아 있었다. 알렉산드리아 병원이었다. 가벼운 마취 상태에서 독일인 의사가 내 편도선 일부를 떼어내는 동안 나는 미동도 않는 흑인 간호사의 얼굴을 바라보았다. 그녀의 검은 얼굴은 흰색 가운 위에서 반짝반짝 빛나고 있었고, 내 몸을 잡고 있는 그녀의 손이 얼마나 부드러웠던지 나는 아무런 고통도 느낄 수 없었다.

스물일곱 살이 되어서야 처음으로 흑인 애인을 사귀었다. 무능한 예언자의 가르침으로 정신과 성性이 메마르고 사랑이 왜곡되던 그 추악한 도시에서 말이다. 그곳에서 사랑은 기계적으로 모방되고 열정 없는 외설로 변질되었다. 타락한 유럽인들은 이를 '에로티시즘'이라 했다.

서른두 살의 나는 정신병원에서 구해낸 또 다른 흑인 애인과 내 두 아이(역시 법정후견인의 손아귀에서 구해냈다)를 데리고 그 냉담한 도시를 탈출했다. 길을 떠나 어느 거대한 유랑민 일행과 합류했다가 떨어져 나온 우리는 택시를 탔다. 달리는 택시 안, 여행가방과 동물인형들 사이에서 옴짝달싹 못하던 나는 갑자기 주위가 어두워지는 것 같아 옆자리로 고개를 돌렸다. 그곳엔 오렌지빛 황혼을 덮으며 마치 발기된 남근과도 같이 우뚝 솟은 한 흑인의 거대한 얼굴이 있었다. 그건, 앞으로 다가올 내 인생 전부를 예고하는 어둠이었다. 그 넋 나간 흑인은 내게로 오는 태양의 빛을 온전히 가리고 있었고, 밤의 가장 어두운 곳으로 나를 밀어 넣고 있었다.

불독의 머리를 얹고 있는 검은색 화강암 스핑크스, 그가 바로 빌이었다.

그를 만나기 위해 끝이 보이지 않는 기나긴 길을 힘겹게 걸어 정신병원에 가고는 했다. 지치도록 걸은 끝에 그와 마주할 때면 내 맘은 기쁨으로 가득 찼다. 슬리퍼를 질질 끌며 거만하게 다가오던 빌. 그의 육체에서 빠져나온 정신은 기묘한 줄무늬 파자마에 싸여 방부 처리된 텅 빈 몸뚱어리 위를 빙빙 날아다니고 있었다. 그는 소리 없는 분노로 붉게 충혈된 눈을 하고서 몇 마디 말을 하기 위해 그 두툼한 입술을 천천히 열고는 했다.

정신병원이 만든 쇠창살 속에 갇힌 빌은 내면의 정글까지 만들어 그 속에 숨어 살았다. 마음의 정글 속에서 그 각지고 거대한 턱으로 병원 감시관들을 물어뜯으며 말이다. 그런 그에 대한 나의 동정심은 그가 있는 암울한 고층 건물만큼 커져만 갔다.

나는 그를 구해내겠다는 생각에 집착하게 되었고, 이는 나만의 정신병이 되었다. 빌을 감금한 원인을 물으면 침묵으로 일관하던 의사들을 붙잡고 맹렬하게 애원했고, 협박했고, 지겹게 논쟁했다. 결국 석 달 만에 빌의 자유를 얻어낼 수 있었다. 단, 조건이 붙었다. 내가 책임지고 48시간 안에 그를 이 땅에서 떠나보내야 한다는 것. 쫓겨나는 것이나 마찬가지였다. 그 경고를 받은 다음날 바로 떠나야 했지만, 내게는 돈이 한 푼도 없었다.

나는 지능이 약간 떨어지지만 마음씨 착한 미국 여인을 꼬드겨 내가 살던 아파트를 임대하도록 하고, 6개월 치의 집세를 미리 받기로 했다. 그러나 이 무슨 운명의 장난인가. 경고가 있던 당일, 아파트로 찾아온 법정후견인의 코앞에서 한 시간 안에 짐을 꾸려야 했으니. 아슬아슬, 외줄이라도 타는 것만 같았다. 냉소적인 두꺼비처럼 생긴 안경잡이 후견인은 극도로 예민해진 상태로(그는 내가 부엌 창문에 그려놓은 용과 뱀 그림에서까지 섹스 심벌을 찾아내고자 했다) 딸아이에게 학교생활에 대해 꼬치꼬치 물었다. 딸아이는 불과 몇 달 전에 친할머니로부터 납치하다시피 데려온 터였다(내가 요양원 신세를 지는 틈을 타 그 할망구가 아이를 데려갔었다). 어여쁜 갈색 머리칼의 여섯 살배기 딸아이는 옷가지와 신발, 서류 뭉치, 장난감 등이 산더미처럼 쌓인 거실 바닥에 앉아 그를 보지도 않고 큰 소리로 대답했다.

"이제 학교는 안 갈 거야! 엄마랑 빌이랑 여행갈 거야!"

이 놀라운 대답을 들은 두꺼비는 회심의 미소를 지으며 나를 돌아보았다. 내가 아이를 데려오는 동안 아무것도 할 수 없었던 그로서는 내게 복수할 기회만을 노리고 있었을 것이다.

"아니, 대체 우리 꼬마 아가씨가 뭐라는 거죠? 여행을 떠나신다고요?"

나는 얼른 여행가방들을 발로 밀어 테이블 아래로 감췄다. 그러고는 아무 일도 없었다는 듯 먹지도 않을 고구마 껍질을 열심히 벗기며 대답했다.

"여행이라니 무슨 말씀이세요. 말도 안 돼요, 선생님. 저는 단지 언젠가 여름휴가를 가자고 약속했을 뿐이에요. 아이들은 여행을 좋아하고 저 역시 마찬가지니까요. 물론 당장은 불가능한 얘기라는 건 잘 알고 있구요."

"음, 그렇단 말이죠."

이어서 건강과 일, 그럼 따위에 대한 일상적이고 지겨운 대화가 계속되었다. 시간이 없었다. 초침 지나가는 소리에 다리가 후들거릴 지경이었다. 이 멍청한 두꺼비가 우리의 계획을 모두 망칠 셈인가? 당장 여섯 시에 빌을 데리러 가야 했고, 무엇보다 미국 여자가 사는 곳으로 달려가 집세를 받아내야 했다.

마침내 이 인간 말종이 무거운 엉덩이를 들어 작별인사를 하고는 바퀴벌레처럼 슬금슬금 계단을 내려갔다.

그래, 가엾은 멍청아, 우리가 꺼져줄게! 감시는 그만, 잘난 체도 그만. 후견인의 동정심 따위는 정말이지 그만이다! 우리는 흑인이자 정신병자인 남자와 떠나 우리의 삶을 살아낼 거란 말이다! 네가 옆구리에 경찰을 끼고 다시 이 집을 찾으면, 이웃들은 대답할 것이다. 그녀요? 떠났어요. 하하, 그 대단한 직업의식이 얼마나 큰 충격을 받을 것인가. 위장이 불알까지 낙하하겠지! 넌 곧장 잘릴 수도 있다고, 이 좆같은 자식아!

그렇게 떠나왔다. 여행가방은 온갖 물건들로 가득 차 있어서 금방이라도 터질 것 같았다. 유일하게 집에 버리고 온 것 때문에 설레는 맘으로 시작된 여행 분위기마저 침울해지려 했다. 커다란 곰 인형 두 마리를 넣을 자리가 없어서 그냥 두고 왔던 것인데 아이들은 오랫동안 울었고, 나 역시 마음이 아팠다. 외롭게 벽장에 기대어 있을 노란 곰과 갈색 곰이 당시 나를 힘들게 만든 유일한 것이었다.

그 외에 그동안 모았던 음반들, 피아노, 팔아치운 책들, 헐값으로 처분한 옷가지들, 손으로 쓴 원고 뭉치, 잡동사니 속에 내버려두었던 시들이 생각났다. 한번 외면한 후 다시는 들춰보지 않던, 내가 모른 척하던 것들 말이다.

후련한 마음으로 그 모든 것을 버렸다. 모든 것, 그러니까 슬프고 조용하고 소소했던 내 삶을 말이다.

나는 이따금씩 모델 일을 하며 화가에게 포즈를 취해주기도 했지만 빈곤을 벗어날 수는 없었다. 고기가 웬 말인가. 아이들 세 끼 먹이기에도 힘이 부쳤다. 조금이라도 먹을 게 생기면 모두 아이들에게 줬다. 일요일엔 아이들에게 구운 말고기를 조금 먹이고, 나는 식어빠진 옥수수 한 접시로 끼니를 때웠다.

햇빛 한 조각 들어오지 않던 아파트에는 지린내가 진동했다. 금 간 벽난로에서는 가스가 새었기에 우리 모두 질식사할 수도 있었다. 난로, 뜨거운 물, 아무것도 없었다. 오직 부엌을 통과하며 우리의 입술을 부들부들 떨게 만드는 찬바람이 있었을 뿐이다. 결국 나는 결핵에 걸렸고, 일 년간의 요양원 신세를 지기도 했다.

매달 잊을 만하면 믿음직스러운 후견인들이 찾아왔고, 사무실로 오라는 소환장이 날아왔다. 사무실에 찾아가면 단 한 번도 아기를 가져본 적이 없어 심장 못지않게 질이 메말라버린 늙은 여편네가 내 서류를 뒤적거렸다. 나는 긴장된 마음으로 눈물이 나오려는 것을 참으며 마주 앉곤 했는데, 그 여편네는 나에 대한 혐오감을 지그시 누르며 가늘게 떨리는 목소리로 말하곤 했다.
"이렇게는 안 되죠, 마담. 이 돈으로 어떻게 살아간다고 그러세요? 일을 하지는 않으세요? (안경 속 회색 눈동자가 경멸하듯 번뜩인다) 정말 아무 일도 안 하시는 거죠? 그런데 제가 알기로는……. 아, 저희가 꼼꼼히 조사를 해보니까 (비웃음을 지으며) 밤 외출이 너무 잦으시다고……."
"아뇨, 아니에요, 맹세할 수 있는데……."
"오, 그러실 필요 없어요. 저희는 마담의 수입에 관한 정확한 자료를 가지고 있거든요. (이미 덮어버린 서류를 손가락으로 톡톡 치며) 그러니까 자꾸 이런 식이면 저희는 마담의 아이들을 데려가 다른 곳에서 보호할 수밖에 없어요. 그럼 안녕히 가세요, 마담. 또 뵙죠."
아아, 그 여편네가 퇴직한 건 그야말로 행운이라고 할 수 있었다(현재는 의심할 여지 없이 무덤 속으로 영원히 퇴직했겠지만!). 왜냐하면 오랜 시간 나는 오직 한 가지 욕망으로 들끓고 있었기 때문이다. 사무실 문밖에서 그녀를 기다리다 살금살금 미행한 다음, 조금 어두운 계단 위에서 그녀를 덮쳐 조르고 비틀고 짓눌러서, 마침내 거북이처럼 자글자글 주름진 목에 매달려 있는 그 질긴 영혼을 멎게 하고 말겠다는. 참, 운도 좋지! 내 자식들을 데려가기 전에 직장에서 먼저 잘렸으니 망정이지 그렇지 않았다면 곧장 저세상의 사무실로 출근했어야 되었을 테니 말이다.

그래, 나, 매일 식어빠진 옥수수만 처먹고, 밤이면 밤마다 미친 놈한테 얻어맞고, 바로 그놈에게 길가로 내쫓기고, 새로운 계절이 닥칠 때마다 허리띠를 졸라매야 했고, 나중에는 독일의 감옥까지 갔지만! 난 사랑했다. 이 늙은 못난이는 삶을, 사람을 사랑했다. 최악의 상황까지 몰려도 순금 목걸이마냥 내 목을 두르는 우리 아이들이 있었으니까. 그러나 당신, 곰팡이와 오줌 냄새가 솔솔 배어나오는 누런 담요 아래서 쪽쪽 탈수되어버린 늙은 송충이는 고독과 욕망에 짓눌려 뒈져버렸겠지!

그리고 내게는 그가 있었다. 충혈된 갈색 눈동자, 정신병 때문에 살쾡이처럼 한 지점만 뚫어져라 응시하는 확장된 동공, 황소 같은 몸뚱이, 거대한 평발의 빌. 나는 그를 의사들의 약물 세례에서 구해냈다.

천천히 황혼이 저물어갔다. 아이들은 곤히 잠들어 있었다. 택시는 어둠 속 웅덩이 위를 덜커덩거리며 거침없이 달렸다. 그리고 여전히, 차창 위로 줄줄이 스쳐가는 가로등의 노란 불빛을 받으며 빌이 있었다. 콧방울이 납작한 나의 검은색 스핑크스가 전설 속석상처럼 꼼짝도 않고 내 곁에 있었던 것이다.

우리는 보름 동안 작은 호텔에 머물렀다. 침묵과 기다림, 그리고 정체의 시간이었다. 호텔 여주인의 매서운 시선이 늘 우리를 따라다녔다. 더블침대가 단 하나뿐인 싸구려 방에 머무는, 흑인 사내와 백인 여자, 두 명의 백인 아이로 구성된 이 기이한 일행이 미덥지 않았던 것이다.

나는 알코올버너를 사서 화장실 비데 위에 올려놓고 요리를 했다. 요리가 끝나면 아이들은 변기 뚜껑을 열고 그 안에 종이배를 띄우며 놀았다. 한편 빌은 그 자신과 세상에서 완전히 동떨어진 듯했다. 포마드를 바른 머리 위에는 손수건을 덮은 채 하루 종일 꼼짝도 하지 않고 의자에 앉아 사색에 잠겨 있었다. 이런 그의 지독한 침묵에 나는 미쳐버릴 것 같았다. 그러나 그는 이제 내 남자, 벨벳처럼 살결이 보드라운 나의 검은 호랑이였다. 나는 더 이상 혼자가 아니었다. 좀 기묘하긴 해도 우리는 한 가족을 이루고 있었던 것이다.

밤이 되면 화장실은 대성당처럼 환해졌다. 도시의 울긋불긋한 수천 개의 빛이 화장실 거울에 비쳐 촛불처럼 타올랐던 것이다. 매일 밤, 나와 빌은 두 아이를 사이에 두고 침대 양 끝에 누웠다. 우리는 눈에 보이지 않는 줄이 연결된 기타들처럼 두 아이의 호흡을 깨지 않으려고 애쓰며 조용히 서로의 몸을 조율했다.

그때는 몸을 맞대고 함께 잠들었던 우리 네 사람의 위대한 여명기였다. 잠시였지만 그 시간 속에서는 우리를 옭아매던 법도 존재하지 않았다.

낮이 되면 아이들만 공원에 가서 마음껏 놀았다. 나쁜 일은 일어나지 않았다. 아이들은 저녁에야 호텔로 돌아와 갖가지 색상의 크레파스로 기차와 집, 그리고 우리 넷을 그렸다.

나는 옷장 속에 식료품을 감추었다. 음식물 쓰레기는 비닐봉지에 담아 외투 속에 숨긴 채로 나가서 호텔 밖 길모퉁이에 버렸다. 일주일째 숙박료를 내지 못하고 있었기에 여주인의 눈초리는 나날이 의심스러워져가고 있었다.

나는 미국 여인의 잔금을 기다리는 중이었다. 우리가 삶은 마카로니로만 끼니를 때워갈 즈음 마침내 돈이 도착했다. 바로 그날로 우리는 독일행 기차에 올랐다.

한밤중에 도착한 곳은 욕망의 도시 에를랑겐이었다. 빌은 이곳에서 못다 한 의학 공부를 마저 마치겠다고 했다.

도시엔 비가 내리고 있었다. 우리는 완전히 탈진했다. 내겐 남아 있는 돈도 더 이상 없었다. 여행자금을 다 대고 정신병자의 빚까지 갚아주었기 때문이다. 나는 정신병자가 했던 숭고한 약속을 믿었다. 바람이 심하게 불던 어느 날, 다리 한가운데에서 나를 가슴에 품은 빌은 이렇게 말했었다.

"당신과 아이들을 위해 황소처럼 일할게."

나와 아이들은 기차역 대합실에 있는 어느 벤치 위에 주저앉아 있었다. 우리를 위해 황소가 되시겠다던 빌이 머물 곳을 알아보겠다고 길을 나선 지 벌써 몇 시간이나 지난 상황이었다. 짜증을 내던 아이들은 네 다리로 엉금엉금 기어서 벤치 주위를 돌며 놀기 시작했다. 그런 아이들을 독일인들이 무심하게 바라보았다.

독일에서의 첫날 밤은 어느 학교에 딸린 공동침실에서 지냈다. 부활절 휴일인 덕에 아무도 없었던 것이다. 조르르 늘어서 있던 이층침대들을 보고 환호성을 지르던 아이들은 위층 침대로 기어 올라서는 금세 새근새근 잠에 빠져들었다. 나와 빌은 그 아래층에 누웠다. 목이 메었다. 남은 돈이라고는 이 보잘것없는 이층침대 가격 정도인 2마르크 50페니히가 전부였다. 이튿날 아침, 아이들을 먹이기 위해 마지막 남은 설탕 섞인 오트밀과 찬물, 최후의 오렌지를 플라스틱 물컵에 섞었다. 이제부터는 주린 배를 부여잡고 거리를 떠돌 일만 남아 있었다.

우리에게 처음으로 웃어 보인 자도 있었다. 어느 작은 사무실의 정체를 알 수 없는 문 뒤에 있던 사내로, 이빨을 드러낸 환한 미소로 늑대의 잔혹함을 숨기고 있던 독일 짭새였다. 그는 예의는 갖췄지만 화강암 광맥보다 더 단단하게 느껴지는 목소리로 내게 말했다.

"마담, 관광객의 신분으로 독일을 방문하신 마담께서는 여행자금 없이 이 나라에 머물 수 있는 권한이 없습니다. 물론, 노동도 안 됩니다. 당장이라도 저는 마담을 감옥에(나를 겁주기 위해 이 부분에서 잠시 침묵해주시고) 보낼 수 있고 또 그것이 저의 의무겠지만 아이들을 봐서 참겠습니다. 그 대신 즉시, 바로 오늘, 이 땅에서 떠나실 것을 명령합니다. 만약 내일 저희 동료가 마담을 다시 발견할 경우, 그때는 곧장 철창행이십니다. 다른 한편, 마담께서 이미 5년이나 시효가 지난 여권을 소지하고 있다는 사실만으로도 독일 체류는 불가능합니다."

확실했다. 그늘은 우리를 받아들이려 하지 않았다. 우리도 다른 파리아*들처럼 도망자가 되어 은밀하게 이동해야 하는 시간이 온 것이다. 교차로에서 교통정리를 하는 꼭두각시 짭새만 봐도 우리는 등을 돌려 반대 방향으로 신속하게, 그러나 신중하게 발걸음을 재촉했다. 어른보다 눈이 예리한 아이들은 멀리서 그들을 발견하고는 내게 신호를 보냈다.

"엄마, 짭새!"

만약 작은애가 착각하여 '경찰'이라고 하면 큰애가 꾸짖었다.

"엄마가 짭새라고 부르랬잖아!"

왜냐하면 '짭새flic'는 독일에서 아무도 알아듣지 못하는 단어지만, '경찰police'은 프랑스어나 독일어나 똑같이 사용되기 때문이다. 또한 도전적으로 발음되는 독일어 '경찰polizei'은 '개자식Scheiβe'과

---

* 파리아란 본래 인도 카스트제도의 최하층 천민을 총칭하는 말이며, 흔히 조국에서 추방당해 정처 없이 떠도는 사람이란 의미로 통용된다.

너무나 비슷해서 더욱 조심해야 했다.*

집으로 다시 돌아가는 것은 꿈도 꿀 수 없었다. 기차표 살 돈조차 없었으니까. 빌은 학생이므로 합법적으로 독일에 체류할 수 있었지만 나는 아니었다. 물론 그가 쇠창살이 촘촘히 둘러 박힌 공동침실에서 자유의 세계로, 맹렬한 아침 햇살을 만끽할 수 있는 독일까지 기적적으로 넘어온 것이 내 덕이라는 걸 알아주는 사람은 아무도 없었다.

게다가 코앞까지 다가온 불행에도 무감각한 빌은 우리의 운명이 달린 이민관 사무실 앞에서 유쾌하지만은 않은 나의 과거를 말해버렸다. 그곳 게시판에 걸었던 내 간절한 희망이 독거미의 끔찍한 털을 닮은 절망으로 바뀌어버리는 순간이었다.

이민관 사무실을 나왔다. 겨울 막바지의 눈 웅덩이, 눈이 녹아 질척해진 낡은 포석들, 이들을 비추는 태양 모두 그대로였다. 변한 것은 아무것도 없었다. 탁 트인 이곳에서 이렇게나 평범해 보이는 우리는 겨우 들어갈 구멍을 찾는 인간 쥐며느리에 불과하다는 생각이 들었다. 어쨌거나 쥐며느리들도 땅 위를 걸을 수 있는 권리는 가지고 있으니 그나마 다행인 걸까.

우리가 굶주리고, 머나먼 곳에서 왔으며, 어디로 갈지도 모르고, 미처 침투하지도 못한 도시에서 쫓겨 다닌다는 사실을 아는

---

* '폴리짜이'는 '쏴이세'와 발음이 비슷하다는 의미이다. 두 단어에서 '짜이'와 '쏴이'가 세게 울릴 때 유사하게 들린다.

사람은 아무도 없었다. 작열하는 태양은 세상 누구에게나 그림자 한켠을 내어주었고, 태양은 아무도 추방하지 않았다.

희한한 작은 군대가 행진을 시작했다. 선두는 빌이다. 그의 커다란 외투가 바람에 펄럭이고 구겨진 청바지가 엄청난 사이즈의 노란색 구두를 내리쳤다. 이따금씩 그는 몸을 낮추고 담배꽁초를 주워 불을 붙였지만, 멈추거나 뒤를 돌아보는 일은 결코 없었다. 아이들은 나와 빌 주위를 뛰면서 따라갔다. 나는 무리의 맨 끝에서 걸었다. 엉클어진 긴 머리는 몇 년 전 벼룩시장에서 구입해 좀이 잔뜩 슬어 있는 검정 수달모피코트 위에 늘어져 있었고, 바지는 닳아빠진 부츠 속에 껴 들어갔다. 행인들이 이런 우리를 돌아봤다.

이곳 독일의 작은 도시에서는 아직도 중세 분위기를 느낄 수 있었다. 주택들은 대체로 낮았고, 식당이나 상점 입구에는 불을 밝힌 커다란 간판이 붙어 있었으며, 창문들은 새하얀 커튼과 함께 꽃으로 촘촘히 장식되어 있었다.

빈 방은 찾을 수 없었다. 호텔 주인장들은 엉망으로 면도한 검둥이와 배고픔에 눈을 번뜩이는 백인 여자, 여행에 지나치게 흥분한 꾀죄죄한 아이들로 구성된 이 기이한 일행을 불신 가득한 시선으로 바라보았다. 게다가 이웃 도시 뉘른베르크에서 장터가 열린 까닭에 호텔 다락방까지 만원이었다.

점심 즈음, 우리는 굉장히 아름다운 공원을 지나게 되었다. 활짝 핀 꽃무리들이 반짝이고, 붉은 돌멩이들이 가득한 초록빛의 연못이 있고, 깔끔한 흰색 고층 건물들이 여러 개 있었다. 빌이 말했다.

"여기가 내가 공부할 대학이지."

그 말을 끝으로 빌은 말이 없어졌다.

아이들은 배가 고파 징징거렸지만 우리는 도시에서 아주 멀리 벗어날 때까지 멈추지 않고 걸었다. 어느새 오후 세 시였고, 태양 빛은 우리의 어깨를 짓누르고 있었다. 이 뙤약볕에도 불구하고 여전히 녹지 않은 눈들이 초원을 뒤덮고 있었다. 우리는 언제까지 이 광활한 초원을 배회해야 하는 걸까. 빌이 미웠다. 그는 잔혹하리만치 기계적으로 저벅저벅 걸어나갔고 나와 아이들은 겨우 그 꽁무니를 쫓고 있었다. 입을 꾹 다문 그는 뒤도 돌아보지 않았고 우리의 불평에도 아무런 반응을 하지 않았다. 나는 아이들의 손을 잡아끌어야 했다. 그러던 도중 악몽처럼 까마득한 지평선 저 멀리, 진흙과 이끼로 둘러싸인 오두막집 몇 채가 모습을 드러냈다.

이윽고 우리는 한 흑인 병사와 그 가족의 환대를 받을 수 있었다. 설탕을 넣지 않은 맹맹한 커피를 마시고 아이들에게 사과 한 알을 나누어주며 조금이나마 절망을 삭일 수도 있었다. 그러나 그 집에 머물 수 있는 가능성은 제로였다. 오두막에 딸린 두 방 모두 그 집 아이들의 옷가지로 넘쳐흘렀고, 비참함이 핥아놓은 사방의 벽들은 축축하기 그지없었다. 우리는 다시 길을 나서야 했다.

다시 걷기 시작해서는 그만 걷고 싶다는 아이들의 애원에도 아랑곳 않고 귀머거리와 벙어리가 된 것처럼 묵묵히 꿈속을 걷듯이 걸었다.

아아, 내가 조금만 용기를 낸다면, 감방 가는 게 두렵지만 않다면! 우릴 비웃고 있는 식품점 진열장의 저 과일들을 훔치고 케이크로 차고 넘치는 빵집을 습격할 텐데!

먹을 것들은 자석처럼 우리를 끌어당겼다. 심지어 도로 기슭의 모래며 돌, 풀까지도 자신들을 먹어도 된다며 우리에게 손짓하고 있었다.

그러던 도중 기적을 만났다. 길고 긴 울타리를 따라가다가 고속도로의 교차로쯤에 이르러서였다. 어느 덤불 아래, 먹다 남은 과일과 짓눌려진 초코바가 더러운 종이에 싸여 있었던 것이다! 나와 아이들은 쾌재를 부르며 우당탕쿵탕 그 위로 몸을 날렸다. 그런데 가만히 있던 빌이 갑자기 그것을 우리 손에서 낚아채더니 킁킁 냄새를 맡아보고는 다시 휙 집어던지는 게 아닌가. 물론 나는 잽싸게 다시 주워다가 그의 등 뒤에서 아이들과 게걸스레 먹어치웠다.

오후 다섯 시, 추적추적 내리는 비에 온몸이 젖었다. 방을 찾겠다는 희망을 완전히 잃어버린 우리는 거대한 숲을 마주한 들판

한가운데에서 우뚝 서 있었다. 빌도 멈춰 섰다. 그는 온몸이 불덩어리가 된 내 아들을 안고 있었다. 오직 진흙탕뿐인 지평선 너머, 노르스름한 빛깔의 하늘은 밤을 향해서 조용히 꺼져가는 중이었다.

이제 끝났다. 다 틀려먹었다. 흠뻑 젖은 초원 속에 멀뚱히 서서 꼼짝도 않는 이 거대한 흑인은 우리를 위해 아무것도 해주지 못했다. 좋다. 그냥 거기 있어라! 나는 아이들을 데리고, 수화물 보관소에 맡겨두었던 여행가방들도 다 포기하고 히치하이킹으로 돌아갈 테다. 나는 그에게 소리 질렀다.

"아이를 이리 줘, 정말 지긋지긋해! 난 다시 집으로 돌아갈 거야. 편지는 쓸게. 그쪽 주소로 가방들을 보내줘."

"맘대로 해."

빌은 아이를 내려놓았고 우리는 작별 포옹을 했다. 비에 젖은 두 볼에 나의 눈물이 섞여들었다.

"아듀, 행운이 따르길."

그는 이 말과 함께 내게서 돌아섰다. 나는 차를 얻어 타리라는 희망을 가지고 팔을 흔들며 도로로 가려 했다. 그때 오토바이 한 대가 우리 앞에 끼익 멈췄다. 헬멧을 쓴 채로 파이프 담배를 태우는 자그마한 털보 노인, 아니, 도시에서부터 날아온 운명의 사신이었다. 그는 젖은 얼굴을 닦아내며 말했다.

"오늘 아침부터 방 구하던 사람들 맞지? 이걸 받으슈, 아파트 주소요. 아직 비어 있으니 빨리 가보슈. 도시로 들어가야 해."

늦은 밤, 우리는 안뜰 깊숙한 구석에 자리 잡은 두 개의 방에 비밀스럽게 들어갈 수 있었다. 그 와중에 담벼락 아래 암흑 속에 있는 철제 새장이 어렴풋이 눈에 들어왔다. 자세히 보니 새장 안에는 눈처럼 새하얀 깃털을 지닌 비둘기들이 어둠 속에서도 아름답게 빛나고 있었다.

감옥에 갇힌 흰 비둘기들아, 태양이 떠오르면 너희는 소중한 부채처럼 꼬리를 착 펼쳤다가 순결한 깃털 왕관을 씌우듯 머리 위로 앉으며 구구구 울지. 우리는 너희의 형제 여행자들이란다. 굶어죽을지도 모를 이 좁아터진 안뜰에서 너희와 함께 포로가 되었어.

빌의 여권을 확인한 집주인은 미국에서 수표가 도착하는 즉시 집세를 지불한다는 약속을 받아낸 다음부터 우리의 존재를 모르는 척했다. 이 노회한 독일 늙은이는 정말 경찰서에다 까발리지 않았다. 이 나라에서는 상상도 할 수 없는 일이었다.

도망자로 살던 이 시절이 바로 내 인생에서 가장 암울한 사건들이 일어난 때였다. 수녀들이나 사회복지사들에게 몇 번 도움을 청했으나 철저히 거절당했다. 나중에 창녀로 일할 때 느꼈던 부끄러움 이상의 치욕감에 몸을 떨어야 했다. 흥! 풀 먹인 무거운 베일 아래 감춰진 기독교인들의 썩어빠진 자비심, 목까지 차오른 증오를 꾹꾹 누르며 나를 바라보던 그 영악한 시선들이라니!

시체처럼 굳게 다문 입, 대머리 마귀할멈들처럼 뼈만 앙상한 손, 생기를 잃은 누런 몸뚱어리, 밀랍인형마냥 허여멀건한 피부는 또 어떻고! 그녀들은 절대로 누군가의 머리를, 심장을 부드럽게 어루만져줄 줄 모른다. 바싹 건조된 미라의 내부에서는 뼈 달그락거리는 소리만 들릴 뿐이다.

어느 날, 나와 아이들은 어마어마한 순결의 전당 내부로 휩쓸려 들어갔다. 가톨릭 선교원이었다. 종교에 심취한 냉엄한 애벌레들이 꿈틀거리는 곳 말이다.

기도와 금욕과 숭고함의 악취가 솔솔 풍기던 예배실에는 수녀들이 자리 잡고 있었다. 길고 긴 검문을 마치고서야(도중에 '배고파요'라고 말하는 건 얼마나 큰 죄악인지!) 미적지근한 물 몇 리터로만 보이는 수프 한 접시, 그러니까 빵 조각 서너 개만이 둥둥 헤엄치는 어항 한 사발을 수여받을 수 있었다. 다른 빈자들과 함께 복도에 세워진 검은 목재의 예수수난상 아래에서 말이다.

벌컥벌컥, 뱃속에선 노아의 대홍수가 일어났다. 체면 가리지 않고 줄줄 흘려가며 한숨에 들이켰지만, 습기를 보충하는 것만으로는 부족해서 여전히 배가 고팠다. 이 뱃속 거지는 쉴 줄도 모르고 우리를 물고 늘어지며 고문할 테니 위장 속에 펼쳐진 망망대해만으로도 감사해하며 그곳을 나와야 했다 문을 나서기 전, 나와 아이들은 신발에 남아 있던 눈을 현관의 발판에 미친 듯이(내 부츠는 완전히 거덜 날 정도로) 털어냈다. 우리를 별로 환대해주지 않았던 가톨릭 선교단에 대한 우리의 작은 답례였다.

개신교도라면 어떨까?

오후 내내 길을 헤매다가 그나마 배를 채워주었던 수프를 어느 울타리 한구석에 싹 게워내고 나서야 복지 사무소에 도착했다. 그곳에서는 매우 정결하신 두 마담이 미소 띤 얼굴로 우리를 맞아주었다. 아아, 배고프다. 우리는 언제나 더 배고프다. 아이들은 마실 것을 달라고 부탁했다. 마실 것이라니! 가난한 자들은 이렇게 생각하는 건 아닐까? 막막한 것을 씹는 생활은 끝, 이젠 온전히 액체만 섭취해야 할 운명이라고?

두 마담은 수도꼭지에 매달려 플라스틱 컵 쟁탈전을 벌이는 내 아이들을 보고 적잖이 끔찍해했다. 아이들은 옷을 다 적시며 물을 벌컥벌컥 들이켜고 사방에 뿌려댔다. 이건 뭐 물로 부활하고자 하는 광기임이 분명했다.

군용 식량을 배급해준다는 미군 창고에도 가보았다. 그러나 다음과 같은 사과의 말을 들었을 뿐이다. 밀가루가 좀이 슬어서요, 치즈는 말라붙었고요, 기름은 썩었고 남은 쌀들은 좁쌀만 해요……. 바로 그런 이유로 '필요할 때' 언제든 오라며 배급을 약속하는 게 아니던가. 이 식량은 가난한 가족들에게 예약된 '특별 쓰레기'일 터이니 말이다. 우리는 그 뒤로 미군 창고를 내 집처럼 드나들었다.

그러던 어느 날 행운을 잡았다! 먹고살기 위한 '부정직한' 일거리를 찾은 것이다. 나의 정직함은 그래도 석 달은 버텼다고 할 수 있다. 상한 버터에 구운 밀가루와 삶은 쌀로 연명해야 했던 그 끔찍한 시간을 석 달이나 '정직하게' 참아낸 게 어딘가!

그날 밤, 빌은 배를 떵떵거리며 돌아왔다. 대학 동료가 비프스테이크와 감자튀김을 사주었단다. 정신분열증 환자는 감정은 없어도 자기 위장만큼은 참 잘도 돌보는구나! 오호라, 의학을 공부할 에너지가 필요하실 테니 어련하시겠어!

다음날 나는 문제의 그 일을 하러 갔다. 그곳은 독실한 개신교 선교원으로, 복음주의 교회와 학생들을 위한 공동침실, 초등학교와 탁아소까지 있는 곳이었다. 여기서 일을 하면 반값에 내 아이들을 봐준다고 했다. 나는 푸츠프라우*로 채용된 것이다. 크게 힘든 일은 없는 제법 괜찮은 직업이라고들 말했다. 아침 여덟 시부터 일을 시작하고, 점심이 나오는 조건에 하루 일당은 13마르크. 특히 그쪽에서 노동허가증 없는 나를 비밀스럽게 고용해주는 것은 대단한 특혜라고 했다.

자, 그러면 독일 개신교 선교원에 고용된 푸츠프라우가 얼마나 괜찮은 직업인지 그 하루를 살펴볼까?

끝이 보이지 않는 복도와 계단 두 층에 세척가루 한 푸대기를 풀고는 검은 비누로 거품을 내가며 솔로 박박 문질러 닦으면서 그

---

* 날품팔이 청소부.

날의 일은 시작되었다. 이어서 그 광활한 면적을 말리고 마른걸레로 훔쳤다. 그 다음 스물여덟 개의 방을 빗자루질하고, 구석구석 먼지를 털고, 물품들을 정리해야 했다. 그리고 샤워부스들과 변소, 기다란 세면대까지 청소하고 나서야 끝이 났다.

점심식사를 기준으로 하루는 둘로 구분되었고, 자연스럽게 나는 공식 푸츠프라우들, 즉 나의 '동료들'에게 소개되었다. 통나무 혹은 코끼리 다리로 보이는 거대하고 튼튼한 팔뚝의 그녀들은 하나같이 하양-파랑 체크무늬의 널찍한 앞치마를 둘러매고, 삶은 감자와 순대 찌꺼기가 총총히 박힌 국수를 묵묵히 씹었다. 면발은 눈에 띄게 빨리 사라져갔고, 설탕을 넣지 않은 홍차 한 잔을 경건하게 들이켜는 것으로 점심식사의 마지막 의식을 장식했다.

기껏해야 삼십 분이 지났을까. 단숨에 자리를 박차고 일어난 그녀들은 그 붉고 두툼한 손가락을 앞치마에 슥슥 문질러 닦고는 빗자루와 솔, 양동이를 쥐고 체념한 듯한 무거운 표정으로 일터로 돌아갔다.

나로 말할 것 같으면, 집에 돌아온 즉시 꿈쩍도 할 수 없을 정도로 만신창이가 된데다가 엎친 데 덮친 격으로 폐에 난 상처까지 자극받아 온몸이 불덩어리처럼 뜨거워졌다. 거의 엉금엉금 기어 다녀야 할 지경이었다. 하루 일하고 사흘 동안 침대 신세를 져야 했으니 독일의 푸츠프라우란 참 대단한 직업이 아닐 수 없었다. 결국 나는 일을 포기했다.

"일할 능력도 없으면서 그렇게 힘들게 일거리를 찾아다녔냐?"

이튿날 아침, 못 일어나겠다는 내게 빌이 고함을 질렀다. 그리고 화폐의 가치에 대한 장대한 연설이 이어졌다. 미국인들이란 참 흥미롭다. 미친놈까지도 돈을 좋아하는 것이다. 그들에게 돈은 목표이자 존재의 핵심적인 가치이다. 빌은 말했다.

"돈을 버는 거, 그게 유일하게 중요한 일이지. 머니가 없다면 우린 아무것도 아니거든."

그가 매달 부모로부터 백 달러 수표를 송금 받으면서도 우리에게 단 한 푼도 주지 않는 건 의심할 것 없이 우리의 체면을 지켜주기 위한 그의 깊은 뜻이겠지! 기죽지 말라고! 모든 사람들이 '미국인이고, 정신분열자이며, 마흔 살을 먹고도 부모의 원조를 받는 행운'을 가진 건 아니니까 말이다.

며칠 후, 나는 히치하이킹을 해서 뉘른베르크로 떠났다. 숲 속에 미술 아카데미가 있다고 들었기 때문이다. 살이 빠져서 조금 볼품없어지긴 했어도 모델로 일할 수 있기를 바랐지만, 안타깝게도 학원은 한 달간 부활절 휴가 중이었다.

집으로 돌아오면서는 아주 이상한 작자의 차를 얻어 탔다. 지금까지도 그가 정말 미친놈이었는지, 내가 인신매매의 위험에서 기적적으로 벗어났던 건지 알 수가 없다.

그는 엄청나게 거대한 검정색 자동차를 몰던 덩치 큰 사내로, 잘 차려입은데다 예의는 갖췄지만 행동거지는 왠지 끈적거렸고 눈은 게슴츠레했다. 나는 그에게 이 비참한 생활에 대해 주저리주저리 이야기를 늘어놓았다. 그러자 그가 말했다.

"내가 도와줄 수 있소. 당신이 좀 순하고 날 무서워하지 않고 내게 신뢰를 갖는다면, 내 20마르크를 드리고 저녁식사를 대접하겠소. 그렇지만 비밀은 지켜주셔야 하오. 철저히 신중하셔야 한다는 말이오. 또한 내가 요구하는 모든 것에 복종해야 하고. 어떻소, 날 믿을 수 있겠소?"

그리고 그는 지폐로 누둑한 시갑을 꺼내 보였다. 나는 속으로 말했다. 홍, 내가 믿는 건 당신이 아니라 고기를 살 수 있는 빳빳한 20마르크 지폐지! 아, 위장이 오그라드는구나! 어제도 우연히 마주친 고물상에게 파란색 쉬에드 가죽 재질의 내 유일한 새 구두를 보여줬지만 그는 유행이 아니라며 사지 않았었지.

아이들은 외상으로 탁아소에 맡겨져 있었다. '하루'라는 무서운 괴물이 내 앞에 떡 버티고 있었고 지금은 아침 열한 시, 아직까지 아무것도 먹지 못한 상태였다. 내가 이 비밀스런 거래를 받아들이자, 게슴츠레한 그의 눈동자에서 불길이 이글거렸다.

거대한 검은색 자동차는 붕 튀어오르더니 숲을 가르는 삭막한 고속도로를 숨 가쁘게 내달렸다. 물론 20마르크 지폐는 이미 내 핸드백 속에 들어와 있었다.

차는 방향을 틀더니 어느 나무의 밑동에 멈췄다. 그 육중한 사내는 음식 냄새를 맡고 기뻐 쿵쿵거리는 돼지처럼 보였다. 그는 운전석에서 나와 조수석 문을 열어주며 말했다.

"자, 도착했소. 일단 일종의 테스트를 해볼 텐데, 맘 편히 가져도 좋소. 나쁜 일은 일어나지 않을 테니까. 먼저 맨등에 채찍질을 몇 번 가해볼 거요. 참을 수 있겠소? 그리고 날 신뢰한다는 증거로 눈을 가리고 이 나무에 묶여줄 수 있소? 두 손은 등 뒤로 감아서. 아까 말한 대로 난 당신에게 부탁을 하고 있는 거요. 당신이 동의하지 않으면 강요하지도 않을 거요. 왜냐하면 나 역시 당신을 신뢰하거든. 20마르크를 줬으니까."

나는 그러라고 했다.

기쁨으로 환해진 그는 단숨에 차에서 가방 하나를 가져왔다. 그 안에는 두 개씩 엮인 타원형의 검정 플라스틱 인조 조개들, 노끈, 다양한 색상의 망사 면사포 등이 들어 있었다. 그가 설명했다.

"이렇게 머리 뒤에서 고무줄을 묶으면 이 조개로 두 눈을 완전히 가릴 수 있소."

그런 다음에는 파란색이나 장밋빛, 연보라 색상의 이 면사포들 중 하나로 그 위를 우아하게 감쌀 것이었다.

"골라보시오, 좋아하는 색으로."

나는 이 신비로운 테스트에 어울릴 만한, 미묘하고 우울한 분위기의 연보라를 선택했다. 엄청난 고통과 이상한 행동들이 나와 내 아이들의 식생활을 좌우할 것이었다. 그는 뱀처럼 굵고 단단한 밧줄을 주르르 풀어내리며 다시 입을 열었다.

"이 줄로 당신을 채찍질할 거요. 피부에 자국을 내고 싶소. 하지만 깊게는 하지 않을 거요. 아프면 비명을 지르시오. 그땐 멈출 테니까. 자, 이제 배까지 옷을 벗어주겠소?"

그의 목소리는 어느새 거칠어져 있었다.

봄날 정오의 찬란한 햇빛 속에 묻힌 은빛의 나무줄기들아, 울퉁불퉁한 나무 열매들아, 보드라운 초록 이파리들아. 너희들의 그림자가 날 포근히 감싸주었지. 내가 짐승처럼 꽁꽁 묶여 무방비 상태로 기대어 있어야 했던 나무야, 네가 날 보호해주었어.

대체 어떠한 분노심에서, 어린 시절에 경험한 어떤 모욕감에서 이렇게 파괴적인 행동과 잔인한 무기들이 탄생할 수 있었을까? 독일 인종은 아직도 그들 특유의 괴물들(코뿔소처럼 뒤룩뒤룩 살이 찌고 무감각한 채 힘만을 내세우는 수컷들)을 간직하고 있었다.

정오가 되었다. 허리띠 위로는 나뭇잎 한 장 걸치지 않은 탓에 뙤약볕에 유방이 불타오르는 것 같았다. 살갗은 나무껍질에 스쳐 여기저기 까졌고, 두 팔은 뒤로 비틀려 투박한 밧줄에 꽁꽁 묶여 있었다. 게다가 아무것도 보이지 않았다. 얼굴을 감싼 연보라색 면사포 아래, 불투명한 조개로 두 눈마저 밀폐되어 있었던 것이다.

그래, 비만한 악마에 의해 조종되는 밧줄아, 나를 쳐라! 갈기갈기 찢고 물어뜯어라! 아아, 이 너절한 늙은이는 바지를 입은 채 오줌을 싸서는 여기저기 질질 흘려대는구나!

아니, 난 기억하지 않는다. 아무 헝겊으로나 엮어 만든 초라한 봉제인형, 매 맞고 굶주리고 더럽혀진 나의 초상은 내 기억 속에 없다.

매질은 내게 도달하지 않았다. 절대로, 도달하지 못할 것이다. 그 수백 차례의 채찍질은 우주에서 길을 잃었다. 허공으로 치닫는 성운에나 영향을 미칠 것이었다.

내면 깊숙한 곳에서 나는 단 한 대도 맞지 않았다. 그 어떤 것도 날 후려치지 못했다. 나는 터지지 않는 거품처럼 더러운 행위와 욕설과 채찍을 피해가며 그의 망상 속을 미끄러져 다녔다.

그가 후려치고 있는 것은 그의 욕망이었다. 그가 숭배하고 신봉하는 말랑한 회초리 말이다. 그는 내 위에 올라와 스스로를 매질했다. 헛되이 자신을 벌주고 있었단 말이다! 자아를 완전히 망각해버린 나는 비명을 질렀고, 어쩌면 신음까지 흘렸다. 그리고 이 애벌레 같은 자식에게 당장 밧줄을 풀라고 명령했다. 그는 뉘우쳤고, 부들부들 떨면서 알아들을 수 없을 만큼 빠르게 변명의 말들을 중얼거렸다. 그 물렁물렁하고 허여멀건한 손은 밧줄을 풀며 스멀스멀 몸을 기어 다녔다.

지배자는 이제 내가 되었다! 그의 처량한 코미디는 나의 웃음 한 방에 산산조각 날 터였다!

그렇게 나는 병든 비만 벌레의 장난에 가담해보았다. 그러나 그가 내게 강요하는 각각의 시늉과 성교를 모방한 행위를 진행할 수록, 그는 초라해질 뿐이었다. '나'라는 광활한 뭍에 끌어올려진 조무래기 물고기처럼 시들시들해져서 결국에는 그 자신만의 변태 성욕의 늪 속으로 점점 깊숙이 빠져버리는 것이었다. 나는 마침내 그를 토해냈고, 집어던졌고, 세상 저 멀리, 그 자신의 바깥으로까지 뱉어냈다.

이어서 나는 차에 태워져 여러 마을을 통과했다. 눈이 가려지고, 베일에 덮이고, 두 손이 묶이고, 브래지어까지 벗겨진 채. 곧이어 교도관의 인도를 받는 사형수처럼 그를 따라 끝도 없이 긴 계단을 올라야 했고, 어느 정원을 가로질렀으며, 현관을 넘어 보이지 않는 가구들을 피하며, 방과 방을 통과했다. 그제야 베일과 조개 눈가리개가 벗겨졌다.

나는 이름 모를 어느 숲 속에 파묻혀 있는 여관방에 앉아 있었다. 아무도 없었다. 칼날처럼 서늘한 푸른빛의 눈동자로 날 응시하는 여주인장만 빼면 말이다. 그녀는 뭘 드시겠냐고 물었다. 그러면서 "지금 시각에는 차가운 음식밖에 준비할 수 없어요"라고 덧붙였다. 나는 배가 너무 고팠으므로 상관없다고 했다. 벽에 붙은 자명종이 오후 세 시를 알렸다. 이곳은 마치 한 번도 사람의 발길이 닿지 않았던 듯 온기라곤 조금도 느낄 수 없었다. 온통 먼지투성이에 창가의 커튼들도 전부 닫혀 있었다.

순간, 누군가에 의해 다시 두 눈을 밀폐당하고 베일이 씌워지고 두 손이 묶였다. 동시에 목구멍 속으로 빽빽하고 커다란 빵 조각이 하나하나 들어왔다. 그 음식물에는 돼지 비곗살과 비스무레한, 미끌미끌하고 딱딱한 무언가가 섞여 있었는데 도저히 씹기가 불가능한 것이었다. 아니, 씹을 시간도 없었다. 그 누군가가 내게 한 조각을 먹일 때마다 꼭 차디찬 물 한 바가지를 입속에 쏟아 부었기 때문이다. 식도를 타고 내려오는 물이 음식물을 내려 보낼 틈도 없이, 이 괴기스런 음식물 조각은 새롭게 입 안으로 쳐들어왔다.

제발 그마아아안!

"좋소. 충분히 드셨으니 이젠 집까지 바래다 드리리다."

바로 옆에서 무뚝뚝한 목소리가 들리고 눈가리개가 풀어졌다.

그는 여주인장에게 돈을 지불하고, 그녀는 감사를 표하고 있었다. 그 완고한 얼굴 위를 스치는 차디찬 웃음이란……. 그 여자는 보았다. 포박당하고 베일에 가려진 채 침묵에 휩싸인 자신의 여관으로 들어오는 나를, 헐떡거리는 육중한 돼지에 이끌려 방과 방을 통과하는 나를. 아주 잠깐이지만 눈가리개가 풀어졌을 때 그녀는 내 앞에 있었다. 그리고 그녀가 '샌드위치'라는 걸 가져왔을 때에 나는 다시 베일 아래의 어둠 속에 파묻혀 있었다.

대체 그 여인은 누구였을까? 그 변태적인 코미디에서 어떤 역할을 했던 걸까? 그리고 그 요상한 가짜 여관은 뭐였단 말인가? 이는 마음 한구석에 미스터리로 남았지만 나는 진실을 밝혀낼 수 없었다. 후에 내가 그 고문자 일당으로부터 목숨을 건져낼 수 있었던 건, 결정적인 순간 생존본능에 의해 머릿속에서 철컥 하며 마법 같은 경고음이 울렸고, 그 순간 미스터리고 뭐고 무작정 빠져나왔기 때문이었다.

다시 차에 올라탄 우리는 붉은 벽돌로 지어진 끝 간 데 없는 담장을 따라 뉘른베르크의 도로를 달렸다. 돌연 차가 멈췄다. 늙은이가 말했다.

"여기서 좀 기다려주시오. 사무실에 들러 돈을 가져와야 하니까. 위험한 일을 해준 대가로 받은 아주 큰돈이오. 짐작했겠지만 나는 책임 있는 위치에 있소. 보시오, 내 신분증이오."

신분증 속 그의 사진을 보았다. 불독의 턱, 함몰한 이마, 그리고 신문에서나 볼 법한 나치 살인자들의 잔인한 눈이 그대로 찍혀 있었다. 온몸이 얼어붙는 것 같았다. 그가 지폐 다발로 꽉 찬 지갑을 승리자처럼 과시하며 다시 돌아왔을 때 그에게서 새로운 범죄의 냄새를 맡을 수 있었다. 그의 병든 정신상태, 두들겨 맞은 개처럼 적의감으로 팽배한 눈, 조금 전 자기를 사랑해달라고 빌어서 거부하자 나를 향해 내뱉던 불평투성이의 애원……. 이 모든 것이 또 다른 범죄의 세상에서 피 묻은 끈적끈적한 돈다발을 얻고 받은 대가라는 생각이 들었다.

난 아직 창녀가 아니었다. 그러니까 아직은, 아니었단 말이다. 감각 없는 밧줄이 아니고서는 그는 날 건드리지 않았다. 공포에 질려 나도 그에게서 멀리 떨어져 있었다. 나는 그저 나와 아이들의 끼니를 때우기 위해, 고통 받고 목숨을 잃을지도 모를 위험한 상황에 스스로를 밀어 넣은 것이었다.

그는 한 번 더 '산책'을 하자고 했다. 이번에도 역시 20마르크를 주겠단다. 집 근처에 있는 내가 잘 아는 바에서 다음날 약속을 잡았다.

"내일 섹트(내가 생각하기에 최악의 독일 샴페인이다) 한 병을 같이 마십시다."

집으로 돌아온 나는 탁아소에서 아이들을 데려와 맛난 밤참을 만들어주었다. 배불리 먹은 아이들은 곧 잠들었고, 빌은 밖에서 식사를 끝내고 집으로 들어왔다. 나는 빌에게는 이렇게 말했다. 모델로는 일할 수 없었지만, 동정심 많은 어느 신사의 차를 타고 돌아올 수 있었고, 그가 선물로 20마르크를 주었다고. 그에게 진실을 말할 수는 없었다.

그날 밤, 격렬하게 구토가 밀려와 잠에서 깨어났다. 곧장 세면대로 달려가자 이상한 질감의 덩어리들이 꺽꺽 튀어나왔다. 숨이 막힐 지경으로 나오고 또 나오는 그것들은 목구멍을 난폭하게 밀고 올라왔고, 나는 끊임없이 뱉어내야 했다. 좀 진정이 되었을 때 새하얗게 질린 얼굴로 화장실 불을 켜니, 연골처럼 빨갛고 끈적끈적하며 투명한 것들이 세면대 한가득 쌓여 있었다. 절대로, 이전에는 단 한 번도 본 적이 없었던 것들이다. 나는 그것들을 숟가락으로 퍼서 쓰레기통에 버렸다.

텅 빈 배를 부여잡고 몸을 부들부들 떨며 다시 침대에 누웠다. 그들은 나를 독살하려던 속셈이었을까? 아무래도 인간고기를 먹인 듯했다. 금방이라도 죽을 것 같았던 격렬한 경련과 함께 튀어나온 피에 젖은 조각들은, 어느새 응고되어 벌레들처럼 세면대 가장자리에 들러붙어 있었다. 이렇게 흉측한 걸 삼켰다니 도무지 믿을 수가 없었다.

이튿날 아침 열한 시, 나는 작고 조용한 바에서 그를 기다리고 있었다. 공장에서 일하는 덩치 좋은 사내들과 외무사원들이 높은 의자에 걸터앉아 아페리티프*를 들이켜고 있었고, 왁스칠 된 나무 바 뒤에서는 금발의 여종업원이 그들을 접대하는 중이었다.

긴장된 나는 무섭고 걱정스러운 마음에 몸까지 으슬으슬 아픈 것 같았다. 육중한 돼지는 아직 도착하지 않은 상황이었다. 그가 약속을 어겨서 음료수 값을 내가 내야 되는 게 아닐까 덜컥 겁도 났다. 내게 남은 돈은 5마르크뿐이었다. 어젯밤의 구토로 비실비실해진 몸을 추스르기 위해 레몬티를 주문했다. 옷차림은 또 어찌나 볼품없고 초라했던지 내게 말을 거는 사람은 아무도 없었다.

이윽고 어제와 똑같이 회색 정장을 껴입은 물렁물렁한 지방덩어리가 웃으며 등장했다.

---

* 서양식에서 식욕을 돋우기 위해 식사 전에 마시는 술.

"봉주르! 이것 보시오, 내가 이렇게 나왔소! 어제 약속한 대로 샴페인을 마십시다. 아가씨, 여기 샴페인 한 병!"

우리는 잔을 부딪쳤다. 지린내 나는 알코올성 레모네이드일 뿐인 샴페인은 역겨웠다. 한 잔 들이켠 그는 은밀하게 내 쪽으로 몸을 기울였다.

"오늘 당신에게 아주 진지한 제안을 하겠소. 그래서 말인데, 조용히 대화할 수 있도록 드라이브를 하는 게 어떻겠소? 내가 당신 생각을 많이 했다는 걸 알아주시오. 아주 중요한 사람한테 당신 이야기를 했지. 커다란 저택에 사는 친구요. 내 추천하에, 당신이 그 저택에서 일할 수 있도록 해주는 데 그녀도 동의했소. 그 일이란 것이 아주 특별한데…… 일단 여기서 나갑시다. 내가 당신 편이란 걸 확실히 알아두시고. 나가서 구체적으로 모두 설명해주겠소."

차에 올라탄 그는 태양을 향해 거침없이 내달렸다. 때는 봄, 들판은 뜨겁게 달아올라 있었다. 어느 평야의 기슭에 난 좁은 샛길 위에 차가 멈췄다.

"여기가 좋겠군. 자, 이제 설명해주겠소. 아까 말했다시피 그 친구는 아주 부자요. 당신과 당신 아이들까지 저택에 살게 해줄 거요. 그 저택에는 공원과 수영장이 있고 초등학교도 아주 가깝다오. 그러니까 당신이 할 일은, 매일 지정된 시간에 어제처럼 옷을 벗고 머리에 베일을 쓰고 두 손을 묶은 채 그녀 앞에 나타나는 거요. 그러면 기둥에 묶여 매를 맞게 되지. 이게 50마르크요. 더 맞는 데 동의하지 않으면 100번째 매질에 풀려나고, 101번째부터는 한 대당 10마르크를 더 받을 수 있소. 그녀는 당신 앞에서 바라만 볼 거고, 나도 그곳에 함께 있을 거요. 나 역시 옷을 다 벗고 있을 거요. 당신을 때리는 사람은 바로 나요. 난 그런 일에 흥분하니까. 보면 알 거요. 그녀는 매우 아름답고 고귀한 부인이라오. 내게도 굉장히 친절하지. 자, 이걸 보시오."

고닁뇌어 눈처럼 반짝이는 사진에는 검은 드레스 차림의 길쭉한 여인이 서 있었다. 벨벳 옷감이 팽팽하게 감싸고 있는 살모사처럼 가느다란 몸, 매니큐어 칠한 손톱, 놀라울 정도로 변태적인 느낌을 주는 입이 만들어낸 부드럽고도 잔혹한 미소, 삐죽 올라간 두 눈초리와 세모꼴 얼굴, 인형처럼 돌돌 말린 머리…… 이 모두는 마치 그녀의 고상한 악덕들을 시각적으로 구체화시켜 표현해놓은 것 같았다. 심지어 보석까지도 그랬다. 목을 조르고 있는 진주 목걸이, 장식된 이파리의 뾰족한 날이 가슴을 찌르고 있는 커다란 브로치, 단도처럼 예리한 귀걸이 모두 그녀의 피비린내 나는 영혼을 부각시키며 싱싱한 살기殺氣로 그녀를 치장하고 있었다.

나는 이 수상한 암컷, 세련된 부인으로 변신한 한 뱀파이어의 초상에서 오랫동안 눈을 떼지 못했다. 그런 나를 보며 뚱보는 끈적하게 중얼거렸다.

"아…… 정말 아름답지 않소……."

뚱보의 말이 이어졌다.

"나와 함께 갑시다. 어서 예라고 하시오. 가서, 그녀의 노예가 됩시다. 따라와요. 그녀가 당신을 보석으로 뒤덮어줄 거요. 그녀는 우아한 걸 좋아하지. 여왕 중의 여왕이라오!"

난 대답하지 않았다. 주저하고 있었다. 채찍질과 이 낯선 뱀파이어가 두려웠다. 그러나 나도 모르게 고개를 끄덕였고, 약속을 잡았다. 내일 아침 열한 시, 그는 날 차에 태워 곧바로 갈 데가 있다고 했다.

"당신을 아름답게 만들고 싶단 말이오. 베일을 쓰고 눈을 가린 당신을 곧장 부티크로 데려가겠소. 당신은 연보라색 속옷과 새 원피스를 입고 새 구두를 신게 될 거요."

바로 이때였다. 머릿속에서 고막을 찢을 듯한 경보음이 울렸다. 동시에 나는 깨달았다. 이 모든 게 나를 죽음으로 이끄는 가증스러운 계략에 불과하다는 걸. 그래, 홀딱 벗겨지고 베일로 가려져 앞이 안 보이면, 그땐 날 마취시켜 브라질이나 튀니스행 비행기에 처넣는 게 아닐까? 대체 누가 새 옷 입은 날 알아볼 수 있을까? 한번 감금되고 아이들과 헤어지면 살아남을 어떤 방법도 없을 것이다. 나는 속으로 부들부들 떨며 지켜지지 않을 약속을 잡는 그에게 아무 대꾸도 하지 않았다.

다음날 정오 무렵, 나는 아이들을 탁아소에 보낸 뒤 침대에 계속 누워 있었다. 문 두드리는 소리가 들렸고, 타원형의 불투명한 창 너머로 그의 커다란 머리 그림자가 아른거렸다. 그는 바에서 오래 기다렸을 것이다. 내가 오지 않자 이곳을 찾아 안뜰의 문을 열고, 내가 사는 방 호수를 물었으리라. 그의 욕망이 뱉어내는 숨 가쁜 호흡 소리가 들렸다. 희망과 실망의 즙을 번갈아 분비해내는 희끄무레한 뚱보 거머리가 바로 여기, 내가 사는 집 문 앞에 바짝 달라붙어 있었다.

나는 꼼짝도 하지 않았다. 그는 그 거대한 몸뚱이로 태양을 가린 채 억눌린 화를 분출하고, 이따금 주먹으로 문을 쾅쾅 치면서 문밖에 오랫동안 머물렀다. 그러다가 떠났다. 안뜰의 포석을 밟는 발자국 소리가 점점 희미해졌고, 이윽고 문 닫히는 소리가 들렸다. 그 후로 다시는 그를 보지 못했다.

그는 계속해서 죽음을 부르는 거대한 차를 몰고 숲을 드나들었을 것이다. 그리고 두 손을 포박당하고 면사포를 뒤집어쓴 굶주린 희생자들과 숲 속을 산책했을 것이다. 아마도 그중 몇몇은 정말 그의 계략에 넘어가 목숨을 잃었을 것이다. 어쩌면 그는 아주 신경질적인 여인을 만나 그녀의 손에 채찍과 가위로 갈기갈기 찢어 발겨졌을지도 모른다. 그랬기를 간절히 바란다. 바람이 새어 나가 점점 쫄아드는 송충이처럼 그의 인생도 한 방울 한 방울 터져서, 결국 그 끈끈한 육체에서 벗어나 자연의 이끼 속에나 스며들기를. 벌레 군단이 오랜 시간 아주 세심하게 그 육체를 핥고 갉고 뜯어 먹기를. 그리하여 오래된 보라색 버섯처럼 부패해진 그의 육체가 푸르스름해지고 일그러지고 수분과 가스에 퉁퉁 붇게 되기를.

햇빛 찬란하던 어느 날 오후, 나는 뉘른베르크의 신문에 모델 일을 구한다는 광고를 올렸다.

곧장 수많은 연락을 받을 수 있었지만, 그들이 찾는 모델이란 건 아주 희한한 거였다. 비행기, 자동차, 요트 산책을 함께 하기 위한 모델! 강가의 별장에서 고독을 달래줄 모델! 젊고 스포츠를 좋아하며 품행까지 좋은 서른다섯 살 부자 사업가를 위한 모델! 아무도 그림 따위에는 관심이 없었다.

유일하게 화가가 한 명 있긴 했다. 뭐 자칭 화가이긴 했지만. 어쨌거나 그 화가는 몇 시간 동안 눈보라를 헤치며 기차를 타고 가야 하는 마을로 나를 불렀다.

기차역 플랫폼에 서 있는데, 몹시도 추워 보이는 기다란 금발 청년이 오토바이를 타고 다가왔다. 그는 나를 뒤에 태우고 농장과 외양간들 사이를 덜커덩거리며 지그재그로 달리다가 어느 폐쇄된 공장 문 앞에 멈췄다.

얼어붙은 거대한 공장 내부로 들어가니 기계들이 모두 검은 덮개로 가려져 있었다. 어찌나 추운지 다리가 절로 후들거렸다. 난로 같은 것은 하나도 없었다. 멀리 다락방으로 이어지는 듯한 나선형 계단 하나가 있을 뿐이었다.

"옷을 벗으세요."

그 후에는 침묵이 계속되었다. 나는 몇 시간 동안 꼼짝 않고 포즈를 취해야 했다. 사각사각, 종이를 스치는 연필 소리만이 희미하게 들렸다. 청년은 한숨을 쉬었고 나는 이빨을 딱딱 부딪쳤다. 그는 마침내,

"끝났습니다."

라고 말하며 연필을 내려놓았다.

"이 정도면 괜찮을까요?"

그는 내게 15마르크를 내밀었다. 난 뭐라고 대꾸할 기력도 없었다. 그저 돈을 받아 쥐면서 그의 작품을 곁눈질해 보았는데, 맙소사! 커다란 백지 한가운데에는 아주 아주 작고, 서투르며, 유치하기 짝이 없는 실루엣 하나만이 그려져 있는 게 아닌가! 아니, 저걸 그리려고 그 오랜 시간을……!

뉘른베르크에서 한 사진가가 모델을 요청하기도 했다. 배고픔과 피로에 취한 나는 점심시간이 되어서야 겨우 그의 아틀리에에 닿을 수 있었다.

"좀 서둘러보쇼, 시간이 없어! 난 저녁 약속이 있다니까!"

나는 앙상한 육체를 드러내 보였다.

"일단 몇 장 테스트할 거니까 포즈를 취해봐요."

나는 거대한 흰 벽 앞에서 휘청거리며 소리 없는 발레리나가 되었다. 쪼그려 앉았다가 다시 일어났다가 몸을 접었다가 다시 폈다가.

"오케이. 그만하면 됐어. 옷 입으쇼. 내 우체국을 통해 송금하리다."

그리고 그에게선 아무 연락이 없었다.

나는 텅 빈 배를 부여잡고 눈물범벅이 되어 뉘른베르크를 떠나야 했다. 4월의 강렬한 태양은 전쟁 후 폐허로 남은 파사드들을 뜨겁게 달궜다. 나는 내 육체처럼 피골이 상접한 그 그림자들을 따라 걸었다.

어떤 특별한 오후, 비를 맞으며 하염없이 뉘른베르크의 거리를 걷다가 수염을 길게 기른 장대한 노인과 부딪힌 적도 있었다. 그때 내가 무슨 약속을 끝내고 돌아오던 길이었는지는 기억나지 않는다. 하지만 노인과 부딪히던 순간, 내 두 눈을 깊게 응시하던 그 순수무결한 눈동자는 지금도 생생하게 떠올릴 수 있다. 마치 사막의 하늘과도 같던 파란 눈동자였다. 그때 내가 던진 몇 마디 어색한 말만으로 어떻게 그는 나의 비탄을 알아챘던 것일까? 노인은 짤막하게 말했다.

"날 따라오시오. 함께 먹으러 갑시다."

그 말을 들은 나는 기쁨의 눈물을 흘렸다. 눈물은 빗물과 섞여 두 뺨 위를 주르르 흘러내렸다. 그런 내게 행인들이 물었다.

"도와드릴까요?"

아니요, 지금 내가 우는 건 배고픔 때문이 아닙니다. 날 아프게 하는 건 더 이상 배고픔이 아닙니다. 그것은 음식에 대한 생각입니다. 너무나 격렬하게 밀려오는 이 안도감 말입니다.

긴 수염의 노인은 계속 걸었다. 그는 보이지 않는 별의 인도를 받는 동방박사처럼 군중을 헤쳐가고 있었다. 그리고 어떤 고층 건물로 날 이끌었다. 그곳 3층에는 자연주의 식당이 있었다.

녹초가 된 나는 빈 의자에 털썩 주저앉았다. 곧 테이블에는 유제품이며 오트밀에 파묻힌 다양한 과일들, 크림이 올려진 월귤 등이 놓여졌다. 그야말로 최후의 만찬이었다. 나는 예수와 식사를 하고 있었다. 하늘의 은총처럼 음식이 쏟아져 내렸고, 밀랍인형과도 같이 창백한 노인의 얼굴 위로는 파아란 눈동자가 반짝거렸다. 그가 그리스도의 시선과 미소로 날 바라보는 동안 나는 기쁨으로 충만하여 음식을 먹었다.

그 후로 그를 다시 본 것은 단 한 번뿐이었다. 그는 우리가 사는 집의 안뜰까지 찾아와 부활절 계란을 주고 갔다. 나와 아이들은 계란 표면에 크레파스로 색칠을 했고, 덕분에 아주 멋진 식사 시간을 보낼 수 있었다.

비둘기가 사는 안뜰에서 날마다 파티가 벌어진 것은 아니었다. 우리는 빌이 쥐어주는 20마르크로 일주일을 버텨야 했다.

내 아이들은 담장 아래 늘어선 오토바이 위에 올라가 지칠 줄 모르고 놀았다. 어른들이 혼을 내도 그때뿐이었다. 낡은 고철 덩어리에 매달려 부우웅 부우웅 모터 소리를 흉내 내며 머나먼 곳으로 여행을 떠나는 것이다. 철장에 갇혀 살아 둔해진 비둘기들이 무심한 눈으로 그들을 바라보았다.

햇볕 좋던 어느 오후, 나와 아이들은 비둘기들에게 잠시라도 자유를 주기로 했다. 우리는 새장 문을 열었다. 비둘기들은 눈부신 깃털들을 사방에 퍼뜨리며 와르르 날아올랐다. 그들은 구구구 울고 세차게 날갯짓하며 벽을 넘어가려 높게 높게 솟구쳤다. 아이들이 추격전을 시작하자 퍼덕퍼덕 하는 소리와 날카로운 울음소리로 안뜰은 열광의 도가니가 되었다. 소리를 듣고 뛰쳐나온 집주인은 그야말로 미친놈처럼 펄펄 뛰었다.

가엾은 짐승들! 햇빛 속에서 그렇게나 즐겁고 아름다웠던 비둘기들은 집주인의 손에 의해 다시 그늘진 철장 속으로 들어갔다. 아아, 슬픈 날개여. 곧이어 우리 역시 대문 밖으로 쫓겨나는 동안 비둘기들은 끈적거리는 횃대로 돌아가 웅크려 앉은 채 또다시 맥없는 기도문을 읊조리기 시작했다.

빌은 대학엘 다녔다. 아침이면 그는 거의 골동품이나 다름없이 흔들대는 세면대 앞에 서서 면도를 했다. 언젠가 그 세면대는 내 발에서 불과 몇 밀리미터 떨어진 곳에 붕괴되기도 했었다.

홀딱 벗어 새카만 빌은 조르주 루오*의 석판화 속 인물들처럼 허리를 활처럼 뒤로 젖힌 채 방 안을 돌아다녔다. 누런 발톱이 박

---

* Georges Henri Rouault(1871-1958). 프랑스의 화가, 판화가.

한 거대한 평발바닥 위로 한 아름씩은 되는 두 허벅지가 그 육중한 몸뚱어리를 지지해주고 있었다. 불독처럼 두툼한 목 위로는 머리를 앞으로 죽 내밀고 있었고, 두툼한 두 입술 사이로 오랫동안 혀를 빼물고 있었다.

아이들은 그에게 다가가 순진한 얼굴로 그의 몸을 만졌다. 그 조막만 한 손들이 살갗을 스칠 때마다 빌의 성기는 뱀처럼 발기했고, 그가 화난 척하면 아이들은 까르르 웃음을 터뜨렸다. 아이들은 그 두꺼운 입술에 키스하게 해달라고 졸라댔다.

가끔 빌은 내게 다정하기도 했다. 아이들이 나가면 그는 열쇠로 방문을 잠그고 내가 누워 있는 이불 속으로 파고들었다. 유일하게 행복한 순간이었다.

아아, 삶이 그렇게 고단하지만 않았다면, 나, 그 정신 나간 흑인의 거대한 팔에 휘감겨 매일같이 천국을 만끽했을 텐데……. 그의 복부와 엉덩이 위에서, 내 안으로 파고든 뜨거운 성기 위에서 춤을 추며, 부글부글 끓어오르는 사랑의 액체를 마셨을 텐데…….

하지만 당시 우리는 너무나 궁핍했고, 시간이 갈수록 그 정도는 더해갔다. 천국의 순간들은 거의 남지 않은 상황이었다.

뉘른베르크의 미술 아카데미가 부활절 휴가를 마치고 다시 문을 열었다. 나는 머리를 말아 올리고, 공들여 화장을 하고, 빨강과 검정 색상의 의상을 차려입고 학원에 갔다. 그리고 모델로 고용되었다. 내가 일을 할 동안 아이들은 근처 숲에서 놀기로 했다.

조각 수업에서는 홀딱 벗고 마룻바닥이나 심지어 시멘트 바닥 위에서 포즈를 잡아야 했다. 며칠을 연신 그렇게 일했더니 결국 복부에 냉증이 왔다. 눈앞이 캄캄했지만 어쩔 수 없었다. 모델 일을 계속 하기 위해서는 병을 달고 살아야 하는 법이다. 방광염은 하르피아*처럼 날 따라다닐 터였다.

내가 움츠려 끙끙 앓고 있으면 빌의 정신 나간 욕망은 되살아났다. 그는 날 강간했다. 내가 비명 지를 때마다 희열하며, 그 두툼한 원숭이 손가락으로 나를 찢어발길 듯이 애무했다. 나의 고통에 그는 흥분했다.

바르르 경련을 일으키며 죽어가는 영양을 바라보며 입맛을 다시는 야수, 그게 바로 빌이었다. 그를 진정시키기 위해서 나는 죽은 척을 하기도 했다. 그가 날 조용히 내버려둘 때까지 아무 저항도 하지 않으며 말이다.

물론 광기는 되돌아왔다. 새롭게 그의 혈관을 가열했고, 누런 안구를 시뻘겋게 물들였고, 광분하게 만들 무언가를 찾아 정신없이 헤매게 만들었다. 그러다가 아름다운 저녁시간, 밤참이 차려진 평화로운 식탁 앞에서 결국 폭발했다.

면을 한 솥 푸지게 삶아 먹고 후식을 들려던 참이었다. 그날의

---

* '약탈하는 여자'라는 뜻으로, 긴 머리칼을 풀어헤치고 바람보다도 빨리 나는 그리스 신화 속 마녀이다.

후식은 다음과 같았다. 그날 최후의 발견물로 셀로판 포장지로 싸여 있던 정체 모를 혼합물, 설탕이 뿌려진 거무스름한 민달팽이, 거의 공짜로 얻은 말라빠진 바나나 몇 개.

빌은 그것들을 입에 넣었다. 그때까진 조용했다. 묵묵히 씹어나가던 그는 갑자기 퉤 하고 내용물을 뱉어내더니 위협적인 목소리로 말했다.

"이 안에 대체 뭘 처넣은 거야? 독이지? 날 죽이려고?"

등골이 오싹해질 징도였다. 노발대발하며 일어난 빌은 어딜 간다는 말도 없이 집을 나갔다. 그래도 다행이었다. 빌이 집에 없는 그 순간만큼은 평화로울 수 있었으니 말이다.

그러던 어느 날에는 아주 유쾌해져서 함께 외출하자고 제안했다.

"준비해. 오늘 밤 내 친구들을 소개해줄게. 여자애는 너랑 같은 국적인데 흑인 대학생이랑 동거 중이야. 카페에서 같이 만나기로 했어."

완전히 감동한 나는 유일한 파티복인 검은색 벨벳 원피스를 입고 머리는 자연스럽게 풀어헤친 뒤, 모피 재킷을 걸쳤다. 밤에는 꼬질꼬질해진 털뭉치가 잘 보이지 않아 다행이라고 생각하며.

내가 가진 보석 중 가장 아름다운 것도 달았다. '사막의 장밋빛 다이아몬드'라 이름 붙였던 유리 귀걸이였다.

귀걸이는 언제나 위안이 되어주는 유일한 것이었다. 당시 착용하던 귀걸이는 모두 벼룩시장의 한 벤치에 자리를 잡고 장사를 하던 키 작은 노파에게서 산 것으로, 그녀는 늘 보헤미안적으로 귀걸이를 달아야 한다고 강조했다.

지금은 또 새로운 것들이 있는데, 진짜처럼 보이는 모조 보석들이다. 내게 정말 소중한 것들로, 옷장 속 찬란한 광채를 발하는 동굴 하나 속에 모두 보관하고 있다.

지금도 그때의 귀걸이들이 모두 기억난다. '사막의 장밋빛 다이아몬드'는 무지갯빛이 아롱거리는 살색에 뾰족한 끝에는 도금 장식된 캐러멜색 유리알이 대롱대롱 매달려 있었다. 내 마음에 쏙 들었다. 한편 '스페인 묘지'도 있었는데, 검정, 회색, 노란색의 무게감 있는 유리꽃 귀걸이로, 아래로 늘어지는 장식 보석알은 목 중간까지 닿는 것이었다. 가장 작은 귀걸이 '핏방울'은 인조 보석으로 수놓인 두 개의 붉은 진주알이었다.

나는 하루도 빠짐없이 귀걸이를 달았고 마음 끌리는 대로 바꿔 달았다. 바로 집시의 피가 원하는 일이었다.

아이들은 그들의 하나뿐인 노란색 나무 침대에서 잠이 들었다. 빌은 흰색 외투를 걸치고 혼자서 성큼성큼 나가버렸고, 나는 집안의 모든 문을 열쇠로 잠근 뒤에야 그를 좇을 수 있었다. 안뜰을 나오며 보니 횃대 위에 웅크려 잠든 비둘기들은 어찌나 꽁꽁 얼어붙었는지 깃털 한 가닥 바들거리지 않았다.

우리는 잠에 빠져든 에를랑겐을 가로질렀다. 초봄의 하늘에는 얼어붙은 별들이 총총히 박혀 있었고, 녹아가는 눈 웅덩이는 새카만 다이아몬드처럼 밤의 빛을 반사하고 있었다.

아무도 없는 거리 저 끝에 낡은 간판 하나가 빛을 발하고 있었다. '은빛 달silver moon'이라는 이름의 여관이었다.

빌이 안으로 깊숙이 들어간 문을 밀어젖히자 사람들이 요란하게 떠드는 소리와 음악이 둔중하게 청각을 마비시키는 동시에 번들거리는 얼굴들이 코앞으로 훅 다가왔다. 흑인들로 넘쳐나는 카페였다. 광분한 바다 속에 빠지듯 나는 그 안으로 들어갔다.

오, 흑인들이여, 나의 검은 신들이여! 이 밤, 나는 당신들을 처음으로 보았습니다! 그리고 오늘날까지 생생하게 기억하고 간절히 꿈을 꾸죠! 록의 물결에 요동치던 당신들의 거룩한 육체들! 사이키 조명을 받아 물결무늬 드리우며 땀을 흘리던 검은 토르소들을 말입니다! 어두운 태양과도 같은 얼굴들, 백인 여인들의 어깨 위에 종려나무 잎 모양의 훈장처럼 올린 손들! 그녀들은 당신들의 가슴에 파묻힌 채 뱃속 깊은 곳에서부터 퍼져나오는 계피 냄새와 향료 냄새에 마비되었습니다!

나는 빌에게 바짝 붙어서 얼키설키 엮인 인간 물결을 통과했다.

빌의 친구들은 카페 안쪽에 자리 잡고 있었다. 빨간 머리의 어린 백인 아가씨의 이름은 로즈라고 했다. 그녀의 살결은 살구가 사르르 녹아내린 것만 같았고, 그녀 옆에 앉은 흑인 약혼자의 몸은 싱그러운 밤처럼 광택이 났다. 로즈는 나를 향해 웃어 보였고 우리는 프랑스어로 수다를 떨었다. 빌은 커다란 잔에 황금빛 맥주를 주문했다.

그러던 어느 순간, 쫄티를 입은 거대한 흑인이 테이블로 다가와 나더러 함께 춤을 추자고 했다. 나는 빌의 눈치를 보았는데 그는 가도 좋다는 듯 고개를 끄덕였다.

자리에서 일어나자 그 흑인은 고운 비단뱀처럼 두 팔로 나를 감았다. 숨이 막혀왔다. 블루스 음악에 맞춰 그는 바람을 타는 나무 이파리처럼 몸을 흔들었고 나도 그를 따라 춤을 추었다.

그때 갑자기 빌이 의자를 박차고 일어섰다. 빌은 나를 바라보았다. 다른 흑인의 품에서 시선을 빼앗긴 채 그에게는 한 번도 보여준 적 없었던 미소를 짓고 있는 나를.

빌은 달려들어 나를 그에게서 떼어낸 뒤 테이블 위로 휙 집어던졌다. 나도 잔 하나를 집어 그의 얼굴에 부어버렸다. 맥주 세례를 맞은 빌은 누런 물을 뚝뚝 떨어뜨리며 다시 내게 다가와 나를 카페 건너편으로 날려버렸다.

나는 엉엉 울면서 비틀거리며 카페를 빠져나왔다. 목소리가 아주 다정한 키 작은 흑인 병사 둘이 나를 부축해주며 함께 자신들의 숙소로 가자고 했다. 하지만 나는 거절하고 내 집에 들어가 나의 아이들 곁에서 잠을 청했다.

이튿날 밤, 나는 혼자 집을 나섰다. 위장은 텅 빈 상태였지만 공들여 화장하고 옷도 그럴싸하게 차려입었다. 빌은 평소처럼 친구들을 만나러 나가고 없었고, 이제 나는 그에게 복수할 것이었다.

매혹적인 밤거리가 날 맞아주었다. 흘러나오는 음악들이 내 마음을 잡아끌었고, 뱃속의 거지들도 그들의 본분을 잊은 듯 텅 빈 뱃속에서도 파티 분위기가 감돌았다.

붉은색 수족관처럼 보이는 현란한 술집에 들어간 나는 높다란 스툴*에 걸터앉아 와인 한 잔을 홀짝였다. 동양인으로 보이는 한 느끼한 사내가 오른편에서 나를 바라보고 있었다. 그는 아주 부드러운 동작으로 가까이 다가왔고 곧 말을 걸 기세였다. 나는 속으로 생각했다. 제기랄, 너무 배고프다. 날 초대하면 따라가야지. 그리고 우리는 몇 마디를 주고받았다.

그를 따라간 곳은 청소년들의 아지트처럼 음침한 방이었다. 나를 디방**에 앉힌 그는 접시에 빵 몇 조각을 가져왔다. 곧 요란한 아랍 음악이 방 안에 울려퍼졌고, 나는 신경 쓰지 않고 먹고 마시는 데만 집중했다. 그러는 동안 그의 손은 내 몸 위를 살금살금 산책하기 시작했다. 나는 오랜 시간 동안 침묵 속에서 버티다가 다음번에 보자는 거짓 약속을 하고 은근슬쩍 그 집을 빠져나왔

* 등받이와 팔걸이가 없는 가장 오래된 형태의 서양식 의자.
** 쿠션은 있으나 등받이나 팔걸이가 붙어 있지 않은 긴 의자.

다. 흥! 나를 가지려 했다니, 어림없는 일이었다.

집에 도착한 건 새벽 네 시. 나는 도둑처럼 안뜰에 진입했고 아주 조심스레 문을 열었다.

"어디서 오는 길이지?"

침대에서부터 빌의 쉰 목소리가 울려왔다. 그는 꿈쩍도 않고 그 야수의 대가리를 베개 위에 얹은 채 동그래진 눈으로 나를 바라보고 있었다.

"초대 받았었어."

그의 옆에 누우며 말하는데, 그가 거칠게 뒤로 물러났다.

"내 몸에 닿지 마! 날 배신하다니, 다른 새끼 냄새나 풍기고!"

"아무 짓도 안 했어, 맹세할게! 아무도 날 만지지 않았다구!"

가엾은 단어들이 와르르 무너져 내리는 순간이었다. 빌은 더 이상 아무 말 하지 않고, 벽 쪽으로 등을 돌려 잠을 잤다. 모든 것이 헛된 것만 같았다. 나는 밤새도록 소리 없이 눈물을 흘려서 두 눈이 타들어가는 것만 같았다. 동이 틀 즈음에야 겨우 잠이 들 수 있었다. 숨 막히는 고요는 이튿날 아침까지 이어졌다. 잠에서 깬 빌은 내게 눈길 한 번 주지 않고 한마디 말도 없이 옷을 입고 그대로 학교로 가버렸다.

그날 오후, 나는 초록색 버스를 타고 혼자 뉘른베르크에 갔다. 한 아마추어 사진가에게 포즈를 취해주기 위해서였다. 그의 아파트는 꽃무늬 커튼과 봉제 의자, 인조 비단 침대보들로 숨이 컥컥 막히는 그런 곳이었다. 한쪽 벽에 걸린 벨벳 융단에는 오렌지색 바탕 위로 낙타 행렬단이 선명한 녹색의 종려나무 이파리들을 헤치며 여행하고 있었다.

나체가 된 나는 이빨을 다닥다닥 부딪치며 자세를 유지하고 있었다. 한 다리는 의자 위로 접어 올리고, 나머지 다리는 발끝으로만 서서, 제물을 바치듯이 두 손을 앞으로 죽 내민 채, 몸은 활처럼 뒤로 휘게 한 상태였다. 그 상태에서 온힘을 다해 배를 안으로 집어넣으며 억지로 웃어 보여야 했다.

그런데 갑자기 사진가도 벗기 시작했다. "이래야 더 편하거든요"라면서. 그러고는 내 주위를 빙빙 돌면서 쪼그려 앉았다가 다시 일어나기를 반복하며 사진을 찍었다. 셔터를 누를 때마다 터지는 플래시에 눈이 멀어버릴 것만 같았다. 그는 어쩌다 좋은 컷을 놓치면 욕설을 내뱉으며 그을린 전구를 전부 내 쪽으로 집어던졌다.

그는 점점 냉정을 잃는 듯했다. 겨드랑이에서는 땀이 줄줄 흘렀고 곤충처럼 가느다란 두 허벅지 사이에서는 반쯤 발기된 성기가 우왕좌왕 동요했다. 그의 몸에서 풍기는 크림치즈의 쉰내는 먼지를 잔뜩 머금은 카펫의 악취와 섞여 숨을 쉴 수 없을 정도였다. 최악의 상황이었지만 나는 애써 세운 이 허약한 건축물을 무너뜨리지 않으려 땀을 삐질삐질 흘렸다.

오후 네 시가 되자 그는 좀 진정을 하고 쟁반에 차와 비스킷을 내왔다. 내가 늘어놓는 몇 마디 달콤한 칭찬들에 몹시 즐거워하던 그는, 기다란 코를 쿵쿵거리며 생쥐처럼 생긴 얼굴 위에 콕 박힌 작은 두 눈을 내게 맞추었다. 흥, 이건 또 뭔가! 무슨 짓을 하려고? 그의 딱딱한 살가죽과 뼈만 남은 멍청한 두 손이 바르르 전율하고 있는 게 아닌가!

나는 말없이 그를 뒤로 밀어냈다. 그러자 이 멍청이는 그제야 연신 미안하다고 사과하다가, 온종일 선술집에서 소믈리에로 일하는 자기 아내의 불감증에 대해 한탄하기 시작했다. 아내는 매일 밤 그의 요구를 거절하는데, 그녀는 정말 잠만 자기 위해서 한 침대를 쓰는 거라고 했다. 그럼에도 불구하고 아내와 헤어지지 못하는 건 결혼수당 때문이라고 했다. 대출 받아 산 가구들도 아직 갚지 못했단다.

곧이어 카펫에 누워서 찍는 새로운 포즈를 위해 가구들을 옮기던 이 나체 고행자는 스스로를 예술가 돈주앙으로 착각하고 거울에 비친 자신에게 경이로운 눈빛을 날리기까지 했다.

공간이 확보되자 그는 카메라가 거의 바닥에 닿을 만큼 저자세를 취했다. 그러고는 아까처럼 욕설을 내뱉으며 살을 태우는 유백색 전구들을 아무렇게나 주변으로 내던지며 계속해서 사진을 찍어댔다.

이 고단한 촬영은 그의 아내가 귀가하기 직전인 저녁 여섯 시가 되어서야 끝이 났다. 나는 장엄하게 20마르크를 손에 쥐었다.

얼마 후에 나는 나이트클럽의 호스티스로 고용되었다. 끔찍한 요부들이 쇼윈도에서 경련을 일으키듯 온몸을 비틀어대는 에로틱 바였다. 백 년 묵은 구렁이 같은 얼굴에 안경을 얹고, 역겨운 향수 냄새를 풍기는 유태인과 그의 아내가 경영하는 곳이었다.

내가 해야 할 일은 다음과 같았다. 옷을 잘 차려입고, 정숙한 태도를 유지하면서도 소박하게 음탕한 표정을 지으며, 찻잔을 앞에 둔 채 테이블에 혼자 앉아 있기.

이곳 사람들은 예술가의 이름을 쓰라고 충고했고 나는 고민 끝에 '미미'를 선택했다. 보헤미안적인 삶에 대한 어렴풋한 추억을 떠올리며 고른 것이다.*

그렇게 나, 풋내기 창녀는 자리에 앉아 벌벌 떨면서 조용히 차를 홀짝였다. 아직 막은 오르지 않은 상황, 여사장은 혼자 있는 한 사내를 가리키며 내게 사인을 보냈다.

나는 시키는 대로 조르르 그에게 다가가 여기서 가장 비싸다는 '샴페인 칵테일'을 주문했다. 열 잔을 마시면 수수료 10마르크를 챙길 수 있었다. 늙은 사내는 나를 바라보았고, 나는 한 마디도 하지 않았다. 오, 가엾은 미미! 십오 분 만에 그녀의 중고 검정 치마는 구깃구깃, 볼품없는 벨벳 블라우스의 겨드랑이 부분은 축축해져 있었다.

* 미미는 프랑스의 작가 앙리 뮈르제Henri Murger의 자전적 소설 《보헤미안의 삶》에 등장하는 여주인공의 이름이다. 낡고 초라한 방에서 수 놓는 일을 하는 미미는 폐결핵을 앓으면서도 시와 예술을 꿈꾸는 가난한 예술가이다.

화장실에 가는 내게 누군가 귀에 대고 속삭였다.

"사랑스러워야 한다니까. 애무하도록 좀 내버려두고, 너도 정도껏 상냥하게 만져주고 말야. 무엇보다 샴페인 칵테일과 위스키를 벌컥벌컥 들이켜!"

그러나 나는 목마르지 않았다. 그리고 이 늙은이에게 대체 무슨 말을 해야 한단 말인가. 결국 그는 떠났고 나는 홀로 남았다.

그런데 돌연 용기가 불끈불끈 솟아올랐다. 나는 단호한 발걸음으로 이미 금발 아가씨를 꿰차고 있는 뚱뚱한 촌놈에게 다가갔다. 아주 유별나게 틀어 올린 머리에 얄팍한 두 입술을 꼭 다물고 있던 그 아가씨는 일종의 '댄싱 복지사' 역할을 하고 있었다.

순진하게도 나는 아가씨가 둘이면 남자가 두 배로 좋아할 거라고 계산했다. 즉, 그에게는 두 배로 받으면서 나와 그녀는 일을 반씩 나눌 수 있을 거라고. 실제로 뚱땡이는 아주 황홀해 했지만 아가씨는 인상을 팍 구기더니 거칠게 일어나 자리를 떠버렸다. 내가 그렇게 상냥한 얼굴로 다가가 자기를 도와주려고 했는데 말이다.

그때 마이크에서 아주 능글맞은 목소리가 내 이름을 불렀다.

"미미 양, 전화 왔어요. 빨리요!"

가슴이 쿵 내려앉았다. 전화라니? 나한테? 내가 여기서 일한다는 걸 아는 사람은 아무도 없었다. 머릿속에서 이런저런 생각들이 회전목마처럼 빙빙 돌기 시작했다. 아이들의 죽음? 짭새? 구급차? 집에 불이 난 건 아닐까?

아니, 아무것도 아니었다. 나를 불러내 좀 더 재치 있는 잔소리를 해주려는 안경 쓴 늙은 뱀의 수작이었다.

"아니, 어떻게 다른 아가씨의 고객을 꿰차나? 금지란 거 몰라? 그 아가씨, 당신 가죽을 확 벗겨내겠다더만!"

나는 사과해야 했다.

"그리고 좀 마시라고, 마셔! 두 잔 마시고 그렇게 앉아만 있으려고? 벌써 한 시간이 지났어!"

나는 다시 뚱땡이에게 돌아가 절망이 깃든 행복감으로 레드와인 한 병을 주문했다. 와인은 분명히 그들의 피폐한 '칵테일'보다는 훨씬 나을 것이고, 나는 실속 있는 무언가로 그나마 비참함을 달랠 수 있을 터였다. 이윽고 18마르크짜리 프랑스산 고급 레드와인 한 병이 테이블 위에 놓였다. 나는 종업원의 휘둥그레진 시선에도 아랑곳 않고 축배를 들었다. 흥, 겨우 프롤레타리아급 알코올을 운운하며 내가 손님들의 소비를 촉진하지 못한다고 했겠지!

화려한 트롬본 연주가 이어지는 가운데, 술집 한가운데 위치한 무대 위로 보랏빛 조명을 입은 댄서 이네스가 모습을 드러냈다. 가느다란 하이힐 위로 우뚝 선 그녀는 붉은 갈기를 단 한 마리의 야생짐승이었다. 독선적이고 풍만한 호랑이.

그녀는 자줏빛 디방에 앉아 술집의 네 구석으로 옷가지를 하나하나 내던지는 동시에 분노하는 암고양이처럼 몸을 쭉쭉 뻗으면서 힘차게 발가벗었다. 그러고는 귀를 찢어대는 서툰 색소폰 연주에 맞춰 몸을 구불거리다가 그 모든 관절의 힘을 단숨에 쭉 빼며 낡은 디방 위로 하강해버렸다.

한편, 가죽 망토를 걸친 호리호리한 발키리들은 초록빛 조명을 받으며 엄숙하게 옷을 벗었고, 은 갑옷을 입은 젊은 경기병들은 군인 왈츠를 추었다.

우리도 왈츠를 추었다. 완전히 헤롱헤롱해진 나는 늙은 코끼리의 품에 폭 안겨 연신 발을 짓밟히며 안갯속을 헤맸다.

와인 세 병을 마신 뒤였다. 자기 남편만큼이나 뱀스러운 여사장은 바 뒤에서 나를 향해 용기를 북돋는 미소를 지어 보였다.

이제 새벽 세 시. 연주는 멈췄고 댄서들도 사라졌다. 나는 일당을 받기 위해 비틀거리며 부엌 쪽으로 걸어갔으나,

"내일 다시 와."

건조한 목소리가 대답할 뿐이었다.

밖으로 나오자 아직 아침을 맞이하지 못한 새카만 어둠만이 나를 반겼다. 비가 내렸고 온몸이 바들바들 떨렸다. 가진 돈이라곤 네 시 첫차를 탈 차비뿐.

기차 대기실에는 양모 스웨터를 껴입은 노파들이 수다를 떨고 있었다. 수녀들의 여행용 토트백과 어깨끈이 달린 가방들 사이에 빈 벤치가 눈에 들어왔고, 나는 그 위에 털썩 주저앉았다.

플랫폼의 아스팔트는 자색빛을 띠었고, 벨소리는 고막을 찢을 듯이 날카로웠다. 헛수고한 지난밤을 생각하니 정체 모를 절망감

이 무겁게 목을 죄어왔다. 아이들을 탁아소에 보내려면 일곱 시에 다시 눈을 떠야 했고, 지갑은 여전히 텅텅 비어 있었다.

저녁이면 빌은 학교에서 돌아오자마자 그 거대한 머리통을 씻고, 짧고 곱슬곱슬한 머리털에 포마드로 윤을 낸 다음, 네 모서리를 매듭지은 손수건을 그 위에 얹고는 부엌에 있는 침대에 앉아 아무 말 없이 담배를 피웠다. 그는 감정이 없는 로봇 같았다. 바로 옆에서 나와 아이들이 살아가고, 웃고 떠들고, 잠을 잤지만 그는 아무것도 인식하지 못했다.

그러던 어느 날 밤, 그는 느닷없이 이런 말을 했다.

"넌 남자들에게서 돈을 벌어야 해. 넌 그러려고 태어난 거야. 호텔에 가서 25달러를 불러봐. 잘 씻는 건 잊지 말고. 병을 옮아 오면 죽여버릴 테니까."

밤. 어둠에 휩싸인 뉘른베르크의 쇼윈도들은 빛나는 제단과도 같았다.

나는 길을 걸었다. 혼자는 아니었다. 미지의 축제를 위해 분칠하고 치장한 여인들이 하나 둘 내 옆에 모습을 드러내고 있었다. 그녀들은 도망치듯 군중 속을 걷다가, 돌연 청동 조각상마냥 무관심한 표정으로 인도 끝에 멈춰 섰다. 암암리에 우리는 동지가 되었다.

언젠가부터 구레나룻이 희끗희끗한 노인네가 나를 쫓아오고 있었다. 곧 그가 내 곁에 다가와 씩 웃어 보였고, 허리를 굽혀 손등에 키스를 했다. 나는 직감했다. 내게 뭐가 요구사항이 있는 거라는 걸. 이렇게 철저하게 예의를 지킬 때는 특히. 노인네는 내 팔을 잡고 놓아주지 않았다. 이제 더 이상은 그를 피할 수 없었다.

"아름다운 여인이여, 나와 함께 식사를 하겠소?"

그는 나를 중국 식당에 데려갔다. 눈이 부실 정도로 화려한 음식들은 이제 곧 다가올 고통의 향기를 풍기고 있었다. 난 용기를 내기 위해 와인을 들이켰다.

식사가 끝나고 우리는 나란히 길을 걸었다. 배는 두둑했지만 날이 너무 추웠다.

우리는 승강기가 없는 오래된 건물에 올랐다. 마지막 7층, 지붕 바로 아래에서 그는 다락방 문을 열었다.

"받아."

그 말과 함께 그는 50마르크를 내밀었다. 절망적인 초록색 지폐 한 장을. 그러고 나서는 꽃무늬 디방 위에 올라갔다. 네 다리로 엎드려서 털 난 거대한 엉덩짝을 벌리며 그는 이렇게 말했다.

"핥아."

아, 이것이 바로 천국으로 통하는 치욕스런 비밀의 문이었다! 먹고살고 싶다면, 빨고 핥아야 하는 역겨운 성체의 빵 말이다!

이윽고 뚱뚱보 독일인은 가냘프게 울었다. 언제가 기저귀를 채워주던 엄마의 부드러운 손가락을 경험하고 있다고 믿는 이 늙은 갓난아기는 저렇게 엎어져서 지금까지 똥을 한 트럭은 눴을 것이다! 이제 끝났다. 그는 자리에서 일어나 넥타이를 매고 다시 위엄을 되찾았다.

"한잔하러 갑시다."

흰색, 붉은색 식탁보가 깔린 테이블들로 발 디딜 틈 없던 소규모 여관 식당의 촌스런 조명 아래서 우리는 코냑을 마셨다. 겉으로는 아무 일도 없었던 것처럼 보였다. 그러나 실은 모든 게 이전과 달라져 있었다. 나는 어떤 선을 넘었고, 다시는 돌아올 수 없는 곳으로 가버린 것이다. 그것은 너무나 사소하지만, 너무나 엄청난 변화였다.

새벽 네 시에 집으로 돌아오니 빌이 자리에서 일어났다.

"얼마 벌었어?"

"50마르크."

"보여줘봐."

나는 시키는 대로 했다.

"잘했어, 이리로 와."

돈을 벌었다는 가련한 기쁨에 빠진 나는 잠들기 전 환영까지 보았다. 마침내 곯은 배를 채워줄, 내일 구입할 수 있을 음식거리들이었다.

이튿날은 그야말로 파티였다. 빌도 우리와 함께 식사를 했다. 거룩한 고기 냄새가 콧구멍 속으로 솔솔 흘러들어왔고, 배터지게 먹는 쾌감도 재생시킬 수 있었다.

그랬다. 우리가 먹는 것은 내 몸이었다. 식탁 위에 넘쳐흐르는 이것들은 내 살, 내 눈물이었다. 뜬눈으로 지새웠던 그 뼈저린 밤은 이제 군침 도는 향내를 풍겼고, 즐거운 연회를 보내는 동안 아이들과 흑인 애인은 내 안에서 일체가 되었다.

우리는 햇볕을 쬐기 위해 산책을 하기로 했고, 빌은 멋스러운 밝은색 정장 상의를 걸쳤다. 때는 거의 초여름, 밀밭은 강줄기를 따라 기다란 초록 머리털을 불태우고 있었다. 바람을 맞자 정화되는 기분이 들었다. 나는 바닥에 마구 뒹굴고 싶었다. 우걱우걱 이빨로 풀을 뜯고 싶었고, 나무뿌리가 되고 싶었다.

빌은 어느 테라스에 자리를 잡았다. 태양 아래에서 그의 살갗은 활활 타오르는 불보다도 진했다. 사프란을 떠올리게 하는 짙은 황색빛의 관자놀이 위로 땀이 흘러 아른아른 빛나고 있었다. 흑인들은 여름이 되면 더 새카매졌다. 어떤 이들은 구릿빛 광채를 발했고 또 어떤 이들은 너무 그을린 탓에 푸르스름해졌다.

빌은 그 호박색 손바닥으로 내 손을 잡았다. 그의 손톱 가장자리는 주홍빛을 띠었는데, 그 위로 구운 새우의 탁한 핑크빛까지 연하게 돌았다.

햇볕을 맞으며 우리는 부처마냥 아무 말 없이 가만히 있었다. 빌은 맥주를 들이켰고, 나와 아이들은 핑크색 쿠키가 박힌 어마어마한 아이스크림 콘에 온정신을 집중했다.

비둘기가 사는 안뜰에 머문 지도 어느덧 석 달이 흐르고 있었다.

부엌에서 설거지를 하고 있던 어느 날 오후에는 창밖에서 누군가 얼쩡거리고 있는 걸 보았다. 태양광선을 받아 새하얘진 담벼락 위로 두 명의 실루엣이 또렷이 부각되고 있었던 것이다. 이윽고 그들이 거칠게 현관문을 쿵쿵 두드렸다.

뮌헨의 영사관에서 특별 방문한 사내들이었다. 그들은 탐욕스러운 시선으로 집안 구석구석을 샅샅이 뒤지면서도 아닌 척 웃어 보였다. 끔찍스러운 웃음이었다.

"당신을 찾으려고 우리가 얼마나 고생한 줄 압니까?"

상관으로 보이는 사내가 말했다.

"그래요. 후견인이 걱정하고 있습니다. 얼른 본국으로 돌아가시길 바랍니다."

그들의 시선은 안뜰에서 축축한 부엌으로, 의자 위에 겨우 지탱되고 있는 붕괴 직전의 세면대로, 바닥에 놓인 빌의 괴물스런 신발로 옮겨갔다. 다른 방으로 넘어가서는 두 아이의 하나뿐인 침대며 처참하게 깨진 유리창, 그리고 테이블과 두 의자까지 보았다.

아이쇼핑을 마친 그들의 눈에서는 분노에 가까운 놀라움과 더불어 일종의 연민, 이토록 절망적인 상황에 처한 우리를 찾아냈다는 사실에 대한 짜증 따위를 읽을 수 있었다. 게다가 지금 이곳에 없는 빌은 실체보다 더한 이미지로 분위기를 한층 더 무겁게 했다. 두 사내는 앉을 생각도 하지 않았다.

나는 직감했다. 우리의 도망, 굶주림, 빌의 광기…… 이 모든 것을 그들이 속속들이 알고 있음을.

그리고 내 입은 본능적으로 쉴 새 없이 나불거려댔다. 아무 말이나, 거짓말도 상관없이.

"이해하시겠어요? 아이들은 탁아소에 있고 제 약혼자는 공부를 한답니다. 우린 곧 결혼할 거고요. 이 집이 그렇게 편한 건 아니지만 상관없어요. 우린 이 생활에 익숙해졌다고요."

이미 상황을 판단한 그들은 억지로 너그러운 태도를 보이며 다시금 우리의 처절한 가재도구들이며 이 빠진 접시, 잘못 꿰어진 옷가지, 벽에 남은 곰팡이 자국들을 유심히 바라보았다.

"당신은 너무 부주의하셨습니다. 저희가 조금만 나빴어도 당신을 당장 송환시켰을 겁니다."

경찰서에 여권을 제시하고 아이들과 함께 관광비자를 받겠다는 약속을 받아낸 뒤 마침내 그들은 집을 떠났다.

이 급작스런 방문의 결과는 오래 기다릴 필요도 없었다. 당장 그날 밤에 집주인은 빌을 안뜰로 불러냈다. 잠시 후, 내가 밤참을 준비하고 있을 때 빌이 주방에 들어와 말했다.

"여길 떠나. 아이들도 함께. 집주인은 경찰과 아무 탈이 없길 원해. 어서 짐을 싸서 내일 당장 나가."

아이들과 내 소지품을 꾸리고 나서 옷장 안의 거의 비어버린 선반 위에 고독하게 홀로 남은 빌의 양말을 보고는 기어이 눈물을 흘리고 말았다. 우리가 옹기종기 모여 사는 삶은 이제 끝이었다. 어디로 가야 하는 걸까. 나는 여전히 빌을 사랑하는데.

나는 도망치듯 방에서 빠져나왔다. 이렇게 짐승처럼 쫓겨나기는 처음이었다. 집주인은 소리쳤다.

"얼른 꺼져버려! 절망적인 무리 같으니라고. 더는 나를 괴롭히지 말고 어디든 가버리라고!"

처음이었지만, 유일무이한 건 아니었다. 이후 네 번 더 쫓겨났었는데, 그 마지막은 결정적인 추방이었으니까.

부슬부슬 이슬비 내리던 그 아침, 나와 아이들은 우리의 유품과도 같은 끈질긴 여행용 가방 두 개를 끈으로 동여매야 했다. 우리는 뉘른베르크행 열차에 올랐다. 미술 아카데미에서 모델로 일하던 시절, 조각 수업의 한 학생이 자신의 부모가 뉘른베르크에 정원이 딸린 작은 빌라를 가지고 있다고 말한 것을 기억해냈기 때문이다. 그것이 우리에게 남은 유일한 희망이었다. 곧장 스위스로 돌아가 후견인에게 용서를 빌고 아이들을 넘길 수는 없었다.

미술 아카데미의 사람들은 우리를 보자 적잖이 놀라워했다. 그 조각 수업 학생도 나의 뻔뻔함에 진저리가 난 기색이었지만, 끈질긴 애원에 못 이겨 결국 부모에게 전화를 걸었다. 그리고 한 달 치의 집세를 선불하고 아무것도 손상하지 않는다는 조건하에 허락을 구해냈다. 그 부모는 빌라에 정원을 가꾸는데, 정원에서 자라는 채소들에 아주 민감해하는 사람들이었다.

우리는 버스를 타고 종점에서 내렸다. 그곳은 도시와의 경계구역으로, 공장들이 밀집해 있었다. 다리를 하나 건너고도 들판을 가르는 좁다란 오솔길을 오래 걸어야 했다.

안개가 자욱히 낀 무인지대$^{No\,man's\,land}$를 지나 마치 곰팡이 슨 버섯들처럼 철책에 둘러싸인 빌라가 하나 둘 모습을 드러냈다. '우리 집'까지 도착하려면 미로처럼 얽히고설킨 작은 주택들을 통과해야 했다. 각각의 정원마다 조잡한 오두막집에 시끄럽게 짖어대는 개들, 멜빵바지나 앞치마 차림으로 잡초를 뽑거나 땅을 일구는 노부부들이 있었다. 그들은 우리를 발견하고는 호기심 가득한 얼굴로 몸을 일으켰고, 그럴 때마다 조각 수업 학생은 몹시 불편한 얼굴로 인사했다. 언젠가 빌라에 대해 지껄인 것을 후회하는 것이리라. 정말이지 그는, 수상쩍고 초라하며 지지리 궁상인 한 가족을 어쩔 수 없이 돕는 자의 표정을 짓고 있었다. 그도 그럴 것이 상추와 옥수수가 조르르 정렬된 이 동네의 말끔한 풍경과 우리는 전혀 어울리지 않았다.

마침내 학생은 정원으로, 그러니까 '우리의' 정원으로 들어가는 문을 열었다. 곧이어 꼼꼼하게 왁스칠 된 오두막집의 문까지 열자…… 아아, 완벽한 집이었다. 적어도 우리에게는 정말이지 완벽했다. 빤들빤들한 마룻바닥에 체크무늬 스톨라가 덮인 침대, 깔끔하고 아담한 두 개의 방. 물도 전기도 없지만 이곳은 우리 집, 우리의 평온한 안식처인 것이다!

그날 저녁, 도로변까지 나가야 하는 제법 먼 수돗가까지 가서 물을 길어 올 때였다. 걸음마다 쿨렁쿨렁 넘치는 양동이를 들고 낑낑대고 있는데, 저 멀리 오렌지빛 하늘 아래 흑인들을 한가득 싣고 달리는 미제 자동차가 눈에 들어왔다. 짙은 황혼이 깔린 하늘 아래 차창 밖으로 빠져나온 그들의 손은, 여행하라고 자극하는 까마귀들처럼 먼지 푹푹한 미루나무 너머의 우리들에게 신호를 보내고 있었다. 어쩌면 이 땅의 저편, 미국이란 곳으로 우리를 부르는지도 몰랐다. 나와 아이들도 그들을 향해 손수건을 흔들어 주었다.

그들이 사라져버린 속도만큼 하늘도 빠르게 어둑해졌다. 서둘러 집에 돌아가야 했다. 한 발자국 나아갈 때마다 선이 날카로운 양동이 손잡이가 손바닥 안으로 점점 깊게 파고들어왔다.

우리의 보금자리에 도착해서는 초 하나로 불을 밝힌 채 두 방 사이에 위치한 난로에다가 귀리 스프를 한 냄비 끓였다. 배불리 먹은 아이들은 금방 잠이 들었고, 흔들거리는 양초 불 아래에서 나는 깨진 손거울을 들고 화장을 시작했다. 속눈썹을 검게 메우고, 눈 윤곽을 따라 라인을 그린 다음, 눈두덩을 은빛으로 물들였다. 그랬다. 세상은 음흉하게도 나의 젊음과 건강을 망쳐놓았지만 나, 끝까지 화려하고 싶었다. 나의 고통까지도 반짝반짝 빛을 내기를!

출렁이는 바다에 몸을 던지듯 이를 악물고 어둠 속으로 나아갔다. 무릎까지 잡초가 닿았다. 어느새 여름이었다. 곤충들은 찌르륵찌르륵 힘차게 합창을 하며 밤을 갉아먹고 있었다.

정원을 지날 때마다 개들은 요란하게 짖어댔고 구두굽은 자꾸만 땅속으로 꾹꾹 처박혔다. 서둘러 이곳을 빠져나가야 했다. 주민들이 깨어나기 전에 사라져야 하는 것이다.

캄캄한 초원을 가르는 길고 긴 오솔길을 지나 도로에 다다라서야 제대로 호흡을 가다듬을 수 있었다. 그리고 온 힘을 다해 나 자신을 다져야 했다.

수많은 헤드라이트 불빛들, 흘끔거리는 시선들을 가까스로 스치면서 나는 아주 똑바로 걸어나갔다. 그러다 돌연 어떤 차가 멈추고, 문이 살짝 열리고, 그 사이로 손이 튀어나왔을 때는 심장이 얼어붙는 듯했다.

대체 누구인가? 이 한밤중에 차 안에서 나를 기다리는 이는? 지금에 와서 도망친다는 건 불가능했다.

두 손 힘껏 보이지 않는 밧줄을 쥐고 한 걸음 한 걸음 다가갔다. 그리고 상체를 기울여 차창 안을 들여다보았다. 내 인생이 걸린 절체절명의 순간이었다!

칠흑 같은 어둠 속에서 실루엣만으로 정체를 짐작해야 하는 이 남자, 혹시 짭새는 아닐까? 살인자라면? 먼저 눈동자를 봐야 했다. 그리고 그 즉시 민감하고 예리하게 결정을 내려야 했다. 서둘러야 했다. 차는 기다리지 않았고 또 다른 차가 나를 노리며 다가와 내게 손짓하고 있었으니까. 나는 문이 거의 닫히려는 순간 차 안으로 무작정 뛰어들었다. 어디로든 날 실어가겠지, 하고.

그러고 나서 대체 몇 번이나 이 덫에 얽혀들었는가? 이것은 밤의 복권과도 같았다. 복권을 긁고 난 매일매일의 새벽은 석방이며 부활의 시간이었다. 그래도 다행히 최악은 면해왔다.

유난히 안개가 지옥했던 어느 날 저녁에는 골목길에 숨어 있던 트럭에 올라타게 되었다. 차는 마을의 외곽 쪽을 향해 달리다가 버려진 창고가 넘쳐나는 불모지에 멈췄다. 아무 소리도 들리지 않았다. 희미한 빛을 발하는 등 하나가 깜빡이며 헐벗은 땅을 비출 뿐이었다.

여지없이 나는 똑같은 레퍼토리를 펼쳤다. 즉, 커가는 아이들, 가난, 체류증 없이는 노동이 불가능한 이 빌어먹을 나라에 대해.

동정심 유발 작전 성공! 운전석에 앉은 남자도 아이들이 있다고 했다. 자식들을 먹여 살리는 게 얼마나 힘든 일인지 그도 잘 알고 있다고 했다. 그가 말했다.

"잘만 해주면 내 멋진 선물을 드리지."

그리고 등 뒤의 커튼을 확 열어젖혔는데, 으악! 뒷좌석에 웬 넝마 더미가 깔려 있는 게 아닌가. 우리는 음식 찌꺼기와 곰팡이 냄새가 가득한 쓰레기 속을 뒹굴어야 했다.

일이 끝나고 나는 꼬질꼬질한 걸레들과 뒤섞여버린 내 옷들을 찾고 있는데, 그는 이미 단추까지 싹 채우고 옷매무시를 가다듬은 뒤 운전석에 앉아 시동을 걸고 있었다.

"내 선물은요!"

내가 울부짖자,

"잠시 후에!"

그는 핸들을 돌리며 태연하게 대답할 뿐이었다. 트럭은 어느 코너에서 방향을 틀더니, 불이 켜진 진열장 앞에서 급하게 멈춰 섰다. 남자는 손을 내밀며 말했다.

"자, 이 돈으로 담배 한 갑만 사다주는 친절을 베풀어주는 건 어때. 저기 자동판매기 보이지?"

그리고 내가 좌석에서 내려 문을 닫자마자, 트럭은 안개 속으로 휭 사라져버렸다. 나는 내 손을 들여다보았다. 달랑 50페니히 동전 한 개, 그게 다였다.

짙은 안개 사이로는 가랑비마저 내리고 있었고 밤은 꽁꽁 얼어붙어 있었다. 바람 한 점 불지 않았고 주위의 집들은 겨울잠을 자는 곰처럼 꿈쩍도 하지 않았다. 나는 어디로 가는지도 모른 채 하염없이 걸었다. 더는 시간도 존재하지 않는 것 같았다. 안개에 다 갉아 먹힌 것이다.

그때 기적이 일어났다. 구원의 자동차 한 대가 나타나 나를 주위 마을로 향했다. 나는 나를 아이들에게 데려다줄 익숙한 다리들과 가건물들, 오솔길을 되찾을 수 있었다.

뉘른베르크의 야간 집행자들아, 당신들은 나를 야생 고양이라, 아이들의 엄마라 떠받들었지. 당신들에게 영광을 돌린다, 더러운 놈들! 고맙다! 당신들 덕에 먹고살 수 있었으니!

흥! 밤이면 밤마다 나는 당신들의 썩은 틈니에서 음식 찌꺼기를 긁어모았지!

매일 밤 나는 다시 일어설 수 있었고, 단단해졌고, 강해졌다. 짭새들도 우릴 찾아내지 못했다!

나는 동이 트면 곧장 식료품점으로 달려갔다. 당신들의 배때기 위에서 전율하고 낚아챈 지폐가 경이로운 먹을거리로 탈바꿈하는 그곳으로!

낮에는 아이들과 두 팔을 휘두르며 태양 아래를 걸었다.

관처럼 쿠션 처리된 당신들의 방, 부대끼는 물렁물렁한 살, 딱딱한 자동차 좌석, 새벽 네 시에 차 밖으로 던져졌을 때 뺨을 갈기던 차디찬 바람 따위…… 나는 모두 잊었다!

낮은 온전히 우리의 것이었다! 나와 아이들은 깔깔깔 웃고, 우걱우걱 먹고, 활개를 치며 거리를 걷고, 사랑스런 동물 인형도 사들였다. 진짜 집시들처럼 말이다!

어둠이 깔리면, 여인들은 살랑살랑 비행하는 잠자리처럼 오래된 뉘른베르크의 중심가를 돌고 돌았다. 높다란 쇼윈도 안에는 눈부신 조명 아래 크리스탈과 각종 보석들, 환상적인 조화造花들이 옷감의 침묵에 끈적하게 달라붙어 반짝반짝 빛나고 있었다.

자정이 되었다. 날은 몹시도 추웠고, 무거운 침묵이 도시를 짓누르고 있었다. 한 구부정한 노인이 까마귀처럼 슬그머니 다가와 내 팔을 붙들었다. 바들바들 떨고 있는 그의 얼굴은 희끄무레한 노화의 이슬에 젖어 축축해 보였고, 얄팍한 두 입술은 이빨이 다 빠져 움푹 파인 잇몸을 겨우 덮고 있었다.

그는 거미 다리처럼 가늘고 가벼운 손으로 내 어깨를 붙잡고는 까치발로 발돋움해서 내 귀에 이렇게 속삭였다.

"마담, 아름다운 마담, 나와 함께 가주오! 30마르크를 주겠소. 호텔비는 내가 부담하리다!"

그리고 그는 나를 호텔 입구에 두고 민첩하게 계단을 올랐다. 나는 잠자코 벽에 붙어 있었다.

잠시 뒤에 구루병 걸린 까마귀가 셀로판지로 공들여 포장된 콘돔을 손에 쥐고 원기왕성하게 계단을 내려오는 순간, 어떤 끔찍한 목소리가 귓가를 스쳤다.

"아니, 여기서 뭐하십니까?"

맙소사! 내 '첫날밤'의 남자였다. 날 중국 식당에 데려갔던 늙은 갓난아기 말이다. 그는 나를 잡아끌었고 나는 저항하지 못했다 콘돔을 쥔 늙은 까마귀가 낙심한 얼굴로 인도까지 따라 나오는 듯했지만 제대로 돌아보지도 못했다.

빨리 움직여야 했다. 그리고 가능한 한 멀리 가야 했다. 길모퉁이엔 벌써부터 경찰들이 깔려 있었다. 게다가 조금 전에도 어떤 수상한 사내가 나와 까마귀를 따라 같은 길을 여러 번 쫓아오지 않았던가. 오래된 도시의 포석은 이미 뜨겁게 달궈진 상태였다.

그래, 그가 분명했다. 꽉 끼는 회색 정장 차림의 사내는 쉬에드 가죽 장갑을 낀 손으로 차문을 열어주었다. 니켈로 도금된 거대한 영구차도 그대로였다.

그러나 이번에는 중국 음식도, 다락방도, 정중함도 없었다. 그는 급했다. 두 빌라 사이의 어느 음침한 골목에 차를 멈춘 그는 좌석 등받이를 뒤로 뉘어 간이침대로 만들었다. 그러고는 헐떡이며 옷을 벗었다. 이윽고 검정 가죽 쿠션 위로 괴기스러운 달처럼 그 물렁물렁하고 낡은 엉덩짝이 모습을 드러냈다.

내 머리는 그의 두 손에 부여잡혀 냄새나는 주름 속에 마구 처박혔다.

그 어떤 건달 못지않은 폭력을 행사하면서도 사내는 어린아이처럼 흐느껴 울었다. 그렇게 몇 분이 흘렀을까. 내가 반 질식 상태로 눈물만 철철 흘리고 있을 때 그는 마침내 내 입안에 모든 걸 쏟아버렸다. 그리고 순식간에 옷을 갖춰 입고 휘파람을 불며 차에 시동을 걸었다. 또한 내가 요구하지 않았는데도 지난번과 똑같이 50마르크를 주고, 집 근처까지 데려다주는 친절을 베풀었다.

이것이 그와의 마지막 만남이었다. 그의 차가 사라지는 모습을 바라보고 있자니, 들판에 바짝 붙어 날아다니는 거대한 검정색 뒝벌*이 떠올랐다. 나는 차가운 밤공기를 크게 들이마셔 보았다. 그리고 뛰었다. 두 손으로 핸드백을 꽉 부여잡고, 나의 아이들이 서로 머리를 맞대고 잠들어 있는 우리의 평화로운 안식처로 달려갔다.

매일 밤 순례여행을 하면서 새로운 분화구를 발견하기도 했다. 어둡고 황량한 사거리에 위치한 작은 선술집으로, 쉼 없이 음악이 흐르고 연기에 그을린 등잔들이 넘쳐나는 곳이었다. 그리고 무엇보다, 흑인 병사들이 춤을 추러 왔다.

우연이 나를 그곳으로 이끌었다고 할 수 있다. 나는 시골길 위에서 털 빠진 늙은 고양이처럼 끽끽 울어대고 있던 전차에 올라탔다. 종이테이프로 손잡이를 칭칭 감아놓은 다 거덜 난 밤색 핸드백을 무릎 위에 올려두고, 차창에 코를 붙인 채 점점 깊어가는 밤을 하염없이 바라보고만 있었다.

기억난다. 핸드백 속에는 비상금으로 매일 밤 조금씩 저축해둔 몇 마르크가 들어 있었다. 그리고 꼭 맞도록 몸을 감싼 나의 유일무이한 검정 투피스, 귓불에 달린 사막의 장밋빛 다이아몬드……

그러다 어딘가에서 역을 착각하고 잘못 내릴 때면 아주 오래

---

* 범블비bumble-bee라고도 하며, 커다란 덩치에 비해 볼품없이 작고 가냘픈 날개를 가진 벌로 알려져 있다.

걸어야 했다. 고개를 돌리면 어느 길이나 텅텅 비어 있었고, 가짜 가로등에 속아 헤매면서 여정은 점점 더 꼬였다. 바람에 파헤쳐진 땅의 흙더미 속으로 만물이 사라지는 것만 같았다.

그렇게 처참한 마음으로 암흑 속을 걷는데, 갑자기, 붉은빛과 푸른빛의 등잔 무리가 만개하듯 눈앞에 활짝 펼쳐지는 게 아닌가! 로큰롤 음악에 맞춰 눈부시게 반짝이는 별 모양의 간판! 아아, 그토록 찾던 술집이 요상한 벌처럼 코앞에서 윙윙거리고 있는 거였다!

문을 열었다. 새카만 포도송이들처럼 테이블 주위에 들러붙은 흑인들의 피부 위로 먼지 낀 거울 표면에 서린 물기가 반사하여 어른거리고 있었다. 가죽 부대* 깊숙이에서 오랜 시간 숙성된 와인 향이 코를 훅 찔렀다.

반들반들 윤이 나는 그 얼굴들은 눈처럼 새하얀 이빨을 드러내며 벌꿀 색 목재가구들 사이에 파묻혀 있었다. 와하하 웃으며 진과 코냑을 들이켜는 그들은 푸른색 군복을 입은 흑인들이었다.

나는 뜨거운 검정 부식토로 뒤덮인 이 정글 속으로 스윽 끼어들었고 곧 일렁이는 춤결 속에 몸을 감췄다.

그들은 각자 여자를 끼고 있었다. 금발 머리에 진줏빛 살결을 자랑하는 독일 여자들이었다. 그녀들의 우윳빛 목덜미와 어깨를

---

* 염소, 송아지 등과 같은 동물의 가죽을 통째로 벗겨 팔, 다리를 묶어 만든 자루를 말하며, 주로 물이나 포도주, 가축의 젖 등을 담는 데 사용한다.

탐하는 새카만 손, 밝은 머릿단 속에 섞여든 어두운 살갗, 무지막지하게 두툼한 푸른 빛깔 입술 위의 새빨간 키스 자국은 환상 그 자체였다. 내장 깊숙한 곳 절망의 수렁에서부터 울부짖는 듯한 거칠고 쉰 목소리는 주크박스에서 흘러나오는 블루스를 삼켜버렸다.

나는 매일 새벽이 되어서야 집으로 돌아갔다. 흑인의 카키색 상의 속에 폭 파묻힌 채. 물론 단 한 번도 같은 흑인인 적은 없었다.

흑인과 비틀거리며 오솔길을 따라가는 동안, 낯선 냄새에 흥분한 개들은 목줄을 끊어버릴 기세로 맹렬하게 짖어댔다.

독일의 늙은 암컷들이 나를 지켜보고 있었다는 건 나중에서야 알았다. 그녀들은 음침한 시선으로, 놀라움과 혐오감을 감추지 못한 채, 어쩌면 메마른 영혼 밑바닥까지 억눌렀던 비밀스런 욕망을 발기시키며, 덧문 뒤에 숨어 나를 감시하고 있었던 것이다.

그러거나 말거나 나는 가슴 터질 듯 환희하며 우리의 오두막집 문을 활짝 열었다. 그러고는 '쉿!' 흑인의 입술 위에 손가락을 얹으며, 같은 베개에 머리를 맞대고 잠든 내 아이들을 소개했다. 다른 방에서는 까칠한 이불 두 장이 깔린 닳아빠진 더블침대가 우리를 기다리고 있었다.

절대로, 어떤 흑인도 나의 보금자리를 거절하지 않았다. 비록 보잘것없는 곳이긴 해도 말이다. 흑인들의 영혼은 아이들의 것처럼 순수하고, 바로 그 순수함을 위해 그들의 영혼이 존재하는 까닭이었다.

하물며 길거리 여자들이나, 늙고 이빨 빠진 가장 추한 독일 창녀들과도 그들은 자신의 아내와 하듯 몸을 섞었다.

그 유연하고, 확신에 차 있으며, 에너지 넘치는 야수의 움직임이란!

그것은 뜨겁게 달아오른 거대한 흑검을 온 정성을 다해 내리치는 것과 같다!

나는 그들 아래서 복종하고 애무 받으며 백인들에게 복수했다. 멍청히 발기하고 곧 시들어버리는 그 말라빠진 콩알 같은 백인들의 심장에 말이다.

백인들의 에로티시즘이란 자신의 무력함을 숨기는 슬픈 행위에 불과하다! 이불에 오줌 싸고 숨어서 자위하는 소년들! 거절 받은 자들, 텅 빈 자들, 사산아들!

너희들 얼굴에 침을 뱉어주마. 그 우스운 불알들을 짓밟아주마! 쪼글쪼글해진 무화과들 같으니라고! 죽음의 즙을 짜내기 위해서는 가시와 털을 뽑고, 찢고, 후려치고, 채찍과 날카로운 구두 굽으로 패줘야 하지!

네 오줌을 마시고 똥이나 먹어라! 그리고 절대로, 사랑이란 단어를 입에 올리지 마라!

단 며칠 만에 나는 데이트를 금지당한 모든 여자들의 원수를 갚았다. 즉, 불감증인 여자들, 일생에 단 한 번 사랑해본 여자들, 일흔다섯 살까지 처녀로 지내다 암으로 죽은 여자들, 매일 밤 잠자리에서 고통으로 비명 지르던 여자들, 이미 부패하는 시체와 같던 그런 여자들의 원수를 다 갚았다.

당신들은 이렇게 외쳤지.

"난 한 번도 사랑을 알아본 적이 없어!"

그래요. 평화롭게 주무세요. 그런데 여기, 사랑은 폭발했어요. 내 배를 뚫어버리네요. 이 타오르는 정액이 당신들의 유해 위로 떨어지길. 그 딱딱한 해골과 메마른 온몸에 불을 지피기를!

나는 시카고나 샌프란시스코의 오래된 흑인 구역에서 생을 마치고 싶다. 가진 것 하나 없지만 행복하게, 음악과 춤과 애무에 온몸을 휘감긴 채.

아아, 검어지고 싶다. 밤이란 옷을 입고 온전히 검어지고 싶다. 어둠 속을 충분히 헤매었으므로 어쩌면 언젠가는 그렇게, 벨벳처럼 부드럽게, 거의 보이지 않는 어둠 그 자체로 존재할 수 있을 것이다.

이제, 흑인들의 시간이 왔다.

검정 별똥별들은 사치스런 이름의 대형차를 몰고 독일의 숲 속을 어슬렁거린다. 흰색 캐딜락과 검은색 시보레, 붉은 뷰익. 먼지를 뒤집어쓴 그들에게선 표범이 포효하는 소리가 어렴풋이 들린다.

나는 화려한 날개를 달고 있는 이 거대 곤충의 앞좌석에 앉아서 한 흑인을 옆에 두고 일을 시작한다. 어둠과 일체가 된 흑인은 그 기다란 손을 핸들 위에 올려둔 채, 자신의 윤기 나는 밤색 줄기가 발가벗겨지도록 내버려두고, 나는 벅찬 사랑으로 그것을 애무하고 핥는다.

우윳빛 진액이 솟구치자, 이 밤과 전원田園과 바람이 풍요로워진다. 우리는 오르가슴에 치닫는 속도로 도로를 달린다.

흑인아, 당신은 시들지 않는다! 당신의 거나랗게 확장된 동공과 두 손은 결코 바들바들 동요하지 않는다!

당신은 조금도 웃지 않고 먼 곳 어딘가를 응시한 채 다시 한 번 불끈 발기한다.

당신은 진정한 밤의 왕자다.

어떤 자정에는 한 흑인이 호랑이처럼 수풀을 헤치고 와 정원의 철창을 흔들어댔다. 그의 손에는 우리의 한판 승부를 안전하게 밑받침해 줄 군대용 낙타털 담요 두 장이 쥐어져 있었다. 나는 이 두 장의 담요를 오랫동안 간직했다. 이 집 저 집 옮겨 다닐 때마다 잊지 않고 챙겼다.

그러던 어느 날 아침이었다. 눈을 떠보니 길고 벌건 자국들이 피부 위로 선명하게 올라와 있었다. 게다가 몸까지 아팠다. 알 수 없는 무언가가 복부에 불을 지른 상태였다. 사랑의 문둥병은 어찌나 끔찍한지, 문드러진 질에선 피가 쑥쑥 쏟아져 내렸다.

다행히 여의사 한 명을 찾아낼 수 있었다. 전차비도, 진료비도, 약값도 없는 나를 거절하지 않았던 유일한 의사였다.

오후 세 시, 도시 전체를 횡단한 끝에 병원에 도착했다. 대기실은 이를 악물고 몸을 비틀며 고통을 참고 있는 여자들로 가득했다. 여기저기 진료실 문밖으로 비명들이 터져 나오고 있었다.

이윽고 한 간호사가 문을 열고 나왔다. 그녀의 손에는 피가 흥건한 대야가 들려 있었다. 이제 내 차례였다. 진료를 끝낸 여의사가 말했다.

"내일 오셔서 10마르크를 내시면 돼요."

그러나 그녀의 눈빛은 이미 알고 있었다. 내가 오지 않을 것임을.

그날 밤은 힘들었다. 질좌약을 사기 위한 돈을 마련해야 했던 것이다.

붉은 성벽의 도시 뉘른베르크. 이곳의 독일식 선술집들은 밤마다 눈물 섞인 비명을 토해냈다.

"사람 살려! 살려줘요!"

그날은 길바닥에 나가떨어진 여자였다. 인도를 걷다가 이 처절한 비명을 듣고 소리가 나는 쪽으로 되돌아가자, 취해서 정신이 혼미해 보이는 한 여자가 피를 흘리고 있었다. 더 가까이 다가가

자, 그녀는 나에게 꼭 달라붙었다. 나는 그녀를 일으켜 세웠다. 얼굴은 까지고 원피스까지 찢어져 있었다. 스무 살 정도 되었을까? 그러나 이미 그녀의 목소리는 술과 불행에 잔뜩 찌들어 쉰 상태였다.

그녀는 남자들에게 구타당했다고 말했다. 그녀를 땅바닥에 내던지고 그대로 방치했단다. 맙소사. 그녀는 아름답지 않았다. 오, 정말이다. 얼굴엔 칼자국이 수두룩했다. 그녀는 내 어깨를 흔들어 댔고 점점 신경질적으로 변했다. 지나가는 사람들을 다 불러모을 것처럼 바락바락 악을 쓰기도 했다.

어쨌든 집까지는 바래다주어야 할 것 같았다. 그녀는 훌쩍거리면서 내게 온몸을 맡기고 절뚝절뚝 걸었다. 그녀가 살고 있는 곳은 우리 집과 그리 멀지 않은 곳이었는데 자신의 이모 집이라고 했다. 그곳은 잘 꾸며진 작은 빌라, 아니 고급 빌라에 가까웠다. 창문엔 커튼도 달려 있었으니까.

그녀의 이모는 재판관의 시선으로 우리를 바라보았다. 침대 위에 죽은 듯이 쓰러져버리는 자신의 조카를 데려다준 나 역시 결백하지 않다는 걸 잘 알고 있는 것이다. 정직한 여인들은 이런 늦은 시간에 홀로 길에 나서지 않으니까. 그녀는 다음날 함께 '티타임'을 갖자고 했다.

아아, 이후 내게 닥칠 일을 알았더라면! 간질 걸린 술주정뱅이를 도와주러 왔던 길을 되돌아가지 말았어야 했다! 인도 위에 뻗어서 게거품을 흘리거나 말거나, 혼신의 힘을 다해 울부짖거나 말거나 나는 갈 길을 가야 했다!

이튿날, 정신을 차린 여자 망나니는 곧장 내 집에 발을 들였던 것이다! 그녀의 품에는 과자와 청량음료가 한가득 안겨 있었는데, 징글징글한 주정뱅이 조카를 집에서 내보낼 수 있었던 그녀 이모가 보낸 것이었다. 대단한 조카의 마지막이 될 외출을 축하하며, 되찾은 평화에 기뻐하며 보낸 멋진 선물!

나는 내 방에 있던 더블침대 중 하나를 이고 아이들 방으로 이사를 가야 했다. 그 요상한 생물체가 우리 집에 정착한 것이다. 좀처럼 지지 않는 그녀의 이야기꽃은 정말이지 진절머리가 났다.

"저는요, 일단 공장에 일자리를 찾을 거구요, 당신 아이들에게 스웨터를 짜주고 소시지와 양배추로 요리를 해줄 거예요. 머리도 검게 염색해야 하고, 지난번 마지막 가족 분쟁 이후 사라진 우리 친오빠를 찾아 다시 화해해야 해요. 오빠는 지금 가족에게서 도망치고 있다구요······."

또한 그녀 왈, 그녀도 나처럼 집시란다. 그래, 독일식 집시의 피가 흐르는 타락하고 부패한 집시라고는 할 수 있겠지. 배반할 만반의 준비를 마친 길거리의 유다!

곧이어 일을 구한다고 집을 나간 그녀는 곰팡내 나는 어마어마한 소시지 하나를 들고 술냄새까지 풀풀 풍기며 오후 다섯 시 즈음 귀가했다. 그러고는 내가 자신의 밤참을 만들어줘야 한다고 고

집을 피웠다.

나는 아무 말 하지 않았지만 슬슬 짜증이 나기 시작한 건 사실이었다. 그리고 또다시 외출한 그녀, 이번에는 젊은 시골뜨기 하나를 데리고 밤 아홉 시쯤 돌아왔다. 우둔해 보이는 독일 남자였다. 그녀는 그를 소개하며 마침내 잃어버린 오빠를 되찾았다는 듯 눈물을 글썽였다.

아이들은 잠이 들었고 나는 다 큰 오빠와 여동생이 한 침대에 몸을 뉘고 있는 방에서 화장을 했다. 그녀는 죽을 것처럼 피곤하다고 했다.

그들에게서 등을 돌리고 앉았지만, 이불 밖으로 새어 나오는 속삭임을 무시할 수는 없었다. 대부분 거칠고 쉰 그녀의 목소리였다.

"오빠…… 사랑해……. 하지만 이건 근친상간……."

갑자기 그녀는 미친 사람처럼 이불을 박차고 벌떡 일어나서 꽥꽥 소리 질렀다.

"친오빠를 사랑하다니! 이런 부끄러운 짓을! 우리 사랑은 저주받을 거야!"

나는 집을 나갔다. 이 어이없는 놀이가 계속되든지 말든지 나의 흑인들을 찾아서.

다음날, 마을은 거의 혁명 분위기였다. 이웃 주민들은 삽과 쇠갈퀴를 들고 씩씩거리며, 위험하게도 경찰이란 단어를 입에 올리고 있었다.

오두막집에 이방인을 재우는 건 금지된 일이라고 했다. 게다가 밤에 젊은 사내를 묵게 하다니! 경찰을 부를 일이란다.

짝퉁 집시와 그녀의 오라버니는 이른 아침부터 선술집으로 출근한 상황이었기에 모든 위협은 내게로 쏠렸다. 경찰들 역시 노발대발하며 내게 죄를 물었다. 무서웠다. 내가 할 수 있는 건 알아듣지 못하는 척 입을 다무는 것뿐이었다.

저녁 무렵, 상황은 더 악화되었다. 이건 뭐 한마디로 재앙이었다. 이 미친년이 또 다른 '오빠'를 데려온 것이다. 이번 오빠는 이탈리아 사람! 게다가 여러 명이어서 그들은 내가 잠시 집을 비운 오후 시간에 술판을 벌였다. 이웃들은 더는 참지 못했다. 나는 최악의 사태를 면하기 위해 그녀를 쫓아내야 했다.

"당장 이모 집으로 가!"

"썩을 년, 창녀, 더러운 년! 두고 봐, 복수할 거야!"

그래도 그녀가 꼼짝하지 않자, 한 이웃 남자가 그녀의 허리를 휘어잡아 콩밭에 내팽개친 다음 사정없이 발길질을 했다. 얼마 후 비틀거리며 일어난 그녀는 울타리를 따라 기어가다가 결국 모습을 감췄다.

토요일이 왔다. 언젠가부터 빌은 주말마다 우리를 찾아왔더랬다. 그에 대해서는 누구도 내게 입도 뻥긋하지 않았다. 이 독일인 마을에서 흑인은 금기시되었던 것이다. 검은 인종들에게 겁을 먹어서일까? 아니면 캄캄한 밤 어둠 속에 녹아들어 마을에 진입했다가 해가 뜨기 전 떠나는 그들의 모습을 정말 보지 못해서일까? 어쩌면 사람들은 매번 같은 흑인이 오는 거라고 믿고 있을지도 몰랐다. 고무줄처럼 몸만 늘어났다 줄어들었다 하는 거라고 말이다.

그날 밤, 나는 평소처럼 정원으로 통하는 문을 열어둔 채 이불 속에서 빌을 기다리고 있었다. 사방은 온통 고요했다. 그런데 갑자기 도살장에 끌려가는 돼지 울음소리가 들리고, 비명 소리가 길게 이어졌다. 그와 동시에 창문 밖으로 빌의 머리가 후다닥 지나가는 게 보였고, 이내 그는 헐떡거리며 오두막으로 들어왔다. 나는 잠옷 바람 그대로 뛰쳐나가 얼른 대문을 닫았다.

마을은 또다시 혁명 분위기를 띠고 있었다. 여기저기서 누군가를 부르는 소리, 개들이 왕왕 짖어대는 소리, 여자들이 걱정스럽게 웅얼대는 소리가 들렸다.

그런데 맙소사, 그 와중에 그 정신 나간 년의 올빼미 같은 울음소리도 들려오는 게 아닌가! 이번에는 경찰에게 잡혀 비포장도로 위를 끌려가는 중이었다.

불행은, 그녀가 다 까발렸다는 것.

다음날 아침, 아직 잠자리에서 일어나지도 않은 시간에 아카데미 학생의 부모가 오두막집 앞에 나타났다. 밀가루라도 뒤집어쓴 듯이 허연 얼굴의 노인네와 노파였다.

"나가시오, 나가!"

노인네는 우리를 쫓아냈다. 자기 부모의 등 뒤에 숨어 있던 조각 수업 학생의 얼굴은 붉게 달아올랐고, 노파는 훌쩍거리기 시작했다. 그녀는 내가 짐 꾸리는 걸 도왔고, 자기 자식을 위해 누볐다는 꽃무늬 앞치마를 선물로 주었다. 쪼글쪼글한 턱 위로 흘러내리는 눈물 두어 가닥이 눈에 들어왔다. 한편 노인네는 계속 재촉했다.

"서둘러요! 빨리!"

그는 우리에게 아침 먹을 시간도 주지 않고 서둘러 손을 잡고 흔들었다.

"자, 그럼 잘 가시게!"

이렇게 다시 한 번 우리의 작은 무리는 목적지도 없이 거리를 헤매게 된 것이다.

그때 관대한 빌이 이렇게 말했다.

"너희를 버리지 않을 거야. 뮌헨으로 데려갈게."

순간 희망 한 덩이가 새로운 태양처럼 공중으로 붕 떠올랐다. 나는 아이들을 집합시켰고, 빌은 터질 것 같은 여행가방 두 개를 번쩍 들어 올렸다. 우리는 기차역까지 가기 위해 전차에 몸을 실었다.

낡은 초록색 전차야, 맘껏 달려라! 이 창백한 새벽, 너의 슬픔과 녹##을 길 위에 훌훌 날려버려라! 그리고 좀 더 광활하고 좀 더 눈부신, 새로운 지옥으로 우리를 데려가다오!

설마 아무 데도 닿지 못하는 건 아니겠지? 오오, 뮌헨이여. 굶주린 우리의 동공 앞에서 번쩍번쩍 빛나다오!

우리는 레오폴드 거리에 있는 한 카페의 테라스에 있었다. 이곳은 흰색과 장밋빛의 파사드들로 넘쳤고, 햇볕에 반사된 유리창들은 눈부신 빛을 발하고 있었다. 먼지를 뒤집어쓴 채 죽어가는 잔디밭을 따라 전쟁 중에 손상된 개선문 아래를 통과하는 차량 행렬은 끝이 없었다. 언제나처럼 우리는 방 수색 작업에 돌입했다. 어느 지저분한 하숙집에 들어가니 실내화를 질질 끄는 미라 부부가 우릴 맞았다. 노파는 우리를 아래위로 곰곰이 뜯어보며 물었다.
"두 분이 결혼은 하셨수? 아니면 안 돼."
그러자 지팡이에 몸을 지탱하고 있는 노인이 말했다.
"어디 보자…… 결혼했구먼. 아이가 벌써 둘이잖나, 안 보여? 그런데 방이 다 나가고 없구먼."
흑인 남자와의 사이에서 낳은 백인 자식들이라! 복도의 그림자 속에 묻혀 있던 나는 몰래 큭큭 웃었다. 그들은 아이들이 백인인 걸 보지 못한 것이었다.
마침내 우리가 잠자리를 구한 곳은 한 부르주아 호텔이었다. 우리에게는 사치스러울 정도의 방이었다. 수도에서는 뜨거운 물, 찬물이 다 나왔다. 좋은 방이었지만 우리는 이곳에서 단 하룻밤만 묵을 것이었다. 여행경비를 다 대고 있던 빌도 더는 돈이 없었고,

호텔 장부에는 de자가 붙은 나의 가짜 이름으로 등록한 터였다.*
먹을 것이 아무것도 없었기에 뱃속의 거지들을 잠재우기 위해서
라도 우리는 서둘러 침대에 누웠다.

그날 나는 밤새도록 소리 죽여 빌과 싸워야 했다. 방광염이 재
발해서 아파 죽겠는데 그는 시끄럽다고 계속 구박을 했던 것이다.
아침에 보니 얼마나 고통으로 몸부림치며 쥐어 잡았는지 잠옷이
다 너덜너덜해져 있었다. 정말이지 간밤에는 그를 죽여버리고 싶
었다.

곧바로 우리는 호텔을 바꿨다. 외상이 가능한 곳이었다. 아주
세련된 고층 건물 7층에 있는 모던한 스튜디오로, 두 개의 침대에
욕실까지 딸려 있었다. 입구에는 금박 단추가 달린 초록색의 두
툼한 유니폼을 입은 문지기도 있었다. 우리를 본 그는 아침에는
땅바닥에 닿을 정도로 깊숙이 머리 숙여 인사했으나, 상황 파악
이 된 저녁에는 나를 보고 이렇게 빈정거렸다.

"남편분과 함께 외출하시지는 않는구만요. 두 분이 같이 들어
오시지도 않고."

그리고 히죽히죽 웃으며 열쇠를 건네주는 것이었다.

이 거대한 도시는 거대한 바다처럼 나를 휩쓸어버렸다. 나는 길
을 잃지 않기 위해 두 눈을 부릅뜨고 길을 걸었다.

---

* 프랑스 귀족들은 대게 이름 뒤에 전치사 'de'를 붙여 자신이 사는 영토나 마을, 성의 이름을
 넣었다. 예를 들면 줄리앙 드 메디치Julien de Médicis란, 성에 사는 줄리앙이라는 의미이다.

이곳 사람들은 전부 밖에 나와 앉아 있었다. 테라스는 말할 것도 없고, 도로에 바짝 붙은 잔디밭 위에까지. 왁자지껄한 카페에서는 화려한 불빛과 요란한 음악이 새어 나왔다. 머리가 다 얼떨떨했다. 인도 위의 수많은 인파 중에는 흑인 군인과 대학생 무리가 유독 신비로운 기운을 발하며 움직이고 있었다.

뮌헨은, 나무 키만큼 우뚝 솟아 바람에 전등을 깜박거리며 밤을 향해 항해하는 한 척의 배였다.

첫날에는 근심스러운 얼굴의 인물들이 늑대처럼 어슬렁거리는 공원에서 짐승처럼 네 발로 엎어진 채 비열한 방식으로 뒤를 찔려야 했다. 일본식 자갈밭 위에서였다. 그리고 조악한 오케스트라 연주가 흐르는 야외 레스토랑에 앉아 은은한 등불 조명을 받으며 크림 케이크 한 조각을 먹을 수 있었다. 남자는 헤어지면서 손등 키스와 함께 장밋빛 10마르크 한 장을 핸드백 속에 미끄러뜨려주었다.

그 돈은 하얀 커튼이 달린 깔끔한 레스토랑 '경제wirtschaft'에서 바로 사라져버릴 운명이었다. 소박한 음식 두 종류면 충분했다. 감자와 돼지고기 스튜. 빌과 아이들은 각자의 접시를 가졌고, 나는 샹송에 몸을 적시듯 소스에 빵을 적셔 먹었다.

뮌헨은 심장이 없었다. 도시 옆구리에는 육중한 배불뚝이 공룡들이 속속 숨어 있었다. 모세혈관까지 뮌헨 맥주를 수혈한 그들은 군인 왈츠와 폴카를 추면서 오로지 먹고, 마시고, 간음할 생각뿐이었다. 세상의 시초 때처럼 말이다.

둘째 날 저녁, 일본식 정원을 피하기 위해 단호하게 그 반대 방향의 길을 탔다. 그리고 조각 장식된 대학 건물들 쪽으로 향하며 개선문 아래를 지났다. 큰길 양쪽의 거대한 분수대에서는 물줄기가 찬란하게 솟아오르고 있었다. 좀 섬뜩해 보이는 붉은색 벽돌 담벼락의 모퉁이를 돌다가 다음과 같이 새겨진 금속 안내판 하나를 발견했다.

〈여기, 나치의 총알에 대학생들이 잠들다.〉

잠든 그들의 피는 인도 위로 증발했으리라. 담벼락에 난 균열 사이에 그대로 머물렀으리라. 한여름 밤, 장밋빛 구름으로 변해 공중을 항해했으리라. 분수에 섞여들어 찬란한 다이아몬드 물방울이 되어 사방에 흩어졌으리라. 땅에 뚝뚝 떨어진 그것들은 음침한 도랑을 파냈으리라. 바로 우리 발 아래로 말이다. 그것이 인도의 포석을 검게 했고, 절대로 희석되지 않을 산^{酸}을 공중에 퍼뜨려 독일 전체를 완전히 부식시켰다! 그 때문에 독일인들은 가끔씩 담배꽁초 가득 쌓인 오줌 웅덩이에 맥주를 토해내면서 술에 찌든 목소리로 짐승처럼 울부짖거나 격노하는 것이다!

나는 계속 걸었다. 언젠가부터 비쩍 마른 병자 하나가 혀를 축 늘어뜨린 채 콧수염을 휘날리며 나를 쫓아오고 있었다 희망이 듬뿍 담긴 콧노래까지 흥얼흥얼대면서.

그리고 확신한 듯이 내 팔을 잡았다. 그는 잘 알고 있었다. 내가 피하지 않을 것이란 걸.

그는 이미 달아올라 있었다. 나의 졸아붙은 위장 냄새를 맡은 그는 눈치채고 있었다. 손에 몇 마르크만 쥐어주면 내가 아주 공손히 복종할 거라는 걸 말이다. 그는 벌써부터 시선으로 나를 꽉 옭아매며, 빨리 날 잡아먹고 싶은 듯 입맛을 다시고 있었다.

아무렇게나 털을 깎인 늙은 폭스테리어 같았던 그는 숨을 헐떡이더니 이내 거친 턱수염을 내 얼굴에 비벼대며 키스를 퍼부었다. 미리 신혼여행을 사는 거란다. 그랬다. 전차를 타고 가는 비참한 신혼여행이었다.

열 시 무렵, 어둠에 휩싸인 버스 종점에 도착한 우리는 엉겨붙은 채 버스에서 내렸다. 그러고는 길고 긴 나무계단 끝에 자리 잡은 이 늙은 소년의 집까지 춤추듯 걸었다.

집에 도착하자마자 그는 누렇게 바랜 소파로 나를 잡아끌었다.

"부탁이 있는데, 일단 뭔가를 좀 먹고 싶어요."

그러자 그는 검소한 목사님마냥 빵과 치즈, 토마토 세 개를 옷장에서 꺼내서 테이블 위에 놓았다. 그것도 내게서 좀 떨어진 거리에. 그러고는 이 더러운 담요 위에서 발가벗고 일을 치러야만 음식을 먹을 권리가 있다고 주장하는 것이었다. 오호, 그러신가? 그렇다면 나도······.

"아, 나랑 자기 싫은 거군요? 그것 참 안타까운 일인데요!"

그러나 나의 반항은 통하지 않았다. 낭패였다. 언뜻 구경만 했던 소박한 음식들은 다시 옷장 속으로 들어갔고, 세심하게 자물쇠까지 채워졌다.

"나가! 자, 5마르크다. 얼른 꺼져버려!"

그의 열렬한 발길질 덕에 나는 계단에서 도르르 굴러떨어졌다.

한밤중이었다. 비까지 부슬부슬 내려 온몸이 부들부들 떨렸다. 길거리에는 개미 한 마리 보이지 않았다. 나는 다시 걸었다. 본능적으로 가장 큰 길을 탔고 서서히 도시의 중심가로 진입할 수 있었다.

광활한 거리는 어느새 안개에 축축하게 젖어 있었다. 몸도 제대로 가눌 수 없을 만큼 세차게 부는 비바람을 가로지르며 겨우 앞으로 나아가고 있는데 돌연 자동차 모터 소리가 희미하게 들려왔다.

기다란 하늘색 캐딜락이 내 옆에 멈췄다. 녹색의 차창 안, 짙은 남색 빛깔의 어둠 속에서 한 흑인이 나를 바라보고 있었다. 이윽고 문이 열렸다.

오늘까지도 이 황홀한 순간이 기억 속에 생생하게 살아 있다. 자동차의 부드러운 모터음, 몸을 감싸는 따스한 공기와 라디오에서 흘러나오는 나지막한 음악, 청록색 차창 위로 주르르 흘러내리는 빗방울. 이 순간을 떠올릴 때만큼은 어떤 불행도 내게 다가오지 못한다.

아아, 정말 저세상이 존재한다면 그곳은 엷은 청색을 띠는 아주 낡은 캐딜락의 내부이기를. 그리고 나는 그곳의 가죽 쿠션 위에 영원토록 앉아 있을 수 있기를.

또한 내 옆에는 신비로운 두 눈과 칼자국 난 귀족적인 턱을 가진 흑인 신의 섬세한 옆모습이 빛나고 있기를. 그의 육체에서는 야생 난초의 바닐라 향이 발하기를. 언젠가처럼 그가 날 보고 미소 짓고, 모호하게 진동하는 목소리로 이렇게 중얼거리기를.

"당신은 날 미치게 해."

아아, 정말 저세상이라는 게 있다면 그곳은 사랑이 넘치는 낡은 캐딜락이게 하소서!

당신, 흐리멍텅한 시간 속에서 불쑥 내 앞에 나타났던 황홀한 흑인, 바로 당신이 새벽 네 시의 레오폴드 거리에서 칼날 같은 비를 맞고 있던 나를 주웠다는 걸 잊지 마!

이제까지 당한 모든 고통, 배고픔, 채찍질, 감금 따윈 모두 상관없었어! 그 거지 같은 과거 때문에 단 한 방울의 눈물도 낭비하진 않았다고!

그러나 그날 밤, 나를 구해주고 사랑해주고 먹여주고 보듬어준 당신 앞에서 나는 사랑의 눈물을 줄줄 흘리고 말았지.

아이들은 오늘날까지도 당신을 기억해. 나도 당신의 품을 떠올릴 때면 여지없이 울고 말아. 당신이 어디 있든, 항상 내 가슴속에 있다는 걸 잊지 마. 여전히 캐딜락의 위풍당당한 좌석에 앉아서 흘러가는 시간에 조금도 할퀴어지지 않은 채로 내 기억 속에 남아 있다는 걸 말이야.

당신은 리듬감 있는 목소리로 물었지.

"이렇게 늦은 시간에 뭐해?"

그리고 난 언제나처럼 대답했어.

"아무것도. 그냥 걷는 거야."

사실이었어. 인생은 산책이잖아. 천국같이 환상적인 캐딜락을 탄 나는 여행하는 공주가 되었어. 당신 옆에 앉아서. 그곳은 우리의 집이자, 우리의 왕국이었지. 바로 일 분 전까지만 해도 개처럼 진흙탕 속을 헤매던 나는 더 이상 존재하지 않았어.

조용히, 차는 빗속을 달렸다. 당신은 나를 몰래 바라보았다. 나는 젖은 볼을 닦고, 당신에게 미소 지어 보였다. 그 순간 좀먹은 낡은 수달 모피에 감싸진 내 몸이 부르르 떨렸다. 나는 깨달은 것이다. 처음으로 내가 완전히 안전하다는 걸.

모터에 문제가 생겨서 당신은 야간 정비소에 차를 세웠고, 차에서 내리기 전에 나를 돌아보고 이렇게 말했다.

"키스해줘."

나의 입술은 살포시, 당신의 입술을 덮었다. 당신은 또다시 말했다.

"고마워."

우리는 함께 보드카 한 병을 마셨다. 당신이 운전석 아래 숨겨두던 것이었다.

당신은 항상 밤낮으로 근사하게 취해 있었다. 술을 마시면 당신의 목소리는 벨벳처럼 부드러워졌고, 벌게진 두 눈은 묘하게 번득거렸다. 당신의 취한 모습은 늘 환상적이었다.

당신의 아름다움은 인간 이상의 것이었다. 황홀하리만치 야윈 모습, 감미로운 미소, 부서질 듯 슬프고도 깊은 목소리.

아아, 그날 우리가 보낸 밤은!

캐딜락은 아침까지 달렸다. 나는 모든 걸 이야기했다. 도망, 아이들, 빚, 그리고 채찍질까지.

당신은 아무 말 없이 들었다. 가끔 우리는 포옹을 하거나, 마법의 보드카를 들이켰다.

하늘이 밝아왔고, 태양은 거대한 붉은색 꽃처럼 붕 솟아올라 들판을 비추었다. 돌연 고양이 한 마리가 낙엽 더미에서 튀어나와 캐딜락 쪽으로 오더니 우리 앞에서 '봉주르!' 인사했다. 잠에 취해 비몽사몽 상태였던 우리도 답례를 해주었다. 하얗게 김이 서린 캐딜락 안에서 몸을 한껏 움츠린 우리는 완전히 녹초가 된 상태였다. 그러다 느닷없이 우리는 마구 웃어젖히기도 했다.

당신은 미친 사람처럼 도시 쪽으로 차를 몰았고 병영 근처의 작은 카페로 나를 데려갔다. 앞치마를 입고 있던 몸집 큰 사장은 손가락으로 당신을 가리키며 이렇게 말했다.

"여어! 내 소중한 친구! 누가 이 친구 건드리면 내가 가만 안 둬!"

우리는 그곳에서 미국식으로 햄과 계란을 먹었고 신선한 생맥주를 들이켰다. 그야말로 환상이었다!

나중에 혼자 몇 번이고 다시 가보려 했지만 결코 찾아내지 못했던 병영 근처의 이 카페! 그러나 이 무슨 해괴한 인연인지 2년이 지나 쇠창살 쳐진 감방의 코딱지만 한 창밖으로 이 카페를 다시 볼 수 있었다. 미군 병영에서 울리는 나팔 소리에 어둠이 찢겨나가는 새벽 다섯 시 무렵이었다. 바람 한 조각, 여름의 작은 숨소리라도 느끼려고 거머리처럼 철창을 쥐고는 낡은 트렁크를 딛고 올라갔다. 창가에 겨우 코끝이 닿았을 때 희미하지만 저 멀리서 나의 시선을 잡아끌던 작은 카페가 있었는데, 바로 2년 전의 그곳이었던 것이다! 무려 다섯 달 동안 절망에 휩싸여 바라만 봐야 했던 나의 소중한 카페.

그러나 그날, 태양이 작열하던 아침의 나는 다가올 폭풍 같은 미래에는 완전히 무지했다. 새로 사귄 흑인 애인과 간밤의 여행에 대해 소곤소곤 속삭이며 애정 어린 아침을 먹고 있었던 것이다.

당신은 우리가 처음 만났던 광활한 대로의 잔디밭 기슭에 있던 그 벤치로 아이들과 나를 데리러 오마 약속했다.

"열한 시에 이 벤치에서 보자."

나는 고개를 끄덕였다.

우리는 아이들과 빌이 잠들어 있는 호텔 근처에서 헤어졌다. 나는 마구 달렸다. 기쁨에 겨워 길거리에서 춤을 췄다.

그리고 당신, 미군이 단 한 번도 고용한 적 없었던 가장 못되고 가장 사랑스러운 흑인 하사인 당신은 호출을 받고 병영으로 돌아갔다.

나는 가장 먼저 눈에 띄는 빵집에 들어가서는 지난밤 쥐어짜낸 5마르크로 빵과 우유를 샀다.

아이들과 빌은 이미 깨어나 있었다. 빌의 얼굴은 붉으락푸르락 폭발 직전이었다. 나는 그가 폭발하기 전에 잽싸게 말했다.

"우리 떠날게."

빌이 대답했다.

"내가 너희를 쫓아내는 거야! 이제 지긋지긋해! 꺼져버리라고, 어서!"

아침은 밖에서 먹을 생각으로 나는 얼른 짐을 꾸렸다. 흥분한 아이들이 쉴 새 없이 질문을 퍼부어댔지만, 나는 입을 다물었다. 빌이 알아서는 안 되었다.

우리는 대로 위의 벤치에 앉아서 한 시간이 넘도록 기다리고 있었다. 아이들은 도로변과 나 사이를 빙빙 왕복하다가, 덩치 큰 파란색 자동차가 지나가기라도 하면 손을 흔들며 이렇게 외쳤다.

"파란 캐딜락을 모는 흑인 친구다!"

그러나 매번 꽝이었다.

졸려서 정신이 혼미해진 나는 내가 꿈을 꾸었던 거라고 믿기 시작했다. 캐딜락 같은 건 오지 않을 것이고, 우리는 구멍이 숭숭 뚫린 여행가방을 끼고 어두워질 때까지 벤치 위에 남을 것이다. 무일푼에, 또다시 어디로 가야 하는지도 모른 채.

차들은 성난 파도를 치듯 빠르게 우리를 스쳐갔다. 태양은 어느새 하늘 높이 떠 있었지만, 빵과 우유는 이미 오래전에 바닥난 상황이라 먹을 것도 없었다. 그런데 그때 갑자기 아이들이 고함을 질러댔다.

"온다! 온다!"

정말이었다! 너무도 곱디고운 파란색의 거대한 무언가가 우리에게서 조금 멀리 떨어진 거리에 멈춰서 햇볕에 반짝이고 있는 것이었다! 아이들은 한달음에 차 안으로 들어가 흑인 친구의 무릎 위에서 꺅꺅 비명을 지르며 그에게 키스를 퍼부어댔고, 그는 이 난리 속에서 바닥에 떨어지기 직전인 선글라스를 애써 잡아내고 있었다!

그는 아이들이 말하는 프랑스어를 한 마디도 이해하지 못했지만 그냥 사랑스럽게 웃어 보였다. 그러고는 아이들에게 손을 내밀며 자신을 소개했다.

"나는 로버트 벤슨이라고 해."

캐딜락은 어찌나 큰지 우리 셋 모두 앞좌석에 탈 수 있었다. 우리는 멋진 흑인 운전사 바로 옆자리를 차지하기 위해 몸싸움을 벌였고, 결국 돌아가면서 앉기로 합의를 보았다.

자, 이제 떠난다! 미치광이 빌과 호텔을 전전하는 삶, 공원의 늙은이들, 끔찍한 배고픔은 모두 끝이다!

배가 불룩한 캐딜락은 위풍당당한 기세로 도로를 내달렸다. 나와 아이들. 그리고 우리를 불행에서 구해줄 이 훌륭한 흑인을 신고서.

"어디로 가지?"

그가 물었다. 나는 머리를 좀 굴려봤지만 제기랄, 아무것도 떠오르지 않았다. 그러다 순간적으로 언젠가 엄마가 해주었던 말이 생각났다. '우리의 혈관에는 집시의 피와 유목민의 숨결이 흐른단다.'

"혹시 뮌헨이나 그 근처에 집시들 있어?"

"응, 뉘른베르크 고속도로 근처에 집시들의 야영장이 있을 걸. 왜? 거기 가고 싶어?"

"응. 우리도 집시거든."

"오케이."

그는 온화하게 웃었다. 그리고 한 행인이 길을 안내해주었다. 후에 백 번도 더 지나다니게 된 도로였다. 일단 자유의 광장을 거쳐 대로를 타고 전차 레일을 따라 도시 외곽의 공장지대까지 오랫동안 달린다. 그러면 고속도로의 교차점 아래를 지나게 된다. 동시에 밝은색 목재의 소규모 별장들이 수백 채 늘어진 휴양 마을이 보일 것이다. 그 사이를 가로지르는 매우 곧바른 도로를 타고 죽

달리다 보면 서서히 아주 야릇한 향이 감지되고, 그 냄새만큼 이상한 형상의 산이 시야에 들어온다. 이때 왼쪽으로 방향을 꺾으면 바로 그 산을 오르게 되는 것이다.

나중에 알게 된 어떤 이는, 그 소름 끼치는 향 때문에 이 산을 '샤넬 산'이라고 이름 지었다고 했다. 샤넬 향의 정체는 하늘까지 드높이 쌓인 도시의 쓰레기들이었다.

소나기철에 한차례 비가 쏟아지고 나면 그 냄새는 절정에 이르렀다. 그 후덥지근한 악취가 얼마나 광대하고도 강력히 확산되는지 산 주위로는 숨 쉴 만한 공간이 조금도 남아 있질 않았고, 주변 소리와 색채마저 꼼짝없이 마비되었다. 사람들도 생각이란 걸 할 수 없을 정도로 얼이 빠져버려서, 그저 엄마 뱃속으로 다시 들어가기만을 바라게 되는 강력한 힘을 가진 냄새였다!

이 치명적인 산의 꼭대기까지 올라가서는 오른쪽으로 방향을 틀었다. 그러자 작은 요새들로 빙 둘러진 들판과 우리를 향해 침을 뚝뚝 떨어뜨리며 짖어대는 성난 개들이 눈에 들어왔고, 보닛 앞으로는 진흙투성이의 닭들이 와르르 흩어지고 있었다.

우리는 계속 나아갔다. 한층 높아진 길의 양 가장자리는 아주 가파른 경사면이었다. 그러다 갑자기 오른쪽으로 거대한 초원이 등장했는데, 세상에나, 온통 환상적인 차들로 뒤덮여 있는 게 아닌가! 녹슨 몸체 위로 괴발개발 페인트칠이 된 낡은 버스들, 이미 조각조각 분해되어 최후의 생을 살고 있는 자가용들, 썩은 나무로 만들어진 처참한 수준의 짐마차부터 텔레비전 안테나, 주황색 차양, 회전식 출입구, 제라늄 꽃으로 장식된 창문이 달린 번쩍번쩍하는 럭셔리 트레일러까지……. 게다가 온갖 곳에 널린 속옷이며 셔츠, 이불, 기저귀들은 그야말로 절경을 이루며 바람에 펄럭이고 있었다!

가장 외진 구석에 박힌 거대한 깡통 같은 숙소들에서도 파이프를 통해 연기가 퐁퐁 피어오르고 있었고, 밑바닥이 빠진 버스에도 사람이 사는지 창마다 빨래가 널려 있었다. 어디를 가든지 심술궂은 표정의 개들이 졸졸 따라다니며 어안이 벙벙할 정도로 왕왕 짖어댔고, 아이들은 자욱하게 먼지를 일으키며 맨발로 뛰어다녔다.

캐딜락은 속도를 줄였다. 야영장 한복판에 있던 아주 가파른 오솔길을 타고 덤불 속으로 내려가 트레일러들 사이를 지났다.

저 멀리, 오솔길 끝의 경사 지대 위에 한 집시 가족이 우리를 향해 미친 듯이 손을 흔드는 게 보였다. 그들은 이쪽으로 오라며 우리에게 목청껏 소리 지르고 있었다.

"이리 와요! 이리 와!"

우리는 차창으로 몸을 기울였다. 캐딜락은 방향을 틀어 한없이 부드럽게 덤불 속으로 진입했고 곧 야영장 입구에 멈췄다.

와르르 달려온 집시 아이들은 오른편에 있던 첫 번째 트레일러로 우리를 이끌었다. 먼지로 뒤덮여 있던 붕괴 직전의 거대한 갈색 짐마차로, 밑바닥에는 나무 바퀴가, 문 앞에는 작은 사다리가 달려 있었다.

곧 엄마 집시가 현관에 모습을 드러냈다. 그녀가 바로 소냐이다. 열한 명 아이들의 엄마이자 5년 동안의 강제수용소 생활에서 살아남은 인물. 또한, 내가 세상에서 가장 사랑하는 여자이기도 하다. 지금 그녀의 이름을 쓰자 눈물이 왈칵 쏟아진다.

어떻게 그녀를 묘사한단 말인가. 그 널찍한 이마의 아름다움, 담벼락 아래에서 신생아들을 짓밟아 죽이던 나치를 목격했던 그 눈빛을……. 그녀는 일상적인 고통으로 입을 꾹 다물고 있다가 가끔씩 어린아이처럼 활짝 웃었더랬다.

헝가리계 독일인이었던 집시 소냐의 얼굴은 그토록 지난하게 경험한 고통과 기다림, 배고픔과 두려움으로 혈색이 좋지 않았고 볼은 움푹 패어 있었다. 꽃처럼 펼쳐진 전쟁 같은 얼굴. 하지만 눈동자만은 18년 동안 한결같은 그녀의 일편단심, 타타와 아이들을 향한 열정으로 초롱초롱 빛나고 있었다. 천성이 사랑스럽고 희생적인 여자였다.

소냐, 거칠고 쉰 너의 목소리가 귓가에 울려. 너의 웃음은 아직까지 내 가슴속에 남아 있어. 그 웃음은 내 안에 살아.

너의 자그마한 앞치마 아래. 출산과 병으로 여러 번 부풀고 타올랐던 그 배는 강제수용되었던 그 모든 집시 여인의 배와 같아. 그녀들의 이름은 수용소의 문 앞에서, 엉겅퀴와 돌멩이들만이 남은 버려진 땅에 굳게 박혀 있던 낡은 철조망 앞에서, 단 한 번 불렸을 뿐이지. 바람이 심하게 불던 저녁에 말이야.

소냐, 너의 이름은 성자의 이름이자 연인의 이름, 그리고 천 개의 배 그 깊숙한 곳에서 부글부글 끓어올랐던 광대한 바다의 이름이야.

그녀는 두 손을 활짝 펴며 우리에게 나무 계단을 올라오라고 했고, 우리는 그녀를 따라 어두운 트레일러 안으로 들어갔다. 놀랍게도 그곳에는 낡은 디방을 차지하고 누워 있는 아기들로 넘쳐나고 있었다. 우리는 부족장 타타, 미래의 내 집시 아버지가 앉아 있던 식탁으로 갔다. 언젠가 내가 힘겨운 시기를 보내고 있을 때 그는 짭새들 앞에서 내 어깨에 손을 얹으며 이렇게 말했던 것이다.

"이 애는 내 딸이오."

그들은 친형제, 친자매처럼 자신들의 가난 속으로 기꺼이 우리를 환대해주었다. 그리고 웃으며 물었다.

"어디서 오시는 길이세요? 어디로 가시고요?"

마실 것이 테이블에 놓였다.

"뭘 좀 드시겠어요?"

나는 가까이 앉아 있는 로버트 벤슨을 보았다. 소냐가 말을 이었다.

"원하시면, 저희와 함께 머무셔도 좋아요. 요 옆에 아무도 살지 않는 트레일러가 있거든요. 지금은 너무 더럽지만, 제가 정리하면 돼요. 돈은 문제될 것 없구요."

우리는 숙소를 보기 위해 사다리를 급히 내려갔다. 문은 가느다란 끈 하나로 감아야만 겨우 잠글 수 있었고, 바퀴는 하나가 모자랐으며, 천장에는 구멍이 뚫려 있었지만 아무 상관없었다. 내게는 경이롭게만 보일 뿐이었다.

소냐와 그녀의 큰 딸들, 니나와 베르타는 트레일러를 청소하기 시작했다. 내부 공간을 모조리 차지하고 있던 커다란 침대 아래서 더러운 옷 무더기가 나오자 그녀들은 그것을 또다시 다른 소형 캠핑카에 쑤셔 넣었다. 트레일러에서 새끼 고양이가 불쑥 튀어나오기도 했다. 옷 무더기 속에서 살던 모양이었다.

당장 그날 밤부터 우리는 그곳에서 머물기로 했다. 집시 여인들은 싹 정리해주겠다고 약속했고, 흑인 애인은 비축용 식량을 사주겠다며 다시 우리를 차에 태우고 먼지가 들끓는 도로를 달렸다.

그 다음은 파티였다! 배불리 식사하고 신선한 레모네이드까지 들이켠 우리는 줄무늬처럼 그림자가 드리워진 숲 속에 갔다. 아이들은 덤불 깊숙이 들어가 발가벗고 신나게 놀았다.

로버트 베수우 보드라운 이끼가 뒤덮인 땅에 담요 두 장을 깔았고, 곧 우리 두 몸뚱어리는 그 자리에 파묻혀버렸다. 찌르륵 찌르륵 곤충들은 끊임없이 속닥거렸고, 나뭇가지들 사이로 드문드

문 따사로운 햇살이 통과했으며, 풀과 흙냄새가 충만했다.

그랬다. 나는 살갗이 까질 만큼 거친 땅을 스치며 황혼이 질 때까지 나의 검둥이 애인을 사랑했다. 당신도 기억하지, 우리 둘 다 발가벗고 까칠까칠한 담요 속에 들어가서 당신의 검은 피부가 발하는 후추향을 맡으며 잠에 빠져들었잖아. 등 굽은 나무들이 우릴 보호해주었지.

밤이 왔다. 달빛을 받은 야영장은 신비로운 모습을 띠었다. 자그마한 창마다 불이 밝혀졌고 여기저기 이 빠진 낡은 지붕들에서는 하얀 연기가 피어올랐다.

집시 소녀들은 우리가 어떻게 트레일러 내부를 꾸몄는지 구경하기 위해 암고양이들처럼 살금살금 이쪽으로 건너왔다. 그중 니나와 아니타는 프랑스 말을 조금 할 줄 알았다.

나의 흑인 애인은 병영에 가고 없었다. 그는 늦은 밤에야 트레일러를 찾을 것이었다. 아주 부드럽게 창문을 세 번 두드리면서.

트레일러 벽은 나무판자 재질이었는데, 군데군데의 큼직한 구멍들은 골판지로 막아둔 상태였다. 나는 그 부분에다가 장신구들, 즉, 나의 집시풍 귀걸이들과 팔찌 따위를 달아놓았다. 그중 꽃 모양의 우유색 베네치아 유리 펜던트가 달린 가장 아름다운 목걸이는 소냐에게 선물했다. 그녀의 어린 딸들은 그것을 가지고 가 서 그녀의 목에 걸어주었고 나를 위한 선물을 쥐고 다시 돌아왔다.

드라제*와 비슷한 모양의 불투명한 장미색, 보라색 구슬들이 꿰어진 기묘한 분위기의 목걸이였다. 나는 그것을 줄곧 간직해왔다. 지금도 바로 저기 테이블 위에 놓여 있는 그것을 바라보며 소냐, 그녀를 그리고 있다.

트레일러 맨 안쪽의 너덜너덜한 금박지가 발라진 벽 아래에는, 내 흑인 애인이 올 때면 무려 넷이 엉켜 자는 좁은 침대가 놓여 있었다.

천장은 어찌나 낮은지 트레일러의 중심부에서야 겨우 똑바로 설 수 있었다. 쥐에 갉아 먹혀 거덜 난 조리대 위에는 미니 알코올 버너를 설치했다. 바퀴가 떨어져 나간 침대 머리맡에서는 맨땅이 훤히 보였다.

깊은 밤, 아이들과 꼭 달라붙어 자고 있는데 어렴풋이 창 두드리는 소리가 들려왔다. 못 두 개에 걸쳐 돌돌 감아둔 가느다란 끈을 풀면서 창밖의 그를 보았다. 그의 얼굴은 어스름한 달빛 속에 보일 듯 말 듯 잠겨 있었다.

동이 트기 전에 그는 다시 병영으로 돌아갔다. 점호를 지키지 않으면 문제가 된다고 했다. 감옥행이라는 것이다.

비가 오는 날이면 침대의 반이 젖어버려 가구 배치를 바꿔야 했다. 그럴 때면 마룻바닥에 물이 고여 여기저기 물웅덩이가 만

---

* 드라제는 설탕을 입힌 과자로, 세례나 결혼 축하연에서 주로 사용한다.

들어졌다.

장마철이 되어서는 천장에 난 구멍 바로 밑에 깡통들을 매달아 두었다. 그러면 며칠 동안 우리는 경쾌한 빗방울 음악에 물씬 젖을 수 있었다.

집시 부모들은 아침 일찍 행상을 떠났다. 소냐의 가방 속에는 비누, 치약, 빗, 머리핀 따위가 가득했다. 그녀가 그 무거운 가방을 이고 두 아이까지 치맛자락에 매단 채, 끝 간 데 없는 계단을 걸어 올라가는 장면을 떠올려본다. 그럴 때면 나는 사랑과 고통을 동시에 느낀다.

타타는 차 트렁크에 미국 담배와 판매가 금지된 위스키 등을 숨겨두었다. 감방 갈 위험을 무릅쓰고 고층 건물에 사는 부자들에게 아주 비싸게 파는 물건들이었다.

집시들의 아버지 타타! 추억에 잠긴 푸른 눈과 체코 바이올리니스트의 얼굴을 가진 환상적인 사내!

백발의 타타! 아내의 사랑을 받기 위해 조그마한 콧수염만 검게 염색한 타타!

당신은 말했습니다.

"내가 가장 잘생겼지!"

그건 사실이었습니다. 아우슈비츠와 다카우는 당신의 얼굴에 모두를 입 다물게 만드는 위엄까지 물들였죠.

아아, 당신의 그 격렬한 웃음! 무릎 위에 앉힌 어린 두 딸 에미와 율리시카를 보듬는 그 무한한 다정함이란!

결핵 걸린 타타, 휘파람 불듯 숨 쉬는 타타, 갈기갈기 해졌지만 뜨거운 심장을 가진 타타!

당신의 직업은 심벌즈 소리와도 같습니다: 아티스트!

당신의 종족은 이 엄청난 속성을 품고 있어요: 무국적자!

독일인들은 당신의 머리칼을 하얗게 세게 했습니다. 그 낡은 심장에 구멍을 뚫었죠. 당신의 폐를 제거하고 첫 번째 아내와 여덟 명의 아이를 소각로에서 불태웠습니다.

타타, 술에 취하면 당신은 끔찍한 사랑을 울부짖었습니다. 죽은 자들에 대한 사랑, 유대인과 집시들에 대한 사랑을! 당신의 포효에 강제수용자들은 아직도 울부짖습니다.

그래요, 만에 하나 제가 당신을 잊는다면, 그날로 난 저주받을 거예요. 나를 먹여주고 환대해준 당신이 굶주리게 내버려둔다면, 내 몸뚱이의 숨구멍들이 영원히 폐쇄되기 전에 당신의 눈꺼풀에 입맞춤하러 돌아가지 못한다면, 눈알과 이빨과 머리칼을 모조리 잃을 거예요!

태양 아래 집시 소녀들은 과일처럼 아름다웠다. 그 새카맣고 긴 머리는 그녀들의 어깨 위에서 강물처럼 흘렀다. 가장 어린 네 살배기 율리시카는 그야말로 장난꾸러기였다. 그 애는 구식 자동차의 보닛 위에 올라가 그 포동포동하고 조막만 한 손으로 치마를 움켜쥐고는 꺅꺅 비명을 질러대며 맨발로 트위스트를 췄다. 그런 그 애의 새카만 눈동자는 언제나 총명함으로 활활 타올랐다.

아버지는 이 어린 딸에게 '러시아 소녀'라는 별명을 붙여주었다.

페피와 윌리라는 두 아들내미는 도둑질을 일삼았고, 늘 쫓기듯이 달려와 트레일러 안에 숨었다. 화가 난 집시 엄마가 손잡이가 기다란 국자로 엉덩이를 내리치는 척하면 녀석들이 얼마나 울부짖던지 트레일러가 다 휘청거렸다.

집시 부모는 오후 세 시가 되어서야 집에 돌아왔다. 소냐는 가방에서 빵, 설탕, 밀가루 등을 푼 다음, 풍성한 겹치마 사이에 감춰둔 검정색 천 주머니에서 은밀하게 닭고기도 꺼냈다. 이것은 어딘가의 농장에서 닭 한 마리가 실종되었음을 뜻했다! 닭은 체코식 덤플링*과 함께 오랜 시간 끓여져서 집시 아이들의 뱃속으로 들어갔다. 집시 엄마는 그녀를 빙 둘러싼 어린아이들에게 차례대로 한 숟가락씩 나누어주며 그들 민족만의 비밀스러운 언어로 말했다.

"Happa, happa."

아이들은 아 하고 입을 벌렸으나 금방 넘어삼키지는 않았다. 가끔 찢어지는 듯한 비명이 들리는가 하면 나무 수저들은 화려한 공중전을 벌였던 것이다.

모락모락 김이 나는 덤플링 한 접시와 납치되어온 닭의 새하얀

---

* 작은 밀가루 반죽을 찌거나 육수, 스튜에 넣어 끓여 먹는 것으로 수제비와 비슷하다.

허벅지 살은 나와 내 아이들도 맛볼 수 있었다. 소냐가 직접 요리를 들고 왔는데, 우리 트레일러에는 사다리나 계단이 없었기 때문에 그녀는 접시를 든 채로 힘겹게 기어 올라왔다.

우리의 보금자리는 점점 그럴듯한 모양새를 갖추게 되었다. 침대 하나가 더 생겼고, 창문에는 천도 달았다. 이 커튼은 경찰들이 방문하는 기간에 아주 유용한 것이었다. 커튼을 내리고 아이들과 함께 식탁 아래 들어가 숨을 참고 있으면, 경찰들은 트레일러에 아무도 살지 않는다고 속아 넘어가는 것이다.

아, 독일 짭새들. 그들의 몰인정함이 유난히도 번득이던 날이 있었으니 그날은 어느 후덥지근한 오후였다. 느닷없이 짐승의 처절한 울부짖음이 들려왔다. 재빨리 바깥으로 나가보았더니 트레일러 한 대가 불안하게 좌우로 요동치고 있었고, 그 주위로 누더기를 걸친 군중들이 와르르 몰려드는 중이었다.

집세를 내지 않은 한 병든 여인이 쫓겨나는 중이란다.

무려 일곱 대나 되는 짭새들의 차들이 이 가엾은 제물이 꼼짝 못하도록 바리케이드를 치고 있었다. 초록색 방탄조끼로 무장한, 악의에 찬 작은 딱정벌레 일곱 마리의 옆구리에는 하나같이 다음과 같은 휘장이 새겨져 있었다: 경찰관.

이윽고 얄팍한 트레일러 벽을 뚫고 가느다란 비명과 함께 우당탕탕 뭔가 초토화되는 소리가 터져 나왔고, 차체는 한층 더 격렬하게 요동치다가 마침내 문밖으로 병든 여인을 툭 뱉어냈다.

그날 저녁, 공장에서 퇴근한 그녀의 딸은 아침까지만 해도 트레일러가 있었던 땅 위에 꼼짝 않고 뻗은 한 여자를 발견하게 되리라. 잡다한 식기구에 둘러싸인 채, 매트리스 위에 죽 늘어져 있는 자신의 엄마를.

나와 아이들은 군중 뒤에 숨어서 그 모든 장면을 보았다.

집시 야영장은 그야말로 고통의 요람이었다. 어린아이들은 맨발로 어슬렁거리며 빵을 구걸했고, 그들의 부모는 술을 퍼붓고, 칼부림을 하고, 서로를 죽였다.

온통 검게 페인트칠한 소형 트레일러에 혼자 살던 노인네가 있었다. 자전거를 타고 다니던 노인네였는데, 그의 낡은 트레일러 벽에는 'Moulo, Moulo, Moulo'라고 빨간색 글자가 각각 다른 크기로 새겨져 있었다. 악마를 뜻하는 독일어였다.

어느 날 아침, 사람들은 도랑에서 그의 시체를 발견했다. 그는 자전거를 옆에 둔 채 머리에는 모자를 쓰고 쪼그라들어 있었다. 마지막 술자리에서 그는 커다란 풀 사이에 묻혀 바람에 가볍게 흔들리고 싶다 했단다. 그 이후로 그의 검정 트레일러는 열쇠가 채워진 채 내내 비어 있었다.

천장을 덮은 섬세한 자수 천 위로 작은 십자가 세 개를 올리고 있던 회색 트레일러도 있었다. 바로 러시아 교회였다.

또한 야영지 한복판에는 수년 전부터 학교로 개조되기를 기다리는 진홍색 버스가 녹슬어가고 있었다.

자그마한 시멘트 방들은 일종의 둥지였다. 고갈된 물탱크 아래, 파리떼와 악취 속에서 사랑에 빠진 소년 소녀들의 키스가 오가는 곳이었다.

야영장 기슭, 척박한 평원을 가르는 철조망 너머에는 유목하는 집시들이 살았다. 한곳에 오래 머물지 않는 이들이었다. 나는 폴란드 집시들을 본 적이 있었다. 어느 날 오후 아이들과 함께 그들의 숙소를 방문했다. 지푸라기 같은 흰 머리를 산발한 한 여인이 천막에서 나왔고, 안으로는 자작나무처럼 연약한 열두 살배기 소녀들이 보였다. 기다란 치마 차림에 눈화장을 하고 입술까지 붉게 칠한 소녀들은 장신구를 주렁주렁 달고 맨발로 춤을 추고 있었다.

야영지와 아주 근접한 쓰레기산은 태양볕에 푹푹 쪄서 아주 기가 막힌 악취를 풍겼다. 그러나 자세히 보면 그 안에는 수많은 집시와 거지들이 몇 푼이라도 벌기 위해 돈 될 만한 것들을 건져내고 있었다. 소냐는 그곳에서 거의 새것과도 같은 나일론 치마를, 나는 밑단 장식이 달린 파랑-하양 줄무늬 원피스를 건졌었다. 또 어느 날은 두 집시 소년이 녹슨 깡통에 담아온 멸치와 자두를 먹고 우리 모두 초자연적인 복통을 일으켜 거의 죽을 뻔한 적도 있었다. 날마다 쓰레기산으로 출근하던 이 소년들은 무릎까지 쓰레기 더미에 파묻힌 채 사냥을 하고는 아주 치명적인 것들을 들고 야영지로 돌아오곤 했다.

밤이 되면 수돗가에 여인들과 아이들이 길게 줄을 서서 몸을 씻고, 이를 죽이고, 빨래를 했다. 침대 아래에서 찾아낸 더러운 옷가지들을 세탁한다고 소냐와 그녀의 큰 딸들은 하루 종일 몸이 반으로 접혀서 일을 했다. 불꽃처럼 내리쬐는 햇볕에 대야와 냄비가 뜨겁게 달궈졌다.

그날 저녁에는 오렌지빛 하늘 아래 세 대의 트레일러에 걸쳐 널린 아름다운 꽃무늬 원피스들, 눈처럼 새하얀 이불들, 파란색 수건들이 바람을 타고 둥실둥실 부풀어 올랐다. 이 모든 빨래들은 소냐가 에미와 율리시카를 매달고 행상을 다니며 얻은 그 가족의 보물들이었다.

내 아들 보리스가 소냐를 물어 상처를 낸 적도 있었다. 딸아이에게 샌들을 사주기 위해 딸아이만 데리고 히치하이킹으로 시내에 나갔던 날이었다. 소냐는 울고 불며 따라 나가려는 보리스를 내가 돌아올 때까지 집에 잡아뒀던 것이다. 내 자식들은 다시 야생스러워지고 있었다. 언젠가 아이들의 유일한 팬티를 세탁하느라고 그들을 나체로 놀게 내버려두었던 날에는, 나이 든 집시 여인들의 대표가 소냐를 찾아와 이따위 물의를 당장 그만두게 하라고 여러 가지 언어를 섞어가며 항의하기도 했다. 당시 쓰레기산에서 물려받은 아주 짧은 격자무늬 반바지를 입고 있던 나도 얼른 긴 치마를 걸쳐야 했다. 이곳에는 이곳만의 법이 있었고, 누구도 어길 수 없었다.

타타에게는 수많은 자식이 있었다. 그의 딸들도 손가락으로 그 수를 꼽으며 헷갈려할 정도였다. 어느 날 오후, 볕을 쪼이려고 옹기종기 모여 앉은 딸들이 작정을 하고 그 수를 세었을 때, 24까지 도달할 수 있었다. 한결같이 모두 아름답고 사랑스럽던 여인들과 타타 사이에서 태어난 모든 아이들을 합친 숫자였다.

소냐가 타타를 만났을 때, 감옥에서 막 출소한 그는 한 대단한 여인에게서 다섯 아기와 함께 버려진 상태였다. 사랑받는 바람둥이 여인, 검은 머리의 그녀 이름은 바르카였다. 그녀는 다른 집시 사내와 함께 달아났고, 거의 미칠 지경에 이른 타타는 그녀를 찾아 독일 전체를 헤맸다.

소냐는 그 다섯 아기에게 젖을 물리고, 기저귀를 갈았다. 그녀에게는 독일이 데려간 두 아이가 있었다. 그녀의 애원과 울부짖음에도 불구하고 결국 다른 집에 맡겨지게 된 그 두 아이는, 알코올 중독자였던 첫 번째 독일인 남편과의 사이에서 난 자식들이었다.

가끔 우리만 있게 될 때 소냐는 설거지 그릇의 물기를 닦던 행주를 놓아두고, 행복으로 가득한 눈동자를 초롱초롱 빛내며 타타와의 연애 초기 시절을 이야기했다. 그가 캠핑카를 꽃과 선물로 가득 채운 이야기, 아이들을 다 내보내고 문을 잠근 뒤 그녀의 옷을 다 벗기고 발부터 머리까지 키스를 퍼부었던 이야기를 온화하면서도 가볍게 쉰 목소리로 나지막이 들려주었다.

미국인들에 의해 다카우의 강제수용소로 끌려갔던 이야기도 했다. 수용자들은 먹을 것 하나에 싸움을 벌여 피투성이 빵조각을 먹었고, 아무거나 보이는 대로 삼켰다가 끔찍한 경련을 일으키며 죽는 경우도 있었다고 했다.

소냐는 살아남았다. 카카오 한 봉지를 게걸스레 먹어치운 적이 있는데, 그 덕에 이질을 피했다고 했다. 수용소에서 석방이 된 뒤 누군가가 쥐어준 돈 몇 푼을 가지고 뮌헨에 왔을 때 그녀는 겨우 열여덟 살이었다.

돈이 바닥날 때까지 그녀는 술을 마시고 춤을 추러 다녔단다. 그리고 더는 아무것도 남지 않았을 때 나처럼 길거리에 선 것이다. 이를 독일에서는 이렇게 말한다. Auf den Strich gehen. 즉, 선 위를 걷다.

세계를 관통하며 우리 모두가 그 위를 걷고 있는 고통의 선, 고통의 줄, 고통의 금. 우리의 두 다리와 영혼을 빼앗으며 지구를 횡단하는, 일종의 보이지 않는 적도지대.

고통의 거리에 들어선 소냐는 프랑스 남자와 사랑에 빠졌고, 매독에 걸렸다. 그 다음에는 폭력을 일삼던 독일인과 결혼했고, 이때 지금은 유겐트암트*가 데려가고 없는 두 아이를 가졌다.

아직도 얼굴이 쭈글쭈글한 신생아 으젠이 바구니 속에서 새근새근 자는 동안, 설거지물을 데우느라 따스해진 캠핑카에서 그녀

---

* 유겐트암트Jugentamt는 독일의 모든 시에 설치, 운영되고 있는 기관으로, 독일인과 외국인의 차별 없이 인권 차원에서 도움이 필요하다고 생각되는 아동에게 보호와 혜택을 제공한다.

는 이런 속내 이야기를 들려주었던 것이다.

1945년 해방 후, 뮌헨 거리를 걷다가는 우연히 강제수용소의 감시자를 마주치기도 했단다.

"맞아, 그 괴물 같은 나치 중의 하나였어. 그 여자는 나를 모른 척하더라. 하지만 내가 먼저 다가갔지. 그리고 두 눈을 똑똑히 바라보며 말했어. 여기서 만나다니 놀라운데요! 같이 한잔하실까요? 우리의 재회를 축하해야죠! 뻔뻔스럽게도 그 여자는 거절하지 않더라. 나는 아주 잘 아는 집시 카페로 그녀를 데려갔지. 그녀는 아무 의심도 안 하는 눈치였어. 나는 내 친구들에게 집시 언어로 말했고 당연히 그 여자는 하나도 이해하지 못했지. 곧 집시들이 문과 창문을 닫고 커튼을 쳤어. 바깥에선 전혀 볼 수 없도록 말야. 그러고는 한꺼번에 달려들어 완전히 때려눕혔지. 손톱, 칼, 발길질을 총동원해서. 결국 그 여잔 죽었어. 아무도 모르게. 그건, 집시들의 복수였어."

매일 밤, 흑인 애인이 찾아왔다. 나는 날이 새기 전에 그를 깨웠다. 그러면 그는 여전한 보드카 기운에 몽롱하며 카키색 제복을 걸치고 병영으로 돌아갔다. 새벽 다섯 시마다 점호가 있었다.

그러다 휴가를 얻은 어느 날, 그는 하루 종일 우리와 지냈다 모두 함께 눈을 부비며 일어나 캐딜락을 타고 여행을 떠났다. 차는 밀밭의 작은 오솔길 위에서 솔잎을 밟으며 나무들을 피해 지그재

그로 달렸다. 감색 차창을 통해 바라본 바깥 풍경은 깊고 깊은 해저처럼 언제나 푸르스름했다.

점심시간이 되자 그는 마을의 식당 겸 여인숙으로 우리를 데려갔다. 식당의 개와 노는 데 정신이 팔린 아이들은 땅바닥에 음식을 가져다 달라고 졸랐다. 테라스에 깔린 자갈 위로 말이다. 그러고는 네 다리로 엎어져서 미친 듯이 깔깔거리며 계란요리를 먹었다. 그런데 순간 우리의 흑인 하사가 버럭 화를 내는 게 아닌가? 내면 깊숙한 곳에서는 그도 조금은 부르주아였던 것이다.

자, 아이들아, 놀아라! 테이블 사이를 이리저리 쫓아다니고, 꽥꽥 소리 지르고, 머리칼에 후두둑 자갈을 뿌리고, 사랑스럽게 접접 물을 핥아먹고, 네 발로 기는 개와 고양이가 되어라! 절대, 넥타이 질끈 맨 침울한 어른은 되지 말거라!

우리는 뉘른베르크 고속도로 아래를 지나는 교량의 맞은편에서 양들이 풀을 뜯고 있는 거대한 초원을 발견하고, 숲을 찾을 때까지 그곳을 탐험하기로 했다. 한참을 걷고 있는데 난데없이 선사시대의 짐승 같은 어마어마한 괴물이 흙과 작은 나무들을 우그적우그적 짓이기며 지나가는 게 아닌가. 나와 아이들은 풀 위에 납작 엎드려 몸을 숨겼다. 그런데 이게 웬걸, 그중 한 마리가 점점 우리에게로 다가오는 것이다! 철로 된 거대한 짐승으로, 뒤에는 부대 하나를 거느리고 있었다.

다행히 그들은 우리를 덮치지 않고 잠시 멈췄다가 다시 움직였는데, 그때는 후진을 했다. 그들이 움직이는 동시에 사방으로 흙과 풀, 잎사귀가 튀겨나갔고 고철 삐거덕대는 소리에 귀청이 찢어질 지경이었다.

그것은 훈련 중인 미국 탱크였다. 어딘가에서 군인들이 조종하고 있을 터였다.

그날 이후로 흑인 애인의 발길이 점점 뜸해졌다. 병영이 그를 가만 내버려두지 않았던 것이다. 그러자 또다시 우리는 무일푼 신세가 되었다.

어느 날 밤, 소냐의 트레일러 앞에서 보석으로 요란스럽게 치장한 키 큰 여자를 보았다. 그녀의 얼굴은 둘로 나뉘어 있었는데, 얼굴의 절반이 거대한 연분홍빛 자국으로 얼룩져 있었던 것이다. 짧은 곱슬머리의 그녀는 루시라고 했다.

"흑인 창녀지."

타타의 말이었다. 그녀는 내가 한 번도 가보지 못했던, 화려한 등잔이 밝혀진 병영 근처의 작은 바들로 춤추러 간다고 했다. 그곳은 경찰이 들이닥칠지도 모르는 위험한 곳이었다.

마리아도 함께 간다고 했다. 마리아는 활활 타오르는 듯한 붉은 머리칼을 가진 환상적인 오스트리아 여인이었다. 그녀는 야영지의 숙소 중 가장 아기자기하게 꾸며진 곳에서 조세프라는 흑인 하사와 동거하고 있었다. 그녀의 트레일러는 온통 플라스틱 꽃으로 가득했고, 커튼, 침대보, 베개, 원피스도 하나같이 꽃무늬투성이였다. 마리아 본인 역시 꽃이었다. 알코올 때문에 목소리가 맛이 간, 시들어버린 커다란 난초 말이다.

밤이 되면 우리는 시든 난초가 화장하고 옷 입는 걸 구경하기 위해 그녀의 트레일러를 찾았다. 그녀는 꽃무늬 목욕가운을 걸친 채 연신 맥주를 들이켜면서 눈두덩과 볼에 미지의 가루를 칠했다.

나는 혼자 히치하이킹을 해서 예술가 구역인 슈바빙엘 갔다. 그리고 어느 재즈바에 들어가 산발한 비트닉*들, 흑인 병사들과 함께 다음날 아침까지 맨발로 춤을 추었다.

언젠가부터 흑인 애인은 오지 않았다. 아주 나중에야 그 이유를 알았는데, 새벽 다섯 시 점호에 한 번 늦었다고 석 달 동안의 구금 명령을 받았다는 것이다. 나는 그것도 모른 채 몇 주 동안 목을 빼고 기다리고 또 기다렸었다.

동시에 캐딜락도 우리 곁에서 사라졌다. 마치 거대한 파랑색 천사처럼 휘잉 날아가버린 것이다. 기적의 하사 로버트 벤슨, 그렇게 당신도 점점 우리의 사랑과 보드카의 몽롱함에서 깨어났지. 끝났어, 파티는 종료된 거야.

슈바빙 어느 구석에서 빌이 날 발견하기도 했다. 그는 나와 함께 집시 야영장에 가겠다고 고집을 피웠다. 거절할 수 없었다. 그

---

* 비트족: 제2차 세계대전 후 1950년대 중반 샌프란시스코와 뉴욕을 중심으로 대두된 보헤미안적인 예술가 그룹을 지칭한다. 정치와 사회적 문제에는 별다른 관심을 보이지 않으면서 마약, 재즈, 섹스, 선불교의 수행을 통해 얻는 개인적이며 정신적인 해방을 주창했다.

가 먹을 걸 주겠다고 약속했으니까.

그날 밤 빌은 정말 트레일러에 왔다. 날이 새기 전에 떠나라고 부탁했건만, 그는 그 언젠가처럼 불만 가득한 불독의 머리를 절레절레 흔들며 싫다고 거절했다. 하늘이 새하얘졌을 때에야 그는 그 거대한 평발을 바닥에 내딛고 우뚝 일어나 바지와 셔츠를 껴입었다. 그러고는 창밖으로 머리를 내밀어 지나가던 독일인에게 시간을 묻는, 무식하게 위험한 짓을 단행해버리고 만 것이다.

그가 떠나는 즉시 격노한 늙은 여자들과 트레일러 이웃들이 창문 아래로 우르르 모여들었다. 누군가는 돌멩이를 던졌고, 암상스럽게 생긴 어떤 키 작은 백인은 문에 대고 목이 터져라 고함을 질렀다. 아무리 싹싹 빌어도 놔주지 않을 기세였다. 소냐도 정색을 하고 찾아와 우리더러 떠나야 한다고 말했다. 타타와 그녀는 매춘 알선자로 고발되기 직전이란다. 정말로 금방이라도 독일인 집시 연합이 들이닥칠 기세였고, 여기 남는다면 전부 다 잡혀갈 게 분명했다.

정든 트레일러를 떠나야 할 때가 온 것이다. 우리는 다시 한 번 더 짐을 꾸렸다. 알고 있던 젊은 학생에게 급하게 전화를 걸어 도움을 요청했다. 우리는 그의 자전거에 여행가방을 묶고, 도시까지 걸어 내려갔다. 그리고 그의 집에서 몇 달 만에 처음으로 목욕을 했다.

형제여, 우리를 구해줘서 고마워. 지금 너의 이름은 뇌리에서 사라졌지만, 당시의 일은 아직도 생생하게 기억해. 그날 저녁, 너는 수프 한 접시 살 수 없었던 우리에게 식사를 대접해줬지. 그러고 나서 카파르 거리에 있는 아주 오래된 하숙집에 데려가 우리의 첫날 밤을 위한 10마르크를 내주었어. 덕분에 우리는 침대에서 편하게 잘 수 있었어. 너는 우리에게 방해가 될까 봐 함께 머물려 하지도 않았지. 우리의 사정을 이용하려는 약아빠진 사람이 아니었던 거야.

그날부터 우리의 새 트레일러는 답답한 커튼이 쳐진 호텔방이었다. 슬픔은 사방의 벽에서 스며나와 방 안의 모든 가구와 소품을 축축이 적셨고, 우리에게까지 꼭 달라붙어 좀처럼 떨어질 줄 몰랐다. 게다가 그 이튿날 길거리에서 또 우연찮게 만난 빌이 방을 점령해버렸기 때문에, 다시 예전으로 돌아간 것만 같아 한없이 절망스러웠다.

호텔방에서는 썩은 버섯 냄새가 났고, 가구란 가구는 모두 서서히 붕괴되는 중이었다. 조금씩 쪼개지던 침대 갈빗살은 급기야 바닥과 맞닿아버렸다. 자그마한 비상용 디방은 살짝 엉덩이를 걸치기만 해도 더 이상 스프링이라고 부를 수 없을 철심들이 천을 뚫어버릴 것만 같아 도무지 앉을 수가 없었다.

꼬질꼬질 때가 끼고 수천 개의 흠집이 난 구식 가죽 안락의자는 목마른 하마의 입처럼 쫙 터져 있었고, 온갖 곳에서 사정없이 말총처럼 솜이 튀어나와 있었다. 금이 가고 부식된 대리석 서랍장은 꽃 문양이 장식된 무거운 대접 두 개를 힘겹게 지지하고 있었다. 커다란 옷장은 재수 없는 날, 숨거나 갇히기에 적당했다.

한편, 물을 받으려면 녹투성이인 에나멜 병을 가지고 복도 끝에 있는 화장실까지 가야 했다.

우리 방은 1층 코너에 있었다. 항상 덧문을 닫아두어야 하는 두 개의 창은 졸음과 비탄에 젖은 옴스트라스 거리로 향해 있었고, 그나마 열 수 있었던 세 번째 창문 밖에는 밤낮으로 사그락사그락 속삭이는 포플러 나무가 있었다. 담벼락 바로 아래 주차되어 있던 낡은 자동차를 계단 삼아 우리는 창문으로 쉽게 드나들 수 있었다.

이웃이라곤 단 한 번도 본 적이 없었다. 방의 안쪽 벽에 연결된 문을 통해서 한 젊은 남자가 기침하는 소리를 들어봤을 뿐이다. 그 반대쪽, 늘 커튼이 쳐져 있던 방에서는 몇 년 전부터 한 노인네가 죽어가고 있었다. 전직 창녀였던 호텔 여주인의 아버지였는데, 밤만 되면 그가 가래를 뱉거나 신음하는 소리가 벽을 뚫고 울려왔다.

호텔 여주인은 부리부리한 매서운 눈동자를 지닌 금발의 냉혈한으로, 그녀를 감동시키는 것은 오로지 백 마르크 지폐뿐이었다. 그런 그녀가 호텔 장부에 이름이 등록되어 있던 빌에게 왜 내 여권은 보여주지 않느냐고 매주 눈을 부릅뜨고 물을 때마다 빌은 새로운 핑곗거리를 찾아야 했다.

"아파서 움직일 수가 없었어요."

"오! 영사관 문이 닫혀 있지 뭡니까."

"조금만 더 기다려보십쇼, 체류증이 지금 막 오고 있으니까."

이렇게 한 주씩 우리는 연명해갔다.

그녀의 오른팔은 일명 '집사님'으로 통하던 노파였다. 꼬치꼬치 캐묻길 좋아하는 이 늙은 쥐는, 매일 저녁마다 시든 라벤더 색상의 단춧구멍 같은 두 눈을 요리조리 굴려가며 커튼에 구멍이 하나 더 뚫리지 않았는지, 마룻바닥이나 벽에 새로운 얼룩이라도 지지 않았는지 남의 방을 맘껏 휘젓고 다녔다.

톡, 톡, 톡. 집사님께서는 그 앙상한 주먹으로 의례적인 노크를 하고는 우리가 열어주지 않았는데도 제멋대로 불쑥 들어왔다. 그러고는 방 안을 활보하며 꽥꽥 소리를 질렀다.

"으이그, 벽이 항상 제일 더럽지! 여기 그림이랑 압정들, 당장 없애요! 그리고 바닥 위에 이거 커피 자국 아니에요? 어제오늘 흘린 게 아닌 것 같은데? 어머머, 대체 언제 생긴 거야? 커튼 레이스에 이 흔적은 또 뭐고? 저 더러운 양말들 하며…… 오, 하나님! 집시 소굴이라 해도 믿겠네! 바깥에서 볼 수 없게 최소한 이건 치우고, 제발 커튼도 쳐요! 지나가는 사람들이 우리 호텔을 뭘로 보겠어!"

집사님의 이 단막극은 매일 저녁 여섯 시면 어김없이 반복되었다.

오후에는 청소부들이 왔다. 입을 닫은 채 줄기차게 빗자루질만 하는, 조금 우둔해 보이는 시골 여자들이었다. 오후 내내 방에 아무도 없었는데도 그녀들은 꿋꿋이 청소를 했다. 빌은 아침에 나가 저녁에 들어왔고 나와 아이들은 반나절을 공원에서 지냈던 것이다. 아이들이 모래사장에서 노는 동안 나는 덤불 아래에서 미국 담요를 덮고 쿨쿨 낮잠을 잤다.

부엌이 없어서 대리석 서랍장 위에 알코올버너를 놓고 요리를 해야 했다. 물론 집사님 몰래! 한번은 마룻바닥으로 버너가 떨어져서 어른 키만 한 거대한 불꽃이 일기도 했다. 아이들이 좋아라 박수치고 환호하는 동안 다행인지 불행인지 불은 스스로 사그라졌다.

그러던 어느 날 아침에는 머리통만 한 양배추 하나를 가슴에 품고 식료품점에 갔다 오다가 코앞에서 집사님을 맞닥뜨렸다. 그녀는 상체를 곧추세우더니, 절망의 함성을 터억 뱉어냈다.

"하이고, 이젠 방 안에서 요리까지 하시나?"

나는 아니라고 했다. 이 양배추는 그냥 샐러드로 먹고, 그게 건강에 최고라고 말이다. 집사님은 믿지 않는 눈치였지만 더는 캐묻지 않았다. 내 가슴에 의기양양하게 안긴 양배추가 멀어져가는 모습을 유감스럽게 바라볼 뿐이었다.

일요일이었다. 나와 아이들, 빌은 드넓은 영국식 공원에 놀러 갔다. 아이들은 덤불 속에서 놀게 놔두고, 나와 빌은 상쾌하게 깎인 잔디 위에 누워 낮잠을 자고 있었다.

"엄마! 우리가 보물을 찾았어!"

응? 번쩍 눈이 뜨였다. 나는 곧장 아이들에게로 갔다. 덤불의 컴컴한 어둠 속, 축축한 바닥에 대고 입을 벌리고 있는 것은 흙투성이의 더러운 핸드백이었다. 가방을 열어보았다. 안에는 독일 여권 두 개, 짙은 빛깔의 립스틱, 금반지 두 개, 찢어진 스타킹, 앞치마, 그리고 편지 몇 통이 들어 있었다. 순간 끔찍한 생각이 머리를 스쳤다. 범죄의 증거물인가? 여권의 세 번째 페이지에서 슬픈 얼굴로 나를 바라보는 피살된 두 남녀는 지금 어디 있을까? 그들은 이렇게 외치고 있을지도 몰랐다.

"우리 여기 있어요! 아직 살아 있다고요!"

그들의 탄식이 주변의 덤불 사이사이로 파르르 흩어지는 듯했다.

그러면 이 반지들은? 대체 어느 손가락에서 빠져나온 걸까?

그랬다. 이곳에서는 분명 오래된 범죄의 냄새가 났다. 밤에 이 공원을 어슬렁거리다 일을 당했을 것이다. 덤불 바로 옆에 자리 잡은 분수는 사건의 흔적을 지우기라도 하려는 듯 쉬지도 않고 물이 줄줄줄 흘러내렸고, 태양빛은 나무 이파리 사이를 통과하지 못해 바닥에 닿지도 않았다. 여기, 핸드백이 엎어져 있는 땅은 음침하고 음습했다.

나는 더 이상 이 끔찍한 침묵을 참지 못하고 쫓기듯이 빌에게로 달려갔다. 물론 반지는 챙겼다. 립스틱 역시 마찬가지. 강아지 얼굴이 프린트된 자그마한 장밋빛 앞치마는 빨아서 딸아이에게 주었다. 나중에 자신에게도 너무 작아지게 되자, 그 애는 그것을 곰인형에게 매어주었다.

편지들은 읽을 수 없을 정도로 훼손되어 있었다. 물론 모두 경찰에 넘겨야 했지만 그건 제 발로 호랑이굴에 들어가는 셈이었다. 법정후견인이 사방팔방에 우리를 신고했을 것이 뻔했고, 어쩌면 이미 수색 중인지도 몰랐으니 말이다.

다시 만난 빌은 조금도 나아지지 않았다. 오히려 전보다 더 마셔댔다. 저녁마다 우리는 따로 외출했는데, 내가 한밤중에 들어와 숨죽이고 살그머니 문을 열 때마다 그는 기가 막히게 소리를 듣고 자기 침대로 오라고 강요했다. 심지어 낮 동안에도. 그가 학교에 가지 않고 집에 있는 날은 둘이서 전쟁을 치르는 날이었다. 나는 점점 그를 증오하게 되었다. 그를 멈추게 하는 건 주먹질뿐이었다. 지겹도록 반복되는 싸움과 씨름, 그 결말은 그가 여기저기 할퀴고 긁혀진 상태로 방을 나가는 거였다. 그는 내 가엾은 치마와 브래지어를 잡아뜯었고, 나는 그를 물어뜯으며 비명을 질렀다. 마룻바닥에서 이리 차이고 저리 차이는 나는 울부짖는 넝마에 지나지 않았다. 내 비명을 들은 아이들은 방으로 달려와 이렇게 외쳤다.

"빌! 엄말 그만 때려!"

그는 아이들 앞에서야 꼬리를 내렸고 나는 그새를 틈타 잽싸게 방을 빠져나갔다. 그는 집세의 반을 내고 있었다. 그토록 낡아빠졌어도 무려 250마르크를 내야 했던 호텔방이었다. 그 외에 그는 한 푼도 주지 않았다. 따라서 나와 아이들은 종종 그가 잠에서 깨기 전에 그의 바지 주머니를 뒤져야 했다. 어느 날 아주 이른 아침에는 딸 레오노르가 내 귀에 대고 이렇게 속삭였다.

"엄마, 옷장 밑에 10마르크 숨겨놨어."

맙소사, 너무 큰 돈이었다. 빌이 바로 알아차릴 것이다. 나는 벌벌 떨면서 빌이 아직 잠들어 있는 침대를 조심스레 빠져나와 돈을 도로 넣어두었다. 우리에겐 아침에 먹을 빵과 우유를 사기 위한 2마르크면 충분했다.

그러던 어느 날! 내 손톱이 광분한 빌의 기름진 살가죽 위를 죽죽 미끄러지던, 태양이 작열하던 그 오후! 아아, 나는 그를 죽여야 했다. 무슨 수를 써서라도 죽이고 싶었다! 식칼, 면도칼, 독, 그 무엇으로라도! 그는 화장실에서 볼일을 보고 나오면서 내가 자신의 지갑에서 5마르크를 슬쩍 하는 걸 목격하고 완전히 돌아버린 상태였다. 나는 미친 듯이 도망쳤다. 그는 파자마 차림으로 길거리까지 쫓아왔고 우리는 전차역에서 사람들을 밀어젖히며 정신 나간 사람들처럼 가로등 주위를 뱅글뱅글 돌았다. 행인들은 우리에게서 시선을 떼지 못하면서도 점점 뒷걸음질 쳤다. 우리가 무서웠던 것이다.

"5마르크 내놔!"

"싫어!"

마침 그때 전차가 도착했고 차가 다시 출발하려는 찰나 나는 그 안으로 펄쩍 뛰어들었다. 차창 밖으로는 줄무늬 파자마 차림으로 인도 위에서 펄펄 뛰고 있는 빌의 모습이 보였다. 의아한 표정의 행인들이 그런 빌을 빙 둘러싸고 있었다.

안도의 한숨도 잠시, 잠깐은 피할 수 있었지만 집에 돌아가면 복수당할 게 분명했다. 아니나 다를까, 방에 다시 발을 들여놓기가 무섭게 그는 땀을 뚝뚝 떨어뜨리며 그 육중한 몸으로 나를 덮쳤다. 침대가 요란스럽게 삐걱거리는 가운데, 나는 젖 먹던 힘까지 쥐어짜서 그의 귀에 이렇게 내뱉었다.

"니거, 니거! 이 더러운 검둥아, 너 원숭이랑 섞였지?"

니거nigger는 미국 흑인에게 최악의 욕이자 그들을 완전히 돌게 하는 단어였다. 이 말이 그들 뇌에 입력되는 즉시, 그들은 사람을 죽이는 것이다. 나는 온몸이 퍼렇게 멍들고, 얼굴이 퉁퉁 붓고, 질이 너덜너덜 찢겨졌다. 그러나 그는 영혼에 상처를 받았으리라.

"꺼져버려, 니 새끼들 데리고 어서 가버려! 빨리 안 떠나면 영사관에 다 까발릴 거야! 널 추방시킬 거라고! 나는 다른 여자랑 살 거야. 나 혼자 이 빙을 쓰겠어! 빨리 짐 싸서 여길 나가!"

아니, 빌. 난 남을 거야. 완전히 작아질 거야. 바퀴벌레처럼 바닥의 가느다란 홈에 박혀 있을게. 침대에, 벽에 딱 달라붙을게. 그래, 빌. 울부짖어, 맘껏 지껄여. 그 탁한 피로 눈을 시뻘겋게 충혈시키라고. 나는 가지 않을 테니까. 여기선 안전하잖아. 이 방에 있으면 우린 보이지 않아. 아무도 우릴 찾지 못해. 여권? 이미 시효가 5년이 지난 너덜너덜한 내 여권은 에를랑겐에 사는 로즈의 집 서랍장에 있어. 우린 더 이상 이름도, 체류증도 없는 난민이야. 따라서 아이들과 나는 거머리처럼 네 검은 피부에 찰싹 들러붙어 있을 거라고!

어느 날 오후, 장을 보고 돌아왔는데 빌이 담요와 이불에 코를 박고 쿵쿵대고 있었다.

"뭐 찾아?"

그의 곁으로 다가간 순간, 돌연 호박색 손바닥이 내 뺨을 전속력으로 내려쳤다.

"너 여기서 다른 남자랑 잤지? 이 흔적들 뭐야? 역겨운 냄새하며!"

이어지는 주먹세례에 나는 방문까지 기어가야 했다. 물론 아무도 이곳에서 자지 않았다. 억울했지만, 그의 광기를 막을 방법은 없었다. 나는 문밖으로 재빨리 빠져나갔고, 어두운 복도까지 따라나온 빌은 내 등 뒤에서 씩씩거렸다.

얼마쯤 시간이 지나 창을 넘어 슬그머니 방 안으로 돌아왔다. 그런데 빌이 문을 통해 나를 발견하고 또다시 달려드는 게 아닌

가. 나는 창밖의 안뜰로 몸을 날려야 했다.

몇 시간째 이 고달픈 숨바꼭질이 계속되었고, 마침내 나는 땀으로 범벅된 몸을 담요에 둘둘 말고 조용히 항복했다. 아이들과 청소부들, 복도를 어슬렁거리는 쭈글쭈글한 참견쟁이를 자극하지 않고 소리 없이 일을 치르기 위해서였다.

가끔 조용한 날도 있었다. 햇볕이 좋은 날에는 빌과 함께 슈바빙의 카페테라스에 가기도 했다. 언젠가는 그가 친구를 소개해줬는데, 뱀처럼 몸이 자유자재로 구불거리던 흑인 플루트 연주자였다. 그의 옆자리에는 어린 프랑스 아가씨도 있었다. 낙엽색의 풍성한 머릿결, 우유 같은 살결을 빛내던 그녀는 짙은 색상의 선글라스를 끼고 있었다. 맞은 흔적을 가리기 위해서라고 했다. 남자친구가 실버 재질의 플루트와 승마용 채찍으로 자신을 때린단다. 푸른 멍으로 전신이 얼룩덜룩한 그녀는 임신을 해서 배까지 불룩한 상태였다.

그녀와 나, 똑같이 매 맞는 우리는 한 자매였다. 같은 테이블에서 두 짐승이 맥주와 담배에 절어 시끄럽게 왕왕 짖어대는 동안, 우리는 말없이 은근한 웃음과 시선만으로도 서로를 이해했다.

이윽고 그녀는 낮은 목소리로 파리에 대해, 예전 약혼자에 대해, 그녀를 이곳에 오게 했고 이처럼 불행하게 만든 그 사랑에 대해 이야기했다. 요즘은 자주 굶는다고 했다. 지금의 남자친구는 국립고등음악학교에 가면서 그녀를 발가벗긴 채 방에 감금시킨

다는 것이었다. 바람을 피우지 못하게 하기 위해서란다. 그녀는 이렇게는 계속할 수 없다고 했다. 아이를 낳아주고 도망칠 생각뿐이란다.

나는 빌에게 이 사연을 말했다. 그러자 그도 그녀를 돕겠다고 했다. '주사' 한 대를 놔주겠다고 말이다. 약속 장소는 우리의 호텔방이었고, 그녀와 빌이 이 비공개 의식을 치르는 동안 나는 바깥에서 오랜 시간 기다렸다.

다시 돌아왔을 때, 방문이 잠겨 있었다.

"나야, 문 열어."

방은 완전히 어둠에 잠겨 있었다. 커튼이란 커튼은 모두 쳐진 채였다. 불을 켜자 옷장 앞에 꼼짝 않고 서서 담배를 태우고 있는 빌이 보였다.

벽 아래 차가운 마룻바닥에는 허여멀건한 덩어리 하나가 축 늘어져 있었고, 그 옆에는 피투성이 양동이가 보였다. 그리고 디방, 마룻바닥 할 것 없이 사방에 똥이 널려 있었다.

빌, 너 같은 인간이 의사가 되었다면, 정말 학위를 땄다면, 병원에 가느니 차라리 뒈져버리는 게 나을 거야!

그 허여멀건한 덩어리는 반 실신하여 오그라든 프랑스 여자였다. 차갑게 몸이 식어버린 채 시름시름 죽어가고 있었다. 몽롱한 눈빛의 빌은 내가 그녀 곁에 한 걸음도 다가서지 못하도록 했다. 그리고 흐리멍텅한 목소리로 중얼거렸다.

"쉿…… 아무 소리 내지 마. 저 여잘 건들지 말라고. 어차피 곧 죽을 테니까……."

그러나 나는 그를 밀어젖히고 달려가 딱딱하게 굳어버린 몸을 들어 올렸고, 머리 밑으로 쿠션을 대주었다. 그녀는 눈을 뜨지 못했다. 나는 다시 그녀를 디방 위에 올려 이불을 덮어주었다. 이윽고 그녀는 몇 번 헛구역질을 하더니 끈적끈적한 찌꺼기를 토해냈다. 나중에 의식을 되찾은 그녀는 낮은 목소리로 내게 고백했다. 빌에게 강간당했다는 끔찍한 말이었다.

다행히 그녀는 유산을 면했고, 마취법을 사용하지 않던 아우크스부르크의 한 병원에서 아기를 낳았다. 그 이후로 그녀를 본 적은 없다.

가엾은 여인아, 나라면 너처럼 용기 내지 못했을 거야. 너의 그 검둥이 아기를 만날 수 있었다면, 내가 돌보고 사랑해주었을 텐데.

나는 단역배우 일을 어렵게 구할 수 있었다. 가엾은 그녀 덕분이었다. 그녀는 《원, 투, 쓰리》라는 저질 코미디 영화에서 주연배우의 대역을 연기하고 있었던 것이다. 촬영장에는 흑인 플루트 연주자도 보였는데, 그는 체크무늬 캡 모자를 쓰고 사다리 위에서 엉덩이를 흔들어대고 있었다.

아침 아홉 시까지 스튜디오 앞으로 오라고 했다. 빌이 아이들을 돌보지 않겠다고 해서 아이들은 새로 사귄 친구들 집에 맡겼다. 코가 없고, 앞을 보지 못하고, 전신이 마비되고, 암까지 걸린 상이군인과 그를 돌보는 천사 비서가 사는 이웃 호텔의 방이었다.

상이군인은 짙은 색상의 커다란 선글라스 뒤로 무표정하고 초췌한 얼굴을 감추고 있었다. 금발의 천사 비서는 그를 사랑했다. 그가 쓰는 편지를 타자기로 대신 쳐주었고, 먹을 것을 그의 입에 넣어주었으며, 그의 연구를 위한 학술적인 글들을 요약했다. 병은 아직 그의 뇌까지 도달하지는 않은 상황이었다.

천사의 맑은 두 눈은 그를 대신해 두 명분의 세상을 보고 있었다. 나는 결코 다른 어떤 시선에서도 그녀의 눈이 발하던 그러한 광명을 본 적이 없다. 그 빛은 그들의 비좁은 호텔방을 밝게 비춰서, 그곳에 가면 언제나 태양빛이 들고 있는 듯한 인상을 받았다.

그 호텔방으로 나를 데려갔던 이는 어느 저녁에 바에서 만난 유고슬라비아 사내로, 공산체제에서 도망쳐 나온 인물이었다. 이 재수 없는 슬라브족 새끼에 대해서는 나중에 다시 얘기할 기회가 있을 것이다. 일단은 그를 처음 보았을 때 유난히 창백한 얼굴에 입냄새를 심하게 풍겼다는 것까지만 말하겠다.

솔직히 말하자면 영화에서 나는 아주 별 볼 일 없는 역할로 오직 '스코틀랜드풍 뮤지컬' 장면에만 출연했다. 영화 촬영이란 건 아주 웃기게 돌아갔는데, 원래 이탈리아를 로케이션 장소로 잡았다던 계획은 순식간에 날아가고 제작진들은 우리를 뮌헨의 외곽에 있는 그륀발트의 숲으로 데려갔다. 가서 한 일은 몇 시간 동안 나무 아래서 빈둥거리는 것이었다. 놀랍게도 아무런 준비도 되어 있지 않았다. 그렇게 기다리고 기다리다가 기다린다는 사실마저 잊을 즈음, 그들은 갑자기 레디고를 외쳤다.

스코틀랜드풍 뮤지컬이란 이런 것이었다.

'체크무늬 치마를 입고 백파이프로 무장한 젊은 게르만족 아폴론이 새하얀 장딴지를 드러내며 시골 오케스트라의 졸렬한 음악에 맞춰 오른다리, 왼다리 번갈아 폴짝폴짝 뛰며 대사를 친다. 그 각각의 대사는 원, 타원, 오리, 토끼, 악어, 뱀머리 모양의 형형색색 풍선들이 하늘 높이 날아감으로써 강조되는데 이 풍선들은 동시에 여기저기서 퍽퍽 터지기도 한다. 촬영지 한쪽에서 얼굴이 벌게진 기술팀 요원들은 이미 풍선의 절반이 터져 나간 것에 짜증을 내면서도 풍선 불기를 멈추지 않는다.'

우리는 이 한 장면을 꼬박 스물네 번 반복해야 했다.

어둠이 깔렸다. 스코틀랜드식 행보와 담배연기에 질려버린 나는 완전히 녹초가 되어 버스에 올랐다. 자정이 다 되어서 제작사 사무실에 도착해 일당 35마르크를 손에 쥐었을 때는 뱃가죽과 등가죽이 서로 찰싹 달라붙어 있었다. 점심 때 샌드위치 말고는 아무것도 먹은 게 없었던 것이다. 아, 영화를 만드는 위대한 기쁨이란 바로 이런 것을 말하는 거였다!

그래도 같은 호텔에 사는 여자들 사이에서 지위가 몇 단계 상승하는 수확은 없었다. 동네 극장에서 개봉한 영화를 보고 온 그녀들은 우리 호텔에 스타가 났다며 눈시울을 축축이 적시는 거였다.

한편, 빌도 의학 공부와 병행하여 아르바이트를 시작했다. 미군 내에 있는 대형 매점 피엑스에 고용된 것이다. 그는 퇴근하면서 종종 야식용 통조림을 가져왔다. 그러다가 처음으로 비닐봉지에 싸인 냉동 닭고기를 가져왔을 때 나는 꽁꽁 얼어붙은 그 덩어리를 바라보며 망연자실했다. 어떻게 요리를 한단 말인가? 닭은 우리의 소박한 냄비에는 절대로 들어가지 않을 덩치였다. 게다가 알코올버너는 요리를 하고, 목욕할 물을 끓이고, 빌이 면도할 물을 데우는 등 갖가지 수고를 하느라 새롭게 천식에 걸려 상태가 좋지 않았다.

결국 나는 결코 만만한 일은 아닐 테지만 집사님을 꼬셔보기로 했다. 우선은 소란스럽고, 불량하고, 안 씻고, 시도 때도 없이 꽥꽥 비명을 질러대는 아이들에 대한 긴 사연을 늘어놓았다. 그러고는 왼쪽 눈 아래에 생긴 큼직한 멍을 보여주며 이야기를 끝냈다. 시퍼런 멍은 빌의 선물이었다.

"쯧쯧…… 남편한테 맞나 봐요, 그죠?"

"아뇨, 아니에요……."

그러면서 나는 이마에 손을 얹으며 옷장에 몸을 기댔다.

마침내 그녀가 나를 데려간 곳은, 열쇠로 잠긴 찬장 안에 다양한 종류의 식기구가 완벽히 정리되어 있는 신성한 부엌이었다.

나는 오븐에 닭을 구웠다. 구식 철제 스튜냄비 속에서 고기가 지글지글 익는 동안 노파는 살아온 모든 이야기를 했다. 시골에서 보낸 어린 시절, 예속과 순결의 청년기, 엄격한 주인이 경영하는 농장에 고용되었던 때……. 지겹게 조잘거리느라 피곤해진 그녀는 다음과 같이 이야기를 마무리지었다.

"당신은 운이 좋은 거예요, 여행을 하고 다녔잖아요!"

오, 여행! 그렇지! 참 잘도 이해했군!

우리는 처음이자 마지막으로 '친구'인 채 각자의 방으로 돌아갔다. 나는 노릇노릇하게 잘 구워진 닭을 대리석 서랍장 위에 올려두고 빌을 기다렸다. 아이들은 이미 잠든 뒤였다. 자정이 되어 들어온 빌은 문턱을 넘자마자 곧장 서랍장으로 달려들었다.

"닭 요리했어? 좋아. 맛만 좀 볼게."

그리고 빌은 그 크고 탐욕스러운 이빨을 드러내고 야생적으로 살점을 뜯어나갔다. 내가 손가락 하나 대기도 전에 싸그리 먹어치운 것이다. 순식간이었다. 눈물이 앞을 가렸다. 그는 기름이 번들번들한 입을 닦아내며 말했다.

"굿, 베리 굿! 우리 달링, 이제 침대로 가자."

그 이튿날이었던가. 나는 옷장에 붙은 거울 앞에서 내 인생에서 처음으로 발광이란 걸 해보았다.

바로 옆에서 놀고 있던 아이들도 알아채지 못했던, 아주 부드럽고 조용히 지나갔던 발작이었다. 왜 그랬는지는 모르겠다. 피곤 때문이었을까.

거울 앞에 서서 머리를 매만지고 있었는데, 돌연 주위가 안개에 휩싸였고 거울 속은 캄캄해졌다. 곧이어 내 손톱이 거울을 끼이익 긁어내리는 소리가 들렸고, 나는 마룻바닥에 주저앉으며 바르르 경련을 일으켰다. 알 수 없는 기괴한 힘에 사로잡힌 근육과 신경들이 자기들끼리 싸움을 벌였다. 나는 어찌할 도리가 없었다. 내 몸을 그저 내버려둔다는 느낌이었다. 전투는 계속되었고 나는 의식을 잃었다. 그러다 갑자기 모든 것이 분명해졌다. 나는 마룻바닥에 누워 있었고, 아이들은 옆에서 장난감 자동차를 움직이며 깔깔거리고 있었다. 이 일은 그 후로 다시는 반복되지 않았다.

빌이 집에서 파티를 열겠다며 어린 두 여학생을 초대한 적도 있다. 나는 아페리티프를 소파 천을 뚫고 나온 용수철 위에다 올려놓아야 했고, 유리컵이 없어 맥주는 병째 마시도록 놔둬야 했다. 그 외엔 담배와 딱딱한 빵이 전부였다.

철심에 엉덩이가 찔릴까 봐 앉아서 꼼짝도 못하던 여학생들은 두 갈래로 땋아 내린 금발의 후광에 휩싸인 채, 아주 얌전하게 의학에 대한 빌의 이야기를 경청했다.

테이블을 뒤덮고 있던 술병을 싹 비운 사람은 빌이었다.

나는 아이들을 재웠다. 이 모성母性 충만한 장면을 보고 적잖이 감격한 어린 여학생들도 다가와 아이들에게 자장가를 불러주었다. 그러고는 사랑스러운 우리 아이들을 보러 다시 올 것을 약속하고 빌과 집을 나갔다. 나 역시 여느 저녁처럼 아름답게 치장을 하고 외출 준비를 했다. 그날 신었던 임종 무렵의 검은 구두는 쭈글쭈글한 게 꼭 아코디언처럼 생겼었다. 배 중간까지 늘어지던, 타히티 조개가 엮인 화려한 목걸이도 기억난다. 그걸 매고 걸으면 잘그락잘그락 나지막한 음악이 흘러나왔었다.

밤새도록 길거리를 헤매고 동이 틀 무렵에야 집으로 돌아왔다. 핸드백 안에는 그날 울타리 깊숙한 곳에서 소란을 피우고 수확해 낸 100마르크 지폐가 번쩍이고 있었다. 그 소란 속에서 목걸이의 타히티 조개 몇 개는 잃어버렸다.

숨을 죽이고 방문을 열었다. 수많은 원숭이 인형에 파묻힌 아이들은 고 자그마한 머리통을 맞대고 곤히 잠들어 있었고, 그 옆 침대에는 빌이 있었다.

또다시 숨을 죽이고 알코올버너를 켜서 물을 데우고 세수를 했다. 그리고 침대로 다가가 빌의 얼굴을 살피며 조용히 옷을 벗었다. 제발 그가 깨어나지 않기를!

옷장 속에 목걸이까지 잘 넣어두고 속치마를 챙겨 입은 뒤 나는 아이들의 침대 속으로 슬그머니 파고들었다.

그때 빌의 희미한 목소리가 들렸다.

"이리 와. 거기서 뭐해?"

동시에 그의 커다란 손이 내 머리를 잡아당겼다. 꼼짝없이 버텨야 하는 투쟁이 또 시작된 것이다. 정말이지 지긋지긋했고, 그 시커멓고 거대한 손이 날 만진다는 게 죽을 만큼 싫었다. 내가 이를 악물고 최소한의 신음조차 내지 않고 반항하자 그는 주먹질을 마구 퍼부었다. 얼굴과 유방, 그리고 가장 치명적인 배까지. 나는 그의 손에 죽을까 두려워 입을 벌렸다. 그래, 울부짖어야 했다. 젖먹던 힘까지 다해서, 이 인간이 꼼짝 못하도록. 나는 비명을 질러댔고, 스스로도 멈출 수 없을 정도였다. 그래! 폭탄처럼 터져 나가라! 새벽 다섯 시의 벽들을 뚫고 울려퍼져라!

급한 발자국 소리가 들렸고 곧 누군가 방문을 쿵쿵쿵 두드렸다. 이어서 열쇠 철렁거리는 소리와 함께 문이 열렸고, 여사장이 모습을 드러냈다.

운이 없었다. 그날 밤 그녀는 옆방에서 아버지를 돌보고 있었다. 그녀는 지금 늙은이가 너무 아프니 휴식이 필요하다고 말했다.

잠시 침묵이 흘렀다. 어느새 나는 손발을 싹싹 빌고 있었다. 참 꼴도 좋지, 빌은 완전히 얼이 빠져 있었고 내 머리는 보기 좋게 산발이었으며 속치마는 가엾게도 갈기갈기 찢어져 있었다. 잠에서 깬 아이들은 울면서 우리를 향해 이렇게 말했다.

"제발 그만 좀 해요, 제발."

여사장이 나가자 또다시 침묵이 흘렀다. 입을 꾹 다물고 미동도 않던 빌은 갑자기 스르르 일어나더니 테이블을 향해 걸었다.

그러더니 내 핸드백 속으로 손을 쑥 집어넣는 게 아닌가. 오, 안 될 말씀! 얼마나 힘들게 번 100마르크인데! 나는 벌떡 일어나 백을 홱 낚아챈 다음, 문이 반쯤 열린 옷장 속으로 골인시키고 냅름 문을 닫고 열쇠를 뽑았다.

그러자 순식간에 내 몸은 공중으로 부웅 떠오르더니 빌의 멋진 주먹질 한 방에 창가로 내동댕이쳐졌다. 그와 동시에 와장창 유리창이 박살났다. 아아, 이번엔 비명 지를 시간도 없었다.

다시금 방문이 열리고 여사장이 재등장했다. 그녀 뒤에서 잠옷 차림으로 희끗희끗한 쪽 찐 머리를 부들부들 떨고 있던 우리의 집사님은 늑대개 한 마리를 방 안에 풀었고, 그 거대하고 누런 짐승은 겁도 없이 유리조각 위를 자근자근 걸으며 킁킁 냄새를 맡았다.

참으로 가관이었다. 궁지에 몰린다는 건 바로 이런 상황을 뜻하리라. 아이들은 엉엉 울고, 늑대개는 컹컹 짖고, 여사장과 노파는 빽빽 소리를 질러대고 있었다. 게다가 언제 그랬는지 목걸이마저 산산조각 나서 남아 있던 타히티 조개들이 마룻바닥 전체에 쫙 흩어져 있었다. 나는 몸을 조아리고 침대 속으로 슬그머니 파고들었다. 매트리스에서는 달팽이 짓이겨지는 소리가 났다. 사장은 방문을 닫으며 딱 한 마디만 했다.

"오늘 방을 비우세요."

갑자기 빌이 옷을 챙겨 입기 시작했다. 아침 여섯 시, 커튼이 하얕게 물들어갈 때였다. 그는 가방까지 들고 방을 나갔다. 어둠이 흩어져가는 초라한 새벽, 저 멀리 그가 길거리 마지막 주택의 모퉁이를 도는 모습이 창밖으로 보였다.

나는 여사장의 사무실을 찾았다. 혹시나 동정심 자극 요법이 통할까 해서였다. 그러나 그녀는 아예 귀를 막고 있었다. 더는 우리를 호텔에 머물게 할 수 없단다. 그래서 던졌다. 최후의 미끼, 어젯밤 낚아챈 100마르크였다. 그 가볍고 푸른 지폐는 허공을 살랑살랑 날아 그녀의 책상 위로 톡 떨어졌다.

순간 그녀의 시선이 번득였다. 잠시 침묵이 흘렀고, 그녀는 고개를 끄덕였다. 대신 조건이 있었는데, 점심시간 전에 빌을 내보내라는 것이었다. 그래야만 나와 아이들이 호텔에 머물 수 있도록 해주겠단다.

곧장 우리는 빌의 짐을 꾸렸다. 땡땡이 점박이 넥타이들, 흰 셔츠, 책, 구두 몇 켤레, 양말들을 가방에 쑤셔 넣고 꾹꾹 눌러준 다음 그 위에 걸터앉아 지퍼를 잠갔다. 여사장은 이 가방을 자신의 사무실로 가져갔다.

기억나니, 빌? 너는 무거운 가방에 짓눌려 호텔을 떠났어. 나와 아이들이 창가에서 춤을 추는 동안 너는 큰길 모퉁이를 돌아 사라졌지. 마침내 우린 너 없이 살게 된 거야! 정말 눈물 한 방울 나지 않더군!

우리는 길거리를 마구 뛰었다. 세상이 하얗고, 깨끗하고, 반들반들해진 것만 같았다. 불행이 꺼져버렸으니까!

아이들은 각자 자기 침대를 가졌고 나는 돌아가면서 아이들과 잤다.

오후 시간 동안 아이들을 맡길 수 있는 소규모 가톨릭 탁아소를 찾았고, 나는 다시 미술 아카데미로 돌아가 조각 수업과 회화 수업의 모델로 일했다. 곧 여름방학이 다가왔다.

밤이면 레오폴드 거리는 대성당과도 같이 찬란하게 빛났다. 잔디 위에서 타오르는 양초들은 나무에 기대어 있거나 땅바닥에 버려진 듯 놓인 캔버스와 종이 그림들의 조명이 되어주었다. 예수처럼 긴 머리를 휘날리는 비트닉들도 잔디에 앉아 맥주를 들이켜면서 명상에 잠겨 있었다. 행인들은 인도 위에 그려진 거대한 분필 벽화 위에 동전을 던졌고, 어디선가 쉼 없이 기타 연주가 울려퍼졌다.

사방이 장미 천지였다. 새빨간 피색, 오렌지색, 노르스름한 차색, 흰색의 반투명한 장밋잎까지. 내가 밤에 머리카락 사이사이에 꽂을 장미들을 몰래 따고 있는 동안 아이들은 옆에서 망을 봐주었다. 장미, 이들은 나의 가장 아름다운 장신구이자 내 야간 산책의 동반자들이었다. 새벽까지 피어 있다가 해가 뜨면 새롭게 꽃망울을 여는 장미들은 나를 위로하고 보호해주는 소중한 존재였다.

당시 거의 일 년 만에 원피스 하나를 새로 샀었다. 슈바빙의 한 쇼윈도에서 발견한 인어공주풍의 튜닉 드레스로 초록색 직물에

금실로 무늬가 들어가 있었다. 비교적 저렴한 매장인 울워스에서는 길게 늘어지는 귀걸이도 한 쌍 샀다. 어깨까지 내려오는 반짝이는 도금 체인, 그 끝에는 자그마한 아랍식 항아리 모양의 펜던트가 달려 있었다.

그리고 밤이면 밤마다 흑인 군인들이 모이는 카페를 찾아가 춤을 추었다.

흑인들이여, 내게로 와요! 향신료 냄새를 발하는 칠흑 같은 피부여, 보아뱀을 연상시키는 탄력적인 두 팔이여! 나는 난초처럼 매끄러운 당신들의 거대한 성기를 갈망해요!

밤이면 휴대용 손전등을 들고 복도를 어슬렁거리던 노파 몰래 흑인을 방 안까지 데려오는 일은, 그야말로 하나의 거룩한 의식이었다. 복도의 어둠에 녹아든 노파는 실내화를 껴 신은 한 마리 은밀한 하이에나처럼 방문을 하나하나 스쳐가며 검문했다. 그러다 돌연 그녀는 손전등을 들어 올려 얼굴 전체를 환히 비춘 뒤, 짐짓 다정한 목소리로 잘 자란 인사를 속삭이곤 했다.

흑인을 데려오는 의식이란 이렇다. 일단 호텔 입구 옆 담벼락에 흑인을 꼼짝 못하게 박아둔다. 그리고 나 혼자 쫓기듯이 호텔 계단을 뛰어오른다. 그 다음 복도로 통하는 문을 열고 그 축축한 침묵 속에 코를 대고 킁킁거린다. 아무도 없으면 잽싸게 계단을 내려가 흑인의 손을 잡고 다시 계단을 오른다. 우리는 발사된 로켓보다도 빨리 방에 도착하고, 나는 이중 자물쇠를 채우고 걸쇠까지 꽂아둔다.

이제 모든 일은 침묵 속에서, 잠든 아이들의 규칙적인 숨소리 속에서 차근차근 진행된다. 나는 대리석 서랍장 위에 있는 양초를 켜고, 몸을 씻을 물을 준비하기 위해 알코올버너에 불을 붙인다. 물은 제시간에 끓어오른다.

버너에 어른거리는 불꽃을 조명삼아, 흑인이 준 달러가 맞는지 잘 세어본다. 그리고 침대 앞에 의자를 놓아 잠든 아이들의 얼굴을 가릴 수 있는 벽을 만든다. 등 뒤에서는 스프링이 마구 삐져나온 낡은 디방 위로 까칠까칠한 군용 낙타털 담요가 깔리는 소리가 들려온다. 나는 옷을 벗으면서 안락의자의 좌석과 등받이 사이에 달러를 감춘다. 군복과 그 밖의 투박한 껍질들이 바닥에 떨어지고 눈부신 검은 알몸이 적나라하게 드러난다. 그는 나를 안고, 이끈다. 낡은 담요 위에서 두 몸뚱어리가 섞여들고 우리의 그림자는 촛불의 움직임에 맞춰 천장에서 아른아른 흔들거린다.

용수철이 살을 꼬집고 비틀지만 상관치 않는다. 디방이 급하게 벽에 부딪치기도 한다.

아침이면 흑인은 증발하고 없다. 아무도 그를 보지 못했다. 간밤에 그는 슬그머니 방을 빠져나가 길거리에 녹아든 것이다.

방에는 아침 햇살과 아이들, 그리고 나뿐이다. 테이블에 놓인 초콜릿과 따뜻한 크로와상이 달콤한 향을 솔솔 풍긴다.

그해 9월에는 법정후견인이 보낸 사회복지사 한 명이 비행기를 타고 이곳까지 날아왔더랬다. 편지로 그 통보를 받았는데, 기차역에 가면서 나는 아이들을 빼앗길 두려움에 심하게 몸을 떨었다. 그러나 사회복지사의 얼굴을 보는 순간 용기를 되찾았다. 악의를 품지 않은 선량한 젊은 아가씨였기 때문이다. 속여 넘기기 별로 어렵지 않아 보였다. 나는 나이 많은 두 부인의 하숙집에 거주하는 성실하고 겸손한 엄마의 이미지를 보여주었다. 물론 그녀는 아이들이 매일 아침 가는 프랑스 공부방을 방문해 뒷조사를 좀 할 테지만, 가끔 지각한다는 것 말고는 거기서 그다지 얻어낼 정보는 없었다. 빌도 떠나고 이제 우리뿐인 지금, 나는 여권을 되찾았고 호텔 장부에도 내 이름으로 등록해두었던 것이다. 그녀와 함께 있는 동안 나는 결코 그녀에게 돈을 구걸하지 않았다. 그게 핵심이었다!

어느 날 아침, 아이들을 공부방에 데려다주고 가까운 영국식 공원의 벤치에 누워 잠깐 잠을 청하려는 찰나, 공원 자갈길 위로 자동차가 급박하게 브레이크 거는 소리가 들렸다. 번쩍 눈을 떴다. 경찰복을 껴입은 두 짭새가 초록색 폭스바겐에서 툭 튀어나오고 있었다. 그들은 허리를 꼿꼿이 세우고 나를 향해 걸어왔다.

나는 부랴부랴 일어났다. 아이구 짭새 나으리, 우리 서로 얼굴 구기지 맙시다!

"여기서 뭐하시오?"

"체류증을 보여주시오!"

신이시여, 땡큐! 다행히 가방 속에는 낡은 여권이 들어 있었다. 한 짭새가 그것을 홱 낚아챈 다음, 다시 폭스바겐에 들어가 어딘가로 전화를 걸었다. 그리고 오랜 시간 수화기에 귀를 대고 고개를 끄덕거렸다.

그는 다시 돌아와 퉁명스럽게 물었다.

"뮌헨에선 무슨 일을 하시는데?"

나는 겨우 힘을 내 중얼거렸다.

"학생이에요."

"흠, 알겠소. 계속 주무쇼."

그렇게 폭스바겐은 멀어져갔다. 벤치에 홀로 남은 나는 부들부들 떨리는 손으로 겨우 담배에 불을 붙였다. 호텔로 돌아가는 게 안전할 듯했다. 그날 이후로 나는 벤치에서 낮잠을 자는 일은 절대 하지 않았다.

아이들과 따스한 볕을 쪼이며 레오폴드 거리를 산책하던 어느 오후에는 우리의 형제를 만났다. 그도 우리처럼 쫓기고, 숨어야 하는 이였다. 프랑스군 탈영병인 그의 이름은 클로드. 스무 살이었다.

일주일 동안 그는 우리 호텔방에 머물렀다. 사랑스러운 청년이었다. 그는 아이들을 보살폈고, 우리는 보호받고 사랑받는 느낌을 받았다.

밤에는 빌과 그랬던 것처럼 클로드와 나, 둘 다 각자 일을 보러 외출했다. 당시 내가 독일인인지 흑인인지를 사귀는 동안 그는 술집으로 늙은 게이 사냥을 나섰다. 한번은 어떤 늙은이의 아파트까지 따라갈 수 있었다고 했다. 늙은이가 팬티까지 다 벗었을 때, 사랑의 키스 대신 얼굴 정면에 주먹을 날려주었다고. 그가 무릎을 꿇고 눈물을 줄줄 흘리는데도 가차 없이 이렇게 말해주었단다.

"난 살인자라니까, 할아범!"

그리고 그의 주머니를 털고, 욕실에 널브러져 있던 보석들까지 싹 쓸어서 의기양양하게 자리를 떴다. 나뭇잎 하나 걸치지 못하고 침대 바닥 깔개 위에서 새파랗게 질린 채 바짝 얼어버린 늙은 도마뱀을 뒤로하고 말이다.

나는 클로드에게서 토파즈로 장식된 휘황찬란한 반지 두 개를 물려받을 수 있었다. 얼마 지나지 않아 전당포에 팔아버렸지만.

그리고 클로드는 떠났다. 파리행 야간열차에 올라 화장실에 숨어 여행을 하겠다고 했다. 그 이후로 편지 한 통 말고는 아무 소식도 없었다. 7년이 지나서야 소식을 들을 수 있었는데, 그때 열차에서 짭새들한테 붙잡혀서 알제리로 보내졌다고 했다.

거리에 가을이 찾아들었다. 사방에서 새빨간 불꽃이 탁탁 튀거나 노란 불길이 활활 일었고, 낙엽들은 바람을 타고 춤을 추었다.

'자메이카의 조'라는 또 다른 형제를 만났다. 석탄보다도 새카만 얼굴, 거친 목소리, 까끌까끌한 손을 가진, 아주 통쾌하게 웃어 젖히던 사내였다.

우리는 종종 야식을 먹을 때 그를 초대했다. 그러던 어느 날, 다 함께 테이블에 둘러앉아 있는데 갑작스레 노파가 문을 두드렸다. 큰일이었다. 방문객이 있다는 걸 들키면 또 추방 위협을 당할지도 몰랐다.

"전화 왔어요! 빨리 받아요!"

예에! 나는 비명 같은 소리를 내지르면서 조를 덮쳐 옷장 속으로 밀어 넣었다. 그리고 꼼짝 말라는 눈빛를 던지며 그를 옷장 문 뒤로 바짝 붙였다. 그 다음 태연한 얼굴로 방을 나와 열쇠로 문을 잠그고, 승리자의 미소를 짓고 있는 노파 앞을 지났다.

그런데 복도 모퉁이를 도는 순간, 열쇠 꾸러미 철렁거리는 소리가 귓가를 스쳤다. 언제나 노파는 이 호텔에 있는 모든 방의 열쇠를 주머니에 가지고 다녔다. 꺄악! 이어지는 날카로운 비명. 평소처럼 남의 방을 샅샅이 뒤지던 그녀가 옷장 아래로 불쑥 튀어나온 새카만 두 발을 발견한 것이다.

조가 실실 웃으면서 옷장에서 나왔고, 우리의 집사 나으리는 걸음아 날 살려라 하고 냅다 도망쳤다. 아이들이 깔깔거리며 아주 신이 났음은 물론이다.

전화를 받고 방에 돌아왔을 때까지도 아이들은 히죽대고 있었고, 식탁 의자에 앉은 조는 그 커다란 입에 밀려 귀가 작아질 정도로 환하게 함박웃음을 짓고 있었다.

자메이카의 조, 당신은 어느 날 밤 불현듯 방으로 찾아왔지. 아주 은밀하고 부드럽게 말야. 당신은 창문에 작은 돌멩이를 던졌고, 그 소리에 나는 창가로 다가갔어. 내 눈에 먹을 것이 가득한 깡통 두 개가 들어왔지. 당신은 새하얀 이빨을 씨익 드러내며 내 귀에 속삭였어.

"잠깐 동안만 당신과 사랑을 나눌 수 있을까요? 이게 내가 가진 전부입니다. 당신 아이들을 먹여요."

그래, 조. 나의 검은 형제여, 들어와 우리 함께 사랑을 나누자. 내일은 이 맛난 음식들을 먹으며 당신의 다정한 애무와 달콤한 웃음, 향긋한 살결을 떠올릴 거야. 쌉싸름한 아니스 맛이 나는 당신의 입술은 정말이지 보드라웠고, 내 안 깊숙이 들어온 검은 성기는 나를 더럽혔던 모든 증오를 깨끗이 씻어내주었지.

금발의 천사와 상이군인을 만나러 그들의 방을 찾았던 어느 날이었다. 천사는 알 수 없는 두려움에 휩싸인 눈으로 나를 응시하며 이렇게 말했다.

"좀 어려운 이야기인데…… 말씀드릴 게 있어요."

"뭔데요?"

"음…… 얼른 병원에 가세요. 그 유고슬라비아 친구가 현재 매독 2기랍니다. 부탁할게요. 당장 병원에 가세요."

나는 금빛의 낙엽 회오리를 가르며 큰길을 달렸다. 9월아, 9월아, 이게 무슨 일이니? 그리고 너 슬라브족, 바로 그거였니? 네가 나불거리던 사랑이라는 게? 악취를 풍기던 입은 그 때문이었니?

아아, 모든 낙엽이 나를 향해 합창을 하고 있었다. 매독! 매독! 매도오오옥!

병원에 갔다. 간호사는 채혈을 한 뒤, 내 이름과 주소를 적었다.

"이상이 있으면 전화드리겠습니다. 아무 소식 없으면 두 달 후에 오세요. 두 번째 채혈을 해야 하니까요."

그리고 아무 연락도 없었다.

눈에 띄게 밤이 쌀쌀해졌으나, 아직도 길거리는 짙은 금빛 천국이었다. 지저분한 떠돌이 비트닉들은 몽유병에 걸린 듯이 거리를 돌아다녔다. 모로코나 터키에서 수입해 오는 하시시에 잔뜩 취한 탓이었다. 클로드는 떠나기 전에 내게 이러한 말을 했었다.

"혹시 마리화나를 구할 수 있으면 담배로 말아서 흑인 병사들에게 비싸게 팔아봐요. 꽉 찬 성냥갑 하나 정도면 20마르크에 사서 40마르크에 팔 수 있거든요. 그러면 더는 몸을 팔지 않아도 될 거예요."

이 말은 뇌리에 깊이 박혀 있었다

그러던 어느 날, 나를 찾아온 두 비트닉은 은밀한 손동작으로 황색 이파리 한 봉지를 풀어 보였다. 마리화나였다. 우리는 커튼이란 커튼을 싹 치고 잎을 말아 피웠다. 순식간에 몽롱한 냄새가 방을 가득 메웠다. 문이 잠겼는지 다시 확인한 뒤, 우리는 최대한 목소리를 낮춰 가격을 협상하기 시작했다. 긴 수염을 늘어뜨린 꼬질꼬질한 마법사 같은 그들은 짭새들이 벽에서 튀어나오기라도 할 것처럼 끊임없이 뒤를 돌아보고 작은 소리에도 소스라치게 놀랐다. 그들은 서둘러 마지막 한 개비를 피운 다음, 100마르크에 잎을 모조리 내게 넘기고 긴 복도를 따라 도둑고양이들처럼 소리 없이 떠났다. 처음으로 마리화나를 피워본 소감은…… 뭐랄까, 좀 무덤덤했다. 톡 쏘는 구토증 말고는 특별한 것을 느낄 수 없었던 것이다.

그날 저녁, 곧바로 병영 근처에서 마리화나를 팔아보기로 마음먹었다. 이파리를 전부 담배처럼 말아보니 정확히 성냥갑 네 개 분량이 나왔다.

그중 하나는 가방에 넣고 나머지는 나의 은신처인 옷장과 겨울부츠 속에 보관했다. 한때 이런 식으로 부츠가 마구 범람하던 시절이 있었다. 돈, 마약, 처치 곤란한 성냥개비 뭉텅이들을 숨길 만한 장소는 그다지 다양하지 않았던 것이다.

나는 곧장 병영 주변의 작은 술집들 앞으로 가 어슬렁거렸다. 다채로운 빛을 발하는 등불들은 언제나처럼 나를 흥분시켰다. 아직 새파란 오후인데도 활짝 열린 입구 문을 통해 로큰롤 음악이 흐르고, 한 흑인 병사는 완전히 술에 절어서 비틀거리고 있었다.

어느새 작고 마른 흑인이 내 옆에 다가와 있었다.

"디아블로라고 합니다."

기다란 속눈썹과 왕방울만 한 눈이 인상적인 사내였다. 내가 팔 것이 있다고 하자 그가 눈동자를 초롱초롱 빛내며 말했다.

"아, 그래요? 그럼 제 차에 타시죠. 대화하기 더 편할 테니까."

쉰 목소리는 묘한 분위기를 풍겼고, 얼굴은 놀랄 만큼 검은 사내였다. 우리는 그의 고약한 고물차에 올랐다. 나는 마리화나가 있고 한 갑에 10달러라고 했다. 그러자 그는 휘파람 비슷한 소리를 내며 말했다.

"오, 그 가격이면 질은 장담하시는 거죠? 줘봐요, 일단 피워보게."

나는 거절했다. 그가 성냥갑을 낚아채 그냥 내뺄 수도 있다는 생각이 머리를 스쳤기 때문이다. 그러나 그는 계속 먼저 피워보겠다고 고집을 부렸고 나도 계속 고개를 절레절레 흔들었다. 그렇게 침묵 속에서 몇 분이 흘렀고 차 안의 공기도 점점 무거워져가고 있었다. 가슴이 답답해진 나는 결국 차 문을 열고 밖으로 훌쩍 뛰어내렸다. 그리고 있는 힘껏 달렸다. 뒤를 돌아보았지만 다행히 그는 쫓아오지 않았다.

그 후로 몇 주 동안 이 저주받은 성냥갑에 대해 아무에게도 이야기하지 않고 나 혼자 조용히 간직했다. 악몽 같은 일이었다. 이미 100마르크를 지불한데다가, 잘못 걸리면 감방에 갈 수도 있었다. 클로드는 이 점에 대해서도 지적했었다.

9월 18일. 이 날짜는 기억 속에 선명하게 새겨져 있다. 한 중국계 흑인과 병영 근처의 클럽에 갔던 날이다. 그곳에서 맥주를 마시고, 그와 꼭 달라붙어 춤을 추었다. 그날 나는 유난히 사랑스러웠다.

테이블에 앉아 있는데 짙게 피어오른 담배연기 속에서 순간 그 얼굴이 나타났다. 그의 얼굴, 천 명의 흑인 사이에서도 알아볼 수 있는 얼굴. 그토록 사랑했고 그토록 찾았던, 턱 중간에 칼자국처럼 홈이 파인 얼굴! 그러니까 파란색 캐딜락을 몰던 흑인의 얼굴이 불과 몇 테이블 떨어진 거리에, 나와 같은 공간에 존재하고 있었다. 그 역시 나를 바라보고 있었다! 아아, 눈물이 턱 끝에서 뚝뚝 떨어졌다. 한편 중국계 흑인은 그런 나를 보고 걱정스러워하며 말을 걸었지만 나는 대답하지 않았다. 그 순간 내 눈에 그는 보이지도 않았던 것이다. 화가 난 그는 곧 가버렸다.

검은 신이여, 집시 야영장 트레일러 시절의 밤의 마법사여! 마침내 당신을 찾았구나! 잃었다고 믿었던 당신이 다시 돌아왔구나. 이렇게 날 보고 웃는구나! 당신 품에서 엉엉 울게 날 내버려둬. 이리 와, 어서 여길 빠져나가자! 이 소란스러운 카페에서 나가 차를 타자! 캐딜락은 언젠가처럼 우리를 달래줄 거야.

검은 신이여, 그간 좀 야위었구나. 전보다 더 지치고, 더 조용해지고, 더 슬퍼졌어. 당신의 살을 깎아먹고 그 지친 웃음을 짓게 한 건 그 망할 감옥이겠지. 로버트 벤슨, 날 안아줘. 그리고 과거는 모두 잊자. 언제나 난 당신의 것이야. 캐딜락이 멈추면 그토록 부드럽던 당신의 아름다운 검정 기둥을 다시 입에 물 거야!

바람에 팽팽히 부풀어 오른 캐딜락은 흙과 풀에 바싹 붙어 들판을 항해했다. 드디어 어둠과 침묵에 휩싸인 우리만의 왕국을 되찾은 것이다. 나는 안개의 우윳빛 휘장에 파묻혀 당신의 보드카와 키스를 연신 들이켰다. 흑인아, 당신의 쉰 목소리로 노랠 불러주렴. 솜털같이 포근하고 깊었던 어느 밤, 수로 기슭에서 잃어버렸던 자장가를 들려줘.

나는 당신에게 초록 눈동자를 지닌 뱀 팔찌를 주었어. 당신은 그걸 손가락 끝으로 춤추게 했지. 당신, 아직도 그걸 간직하고 있어? 미국에서 보낸 그 아득한 세월 속에서도 그 팔찌를 보고 나를 떠올려주길…….

당신은 우리의 볼품없는 호텔방에도 왔었지. 아이들은 기뻐 비명을 질렀어! 눈부신 빛을 발하는 파란색 캐딜락이 우리 방 창문 아래에 의기양양 자리 잡고 있었던 거야.

그날, 우리는 숲을 산책했었지. 아주 먼 마을까지 나가서 그 주변을 둘러싸고 있던 숲을 걷다가 가엾은 독일 여인을 만나기도 했어. 화학세제에 닳고 닳은 손, 치맛자락에 줄줄 달린 다섯 명의 흑인 아이들. 몇몇 얼굴은 카페오레 색이었고, 나머지는 완벽하게 검었지. 금발의 푸른 눈동자를 지닌 아이도 있었고. 가장 작은 꼬마는 붉은색 원피스를 입고 있었어. 우리는 그 애를 이끼 사이에 핀 아네모네 꽃을 따듯 들어 안았지. 그때 독일 여인이 다가왔고, 너무나 자랑스러워 숨이 막힐 듯한 목소리로 말했어.

"이 아이들은 제가 가진 전부랍니다. 제 보석들이죠. 아무도 데려갈 수 없어요."

그리고 황혼 무렵, 우리는 길고 긴 자동차 행렬 속에 있었다. 캐딜락은 평화롭게 도로 위를 달렸고 당신, 나의 흑인 애인은 핸들을 잡은 채 잠이 들어 있었지. 눈을 감고 있다가 빨간 불이 들어왔을 때만 지그시 눈을 떴다. 그리고 다시 무한히 부드럽게 달렸다. 아무도 치지 않았고, 어떤 사고도 일어나지 않았다. 당신의 잠을 깨워서는 안 된다는 걸 캐딜락도 이해하고 있는 듯했다. 난 잘 알고 있었다. 차는 우리를 사랑하고 있고, 절대로 우릴 아프게 하지 않을 거란 걸.

그러나 캐딜락아, 인간은 은혜를 몰라. 너는 결국 폐차장에 내동댕이쳐졌지. 너의 주인은 온갖 곳에 자동 버튼이 달리고 앞좌석에는 디스크 플레이어까지 장착된, 오만한 파란색의 새 캐딜락을 샀어. 그때 나는 깨달았지. 이렇게 끝날 거라는 걸. 그는 돈을 모조리 쏟아부은 새 캐딜락과 함께 미국으로 떠났지. 나와 내 아이들은 데려가지 않았어. 너 역시 마찬가지였지. 버림받은 우리는 여기 남았어. 너는 고철 시장에, 나는 밤거리와 군인들이 몰려드는 바에. 세월이 갈수록 한 층 한 층 더 얇어지던 너의 은은한 파란색도 하늘로 날아갔을 거야. 만물이 쨍쨍한 여름이 되면 네 파란색은 참으로 화려하게 빛을 발했었는데. 그 아침, 초록색 잔디가 깔린 큰길 가장자리의 벤치에서 네가 우리를 처음으로 태웠던 그날 아침처럼 말이야.

다시 혼자가 된 나는 병영 근처로 춤을 추러 다녔다. 그 무렵 나를 아주 괴롭게 했던 거대한 병영이 하나 있었다. 이름은 알지 못했다. 검정과 흰색으로 도색이 된 자동차 좌석 아래에 처박힌 채로 납치되다시피 끌려갔던 곳이다.

그곳은, 한번 입장하면 끝장이었다. 나는 밤새도록 두 명의 흑인에게 두들겨 맞았다. 그들은 내가 내는 비명마저 주먹질로 억눌렀다. 서서히 날이 밝고 군의 기상나팔이 울릴 때에야 나는 겨우 석방되었다.

두 번째로 병영에 감금되었을 때는 초겨울로, 사방은 온통 눈 천지였다. 디스코텍의 출구에서 만난 어떤 흑인이 병영의 한 고층 건물까지 나를 데려갔다. 당장 위치 파악은 안 되었지만, 그가 잡아끄는 대로 따라 들어갈 수밖에 없었다. 비밀스러워 보이는 어떤 문을 통과하자 야영 침대 한 대가 덜렁 놓인 초라한 방이 나타났다. 그때 알아차렸다. 아! 여기가 정말 병영이란 곳이구나. 그리고 난 그 안에 꼼짝없이 갇혔구나.

흑인이 갑자기 돈을 내지 않겠다고 버텨서 나는 그 육중한 짐승과 난투를 벌여야 했다. 피범벅이 된 침대를 내버려둔 채 겨우 고층 건물을 빠져나왔을 때는, 도저히 출구를 찾을 수가 없었다. 사방은 벽이나 하늘을 향해 드높이 쳐진 철조망으로 가로막혀 있었다. 방법은 하나뿐이었다. 철조망 아래를 기어가는 것. 원피스가 마구 찢겨나갔지만 어쩔 수 없었다. 나는 딱딱하게 얼어붙은 진창 위에 쌓인 눈을 손톱으로 긁고 파내며 계속 기어 나갔다. 그곳에 개나 고압전선이 없었던 게 그나마 다행이었다.

그해 겨울은 정말 혹독했다.

새 애인이 생겼다. 우리는 그를 '새까만 쁘띠슈슈*'라고 불렀다. 그가 사라지고 나서, 활활 타오르는 듯한 모발이 인상적이던 '붉은 머리칼의 쁘띠슈슈'도 나타났었는데 나중에 그 역시 자취를 감춰버렸다. 불행하게도 그들 모두 나와 밤을 지내고 나서, 혹은 바로 그 다음날, 감방 선고를 받았다. 둘 다 점호시간에 늦었던 탓이다.

우선 새까만 쁘띠슈슈에 대해 이야기할까 한다. 그와는 초록색 종이 화환이 장식되어 있던 바에서 트위스트를 추면서 만났다. 우리는 마주 보고 아주 그럴싸하게 커플 트위스트를 췄다. 한쪽 다리를 돌리면서 몸을 알맞게 올렸다 내리기. 그러다 지쳐 나가떨

---

* 슈슈chou-chou란 귀염둥이의 애칭. 따라서 쁘띠슈슈petit chou-chou란 '우리 작은 귀염둥이' 정도의 의미이다.

어진 나는 의자에 주저앉았고, 그는 나를 가슴에 품으며 이렇게 말했다.

"남자친구 있어? 나 어때?"

당시 내 옆구리는 텅 비어 있었으니까 이 잘생긴 흑인이라면 감지덕지였다. 그 시선과 미소는 어찌나 황홀하던지! 그 순간부터 내 애인은 바로 그였다. 그는 시카고에서 왔고, 인도인과 혼혈이라고 했다. 그의 검은 피부에서는 붉은 섬광이 발했고, 눈의 흰자위는 호박 빛깔을 띠었으며, 살갗에서는 향긋한 계피 냄새가 났다.

크리스마스이브 오후에 그는 호텔방에 찾아와 60달러를 내놓으며 말했다.

"아이들을 위해 써."

그 돈으로 나는 닭 두 마리를 사서 새 냄비에다가 차례차례 구웠다. 바깥에 내놓았던 전나무도 다시 방 안에 들여 원숭이 인형들과 솜뭉치, 양초, 은구슬 등을 매달아 크리스마스트리로 꾸몄다. 두 아이에게는 다리 대신 바퀴가 달려 있어 앞으로 갈 수 있는 강아지 장난감을 하나씩 선물했다. 저녁이 되자 새까만 쁘띠 슈슈는 존슨이라는 이름의 불알친구와 함께 백포도주 두 병과 붉은 카네이션을 가지고 다시 방을 찾았다.

우리는 아주 거창하게 크리스마스이브 파티를 벌였고, 그는 밤새도록 우리와 함께 머물렀다. 다음날 새벽이 되어서야 암스트롱처럼 낮고 쉰 목소리로 다시 오겠다고 약속하며 호텔을 떠났다.

그를 잃은 밤은 내 인생에서 가장 고통스러운 밤 중의 하나이다. 당시 나는 그를 혼자 자도록 내버려둔 채 외출해야 했다. 물론 이유는 항상 같았다. 돈이었다.

거리는 온통 눈 천지였고, 바람은 살을 엘 듯 날카로웠다. 나는 이따 호텔에 들어가 새까만 쁘띠슈슈가 잠들어 있는 따듯한 디방에 몸을 쭉 뻗을 생각으로 스스로를 위안하며 꿋꿋이 눈 속을 걸어나갔다.

아아, 적어도 그날 부츠를 신었다면! 무릎까지 푹푹 빠지는 눈에 영혼까지 바짝 얼어붙는 것만 같았다. 이윽고 차 한 대가 서서히 인도로 가까워지며 속도를 줄였고, 나는 그 안에 잘 차려입은 신사가 타고 있음을 확인하고는 그 옆에 앉았다. 달콤쌉싸름한 담배 향이 은은하게 풍기던, 음악으로 축축하게 젖어 있던 따스한 공간 속으로 말이다. 그가 말했다.

"아가씨는 방이 없나? 뭐, 괜찮아. 차 안에 머물도록 하지. 조용한 구석을 찾아보자고."

차는 꽁꽁 얼어붙은 도로 위를 조심스럽게 유턴한 다음, 줄기차게 내달렸다. 눈발은 점점 더 굵어지고 있는데 '조용한 구석'이란 곳은 좀처럼 나타나지 않았다.

나는 아무 말도 하지 않았다. 이상하게도 신사 역시 침묵을 지켰다. 안 좋은 징조였다. 그렇다. 나는 또 한 번 함정에 걸려든 것이다! 이 인간과는 쉽지 않을 게 분명했다. 그는 점점 더 악랄하게 숨도 쉬지 않고 액셀을 밟아댔고, 어느새 우리는 온통 눈으로 뒤덮인 황량한 사막 위를 달리고 있었다. 누구도 차를 멈추게 할 수 없었다. 그러다 마침내 도착한 곳은, 거대한 나무들에 가려 한 줌의 빛도 통과하지 않는 컴컴한 숲이었다!

그제야 차는 속도를 줄였고, 수북이 눈이 쌓인 도랑 기슭에 멈춰 섰다. 사내는 부드러운 목소리로 말했다.

"우리는 지금 뮌헨에서 24킬로미터 떨어진 곳에 있지."

"먼저 50마르크부터 주시겠어요?"

내 질문에 대한 대답으로 사내는 내 멱살부터 쥐어 잡았다. 흥! 이 쓰레기 같은 인간아, 날 가질 수 있을 거라고 생각하니? 나는 왼손으로 그를 밀어젖히면서 오른손으로 그의 긴 머리칼을 말아 쥐고는 있는 힘껏 잡아당겼다. 이 늙은 원숭이의 머릿가죽을 확 벗겨내버리고 말 테다!

그러나 순식간에 그가 나를 발가벗겼기 때문에 한 손으론 발아래로 떨어진 옷가지들을 간신히 집어 올리면서 다른 손으로는 그의 주먹과 발길질을 물리쳐야 하는 상황이 되어버렸다. 너무 힘겨웠다. 그의 손톱에 살갗이 마구 찢겨나가고 있었다. 야비하게도 그는 중요한 몇몇 부위에 상처를 내려고 했다. 나는 마지막 힘까지 쥐어짜내며 온몸으로 그를 밀어냈다.

결국, 각자 상대의 목을 쥐고 동시에 조르는 형국이 되었다. 나는 가슴 깊은 곳에서부터 내 모든 절망감을 끌어모아 마치 개구리가 도약하듯이, 그 에너지를 두 손으로 와락 분출시켰다. 아아, 목조르기 한판의 승리자는 나였다! 시뻘겋게 달아오른 그는 이탈리아어로 욕설을 내뱉으며 내 목을 탁 놓아버렸던 것이다.

나는 잽싸게 옷가지들과 핸드백, 구두를 주워 모아 차문을 열고 눈밭으로 몸을 날렸다. 그리고 미친 듯이 뛰기 시작했다. 눈이 무릎까지 푹푹 파이던 샛길에는 땅바닥에 날카로운 철선들까지 쫙 깔려 있어서 그 위를 맨발로 걷는다는 게 거의 불가능한 곳이었다. 그래도 무작정 달렸다. 그러다가 차와 조금 거리를 두게 되어 잠깐 멈춰서 옷을 마저 입는 순간, 어느새 차에서 뛰쳐나온 그가 날 덮쳤다. 우리는 미친놈들처럼 철선 위를 뒹굴었다. 나는 그를 할퀴고 이빨로 물었고, 그는 내게 주먹질을 퍼부었다.

그러다 그가 내 쪽으로 얼굴을 숙이는 찰나, 나는 구두를 쥐고 뾰족한 굽으로 머리꼭지를 마구 내리쳤다. 그는 갑자기 덜덜 떨기 시작했다. 그리고 급하게 숨을 몰아쉬더니, 몸을 일으켜 차로 돌아갔다. 이윽고 시동 걸리는 소리가 들렸다.

나는 다시 뛰기 시작했다. 길폭이 어찌나 좁던지 앞에서 자동차가 가로막을지도 모른다는 생각에 겁이 덜컥 났다. 그러나 차는 등 뒤에서 달려오고 있었다. 나를 짓이기려고 이 도랑에서 저 도랑으로 지그재그를 그리며 격렬하게 쫓아오고 있는 것이다. 나는 질겁한 타조처럼 걸음아 날 살려라 맨발로 달렸다. 두 손에 젖은 구두를 쥐고, 가슴에는 미처 껴입지 못한 스타킹과 가터벨트를 품은 채.

 그러던 어느 순간 나는 옆으로 빗겨 넘어졌고 그곳에 자리 잡고 있던 철책 아래에 깔려버렸다. 정면에서 나를 환히 비추는 헤드라이트 불빛에 눈을 뜰 수가 없었다. 나는 재빨리 차 뒤로 몸을 굴렸지만, 이런, 이번에 차는 후진을 했다. 그가 노리는 것은 내 목숨인 것이다! 나는 다시 반대편으로 돌아가 차를 앞지른 다음 숨통이 끊어져라 도로까지 내달렸다. 그러나 달빛을 받아 싸늘하게 반짝이는 도로 역시 철조망과 연결된 철선들이 깔려 있어 도저히 발을 내딛을 수 없었다. 다른 방법이 없었다. 다시 숲으로 들어갈 수밖에.

 그때, 남자가 차문을 반쯤 열고 소리 질렀다.

 "도시까지 데려다줄게, 차에 타!"

 미친놈! 네 차에 올라타느니 밤을 새서라도 걸어가겠다! 쿵 하고 문이 닫히더니 차는 세차게 돌진했고 나는 헉헉거리면서 도로 위에 홀로 남았다. 우두커니 양손을 내려다보니 구두 두 짝은 완전히 거덜 나 있었고 스타킹은 거의 걸레 수준이었다. 나는 그가 다시 돌아올지도 모른다는 생각에, 차디찬 눈밭 위에 바짝 엎드려 도로에 차가 두 대쯤 지나가는 동안 꼼짝 않고 기다렸다.

 군인들로 가득 차 있던, 덜컹대는 미국식 소형 트럭을 얻어 탄 건 새벽 네 시경이었다. 군인들은 나를 트럭 위로 끌어올려주었다. 커다란 군용 외투 속에 푹 파묻힌 그들은 하나같이 말없이 담배를 태우고 있었다. 아무도 내게 질문을 던지지 않았다. 그들은 병영보다 한 정거장 앞에서 나를 내려주었고, 나는 그곳 벤치에 홀로 남아 온몸이 꽁꽁 얼어붙은 채 첫차를 기다렸다.

다섯 시가 되어서야 호텔에 도착할 수 있었는데, 쁘띠슈슈는 이미 깨어나 날 기다리고 있었다. 그는 이제 병영으로 돌아가야 하는데, 앞으로 몇 달간 못 볼 거라고 했다. 지난 새벽, 너무 늦게 돌아간 탓에 감방에 가게 되었다고. 바로 오늘 아침부터 수용될 거라고.

나는 대답했다. 우린 다시 만나게 될 거야. 편지 쓸게. 앞은 울림 있고, 뒤는 당신의 양모 머리털처럼 보송보송한 당신의 이름, 로이 블레인에게로. 당신도 편지 써줘. 오, 내 사랑, 참고 기다리는 거야. 모두 다 잘될 테니까.

우리는 절망스러운 마음으로 포옹했다.

자, 그러면 이제는 날 좀 자도록 내버려두길! 나는 기다리겠다고 약속했다. 다른 남자들? 그건 돈 때문에 만나는 거니까 신경 쓰지 마.

입술에 상처가 났다. 흉측한 흰색 부스럼인데 건드리지 않아도 아주 아팠다. 또 무슨 병이라도 생긴 걸까? 아니, 아무것도 생각하고 싶지 않았다. 조금도 알고 싶지 않았다. 정말이지, 싫었다.

배에는 보랏빛이 도는 기묘한 붉은 자국들이 올라왔다. 아무것도 아니야, 그렇지? 혈관 몇 개가 터진 것뿐일 거야. 당황하면 안 돼, 약해지지 말자! 아무 말도 믿지 마! 정말 하나도 안 무서워. 아무 일도 없을 거니까. 아닌가요, 하나님? 우리의 위선자, 코미디언이시여. 어서 대답해줘요!

그 다음으론 목이 아팠다. 목구멍 깊숙한 데까지 너무나 고통스러웠다. 검사 결과, 구협염이란다. 아주 지독한 편도성 염증 말이다. 그해 겨울은 이 병과 함께 시작되었다.

흰색 부스럼들은 자기들끼리 서로 릴레이 경주를 하며 순식간에 입술 전체를 뒤덮었다. 립스틱도 바를 수 없었다. 기포처럼 미세한 구멍이 숭숭 뚫린 미끄럽고 허여멀건한 상처들이 끈덕지게도 그 자리를 지켰기 때문이다. 게다가 음식을 삼킬 수도 없어서, 끊임없이 당의정만 빨고 있어야 했다.

정말이지 가슴이 터질 것만 같았다. 마음을 추슬러야 했다. 생각하지 말자! 당의정을 빨고, 가글을 하고, 입을 꾹 다물자!

흥! 두 달만 참으라고 의사는 말했었지. 이제 아무하고도 포옹할 수 없었다. 최소한의 접촉에도 나는 울부짖었다. 이 상처들은 살아 숨 쉬는 것만 같았다. 나와 상관없이 독자적으로 생각하고, 움직이고, 내 입술 위를 여행했다. 마치, 내 입을 먹는 또 다른 작은 입들처럼.

나는 마음을 단단히 먹고 생각했다. 아직 구협염의 승리를 인정한 건 아니지만 그럼에도 걱정스러운 건 사실이었기 때문이다.

만약 내가 이 병을 전염시켰다면 어쩌지? 이 살아 생동하는 상처 안에 더러운 병균들을 품고 있었다가 친절하게 다른 이들에게도 나누어주었다면? 흑인이었을까, 독일인이었을까? 흑인들의 피는 그 어떤 종보다 강하니까 반드시 견뎌낼 것이다. 독일인이라면 그냥 뒈져버리길! 다른 이들은 관심도 없으니 뭐 알아서들 하세요!

어느 날 아침 눈을 뜨자 이제 일말의 의심조차 쓸데없게 되었다. 보랏빛이 도는 붉은 반점들이 장미 가시처럼 손바닥과 발바닥 전체를 뒤덮은 것이다. 나는 활짝 만개했다. 썩어버렸다. 매독에 걸린 것이다!

그럼에도 일말의 의심이 있었다면, 혹시나 하는 마음이 눈썹 한 가닥만큼이라도 남아 있었다면, 그것은 날 검사하는 젊은 여의사의 태도에 일순간, 속시원히, 휘잉 날아가버렸다. 그녀는 나를 보고 점점 뒷걸음질 치더니 가능한 한 멀리 떨어져서 내 손과 발을 들어 올렸고, 입을 검사할 때는 기다란 막대기 끝에 붙은 솜뭉치를 사용했다. 이토록 찬란하게 꽃핀 매독 환자를 자주 보지 못한 게 분명했다. 내가 아주 정성껏 매독을 부화시킨 뒤 숙성까지 시켰으니, 매독은 매독 자신에게 잠재되어 있던 능력을 폭발적으로 펼쳐 보일 수 있었던 것이다.

나는 3기 판정을 받았다. 일주일에 세 번, 페니실린 주사를 무료로 놔준단다. 으흠, 병 주고 약까지 준다니, 아낌없이 주는 나라로군! 나는 곧 비밀이 보장된다는 비공식적인 소규모 의학 청문회에 소환되었다. 여러 청문위원 중 특히 사회복지사가 가장 집요하게 질문한 주제는 바로 현재 나의 '애인'이었다. 그는 노블레스 오블리주*를 들먹거리며 말했다.

"이 북극광이 당신 배 위에 아무런 이유 없이 탄생하지 않았듯이, 이것은 이민도 갈 수 있고 타지에 자기 구역을 만들 수도 있어요. 당신 애인의 이름을 알려주세요. 또 다른 불행을 예방할 수 있는 가장 간단한 방법입니다. 물론, 당신의 신분은 보장됩니다."

나는 주저했다. 대체 누구를 희생양으로 결정해야 한단 말인가? 이 도시에 사는 모든 수컷들의 이름을 댄다면 내 직업이 발각되고, 그러면 곧장 철창행에다가 아이들도 빼앗길 것이다. 따라서 하나를 선택해야 하는데, 대체 누구를? 백인? 아니면 흑인?

결국 한 아프리카 학생을 선택했다. 내가 마지막으로 만났던 아주 청결한 청년으로, 그와 호텔에서 한 시간가량을 함께 보냈었다. 만약 불행하게도 단 한 번의 교미를 틈타 와세르만**의 교활한 작은 짐승들이 그를 삼켜버렸다면, 나는 그에게 해명을 해야 하리라. 그가 타오르는 정열을 가지고 머나먼 타국까지 공부하러 와서, 경제학 학위와 함께 매독균까지 수여받는다는 건 너무한 일이니까. 보통 아프리카 학생들은 난로도 없고 전기 시설도 제대로 갖춰지지 않은 초라한 방에 거주하면서, 이미 학비로 엄청난 비용

---

* 높은 사회적 신분에 상응하는 도덕적 의무를 뜻하는 말.
** 와세르만Wassermann은 매독 반응의 발견자로, 와세르만 반응이란 혈액검사로서 매독 감염 유무를 판정하는 검사법이다.

을 감당해야 했기에 가끔 한 시간씩만 사랑을 나누는 데에 용돈을 쓰곤 했다.

물론 나는 독방에 갇혀 있는 새까만 쁘띠슈슈에 대해서도 말하지 않았다. 내가 '조용한 구석'을 찾던 사내와 전혀 조용하지 않게 눈 속에서 전투를 벌이는 동안, 그는 내 방에 있었다. 마지막 자유의 밤을 주저앉아버린 낡은 디방에서 날 기다리며 보냈다는 사실을 사람들이 알아선 안 되었다. 그건 우리들만의 비밀인 것이다.

혹시, 만에 하나, 나와 그의 몸뚱이 사이에서 문둥병 바이러스들이 오고 갔다 하더라도 그건 우리의 사랑을 더 달콤하게, 더 운명적으로 만들었을 뿐이다. 기생충이 바글바글한 낡고 초라한 디방 위에서 우리의 매독은 서로를 사랑하고, 우리의 상처는 서로를 핥아주고, 우리의 농포는 합일하여 환희의 비명을 질러댔으리라.

내가 처한 상황을 똑똑히 일깨워주는 독일어 문서를 받게 되었다. 종이에는 우리가 흔히 창피하게 여겨서 입에 잘 올리지 않는 모든 병명이 죽 나열되어 있었다. 내가 걸린 병은 그중에서도 최고의 권위를 인정받는 것으로, 여타 대수롭지 않은 지저분한 병들을 뒤로하고 빨간 펜으로 강조까지 되어 당당히 선두를 지키고 있었다. 그 장엄한 훈장에 따르는 치료법과 의무사항들도 함께. 즉, 두 번째 주사를 맞기 전까지 나는 전염병 환자라는 것이다. 따라서 이틀 밤을 더 자고 나서야, 누더기 옷들을 태워 없애듯 독일에서 나의 매독을 말살시킬 수 있다고! 흥, 그동안 독일인들은 우리를 신랄히 헐뜯으며 자기 아내들을 임신시키겠지!

그들 모두를 전염시켰다면 어떨까? 단돈 10마르크에 숲이며 안개 속을 밤새도록 드라이브했던 그 작자! 장장 몇 시간 동안 관계를 맺고 나서 새벽 다섯 시에 2마르크를 훔쳐간 자식! 도심에서 멀리 떨어진 황량한 마을로 나를 데려가, 내가 거부할 경우 그곳에 내동댕이치고 가겠다고 위협하며 면상에 20마르크를 던졌던 그 새끼는 또 어떻고! 아침 일찍, 둘이 동시에 찾아와서는 내게 배우를 시켜주겠다고 꼬시던 영화계의 암종 같은 존재들도 있었지! 어떤 놈은 자기 개들을 데려와 같이 해보자고 했다!

그래, 모조리! 그 모두의 입속에 이 고름 주머니를 푹푹 짜주리라! 아, 흑인들은 빼고. 나의 세 흑인들, 매독에 전염된 세 형제여, 정말 미안해. 고독한 감방에서 매독을 숙성시키게 된 로이 블레인 밀러, 미안해. 어느 날 오후에 나를 찾아온 군복 차림의 병사여, 당신의 웃음을 생각하면 정말 몸 둘 바를 모르겠구나. 그리고 철조망 쳐진 병영에 나를 데려갔던 육중하고 야생적인 사내여, 미안해. 이제 곧 부글부글 붉은 거품이 낀 장미가 당신들 몸에도 만개할 거야.

그 외에 진홍색 점액으로 얼룩덜룩해진 수많은 다른 익명들은, 그들 안에서 매독이 평화롭기를! 마음껏 꽃피고 찬란히 번식하기를! 그래서 이 땅의 유다들을 모조리 말살시키기를! 온 땅의 메리 크리스마스에 역한 비린내 솔솔 풍기기를! 오오, 피고름이 흐르는 짓무른 음경을 늘어뜨린 농포투성이의 소나무, 썩어 문드러진 장식 리본들과 산타 양말과 트리플 초콜릿이 어린 예수를 찬양하네!

나라의 권능과 매독의 영광이 아버지께 영원히 있사옵나이다, 아멘!

오오, 매독이여, 영원하라! 뱃속에서, 구멍이 숭숭 뚫린 편도선 안에서 영원하라! 성기에 난 암종 속에서, 불타버린 입술 위에서 영원하라! 발바닥에서 머리꼭지까지 생생하고 치열하게 살아남으라!

그리고 제발 페니실린에 공략되기 전에 뭉텅뭉텅 뽑혀나가는 내 머리칼과 조각조각 부러지고 잘게 부스러지는 이빨들을 가지고 아름다운 보석이나 만들어다오…….

병은 나았지만 나는 기운을 차릴 수 없었다. 매일매일 병원까지 기어가듯 걸어가 주사를 맞았다. 주로 정오가 되기 15분 전에 도착했는데, 가끔 지각을 하면 병원에서는 그냥 돌아가라고 했다. 그럼에도 내가 끈질기게 빌고 애원하면, 가차 없이 살갗을 뚫는 복수의 침 한 대를 꾹 놔주긴 했다.

병원 대기실에는 불행한 자들이 수두룩했다. 하나같이 그들은 걸레처럼 너덜해진 엉덩짝을 의자 위에 비스듬히 대고 앉아 자신의 신발만 뚫어져라 응시하다가, 가끔 눈동자만 굴려 옆 사람을 흘끗거렸다. 그러다 엉덩이를 문지르며 구부정한 자세로 자리를 떴다. 입을 여는 사람은 아무도 없었다. 뭐, 그다지 떠벌리고 싶은 병은 아니니까. 나 역시 대기실에 앉아 있자면 지난 시간들이 서서히 목을 졸라오는 것만 같았다.

흑인 사냥은 다시 시작되었다. 외출 전, 나는 오랫동안 거울 앞에 앉아 좀처럼 환해지지 않는 잿빛 얼굴에 화장을 했다. 활짝 핀 매독 꽃은 덕지덕지 분을 발라 그나마 가릴 수 있었지만 볼륨감 있게 습곡이 진 지형도는 어찌할 수 없었다. 바이러스를 야금야금 갉아먹도록 수차례에 걸쳐 투입된 우리의 페니실린 친구들이 몸속에서 활개를 치고 있는 것 같지는 않았다. 이빨은 계속 부스러져서 사과는 물론 몰랑몰랑한 빵도 씹을 수 없었다. 먼지처럼 우중충해진 머리칼은 아침에 빗질을 할 때마다 한 움큼씩 빠져나갔다. 입안에선 썩은 물맛이 느껴졌고 죽음과도 같은 피곤이 나를 짓눌렀다.

그러던 어느 날 저녁에는 키가 크고 무뚝뚝한 흑인 권투선수 한 명을 수확했더랬다. 시뻘겋게 충혈된 눈, 바위 같은 주먹을 가진 토니라는 사내였다. 그는 어찌나 술에 취했던지 자신이 머무는 숙소를 찾지 못해서 그날 밤 내 방에서 나와 함께 잠을 잤다.

이튿날 밤이었다. 잠을 자고 있는데 누군가 내 위로 달려들어 욕설을 퍼부으며 무작정 나를 패는 거였다. 토니였다. 자동차 천장을 타고 덧창이 열린 창문을 통해 방 안으로 들어온 것이다. 그는 아침이 되어서야 방을 떠났다. 그날부터 반드시 덧창을 잠그고 잠을 잤다.

그리고 며칠 지나지 않아 아침 열한 시경, 또 누군가 방문을 쿵쿵 치는 소리가 들렸다. 주먹질의 중량을 보아 나는 당연히 토니일 거라고 생각했다. 그는 멈추지 않고 집요하게 문을 두드려댔다.

나는 아이들을 데려와 다 함께 이불 속으로 들어갔다. 그리고 아무 말 없이, 거의 숨도 쉬지 않고 미동도 않은 채 주먹질이 멈추기를 기다렸다. 그러나 권투선수는 역시 끈질겼다. 잠시 침묵이 흘러서 이불을 살짝 들춰 머리를 삐죽 내밀고, 이젠 그가 떠났겠지 하고 안심하기가 무섭게 주먹질은 다시 시작되었다. 마침내 정말 모든 게 끝났을 때는 두툼한 솜털 이불 속에서 우리의 생명도 끝나기 직전이었다.

나는 한참을 기다렸다가 용기를 내어 문을 열었다. 그러자 이게 웬일인가. 문 앞에는 붉은 양초와 반짝반짝 빛나는 은색 띠로 장식된 작은 크리스마스트리가 서 있었고, 나무의 꼭지 부분에는 맛난 군것질거리로 가득한 원뿔꼴의 갈색 종이봉투가 꽂혀 있는 것이다. 그리고 카드에는 이렇게 쓰여 있었다.

'산타 할아버지로부터.'

대체 누구였을까? 지금까지도 우리는 그가 누구였는지 모른다.

흑인 인디언을 만난 건 그로부터 얼마 지나지 않아서였다. 만물이 꽁꽁 얼어붙었던 한겨울의 밤이었다. 나는 한 번도 가본 적 없었던 술집 앞에 서 있었다. 페인트칠이 다 벗겨져버린 오래된 벽 안쪽으로 움푹 들어간 그곳의 입구를 바라보며, 문틈으로 새어 나오는 하얀 연기와 띄엄띄엄 나지막이 흘러나오는 블루스 음악을 음미하고 있었다. 그런데 갑자기 문이 활짝 열렸다. 보들보들한 질감의 챙이 넓고 커다란 이달고*식 모자를 쓰고 고대의 왕자님처럼 옷을 갖춰 입은 사내가 저벅저벅 걸어나왔다.

"헬로!"

깊고 그윽한 목소리로 그가 내게 인사했다. 곧 나는 그의 거대한 흰색 차에 올라탔고, 그는 눈이 수북이 쌓인 도로를 달려 도시 외곽에 위치한 HLM** 앞에 차를 멈췄다.

그의 아파트는 한마디로 사치 그 자체였다. 오리엔탈풍 카펫 위에 놓인 번쩍번쩍하는 텔레비전 주위로 매끈한 가구들이 자리 잡고 있었고, 벽을 따라 길게 늘어진 진열장 안에는 진주가 뒤덮인 인디언식 트로피며 땅까지 늘어지는 깃털, 무기들, 큼지막한 활과 형형색색의 화살이 전시되어 있었다.

귀족적인 인디언 신께서는 곧장 나를 침실로 데려가 황송하게도 그의 침대 위에 몸을 누일 수 있도록 해주었으며, 온갖 정성과

---

* 귀족의 신분을 가진 스페인 기사.
** 영세민들을 위한 공공임대 아파트.

기교를 다한 나의 애무에도 불구하고 끝까지 초연한 표정을 유지하셨다.

그처럼 멋지게 굴곡이 진, 새카만 허벅지는 그날 난생 처음 보았다. 인디언식 전통 무용과 격투, 말타기와 활쏘기로 단련된 근육질 몸 역시 대단했다. 지독하리만치 얄팍한 입술 위로는 선명한 매부리 콧날이 똑 떨어져 내려왔다. 그는 말이 없었다. 그의 검은 눈동자가 던지는 잔혹한 시선과 침대 위에서의 얼어붙은 의식 내내 인색한 애무 덕에 나 역시 입을 다물 수밖에 없었다.

의식을 마치고 나서, 그는 자신을 버리고 떠난 아내에 대해 이야기했다. 그는 두 아이와 함께 버려졌다고 했다. 하나는 그녀가 첫 번째 결혼에서 낳은 파란 눈의 금발 소녀이고, 다른 하나는 그들이 함께 입양한 흑인 소년이었다.

그런 이야기를 하는 와중에도 이 흑인 인디언은 노여워하거나 슬퍼하지 않았다. 그의 비탄은 오만하고, 분노는 냉정했다고 할 수 있다. 이미 그의 몸의 일부가 되어버린, 돌이킬 수 없는 감정들이었다. 그제야 알 수 있었다. 그의 눈동자를 차디찬 조약돌로 딱딱하게 굳혀버린 사람이 바로 그의 아내라는 걸.

그녀는 서랍장 위에 놓인 사진 속에서 우리를 지그시 내려다보고 있었다. 몰랑몰랑한 피부를 가진 금발 여자였다. 그리스로 도망친 그녀는 연락 한번 하지 않고 그곳에서 즐거운 삶을 누리고 있다고 했다. 그럼에도 그녀는 그의 아내로 살던 시절에 매일 성경을 읽고, 가사와 아이들 교육에 충실하고, 친구들 집에 차를 마시러 가는 것 외엔 전혀 외출을 하지 않던 그야말로 충실한 가정주부였단다. 나는 그녀가 그토록 금욕적이었던 아내 역할을 집어던지고 그리스로 도망친 이유를 이해할 수 있었지만, 어쨌거나 비극은 비극이었다.

그가 나더러 같이 살자고 했을 때, 뭐랄까, 내 심정은 황홀한 동시에 고민스러웠다. 이 절망적인 일상과 창녀 짓을 다 그만두고 귀족적인 새를 닮은 흑인 인디언의 아내가 된다? 꿈처럼 허무맹랑하긴 해도 제법 낭만적인 이야기였다. 하지만 그를 사랑하지 않는데? 뭐, 그런 건 시간이 해결해주는 문제겠지.

이곳에 살면 가장 큰 이점은 나와 아이들이 평온하게 살 수 있다는 것이다. 조금은 지나치게 느껴지는 화려함에 가구며 유리찬장, 안락의자도 과도하게 많지만 말이다. 눈이 부실 만큼 깨끗하게 정리되어 있는 부엌은 또 어떻고? 인디언 깃털이 진열되어 있는 장식장은 뭐랄까, 무슨 미술관이라도 온 듯 음산한 기분이 들었다. 게다가 그의 두 자식과는 어떻게 지내야 한다? 열다섯 살짜리 아들은 학교에 다니므로 뒷바라지를 해야 할 터였다. 조각을 하는 열아홉 살 딸은 이웃 주민의 아들과 일을 벌여 임신을 한 상태였다. 물론 그리스에 있는 그녀의 엄마는 아무것도 모른단다. 그러니까 이 모두, 내가 이 집에 들어오는 즉시, 의연하게 받아들여야 하는 사소한 불행들인 것이다!

그래도 먹을 것과 잘 곳이 최고지. 좋다, 나는 결정을 내렸다.

흑인 인디언은 나를 호텔에 데려다줬고 이튿날 다시 오기로 했다. 하하, 우리 집사님은 깜짝 놀라서 이게 대체 무슨 일인지 꼬치꼬치 캐물으려 하겠지! 그럼 이렇게 대답해줘야지. 마담! 나는 땅까지 내려오는 장대한 깃털 왕관을 머리에 쓰고 일요일이면 클럽에서 고대 인디언 전통식을 계승하는 인디언 추장과 함께 살러 갑니다! 세계의 비밀을 알고 마술을 전수받은 그는 본인의 키만 한 화살도 쏜다니까요! 전통 의식을 치르는 날이면 그는 이미 치명적인 문신을 새긴 몸 위에 알록달록 색칠까지 한답니다! 마담, 나는 그런 인디언의 아내가 된다고요!

아이들도 반대하지 않았다. 새로운 모험을 감행하기로 한 것이다. 우선 짐을 꾸렸다. 일단 크리스마스트리를 쓰레기통에 처박고, 원숭이 인형과 마루인형, 옷과 양말, 알코올버너, 냄비와 그 밖의 식기, 나의 장신구들을 트렁크에 획획 집어넣었다. 그리고 호텔 계약 해지서를 썼다. 도저히 믿지 못하겠다는 눈빛의 노파는 우리가 떠나기 직전에도 다음과 같이 물었다.

"방 계약 해지하는 것, 확실해요? 후회하지 않을 거죠?"

그러고 나서 본인은 마치 후회하듯이 이렇게 덧붙였다.

"뭐, 행복하시길 빌어요."

점심 무렵에 호텔에 도착한 흑인 인디언은 곧장 우리의 처참한 여행가방들과 너덜너덜한 종이상자 몇 개를 트렁크에 실었다. 노파는 배웅을 해주었다.

"잘 가요, 행운을 빌어요!"

앞좌석에 앉은 나와 아이들은 등을 돌려 노파에게 손을 흔들었다. 그렇게 우리는 흑인 인디언의 장엄한 흰색 차를 타고 호텔을 떠났다.

펄펄 흩날리는 눈송이 사이로 그가 사는 고층 HLM이 반짝반짝 빛을 발하고 있었고, 아파트 입구 앞 작은 광장에서는 수많은 흑인 아이들이 신나게 뛰놀고 있었다.

마침내 우리가 우리의 새로운 궁전 안에 첫발을 내딛었을 때, 흑인 인디언의 딸인 금발 소녀는 거실에 자동청소기를 돌리고 있었다. 가상하게도 소녀의 배는 큼직한 파란색 블라우스 아래에서 불룩하게 부풀어 올라 있었고, 길게 땋아진 고운 머리칼은 어깨 뒤로 늘어져 있었다. 흑인 소년도 그 자리에 있었다. 둘은 호기심 반, 불신 반의 시선으로 우리를 바라보았다. 우리가 여기 온 사실에 대해, 그리고 하필 왜 나 같은 사람이 자신들의 어머니가 비우고 간 드넓은 부부침대의 나머지 자리를 차지하는지에 대해 곱씹고 있으리라. 나는 마음이 편치 않았고, 그들과 눈을 맞출 수도 없었다. 한편 우리 아이들은 신이 났다. 그들의 방을 갖게 된데다가 방 안에는 침대가 둘이었기 때문이다!

다음날 아침, 부엌에서 모두 모여 식사를 하고 나서 흑인 인디언은 내가 오후에 해야 할 일을 일일이 지시해주었다.

"여긴 칫솔 자리고 저긴 수건 거는 자리. 바닥을 보면 오른쪽엔 수선해야 할 양말들이, 왼쪽엔 빨랫감들이 있네. 내 딸이 창고에 있는 세탁기를 보여줄 걸세. 그 애가 당신을 도와줄 거야. 아, 진열장과 텔레비전 위에 쌓인 먼지 훔치는 것 잊지 말고. 밤에는 날 기다리면서 양말을 수선하며 영화를 볼 수 있지. 일이 문제없이 진행되길 바라네. 그리고 우리 집이 마음에 들기를. 굿바이, 달링. 이따 저녁에 보지."

이어서 내 이마에 키스를 쪽 하고는 미군부대의 하사 노릇을 하기 위해 병영으로 떠나버렸다.

하나님 맙소사! 대체 이게 무슨 일입니까! 도와줘요, 하나님! 산더미처럼 쌓인 빨랫감과 양말을 보자 숨이 컥컥 막혀왔다. 아아, 난 노예로 온 것이다! 먼지 한 톨 없이 말끔한 저 진열장들을 와장창 깨부수고 싶은 욕망이 가슴에서 불끈불끈 솟아올랐다. 그리고 저 인디언 깃털과 오리엔탈풍 카펫에 불을 붙이고 내빼는 거다! 청결과 문명화에 대한 인디언의 집착은 거의 광기 수준이었다! 맨 처음 그를 따라와 시체공시장처럼 주르르 늘어진 HLM 건물들과 하늘로 뻗친 드높은 파사드를 봤을 때 알아봤어야 했다. 이곳 주민들이 살고 있는 이 푹신푹신하고 반들반들한 곳은 다름 아닌 고급 철창이라는 것을! 아무리 눈을 씻고 봐도 이 공간에 삶의 자국이나 세월의 흔적 따위는 찾아볼 수 없었다.

밀물처럼 절망감이 목을 타고 올라왔다.

아아, 가엾은 우리 아이들을 생각하자. 따듯한 방에서 자고 매일 배불리 먹을 수 있을 우리 아이들을 위해 참자.

그래도 이 무슨 개고생이람!

사흘은 견뎠다. 딱 사흘만이었다. 가끔 아이들 방에 들어가 아무도 모르게 엉엉 울었다. 이처럼 진절머리 나는 삶이 가능하다는 것이 놀라울 뿐이었다.

아주 사람을 잡는 집이었다. 요리를 하고 설거지를 한 다음, 가구란 가구는 모조리 빡빡 광을 내고, 텔레비전 스위치의 미세한 구석구석 먼지를 훔치고, 구멍난 양말을 꿰매고, 세탁기를 돌려야 했다. 단 일 초도 바깥에 쌓인 눈을 구경하거나 아이들과 놀 수 없었다. 나는 그리스로 떠난 그녀를 완벽히 이해했다. 당신이 옳아요! 거기 계속 머무르세요! 뜨거운 태양 아래, 모래사장 위를 마구 뒹굴고 나무들과 사랑을 나누세요! 나는 거만한 광택을 발하는 텔레비전 앞에 우두커니 서 있지만, 당신 곁에는 하얀 물거품이 이는 파도와 시원한 바람, 소나무 숲에서 풍기는 백리향 냄새, 작은 방울을 목에 단 양떼, 그들이 움직일 때마다 만드는 황홀한 음악, 당신을 핥는 그리스 사내의 따스한 혀, 당신 배를 산책하는 그의 입술이 있잖아요! 그리스 여인이여, 절대 돌아오지 마세요! 인디언 추장의 기묘한 유물이나 관리하는 한심한 미국 여자로 돌아오지 말라고요!

자정에 흑인 인디언이 귀가했을 때, 나는 카펫 위에 낡은 모피로 임시 잠자리를 만들어놓고 애써 자는 척을 하고 있었다. 그러나 쓸데없는 노력이었다. 그는 기어코 나를 잡아끌어 광활한 침대 위에 얹어놓았던 것이다. 아주 침착한 표정을 짓고 우리를 내려다보는 전 아내의 사진 아래.

사흘째 되던 날은 일요일이었다. 나는 아이들을 데리고 집시들의 트레일러를 방문하겠다고 했다. 그는 걱정하는 눈치였다. 집시 야영장, 그 속에 들어찬 오래된 나무 마차며 낡은 버스의 황폐함과 불결함에 대경실색하는 사람이니 말이다. 그런 곳을 방문한다는 것은 그로서는 받아들이기 힘든 일이었다. 그는 아무 말 하지 않았지만, 감출 수 없는 찜찜함이 얼굴에 그대로 드러났다.

아, 그리웠던 우리의 소냐와 타타, 집시 아이들! 낡은 트레일러 안에 당신들과 빙 둘러앉아 개털과 고양이털로 뒤덮인 꼬질꼬질한 디방 위에서 그 야들야들한 맨발로 춤을 추는 율리시카를 다시 보는 것은 얼마나 환상적인지! 덤플링과 함께 꾸르륵꾸르륵 은근하게 끓는, 그날 납치해서 먹는 닭고기의 기막힌 향은 또 어떻고!

쏟아지는 비 때문에 잠시 멈췄다가도 곧 생생히 살아 올라오는 샤넬 산의 강력한 악취마저도 반가웠다. 작열하는 태양광선과 차가운 눈에 알맞게 숙성된 쓰레기 더미는 그 원초적인 똥 냄새로 마치 엄마 닭이 배고픈 병아리들을 자신의 품에 모으듯이 이 불쌍한 중생들을 불러들였다. 그러고는 중생들이 먹고 살찌고 삶을 살아갈 수 있도록 하는 것이다.

나는 곰곰이 생각했다. 이곳에 둥지를 틀고 온 가족, 친구들과 모여 사는 것보다 더 나은 일이 뭐가 있을까? 쓰레기 더미 한가운데 바람에 이리저리 건들거리며 서 있는 낡은 트레일러 안에서, 훔친 닭을 뜯어먹는 것보다 멋진 일이 대체 뭐가 있단 말인가? 그렇다, 바로 이곳이었다. 집시 타타의 통쾌한 웃음 한 방에 트레일러가 요동치는 곳, 쥐가 갉아먹어 가구들이 남아나지 않는 곳, 똥오줌을 밟고 다니는 개와 고양이들이 거리낌 없이 사람과 함께 어울려 사는 곳, 즉, 우리의 몸과 가슴이 따듯할 수 있는 곳 말이다! 아, 율리시카를 보라지! 그 아이는 눈물을 흘릴 때까지 까르르 웃어대며 이 사람 저 사람에게 다가가 자신의 발가벗은 작은 엉덩이를 흔들어대고 있었다. 아이들은 울부짖으며 서로의 머리끄덩이를 잡아당겼고, 라디오에선 지지직거리는 잡음과 함께 음악이 나지막이 흘러나왔다.

우리의 방문을 알고 오스트리아 여인 마리아도 타타의 트레일러를 찾았다. 탱글탱글 말린 그녀의 적갈색 곱슬머리는 그 어느 때보다도 빛이 나는 듯 했다. 그러나 마리아는 슬퍼 보였다. 이유를 묻자, 그녀의 흑인 애인 조세프의 복무 기간이 끝나서 곧 미국으로 떠날 예정이라고 했다.

우리가 살았던 작고 노후한 트레일러는 여전히 그 자리를 지키고 있었다. 다른 거대한 트레일러와 밧줄로 이어져 꼼짝없이 고정된 채였다. 문도 예전과 다름없이 노끈으로 둘둘 말려 있었다. 우리가 떠난 이후로 줄곧 텅 비어 있었다고 했다.

나는 곧장 사무용 트레일러로 건너가 흑인 인디언에게 전화를 걸었다. 그리고 이제 다 끝났다고, 우린 돌아가지 않을 거라고 말했다. 그는 유감스러운 목소리로 대체 이유가 뭐냐고 물었고, 나는 간단히 대답했다. 당신 집이 맘에 들지 않는다고. 그 집구석은 어떻게 지붕에 구멍 하나 뚫려 있지 않아서 비도 새지 않고, 더군다나 무례할 정도로 너무 깨끗하다고 말이다. 그는 진심으로 애석해 했지만, 아무것도 바꿀 수는 없다고 했다. 그래, 각자 사는 대로 사는 법이다. 그렇게 우리는 별 고통 없이 헤어졌다. 그는 분명히 나를 배부른 미친년으로 여겼을 것이다.

아, 그리고 다시 찾은 자유! 아무리 비싸게 주고 산다 해도 결코 아깝지 않으리라! 축하 파티를 하기 위해 나는 아이들을 병영 근처의 작은 바로 데려갔다. 물론 땡전 한 푼 없었다. 인디언의 집에서 빈손으로 나왔던 것이다. 이제 우리의 미래는 우리의 운명에 달려 있는 셈이었다.

밤 아홉 시가 훌쩍 넘도록 나와 아이들은 음악과 담배연기 속에 파묻혀 있었다. 코카콜라가 출렁대는 배를 흔들어대며 온 영혼을 다해 춤을 춘 뒤였다. 이제 어디로 가야 할까? 우리의 사연을 측은히 여긴 두 흑인 청년은 아이들을 번쩍 들어 올려 어깨 위에 앉히더니, 이렇게 외쳤다.

"자, 출발!"

우리는 성큼성큼 눈 속을 걸어나가 청년들이 일하는 병영 입구에 도착했다. 그들은 우리더러 기다리라 했고, 잠시 후 약간의 돈과 추잉껌, 사탕 등을 가지고 돌아왔다. 그러고는 다시 아이들을 번쩍 들어 올려 업고, 우리는 모두 함께 도시 쪽으로 내려가는 버스에 몸을 실었다.

그랬다. 따스한 미소와 대양처럼 광활한 어깨를 가진 흑인들이 당시 우리의 운명이었다. 그들의 어깨 위에서 우리는 안전하게 항해할 수 있었고, 항구까지 도달할 수 있었다. 이 흑인 병사들의 심장은 그들의 새하얀 치아처럼 찬란하게 빛나서 기꺼이 우리의 손과 발, 평화로운 집, 폭풍우 속의 안식처가 되어주었다. 또한 수북이 쌓인 눈 속에서 그들의 피부는 어찌나 신비롭게 반짝이던지! 내장까지 꽁꽁 얼어붙게 만드는 강추위에도 불구하고 그 검정색 살갗은 경이로운 아우라를 발하고 있었다.

그들은 아이들에게도 아빠처럼 다정하게 굴었다. 내 자식들은 운도 참 좋지. 언젠가부터 좀처럼 만날 수 없었던 '훌륭한 아빠'를 독일에서, 백 명도 넘게, 그것도 흑인으로 얻고 있는 셈이니까.

마침내 우리가 호텔에 도착한 때는 밤 열 시가 넘어서였다. 호텔, 그러니까 눈이 부리부리한 여주인과 집사 나으리가 머물고 계신 그 호텔 말이다. 아이들은 흑인들에게 업힌 채 잠들어 있었다. 바로 입구 앞에서 둘 중 한 흑인이 아이를 내려놓고 떠났고, 남은 한 명이 벨을 눌렀다. 문을 연 이는 노파였다. 우리를 보고 할 말을 잃은 그녀의 표정 속에는 놀라움과 두려움, 그리고 가벼운 비웃음이 섞여 있었다.

메마른 이집트 미라의 동정을 사기 위해서 나는 다시 내가 처한 불행에 대한 일장연설을 늘어놓았다. 그 오래된 심장을 촉촉이 적신다는 건 분명 쉬운 일이 아니었다. 결국 일을 성사시킨 건 내 자식들이었다. 흑인의 품속에서 눈을 깜박이며 가볍게 몸을 뒤척이는 아이들을 본 노파는 마침내 우리 방의 열쇠를 가져왔다. 방문을 열자마자 오 드 자벨* 냄새가 확 풍겼다. 방은 예전과 달리 아주 말끔하게 치워진 상태였지만, 기적적으로 아직 비어 있었다.

일종의 귀환이었다. 익숙한 생지옥 속으로의 귀환. 아이들은 자신들의 침대를 되찾은 것에 아주 기뻐하며 순식간에 잠에 빠져들었다.

끝까지 우리와 남았던 흑인은 내게 20달러를 내밀었다. 함께 보낼 오늘 밤에 대한 기대와 행복감으로 눈을 초롱초롱 빛내며. 그래, 구원자여. 당신의 오늘 밤은 그 어느 때보다 달콤할 거야. 문 밖은 오로지 차가운 눈과 살벌한 바람뿐이지만, 이곳은 합일된 두 육체가 내뿜는 뜨거운 에너지와 환희로 충만할 거야. 이것이

---

* 표백제의 상표 이름.

바로 당신들의 사랑이잖아! 흑인들의 마법 같은 사랑!

이튿날, 나는 한 친구의 차를 얻어 타고 흑인 인디언의 집에 물건을 가지러 갔다. 당시 그는 나가고 없었기에 그의 딸이 문을 열어주었다. 그녀는 한창 빨래 중이었는데, 앞치마를 맨 모습이 눈부시게 아름다웠다. 내가 물건을 정리하자 그녀의 얼굴은 더욱 환해졌다. 나는 꼼꼼하게 물건을 챙겨서 아파트를 나와 다시 차에 올랐다. 등 뒤로 HLM 건물들이 희미하게 사라져갔다. 나는 속으로 빌었다. 우리의 꿈까지 꽁꽁 얼어붙게 만드는 이 거대 냉동 창고들이 영원히 자취를 감추기를!

뮌헨은 어딜 가나 춤출 곳 천지였다. 나는 꿀벌처럼 여기저기 쏘다녔을 것이다. 내 애인들도 온갖 곳에 널려 있었다. 흐트러진 머리에 야한 색상의 짧은 원피스 차림으로 클럽에 들어가 테이블에 앉아 있기만 하면 됐다. 나에게 접근해서 춤추고 마시고 뭔가를 먹자는 흑인들은 도무지 끊이질 않았다. 짙은 담배연기와 음악, 나는 언제나 그 안에 있었던 것만 같았다. 흑인들이 출렁이는 바다 속에 말이다. 그들이 풍기는 향신료의 톡 쏘는 냄새, 그건 내게 마약과도 같았다. 나는 흑인들의 품에서, 그들이 발산하는 신비로운 광채 속에서 태어난 것이었다.

자정이 되고 흰 제복을 입은 헌병들이 바와 클럽 입구에 출현하면 우리는 잽싸게 택시를 잡아탔다. 나는 언제나 뒷좌석에 꽉 낀 채로 토하듯이 호텔 이름을 내뱉었고, 택시가 환하게 밝혀진 큰길을 내지르는 동안 흑인들과 포옹하고 키스했다. 그리고 다음 날 아침까지, 이미 운명한 지 오래인 디방 위에서, 곧 꺼져버릴 듯 불안하게 깜박이는 가로등 조명을 등에 지고 그와 사랑을 나눴다.

바로 그 시절에 '붉은 머리칼의 쁘띠슈슈'를 만났다. 지금 그의 이름은 잊어버렸지만, 중국인과 흑인의 피가 섞인 그 기묘한 얼굴과 불에 타오르는 듯이 하늘을 향해 치솟은 수북한 곱슬머리는 생생하게 기억한다. 워낙에 사이즈가 큰데다가 구부러지기까지 한 페니스는 또 얼마나 야생적이었던가. 성기는 미묘한 카페오레 색을 띠고 있었는데 끝의 색이 대보다 더욱 선명했다. 바로 이것이 흑인들 사이에서 가끔 볼 수 있는, 그 위험하다는 '바나나 좆'이었다. 이런 종류의 성기는 크게 둘로 나누어지는데, 하나는 팽팽하게 당겨진 활처럼 위로 솟아오른 형태고, 다른 하나는 곱추의 등처럼 굽어서 바닥을 향하고 있는 형태다. 하지만 굽은 방향에 상관없이 일단 휘어진 성기가 질 속에 들어오면 살을 찢어내는 듯이 아프다. 그러나 아주 천천히, 점진적으로 삽입한 뒤, 안으로 더 깊숙이 들어가기보다 뒤로 빼는 방향으로, 거의 움직이지 않으면서 조금씩 움찔움찔 끌어당기는 수고를 들인다면, 이 엄청난 고통은 이루 말할 수 없는 감미로움으로 바뀐다. 여자의 성기는 뜨겁게 부풀어 오른 다음 바르르 물결을 일으키며 꽃봉오리처럼 활짝 열리게 되는 것이다. 아마도 이는 여자가 경험할 수 있는 최고의 오르가슴 중 하나일 것이다. 특히 한껏 달아오른 페니스 끝이 여자의 안쪽 깊숙이, 고통을 가할수록 장엄한 쾌락을 느끼게 되는 그 금지된 구역 안으로 들어갈 때 말이다. 보통 이러한 '바나나 좆'을 가진 흑인들은 엄격하고 폭력적이며 이기적이어서, 동정심이라곤 없이 폭력적으로 성교를 한다. 이 게임 혹은 전쟁을 지휘하는 것이 바로 휘어진 활이고, 그것이 바로 게임과 전쟁의 주동자인 것이다. 이 게임에 말려든 몇몇 여인들은 불행하게도 완전히 나가떨어지고 만다. 행위가 시작되자마자 그녀들은 완전히 복종하고 마는 것이다. 그만큼 휘어진 비수가 발휘하는 마력은 엄청나다.

붉은 머리칼의 쁘띠슈슈는 그런 자신의 페니스를 사랑했다. 옷을 벗은 그는 고개를 숙여 그것을 지그시 응시하다가, 손으로 쥐고 가볍게 흔들었다. 그러면 갑작스레 성기 끝이 복부에 꽂혀 오르며 터질 듯이 발기했고, 그는 승리감에 도취되어 그 모양을 바라보았다.

그런 다음 그는 그것을 내게 내밀었다. 고요한 방에서, 한 잔혹 무도했던 장군의 조각상처럼 두 허벅지를 벌리고 우뚝 선 채, 그 초자연적인 사이즈와 형태 앞에서 반짝 깨어난 내 육체는 시종일관 감탄을 연발하며 행위를 진행했다. 그러한 아름다움을 지닌 검이라면 나는 기쁘게 희생할 수 있었다.

안으로 들어온 페니스는 내 안을 완전히 횡단하려는 듯이 한

층 더 구부러졌다. 복부가 폭발할 것처럼 부글부글 끓어올랐고, 눈앞에는 별들이 횡횡 날아다녔다. 그 와중에도 나는 흑인 특유의 톡 쏘는 향을 더 깊이 들이마시기 위해 그의 까칠까칠한 머리털 속으로 입과 코를 파묻었다.

흑인의 두툼한 입술보다 부드러운 것이 또 있을까. 비단 이불 위에 눕듯 우리는 그 위에서 안식을 취할 수 있다. 계피와 넛맥* 맛이 나고, 황홀한 푸른 기가 도는 그 입술은 상처 낼까 염려하지 않고 맘껏 깨물 수도 있다. 후추가루가 뿌려진 듯한 살갗은 버섯처럼 늘 촉촉하고 신선했으며, 무엇보다 탄력이 넘쳤다.

그러나 그 역시 오래가지 못했다. 나와 함께 밤을 보내고 나서 감방에 들어간 것이다. 아주 오랜 시간이 흐르고 나서 다시 한 번 보았을 뿐이었다.

매일같이 수입이 있었던 건 아니었다. 매달 첫 번째 주가 지나면 대체로 흑인 병사들은 빈털터리가 되었기 때문이다. 나는 그저 하루하루 근근이 살아가는 처지였다.

아이들이 잠들기 무섭게 나는 매일같이 외출했다. 도망자처럼 벽에 딱 달라붙어서 걸으며 나만 아는 은밀한 길과 아무도 지나지 않는 통로로 익명의 그들을 이끌었다. 물론, 짭새들은 빼고 말이다.

---

* 넛맥nutmeg은 육두구 나무의 열매로 건위제, 강장제, 향신료, 최음제 등으로 쓰인다.

인도를 걷고 있으면 서서히 속도를 줄이는 자동차들이 있었다. 그들이 어느새 인도에 바짝 붙어 헤드라이트를 깜박이면서 멈춰 선 단 몇 초 사이, 나는 그 안으로 훌쩍 뛰어들었다.

기억난다. 한번은 자정 무렵 교회 뒤에서, 짙은 파란색 자동차에 올라탔다. 나와 사내는 간단한 인사만 나누고 차가 구불구불한 길을 달리는 내내 침묵을 지켰더랬다. 그는 조심스러운 성격의 대머리 독일인이었는데, 소심한 인텔리처럼 보였다. 차는 부르주아들이 살 듯한 오래된 주택단지에서 조금 떨어진 곳에 멈췄다. 빌라에는 하나같이 조각된 발코니가 붙어 있었고, 모두 불이 꺼진 채였다. 그는 어느 거대한 현관문을 여는 열쇠를 가지고 있었고, 우리는 여전히 아무 말도 주고받지 않은 채 계단을 올랐다. 그는 아파트에 들어가서 문을 닫고 자물쇠까지 채워야 그 근심스런 얼굴을 좀 풀 것 같았다.

아주 멋진 집이었다. 우아한 회화 작품들과 예술품들 사이에서 실내의 모든 사물은 은은한 조명에 젖어든 채, 안락한 가정의 분위기를 물씬 풍기고 있었다.

그는 내 외투를 받아 현관 옷걸이에 걸고 나서 서재로 나를 데려갔다. 드디어 그가 입을 열었다.

"앉아요. 코냑을 좀 마시겠소? 우선 이야기를 합시다. 내가 바라는 걸 설명해주겠소."

그는 불룩한 술잔에 짙은 금빛의 고급 코냑을 따랐다. 강력한 알코올 기운이 금방 공중으로 확 퍼져올랐다. 그는 잔을 들어 건배를 외쳤다.

"내 이름은 프리츠요. 아, 반말을 합시다. 이제 우리는 친구니까."

우리는 술을 들이켰다. 그는 내게 금박으로 장식이 된 담뱃갑 하나를 선물했고, 그 안에서 한 개비를 뽑아 불을 붙여주었다. 그리고 좀 더 평온해진 목소리로 말을 이었다.

"네 노예가 되고 싶구나. 난 늙었지, 벌써 일흔 살이야. 그러니까 나와 함께하면서 크게 위험한 일은 없을 거야. 나는 아주 온순하고, 말도 잘 듣거든. 넌 내게 지시를 내려주면 돼, 아주 엄격하게. 내가 설명하는 대로만 해주면 되는 거야. 70마르크를 줄게. 그걸 내 가격으로 하지. 이번에 만족스러우면 우린 또 만나게 되는 거고."

선택의 여지가 없었다. 이미 늦은 시각이었고 더는 걸을 수도 없었다. 밖은 온통 눈 천지인데다가 슬슬 배도 고파지고 있었다.

"내가 원하는 걸 이제 설명해주지. 우선 밧줄로 나를 소파 다리에 묶어. 카펫 위에서 내가 꼼짝 못하도록 세게. 난 발가벗고 있을 거야. 너는 검은 브래지어와 허리띠, 스타킹을 착용하고 하이힐을 신은 채로 소파에 앉아. 굽이 충분히 뾰족했으면 좋겠군."

나는 그에게 내 구두를 보여주었다. 운 좋게도 나는 그날 나들이용 하이힐을 신고 나왔다.

"오, 훌륭해. 그걸 가지고 내 배를 짓누르는 거야. 내가 비명을 질러도 절대 움츠러들지 말고."

그는 자리에서 일어나 옷장을 열어 붉은색 서류정리함 뒤에 가려져 있던 가느다란 가죽 채찍을 꺼내 내게 들이밀었다.

"몸 전체를 내리쳐야 해. 앞이 끝나면 나를 뒤집고 엉덩이를 갈겨. 이웃들이 있으니까 너무 시끄럽게는 말고. 이어서 하이힐을 신고 내 배와 가슴 위를 걸어. 그 정도로 죽지는 않으니까 걱정하지 말고. (책상 서랍에서 큼직큼직한 꽃무늬가 들어간 파란색 비단 스카프를 꺼내 보이며) 그런 다음에 이 스카프로 페니스를 묶어. 그리고 그 주위를 채찍질하는 거야. 아주 세게. 내가 신호를 보내면 음경까지 쳐. 동시에 손톱으로 내 젖꼭지를 비틀고 꼬집어야 돼. 내게 욕설을 퍼부으면서 말이지. 내 이름은 개새끼, 쓰레기가 될 거야. 이어서 얼굴과 입안에 침을 뱉어. 마무리는, 내가 아주 흥분한 상태가 되면 위에 올라와 거꾸로 앉아서 입에 대고 오줌을 싸는 거야. 자, 어때. 할 수 있겠어?"

그는 다시 근심스러운 얼굴로 물었다.

난 주저했다. 한 번도 해본 적 없는 역겨운 짓들이었다. 갑자기 코냑까지 맛이 써져서 더는 마실 수 없었다. 그럼에도 불구하고 내 주둥이는 이렇게 대답하고 있었다.

"어쩌면요."

그에게 70마르크를 받고 나서 우리는 옷을 벗었다. 나는 그가 지시했던 것처럼 반만 벗었다.

"카펫을 더럽히지 않기 위해 천을 한 장 깔지."

홀딱 벗은 채 밧줄로 손목과 발목을 묶인 그는 금테 안경 속의 겸허한 눈동자로 나를 뚫어져라 올려다보며, 미소라기보다는 근육의 일그러짐이라 할 수 있을 만한 표정을 지어 보였다.

나는 몸을 기울여 하이힐 굽으로 그를 몇 번 짓눌러보았는데, 굽이 살갗에 닿을 때마다 그는 온몸을 바르르 전율하며 들릴 듯 말 듯 신음소리를 냈다.

그의 서재에서 양피지 갓이 씌워진 전등의 불빛이 새어 나와 우릴 비추고 있었고, 맞은편 벽에 걸린 커다란 벽시계의 구리 시계추는 큰 각도로 천천히 왕복운동하고 있었다. 창에 달린 얇은 망사 커튼 너머로는 가로등의 흐릿한 조명 아래 눈발이 세차게 소용돌이치는 모습이 보였다. 우리는 완벽한 정적에 휩싸여 있었다.

이윽고 나는 채찍을 집어 들었다. 아무렇게나 휘청거리는 가느다란 가죽 끈을 내 맘대로 조종하기란 쉽지 않았다. 가끔은 카펫 위로 헛손질을 했고, 또 가끔은 그의 사타구니의 예민한 부분이나 털이 북슬북슬한 허벅지를 건드리기도 했다. 서서히 그의 살갗에 빨간 줄이 올라오기 시작했다.

시간이 지나면서 난 점점 규칙적으로 내리칠 수 있었다. 낚싯줄을 던지듯 리듬을 타며 빠르고 느리게 속도를 조절해서 그를 깜짝깜짝 놀라게 하는 것도 가능해졌다. 그의 이마에 땀방울이

송글송글 맺히는 게 보였다. 그는 좋아하면서 혼자 조그맣게 킬킬거리다가 갑자기 걸걸대는 소리가 날 정도로 기관지 깊숙이 공기를 들이마신 다음 힘껏 숨을 내쉬기도 했다.

그를 뒤집었다. 이번엔 쭈글쭈글한 엉덩이를 세차게 후려칠 차례였다. 그의 몸은 어느새 온통 진홍색으로 얼룩덜룩해졌다.

그런 다음 나는 그의 등 위로 올라갔다. 그리고 걸었다. 그가 비명을 내질렀다.

"아아악! 계속해, 계속하라고!"

성기를 스카프로 묶는 동안은 그가 조금 쉬도록 내버려두었다. 묶는 건 생각보다 까다로운 작업이어서, 세 번을 되풀이해야 했다.

"세게! 더 세게! 그래, 온힘을 다해 잡아당기라고! 그걸 아주 뽑아낸다고 생각해! 이제 채찍으로 그 주위를 내리쳐! 허벅지, 배, 페니스까지. 좋아, 좋아, 이제 할퀴어! 지금! 피가 나도록 할퀴라고!"

내 손톱에 사정없이 비틀린 그의 무른 젖꼭지는 시퍼레져 있었다. 이어서 그의 면상에 침을 뱉었고, 그는 입을 쩍 벌려 잘도 그걸 받아먹었다. 그의 몸 전체는 방금 막 잡힌 잉어처럼 마구 날뛰고 있었다. 나는 꽥꽥 소리 질렀다.

"이 개자식, 쓰레기, 후레자식!"

"좋아, 이제 내 위를 걸어. 그래, 하이힐을 신고 배 위로 올라오라고! 푹푹 내리 찔러, 날 뚫어버리라고! 아, 우리 자기, 너무 좋군!

이제 앉아. 입안에 싸는 거야. 난 네 오줌을 마시고 싶어!"

난, 내가 할 수 없으리라 생각했다. 내 발 아래에서 나를 흥분시키기 위해 계속 자극적인 말을 내뱉던 그는 점점 불안한 낯빛을 띠더니 기어코 어린애처럼 졸라대기 시작했다.

"싸, 싸줘! 오, 제발 싸줘!"

그 순간, 나는 눈을 질끈 감았다. 동시에 힘을 주었다. 처음엔 한 방울이 똑 하고 떨어졌고 이어서 뜨거운 물줄기가 폭포처럼 쏴아아 쏟아져 나왔다. 그가 환희의 비명을 질렀다.

"고마워, 정말 고마워!"

곧이어 진하고 탁한 정액이 내 얼굴을 향해, 헉헉거리고 있던 입안, 목구멍 깊숙이까지 단속적으로 불규칙하게 분출됐다.

헤어지기 전에 우리는 코냑을 좀 더 마셨다. 그가 입을 열었다.

"난 만족한다네, 그것도 아주 많이."

그는 다시 한 모금 홀짝거린 후 말을 이었다.

"내겐 잔인한 여자가 맞는 것 같아. 손에 채찍을 들고 있지 않으면 도저히 흥분이 안 돼. 남자는 자신을 고통스럽게 하는 여자에게 애정을 느끼는 법이지. 암, 절대로 그녀를 떠나지 못할 거야."

우리는 그의 집 대문 앞에서 정중히 작별인사를 나눴다. 호텔은 멀지 않았고 그는 완전히 녹초가 된 상태였다. 이미 파자마 차림인 그는 데려다주지 못해 미안하다고 사과했다.

스스로에게 휴가를 주었던 어느 날 저녁에는 극장에서 《열린 도시, 로마》*라는 영화를 보았다. 상영관은 온통 독일인들로 만원이었다. 레지스탕스** 활동을 하는 인민들이 고문 받는 장면이 나올 때 관객들의 침묵은 그야말로 압도적이었다. 스크린에는 키 크고 어설픈 스파이 여자가 애인을 배신하고 자신의 몫을 챙기러 어떤 사무실을 찾았는데, 한 사람의 목숨을 담보로 하고 그녀가 받은 대가라는 것은 겨우 밍크코트였다. 그녀는 바로 옆방에서 고문을 당하는 자신의 애인이 하는 소리를 몰래 엿듣기까지 했다. 이곳 독일에서 이러한 영화를 보고 있자니 기분이 묘했다. 관객들의 긴 침묵도 그 점을 대변하고 있었다.

한편, 짭새들과의 숨바꼭질은 밤마다 계속되었다. 레오팔드 거리의 새벽 세 시는 가장 위험한 시각이었다.

짭새들과의 지리한 게임에 내공이 좀 쌓이자 나는 웅웅거리는 모터 소리만 듣고도 흰색과 초록색으로 도색된 기생충들이 어느 정도의 거리에 숨어 있는지, 정확히 몇 대인지를 알아챌 수 있게 되었다. 따라서 그들의 함정에 걸려든 적도, 그들에게 체류증을 제시해야 했던 적도 없었다. 나는 마치 아주 소중한 하루를 마치

---

* 이탈리아 네오리얼리즘의 기수 로베르토 로셀리니 감독의 1945년 작품 《Rome, ville ouverte》으로, 한국에서는 2004년에 《무방비 도시》라는 제목으로 개봉되었다. 나치 치하의 이태리 저항운동을 소재로 했으며, 그 실상이 다큐멘터리처럼 사실적으로 그려진다. 제2차 세계대전 중에 촬영되었다.
** 제2차 세계대전 중 프랑스를 비롯한 유럽의 국가들을 점령한 독일군과 나치 정권에 대한 각국 시민들의 저항운동을 의미한다.

고 귀가하는 참한 여대생처럼 시선은 저 멀리 하늘을 향한 채 규칙적이고 평온한 발걸음으로 걸었다. 눈이 내리면 우산 아래서 천천히 왈츠를 추기도 하면서 말이다.

만에 하나 그들이 그 뾰족뒤지* 같은 대가리를 차창에 바짝 붙이고 나를 쫓으며 서서히 차를 멈출지라도, 나는 눈썹 하나 까딱하지 않고 계속 달을 바라보며 걸었다. 한 걸음 한 걸음 조금의 망설임도 없이. 그러면 실망한 그들은 요란하게 부르릉거리며 자리를 떴다.

주로 매복 경찰들은 대학 건물의 측면에 그림자가 진 곳이나 다이아몬드 빛을 발하며 찬란하게 솟아오르는 분수 물줄기 뒤쪽의 어둠 속에 숨어 있었다.

다른 차들에서 멀리 떨어진 채 홀로 주차된 차들도 조심해야 했다. 절대 내부 조명을 켜지 않는 이런 차들은 암흑 속에 짭새 한 쌍을 품고 있었다. 그 주위에서 머뭇머뭇 걸음을 멈추거나, 가까이 다가가거나, 다른 차에 올라타는 건, 나 잡아가시오 하는 꼴이었다.

아무 생각 없이 인도의 모퉁이를 돌다가 불현듯 닥치는 거센 헤드라이트 빛을 대체 몇 번이나 마주했었던지. 그 눈부신 광명 속에서 짙은 안개무리는 한없이 투명해졌고 굵은 눈발은 보석처

---

* 두더지를 닮은 식충동물이자 야행성동물이다.

럼 반짝이곤 했다.

한번은 이 흉측한 기생충 속에 무려 네 명까지 타고 있는 것을 보았다. 그중 한 멍청이는 창밖으로 아예 삐져나올 지경이었다. 그러나 바로 일 초 전만 해도 그 기생충은 담벼락 아래서 조용히 눈을 맞고 있던, 자그맣고 순진무구한 자동차로만 보였던 것이다.

그들은 그렇게 사방에서 우리를 염탐하고 있었다. 여기는 Sperrgrenze, 즉 '금지구역'이었다. 여자가 밤에 산책을 한다니, 어림도 없는 소리였다. 어둠이 내리깔리면 마치 혀로 싹 훑어낸 듯 큰길은 텅 비어졌다. 뭐, 덕분에 나는 걷기 좋았다. 좀 더 멀리 떨어진 자유의 광장으로 나가면 여자들이 푸들 한 마리씩을 데리고 눈 속에서 바들바들 떨고 있었다. 여공무원들이었다. 우연히 내가 그녀들 옆을 지나가기라도 하면 그녀들은 노기에 찬 눈빛으로 나를 매섭게 째려보았다. 그러면 나는 발걸음을 재촉했다.

매일매일 일이 있었던 건 아니다. 가끔은 아무 소득 없이 그저 걷기만 할 때도 있었다.

아들내미의 초토화된 운동화 위에 비닐봉지를 덧씌워줘야 했던 아침도 기억난다. 아들은 이 절망적인 비닐 신발을 신고 봉지가 하나하나 풀어질 때까지 질퍽질퍽한 큰길을 걸어 나와 함께 신발가게에 갔다. 그곳에서 나는 최후의 지폐였던 10마르크를 주고 붉은색 고무장화를 사주었다.

드디어 옴스트라스 거리의 호텔에서 집사님과의 마지막 장면이 펼쳐졌다. 노파는 아침 열 시에 우리 방을 찾았다. 나는 그녀가 들어오건 말건 상관없이 침대에 누워 신문을 읽고 있었고, 그 늙은이는 성난 칠면조처럼 콧김을 씩씩 내뿜으며 침대 주위를 빙빙 돌았다. 그리고 평소처럼 이런저런 잔소리를 읊어댔다. 나는 고개도 들지 않은 채 가끔 네, 네, 라고 응답해주었다. 그러던 어느 순간, 도저히 그냥 지나칠 수 없는 소리를 들었다. 내가 이 호텔의 치욕이란다.

나도 점점 뚜껑이 열리기 시작했다. 노파는 멈추지 않았다.

"밤마다 찾아와서 당신네 창문에 눈을 던지는 그 흑인들은 뭐죠? 흥! 우리도 다 알고 있다고요! 당신은 우리 호텔의 명성을 해치고 있는 거예요!"

이 거지 같은 여관에 명성이라니, 꿈꾸고 있네. 이빨 빠진 한물간 하이에나 같으니라고.

나는 의연하게 대처했다. 내가 굴복할 거라고 믿었다면 큰 오산이었다. 나는 그녀가 깜짝 놀라 주둥이를 다물 만큼 커다랗게 웃어젖혔다.

"어머머, 세상에……. 두고 봐요, 사장님이 곧 당신을 내쫓을 테니! 오늘 점심 전에 사무실로 오라고 하셨어요!"

그리고 노파는 문을 쾅 닫고 나가버렸.

나는 다행히 모아놓은 돈이 좀 있었다. 눈을 뒤집어쓰고, 또는 꽁꽁 얼어붙은 자동차 속에서, 아니면 살을 깨무는 낡은 디방 위에서 움직인 대가로 얻은 돈이었다. 아무 무서울 것 없다는 생각이 들었다. 500마르크가 우리의 미래를 지켜줄 테니. 나는 옷장 속에서 얌전히 500마르크를 품고 있는 부츠 한 짝에 애정 어린 시선을 보냈다. 그래, 두려워하지 말자! 우린 부자니까!

일은 조금의 지체도 없이 바로 진행되었다. 사무실에 가자 여사장은 그 엄격한 파란색 눈동자를 번득이며 탕, 탕, 탕, 판결을 내렸다. 판결문의 내용은, 이달 말까지는 머물 수 있지만 4월에는 반드시 방을 비우라는 것이었다. 어떤 영국인들이 이미 우리 방을 예약했단다. 여사장의 목소리는 부드러운 동시에 아주 확고했고, 그녀의 눈빛은 이미 사태가 종결되었음을 말하고 있었다. 그래요, 그토록 오랫동안 우리를 참고 견뎌주셔서 감사합니다! 고마워요, 마담! 그런데 이제는 동정심이 고갈되신 모양이군요!

곧바로 나는 신문 한 부를 샀다. 그리고 공중전화로 열 군데도 넘게 전화를 걸었다. 그러나 나와 아이들을 재워준다는 곳은 아무 데도 없었다. 여기 사람들은 개만 좋아했다. 국가적인 스타인 그 기형적으로 다리 짧은 개들 말이다. 그러나 집주인들 마음을 얻기 위해 내 자식들을 닥스훈트로 변신시킬 수는 없는 노릇 아닌가!

수녀들이 운영하는 탁아소에 아이들을 맡길 수밖에 없었다. 그곳엔 집시 소녀들도 있었고 하숙비도 비싸지 않았지만, 우리가 옹기종기 모여 사는 생활이 이제 끝이라는 게 너무나 서글펐다.

'밤에 일하는 카페 종업원'에게 방을 내준다는 자그마한 신문 광고를 발견했다. 나는 곧장 광고에 쓰인 그 주소로 찾아갔다. 그곳은 예술가 동네에서도 한참을 내려가 전차가 지나는 대로변에 있는 공동주택이었다. 원래 붉은색 벽돌로 지어졌던 것이 세월의 때가 끼어 거무스름해져 있었는데, 건물 여기저기 금이 간 상태인데다 떠나갈 듯한 주변의 소음으로 위태로워 보였다.

로비에 달린 코딱지만 한 사무실에는 류머티즘으로 등이 굽은 아주 자그마한 노파와 늙은 유태인이 앉아 있었다. 방을 보러 왔다는 내 말에 늙은 유태인은 신경질적으로 대꾸했다.

"여기선 방을 보려면 먼저 돈을 내야 해. 그러니까 돈부터 내쇼."

나는 아이들 하숙비를 내고 남은 200마르크를 그의 손에 쥐어주었다.

그를 따라 3층으로 올라갔다. 그가 보여준 곳은 옷장, 침대, 의자가 각각 하나뿐인 시커먼 창자 속 같았다. 벽에 붙은 채 미세하게 진동하고 있는 식탁은 금방이라도 무너질 듯했지만, 선택의 여지가 없었다. 이미 200마르크를 지불했으니까. 나는 바로 다음날 이사를 오기로 하고 그곳을 빠져나왔다.

이튿날 아침, 아이들을 하숙집에 맡기고 나자 눈물이 절로 흘렀다. 돌아오는 일요일에 꼭 아이들을 데리고 집시 야영장에 놀러 가리라 마음먹었다.

호텔에서의 마지막 날 오후, 드디어 우리의 늙은 침대가 장렬하게 숨을 거두었다. 정열이 넘치던 거대한 흑인 아래서 우지직, 환상적인 소리를 내며 무너져 내린 것이다. 내 몸은 순식간에 마룻바닥으로 떨어져 나무 조각과 파편 속에 파묻혀버렸고, 흑인은 침대 뼈대에 꽉 끼어버린 채로 와하하 웃어젖혔다. 빌과의 고통스런 시간을 함께했던 침대는 그렇게, 오래된 판자들이 삐걱대는 노래 속에서, 즐거이 생을 마감했다.

붉은색 대저택

여행가방을 끌고 터벅터벅 큰길을 걸어 올라가자, 붉은색 대저택이 날 기다리고 있었다. 인도 위에서는 한 무리의 사내들이 백 개도 넘는 창이 뚫린 건물 파사드를 가만히 응시하며 보초를 서고 있었고, 창에 달린 커튼 뒤로는 잠옷을 입은 여인들의 실루엣이 은밀하게 스쳐 지나가고 있었다. 어떤 창에선 빨래가 펄럭거렸고, 또 어떤 창에는 꼭 달라붙은 얼굴이 아래에 있는 우리를 유심히 바라보고 있었다.

입구까지 오르는 나무 계단은 중간 중간 박살이 나 있었고, 곳곳에 고인 누런 웅덩이에는 담배꽁초가 헤엄치고 있었다. 가운데가 쪼개져버린 입구 문에는 손잡이도, 열쇠 구멍도 없었다.

저택은 전체가 4층으로 이루어진 공동주택이었다. 내부 계단은 워낙 좁은데다가, 문마다 달린 초인종을 눌러대며 더디게 오르고 내려가는 독일인들과 흑인 병사들 떼거지 때문에 발 디딜 틈도 없었다.

각각의 층계참에는 오줌 지린내가 진동하고 군홧발에 차여 쩍쩍 금이 간 나무 문이 세 짝씩 달려 있었다. 이 각각의 문에는 초인종과 함께 여인들의 이름이 주르르 적힌 종이 혹은 골판지가 붙어 있었다. 헬렌, 미나, 멜리타, 엘가, 로즈마리, 샤를롯……. 나는 문을 열고 들어가기 전에 그 이름들을 한번 발음해보았다.

복도를 지나 내게 지정된 방으로 가면서 문이 열린 다른 방 안을 흘끗 들여다보았다. 하나같이 너덜너덜하고 꼬질꼬질한 카펫이 깔린 어두운 현관 안으로 보잘것없는 방이 펼쳐져 있었다.

복도 맨 안쪽에는 냄새나는 벌집 구멍 같은 화장실이 자리 잡고 있었다. 변기는 꽉 막혀 있었고, 문 아래로 소변이 줄줄 흘러나오고 있었다. 세월의 때로 반들반들해진 욕실은 바로 옆에 붙어 있었는데, 문을 열자마자 톡 쏘는 향이 코를 찔렀다. 욕조를 가득 메우고 있는 양동이 안에서 하나도 빠짐없이 모두 오 드 자벨로 수건을 표백하고 있었던 것이다. 욕조 안에서 목욕하는 사람은 아무도 없을 듯했다.

곧 무너져 내릴 듯한 세면대 위로는 고대 거울의 잔재들이 남아 있었다. 이 거울 앞에서는 녹과 유리 파편들 사이에서 얼굴이 마치 다른 세계에서 온 사람마냥 일그러졌다.

내 방에서 짐을 풀고 있는데, 맞은편 방문이 스르륵 열렸다. 구멍이 숭숭 뚫린 개버딘 재질의 베이지색 잠옷을 입은 뚱뚱한 여인이 모습을 드러냈다. 그녀가 바로 '빅마마 셰익스피어'로 통하는 헬렌이었다. 방금 깨어났는지 안 그래도 통통한 그녀의 얼굴은 소공녀처럼 돌돌 말린 노란 곱슬머리에 파묻힌 채 통통 부어 있었다. 그녀는 나를 보자 아주 정중하게 인사했다.

우리는 함께 몇 마디를 주고받았다. 그녀는 아주 오래전에 대초원이 있는 시골에서 이주해 온 쉰 살가량의 러시아 백인이었다. 한 독일인과 결혼했었고, 딸은 현재 미국에 있다고 했다. 사람들이 자신을 '빅마마 셰익스피어'라 부르는 이유는, 그녀가 작은 선반 위에 추리소설들과 함께 영어 극문학 책 한 권을 꽂아두고 있기 때문이란다.

그녀의 방은 층에서 가장 싼 방으로, 내 방보다도 작았다. 침대와 벽 사이에 겨우 몸을 집어넣을 수 있을 정도였다. 당연히 가스난로나 옷장을 놓을 자리도 없어서 모두 현관으로 밀려나간 상태였다. 침대를 제외하고 그녀의 방에 있는 유일한 가구는 꽃무늬 천으로 솜씨 좋게 포장한 오래된 신발 상자였는데, 그녀는 그 안에 식기구들을 담아두고 있었다. 상자 위에는 인조 장미 꽃다발과 깃털 치마를 걸친 자그마한 셀룰로이드 인형 사이에 그녀의 딸 사진이 놓여 있었고, 한쪽 벽에는 미국에서 날아온 형형색색의 엽서들이 붙어 있었다.

한 손에 대야를 들고 욕실까지 맨발로 걸어가 물을 받아 온 그녀는, 반드시 오 드 자벨로 몸을 표백해야 한다고 일러주었다. 그

것이 여기서 위생적으로 지낼 수 있는 가장 확실한 방법이라고. 특별히 나를 친구로 생각해서 일러준다는 말도 잊지 않았다. 나는 그녀를 기분 좋게 하기 위해 고맙다고 했으나, 그렇게까지 몸에 실험을 가하고 싶진 않았다. 오, 그녀의 질은 분명 암말의 그것과도 같으리라!

방문 옆의 난로 위에서 부글부글 끓고 있는 거대한 냄비에서는 소금에 절인 양배추의 시큼한 증기가 사정없이 새어 나오고 있었다. 냄비 안에서 사우나 중인 돼지족발은 그녀가 가장 좋아하는 음식이었다.

빅마마 셰익스피어는 또한 신맛 나는 우유를 곁들인 러시아 스타일의 야채샐러드도 즐겨 만들었다. 요리가 다 끝나면 그녀는 복도에 테이블을 놓고 파란색과 흰색의 격자무늬가 들어간 식탁보를 씌운 다음, 커다란 술잔에 보드카나 맥주를 따라 벌컥벌컥 들이켜가며 식사를 했다.

우리와 가까운 방엔 멜리타가 살았다. 그녀는 아기를 가져 배가 불룩한 채 항상 장밋빛 목욕가운을 걸치고 다녔다. 파마약 때문에 손상된 그녀의 머리칼은 지푸라기 같았고, 큼지막한 입술은 창백한 얼굴과 대조를 이루어 피 흘리는 동백꽃을 떠올리게 했다. 그녀의 네 아이는 시골에 맡겨져 있었고, 그녀의 남편은 감옥에 있었다. 그녀의 방에서는 언제나 살짝 열린 문틈으로, 새장 속 카나리아의 짹짹거리는 울음과 비엔나 왈츠 음악이 은근한 조화를 이루며 새어 나왔다.

그녀의 뱃속에 있는 아이는 지미라는 남자친구와의 사이에서 생긴 것이었다. 지미는 곱슬머리에 거무스름한 피부를 가진 키 작은 백인 사내로, 언제나 엉덩이가 완벽히 달라붙는 동시에 각이 기가 막히게 잡힌 바지를 입고 담배를 물고 다녔다. 그는 멜리타의 방 밖에 테이블을 놓고 몇 시간이고 카드놀이를 하곤 했는데, 다른 병사들이 팬티 차림으로 복도를 왔다 갔다 해도 고개 한 번 들지 않았다. 그러다 밤이 되면 멜리타를 방해하지 않기 위해 알아서 나갔다. 한편, 층계참까지 지미를 배웅한 멜리타는 곧장 병사 한 명을 데리고 방으로 들어갔다. 그녀는 백인만 받았다. 흑인들은 지미가 허락하지 않았던 것이다.

복도의 가장 깊숙한 곳에는 역시 임신 중이던 엘가가 살았다. 카지노에서 돈을 싸그리 잃은 그녀의 애인은 빚 때문에 수감 중이었기 때문에 그녀는 혼자 지냈다. 어느 날 엘가가 내게 그녀의 애인 사진을 보여준 적이 있었다. 각지고 근육이 발달한 얼굴에 위압적인 눈매, 한마디로 깡패의 얼굴이었다. 그에 반해 엘가는 푸른 눈동자를 아련하게 반짝이던 금발의 여인이었다. 어디서 혼자 눈물을 흘리다 나왔음직한 가련한 인상에도 불구하고 턱 양쪽에는 항상 웃음 섞인 보조개가 패어 있었다

마리아는 나와 벽 하나를 사이에 둔 이웃이었다. 초록 눈동자, 언제나 여학생처럼 목덜미 위로 붙인 쪽 찐 머리, 손 안에 들어갈

만큼 자그마한 가슴을 지닌 유고슬라비아 여인이었다. 그녀는 아이와 함께 자국에서 도망쳐 왔다고 했다. 아이는 활짝 웃고 있었다. 물론 서랍장 위에 놓인 사진 속에서 말이다. 그녀의 애인은 어느 재즈 오케스트라단에서 드럼을 치는 호스트라는 사내였다. 처음에는 손님으로 만나 100마르크나 받았었는데, 둘이 연인 관계가 된 후에 다시 그 돈을 되돌려주어야 했다고 한다. 어쨌든 그의 감시 때문에 마리아는 방에서 일을 할 수 없었다. 그래서 그녀는 이른 아침마다 장을 보러 간다는 핑계를 대고 외무사원들이 그날의 첫 커피를 마시러 오는 기차역 주변의 작은 선술집들을 돌았다. 거기서 한두 명 고른 뒤 그녀가 잘 아는 하숙집으로 데려간다고 했다. 이상은 호스트가 일하러 나갔던 저녁에 그녀가 내게 털어놓은 이야기이다.

복도의 오른쪽 라인에서 가장 끝에 처박힌 방, 즉 빅마마 셰익스피어의 옷장 옆에는 병을 앓고 있는 안느마리가 밤낮으로 신음하고 있었다.

그날 밤은 페이데이였다. 미군의 월급날 말이다. 쉼 없이 이어지는 병사들 행렬에 붉은색 대저택은 밤새도록 웅웅 진동했다. 저 아래 지하부터 다락방 꼭대기까지 병사들은 꽥꽥 고함을 지르거나 문과 벽에 발길질을 하거나 우렁차게 노래를 불러댔다.

이 와중에 자는 사람은 아무도 없었다. 초인종에 줄줄이 매달린 흑인들은 범람하는 오줌 웅덩이에 발을 담근 채 층계참의 문들을 막고 서 있었다. 복도를 지날 땐 반드시 있는 힘껏 코를 쥐어야 했다.

계단과 평행하여 한 층 한 층 오르는 창문들은 쩍 벌어진 입처럼 산산조각 나 있었고, 4층에서부터 떨어진 빈 생수병은 꽃과 담배꽁초, 신문 따위가 둥둥 떠다니는 물웅덩이 주위에 무자비하게 찌그러져 있었다. 계단으로 나온 여인들은 우르르 계단을 오르는 흑인 병사들에 맞서서 힘겹게 난간을 부여잡고 있어야 했다.

날이 밝아올 때까지 쌈박질과 비명, 무언가 낙하하는 굉음, 주먹질 등은 멈출 줄 몰랐다. 순찰 나온 사복 경찰들이 있기는 했지만 그들은 1층 벽에 붙어 서 있다가 지겨워지면 계단 위에 쭈그려 앉곤 했다.

어떤 방은 흑인만 받았고, 또 어떤 방은 백인만 받았다. 팬티 차림의 군인들은 한 손에 수건을 쥐고 방과 욕실 사이를 왔다 갔다 하다가, 서로 복도에서 마주치면 아무 거리낌 없이 '헬로!' 하고 인사했다.

페이데이 저녁에는 독일인들을 보기가 힘들었다. 빅마마 셰익스피어가 귀띔해주기를, 그들은 미리 오후에 다녀가거나 병사들이 빈털터리가 되는 시점에 맞춰서 온다고 했다.

쿵쿵 사납게 닫히는 문들, 난무하는 독일어와 영어 욕지거리, 아가씨들이 내지르는 신경질적인 비명 덕에 안 그래도 허술한 집은 위태롭게 흔들거렸다. 얼마나 시끌벅적한지 최고 볼륨으로 틀어놓은 축음기와 텔레비전 소리도 묻힐 정도였다.

한편, 이 방에서 저 방으로 모든 소리가 전해졌다. 처음에 공동주택을 건축할 때 늙은 유태인 집주인은 방을 두 배로 내기 위해 얇은 골판지로 벽을 세웠던 것이다. 또한 그가 미군부대에서 싼값에 사들인 가구들은 작은 한숨에도 우르르 붕괴했고, 금이 쩍쩍 나갔으며, 다리나 지지대가 쑥쑥 빠져버렸다.

잠시 동안의 소강상태가 지나고 아침 여섯 시가 되면, 새로운 비명과 발길질의 물결이 밀려왔다. 검은 블루종을 걸친 젊은 독일인들, 할프-스타르캔*들이 밤새도록 술을 마시고 빈털터리가 되어 마침내 붉은 저택에 도착한 것이다. 그들이 억지로 입구 문을 열고자 빈 총을 탕탕 쏘아대고 부츠 신은 발을 쾅쾅 휘둘러댈 때, 굳게 잠긴 수십 개의 방에서는 어느 누구도 꼼짝하지 않았다. 입구 문은 점점 크게 쪼개져서 거의 구멍이 뚫려버리기 직전이었지만, 다행히 짭새들이 도착할 때까지 그런 최악의 사태는 벌어지지 않았다.

할프-스타르캔이 떠난 뒤에는 다시 한 번, 그러니까 최종적으로, 고막을 찢을 듯이 초인종을 울려대고 문에 발길질을 하는 작

---

* 영어로는 the Half-Strong. 1950년 전후, 독일, 오스트리아, 스위스에 나타난 청소년들의 하위문화를 일컫는 말. 대부분 제임스 딘의 《이유 없는 반항》에 큰 영향을 받은, 노동자 부모를 가진 남자 청소년들이며 공격적이고 선정적인 특성을 보인다. 후에 이 용어는 로큰롤, 청바지, 프린트된 티셔츠, 가죽 재킷으로 대변되는 젊은이 전체 집단을 지칭하기도 한다. 현재도 독일에서는 공격적인 청소년들을 가리키는 용어로 사용되고 있다.

자들이 나타났으니 바로 미국 헌병들이었다. 아직 취침 중인 소속 병사들을 데려가기 위해 순찰을 도는 그들은 복도에 대고 늘 이렇게 외쳤다.

"방에 남아 있는 병사는 당장 밖으로 나온다, 실시!"

그런 뒤에야 진정한 평화가 찾아왔다. 아침 일곱 시였다. 큰길 가의 나무에서는 작은 새들이 쩍쩍거리며 노래를 불렀고, 그날의 첫 전동차는 덜커덩덜커덩 레일 위를 달리기 시작했으며, 수위들은 건물 앞에다가 요란스럽게 쓰레기를 내놓았다.

드디어 우리가 눈을 붙일 수 있는 시간이 온 것이다. 잠에 짓눌린 붉은색 대저택은 이른 아침부터 늦은 오후까지 완벽한 정적에 빠져들었다. 벽은 좀 더 갈라지거나 페인트가 벗겨지거나 심지어 벽돌 몇 개가 빠져나갔다. 문은 손잡이를 잃었고 나무 계단은 좀 더 치명적으로 박살났다. 하지만 이 저택은 낡은 화물선처럼 큰길에 묵묵히 정박한 채 생각보다 무난히 시간을 버텨내고 있었다.

오후가 되면 높다란 사다리에 균형을 잡고 선 창문닦이가 룰루랄라 휘파람을 불며 유리 위에 겹겹이 쌓인 먼지를 밀어냈고, 흰색 블루종을 입은 견습 기술공은 여기저기 터진 전구들을 교체하러 다녔다. 한편, 늙은 유태인의 가정부인 노파는 기다란 빗자루를 들고 한숨을 푹푹 내쉬며 쓰레기를 쓸어 나갔다. 이 층 저 층에서는 정신없이 노파를 불러댔고, 그녀는 기진맥진한 얼굴로 양손에 기다란 솔과 양동이를 쥐고 계단을 오르락내리락해야 했다. 노파는 이 대저택의 모든 일을 했다. 그중 가장 고난도의 일은 집세를 받는 거였다. 그 외에 빈 부탄가스병을 채웠고, 인두도 달궜으며, 출구와 계단, 층계참, 복도, 현관을 쓸고 닦았다. 언제나 헐거운 실내화에 발을 끼우고 있던 그녀는, 앞치마로 비쩍 마른 몸을 감싼 채 겨우 몸을 지탱하고 서 있는 것만 같았다.

그럼에도 아주 나중에 나를 짭새들로부터 구해준 이가 바로 그녀였다. 아마도 일을 시킬 때마다 한 번도 빼먹지 않고 팁을 준 대가인지도 모르지만 말이다.

시계가 오후 세 시를 가리키면 여지없이 등장하는 또 다른 노파도 있었다. 키가 아주 작았던 이 노파는 제비꽃 다발이 한가득 쌓인 상자를 들고 1층 벽에 붙어 서 있었다. 꽃다발 밑에는 콘돔이 숨겨져 있었는데, 노파는 늘 삼각형의 꽃무늬 숄을 걸친 채 바랜 파란색 눈동자를 빛내며 상냥하면서도 힘없는 미소를 지어 보였다. 아무 말 없이, 저녁이 될 때까지 그렇게. 가끔 어떤 사내들은 계단을 오르기 전에 그녀에게서 꽃다발을 사기도 했다.

저녁 여섯 시는 빅마마 셰익스피어가 그녀의 음습한 창자 속에서 빠져나오는 시각이었다. 그녀가 침대를 정리하는 동안에는 난로 위의 주전자가 아련하게 기적을 울렸다.

복도에 초인종이 울릴 때마다 그녀는 자신의 방 바로 옆에 있는 문으로 가장 먼저 달려나가곤 했다. 그러다 손님이 그녀를 맘에 들지 않아 하거나 그녀의 면전에서 다른 여자를 찾는 것에 짜증이 나면, 거칠게 문을 닫으면서 신랄하게 러시아 욕을 내뱉었다.

그녀의 이런 만행에 다른 여자들도 짜증이 났지만 그렇다고 뭐라고 하지는 못했다. 다들 그녀가 무서웠던 것이다. 그녀는 사내들도 한방에 보낼 수 있는 두꺼운 팔뚝을 가지고 있었다. 그러니 그녀를 긁지 않는 게 신상에 이로웠다. 게다가 그녀는 코르셋 깊숙한 곳에 단추를 누르면 착 하고 날이 서는 큼직한 단도를 품고 있었다. 손님이 방 앞까지 오면 그녀는 한 손으로 문을 살짝 열고 다른 손으로는 단도를 꾹 쥐고는 손님의 코앞에 빛나는 칼날을 바짝 들이대며 쉰 목소리로 이렇게 물었다.

"뭘 바라는 거야?"

그러면 손님은 슬슬 뒷걸음질 치는 것이었다. 그러나 딱 한 번, 그녀와 맞서 싸웠던 사내가 있었다. 교활해 보이던 젊은 독일인이었는데, 가상하게도 그는 그녀의 방 안에 다리 한 짝을 척 들이밀었다.

화가 머리끝까지 치솟은 빅마마가 단도로 그를 위협했으나 도리어 그는 그녀의 오동통한 손목을 붙잡아 칼을 빼앗으려 했다. 목 졸려 꾸르륵꾸르륵거리는 소리와 함께 도살당하는 한 암퇘지의 울부짖음이 복도에 울려퍼진 건 그때였다.

"도와줘! 날 좀 도와줘!"

그러나 아무도 문밖으로 나가지 않았다. 여자들은 각자의 방에서 꼼짝도 하지 않았다.

나는 문을 빠끔히 열어보았다. 갑자기 아무 소리도 들리지 않았기 때문이다. 곧 시야에 들어온 것은 수난 받는 예수상이 된 빅마마 셰익스피어였다. 그녀는 저 멀리 복도 끝에서 피로 흥건해진 두 손을 들어 보이며 나에게 무언의 도움을 요청하고 있었던 것이다. 꽤나 극적인 장면이었다.

사내는 단도와 함께 사라졌고, 혼자 남은 그녀가 어린 소녀처럼 바들바들 떨고 있었다. 그제야 다른 여자들도 잠옷 차림으로 방에서 나와 그녀를 빙 둘러쌌다.

누군가 의자를 가져왔다. 빅마마 셰익스피어는 그 위에 털썩 주저앉으며 욕을 퍼붓기 시작했다.

"하이고 친절들 하시군! 이렇게들 날 보호해주다니, 정말 고마워, 친구들! 자, 그렇게 가만히만 있지 말고 날 위해 뭔가를 좀 해보시지! 누가 물이랑 손수건을 가져다줄 거야? 나랑 같이 경찰서에 가줄 사람은? 일단 신고부터 하고 보건소에 갈 거라고. 자, 얼른 궁둥이들 좀 움직여봐!"

여자들은 복종했다. 그녀들 중 어느 누구도 진심으로 빅마마가 일을 당하기를 원하지는 않았을 것이다. 비록 그녀의 등 뒤에서 몇몇은 이렇게 중얼거리기도 했지만.

"잘됐네, 이제 들이댈 칼이 없으니. 저년은 항상 가장 강하고 싶어 하지."

"흥! 이번에 똑똑히 깨달았겠지."

한편, 빅마마 셰익스피어는 한탄했다.

"내 칼! 내 멋진 칼! 이제 저 악당들에게서 어떻게 날 보호하지? 섹스할 생각뿐인 돼지 같은 놈들! 개자식!"

어느 날, 우리는 택시비를 반씩 나누어 버드랜드에 춤을 추러 가기로 했다. 구식 피아노와 화려한 빛을 발하는 등잔들이 있고, 아라비아풍의 융단이 걸려 있던, 흑인들이 주로 가는 카페였다. 나는 붉은 색상의 중국 비단 원피스를, 빅마마 셰익스피어는 우중충한 파란색의 낡은 양모 원피스를 입었다. 그녀의 엄청난 유방 부분은 천이 뜯어질 것만 같아 보기에 아슬아슬했다.

그녀는 복도에 내놓은 의자에 앉았고, 같은 복도에 사는 이웃인 안젤리카가 그녀의 머리 손질을 도와주었다. 한 손에 거울을 든 빅마마가 다른 손으로 장식핀을 건네주면, 안젤리카는 비실비실하게 상한 그 곱슬머리에 여기저기 핀을 꽂아가며 기적적으로 부풀려주는 식이었다. 이어서 빅마마가 뾰족한 족집게로 잔눈썹을 뽑아내는 동안 나와 안젤리카는 그 불안한 머리털 건축물에 덕지덕지 스프레이를 뿌려 단단히 고정시켰다. 빅마마의 손은 잠시도 쉬지 않았다. 검은 연필로 눈썹을 그리고, 두툼한 입술에 주홍색 루주를 바른 뒤에는 통통하게 살이 오른 그 기름진 볼에다가 누런 퍼프를 슥슥 문질렀다. 도중에 나를 획 돌아보고는 "어때, 나 예뻐?" 하고 묻는 것도 잊지 않았다. 그리고 나서야 그녀는 두 손으로 먼지를 탁탁 털어내며 자리에서 일어났다.

아, 금방이라도 펑 터져버릴 듯한 궁둥이와 그 반대편 배 부분은 보기만 해도 아찔했다.

최종적으로 그녀는 겨드랑이 아래와 목이 파인 부분에 오 드 콜로뉴*를 톡톡 바르고 금목걸이를 둘렀다.

자, 준비 완료! 빅마마는 현관 안쪽에 열쇠로 잠가놓았던 옷장에서 낡아빠진 검정색 외투를 꺼내 입고 네모진 굽의 이상한 빨간색 구두를 신었다.

"자, 가자."

우리는 또각또각 소리를 내며 나무 계단을 내려갔다. 곳곳에 파인 웅덩이에 발을 헛디디지 않도록 난간을 꼭 붙들고 조심스레 걸어야 했다. 거리에 나서자 그녀의 코끼리 팔뚝이 내 팔을 척 감았다.

이곳 큰길에서는 어느 때든 택시를 잡을 수 있었다. 우리는 손을 흔들고 휘파람을 불며 그중 한 대를 잡았다. 나는 그녀의 거대한 몸뚱어리 옆에 그럭저럭 좁혀 앉을 수 있었다.

차에 탄 그녀는 곧장 권위적인 목소리로 기사에게 소리쳤다.

"버드랜드로!"

그리고 이렇게 덧붙였다.

---

* 오 드 콜로뉴Eau de cologne는 상쾌한 향기를 내는 화장수로, 보통 향수와 달리 직접 피부에 뿌려도 얼룩이 지지 않으므로 몸에 직접 문지르거나 두발에 뿌리는 등 다양하게 사용한다. 나폴레옹은 매월 60병씩 사용했다고 전해진다.

"너무 급하게 몰지는 마시고, 알았죠? 우리의 천국은 그리 멀지 않으니까."

가로등 조명으로 환하게 밝혀진 도로를 덜커덩거리며 달리는 택시 안에서 빅마마 셰익스피어는 무도회에 가는 어린 아가씨마냥 아주 신나 했다.

이윽고 택시가 한층 조용한 도로에 접어들자 온통 어둠에 휩싸인 마을 안쪽 깊숙이 한 그리스인이 운영하는 버드랜드가 둥지를 틀고 있는 것이 보였다. 택시는 입구 앞에 우리를 내려줬다.

계단 몇 개를 올라 입구 문을 열자, 수많은 작은 테이블들이 시야를 가득 채웠고, 짙은 담배연기와 흑인들의 향에 축축하게 젖어든 음악 소리가 고막을 둥둥 때렸다. 버드랜드는 페이데이가 되면 진입이 거의 불가능한 클럽이었다. 우글대는 흑인들 사이를 비집고 끼어들어야만 겨우 문지방 안으로 발을 디딜 수 있었다.

곰보 피부의 늙은 흑인 하사들은 빅마마 셰익스피어를 보자마자 두 팔 벌려 그녀를 환영했고, 그녀 역시 술병과 더러운 접시와 군인모가 뒤엉킨 그들의 테이블로 한달음에 달려갔다. 즉시 그녀 앞에는 맥주 한 잔, 눅눅한 감자튀김 속에 파묻힌 기름진 비너 슈니첼* 한 접시, 그리고 곱슬곱슬한 야채샐러드가 주르르 놓여졌다.

---

* 비엔나식 닭꼬치.

이윽고 그녀는 수많은 군인들 사이에서 보랏빛을 발하는 검은 피부를 가진 하사와 팔짱을 꼈다. 그러고는 그 엄청난 유방을 리듬에 맞춰 덩실덩실 흔들고 둔중한 구두 굽으로 마룻바닥을 쿵쿵쿵 찍으며 한 마리의 하늘색 코끼리처럼 춤을 추었다.

한편 출입구 옆, 절대 연주되는 법이 없어 먼지만 수북이 뒤집어쓴 피아노가 놓여 있던 무대 앞으로는 건장한 흑인 둘이 나란히 서 있었다. 그들은 여자도 없이, 현란한 조명을 받으며 발레 비슷한 것을 추고 있었다. 동작은 대략 이러했다. 박수를 치고, 동시에 다리를 치켜 올린 다음, 번쩍 뛰어오르며 휘리릭 돌고, 착지. 다시 앞으로 몸을 숙였다가 뒤로 휘고, 어깨를 흔들며 뒷걸음질 쳤다가 다시 한 번 동시에 박수를 친다! 아아, 너무나 아름다웠다. 그들의 새카만 피부 결을 따라 줄줄 흘러내리는 땀방울은 무지갯빛 아롱이는 진주알과도 같았다.

나도 어느 키 큰 흑인의 가슴에 파묻힌 채로 블루스를 추었다.

먹고 마시고 흔들어대는 열광의 파티는 자정이면 끝이 났고, 길거리와 클럽은 순식간에 텅 비어버렸다. 새하얀 군복 속에서 시커먼 피부를 번득이는 흑인 헌병들이 귀가가 지체된 병사들을 잡으러 다녔기 때문이다. 점호를 위반하면 바로 감방행이었다. 푸르스름한 밤하늘 색상의 제복을 걸친 독일인 짭새들은 클럽에 뚫린 문이란 문은 모조리 지키고 서 있었다.

매일 밤은 격투로 끝이 났다. 테이블들은 여기저기에서 엎어졌고, 아가씨들은 따귀를 맞거나 기절했으며, 흑인들은 비명과 고함 속에서 공중전을 시도하다가 결국 벽에 부딪혀 피를 줄줄 흘렸다.

어느 날 밤에는 카운터에 설치되어 있던 난로가 과열되어 불이 났고, 또 어떤 날은 만취한 병사들이 창문과 덧창을 산산조각 내 버렸다. 술병이며 의자 따위가 사람 머리 높이로 횡횡 날아다니기 시작할 땐 재빨리 내빼는 게 상책이었다. 다행히도 입구를 나서면, 두 눈에 전조등을 켠 택시들이 말벌떼처럼 늘 빙빙 돌고 있었다. 죽 늘어져 주인님을 기다리는 럭셔리 캐딜락과 시보레들 옆에서 말이다.

나는 방에 돌아와서야 빅마마 셰익스피어와 재회할 수 있었다. 그녀는 현관에서 계란 프라이를 만들고 있는 중이었는데, 살짝 열린 문틈으로 시커먼 다리 한 짝이 보였다. 클럽에서 만난 하사인 듯했다. 그는 야참을 기다리면서 침대에 누워 여유롭게 담배를 태우고 있었다.

한편, 복도 한가운데에서는 지미와 두세 명의 놈팡이가 자기 애인들의 일이 끝나기를 기다리면서 다리미판 위에서 카드놀이를 하고 있었다. 복도의 이쪽저쪽에서 방문이 열리고 팬티와 양말만 착용한 독일인이나 흑인들이 오줌을 싸거나 세면대에 몸을 씻으러 그들 옆을 스쳐갔다.

나는 버드랜드에서 권투선수 한 명을 데리고 왔다. 참, 재수도 없지! 그 인간은 무일푼이었던데다가 침대에서 꼼짝도 하려 하지 않았다. 그래서 얼굴에 그의 옷가지를 휙 집어던졌는데, 그 바위 같은 시커먼 주먹으로 내 면상을 그대로 갈기는 게 아닌가. 나는 두 손으로 얼굴을 감싸고 꺄아악 비명을 질렀다. 끔찍하게 아팠다. 내 소리를 듣고 빅마마 셰익스피어가 단숨에 달려왔다. 그녀가 어찌나 돼지 멱따는 소리를 지르면서 방문을 세차게 두드렸던지, 권투선수는 초조한 얼굴로 재빨리 옷을 꿰입고 줄행랑을 놓았다. 번개처럼 빨라서 복도를 나가는 뒷모습도 보지 못했을 정도였다.

아아, 내 볼때기는 노래졌다가 초록빛을 띠더니 마침내 보라색으로 변했다. 그럼에도 불구하고 나는 이를 악물고 길거리로 나섰다. 바깥에는 밤새도록 인도 위에서 서성이는 꽁꽁 얼어붙은 코뿔소들이 있었다. 그들은 외투 주머니에 두 손을 쿡 찌르고, 두 발은 꽁초 더미에 푹 담근 채 자기 차례를 기다렸다.

내가 데려온 코뿔소는 이빨이 많이 부족했고, 벌어진 셔츠 사이로 들여다보이는 피둥피둥한 붉은 가슴팍 위로 흰 털이 북실북실했다. 그는 계단 오르는 것도 헐떡거리며 힘겨워했다. 그러면서 방에 도착해서는, 두 번에 50마르크를 제안했다. 게다가 자기가 원하는 대로 일이 풀리지 않으면 그중 5마르크를 되돌려 받아야 한다는 조건까지 내세웠다.

힘들었다. 첫 번째에 성공한 게 이미 기적이라고 할 수 있었다. 그의 누런 팬티는 살짝 벌리기만 했는데도 썩은 지린내가 났다.

그럼에도 나는 노력해보았다. 하지만…… 이건, 아니다. 불가능한 일이라고 나는 결론을 내렸다. 내가 그만하자고 말하자 그는 앙심을 품고는 욕지거리를 퍼부으며 5마르크를 내놓으라고 억지를 부렸다.

나도 참는 데에 한계가 있었다. 셔츠와 사각팬티만 입은 그를 복도로 밀어내고 문을 쾅 닫아버렸다. 그러자 그는 늙은 벌처럼 문에 몸을 부딪치면서 지루하게 웅얼거리기 시작했다.

"내 5마르크…… 아가씨, 제발요. 내 5마르크……"

그런 그를 목격한 빅마마 셰익스피어는 얼른 냄비 하나를 들고 와 그에게 덤벼들었다.

"이 자식아, 5마르크를 내놓으라니 부끄럽지도 않냐! 빌어먹을! 당장 꺼져. 이 아가씨를 좀 조용히 놔두라고. 이 머저리 같은 자식아!"

그새를 틈타 나는 얼른 문을 열고 늙은이의 꼬질꼬질한 옷가지들을 복도에 내팽개쳤다. 그는 옷을 주섬주섬 주워 입으면서도 계속 5마르크를 중얼대다가 결국엔 꼬리 내린 개의 꼴로 비통하게 사라졌다. 그 덕에 나와 빅마마는 한번 신나게 웃어젖힐 수 있었다. 그녀가 말했다.

"일이 꼬이면 주저 말고 날 불러. 내가 올 때까지 비명을 지르라고. 나는 그 늙어빠진 고릴라들을 겁주는 방법을 잘 알고 있거든! 아무도 두렵지 않다고!"

통통 부은 장밋빛 몸뚱어리가 다 드러나는 구멍 숭숭 뚫린 낡은 콤비네이션식 속옷을 입고 그녀만의 왕국에 우뚝 선 빅마마 셰익스피어. 그녀는 정말 강한 여자였다. 50년의 세월을 지내고 나니 남은 게 하나도 없더라는 그녀의 한탄은 진실이 아니었다. 그녀에게는 흑인들이 있었다. '특별 할인가'로 그녀의 풍만한 가슴에 파묻혀 밤새도록 자장가를 들을 수 있고, 계란프라이가 포함된 야식과 맥주, 보드카를 먹고 마실 수 있는 그녀의 사랑스러운 아이들 말이다. 독일 짭새들이 클럽이나 술집의 문을 지키고 서는 새벽 네 시가 되면 그들은 빅마마를 찾아와 그녀의 품속에서 꽁꽁 얼어붙었던 몸을 사르르 녹였다. 20마르크면 충분했다. 그들은 거리에 나서는 즉시 개 취급을 받으며 짭새들에게 접수될 운명이었다. 빅마마 셰익스피어는 말했다.

"결국 나는 20마르크짜리인 거야, 20마르크……. 하지만 어떡해? 난 완전히 혼자인걸. 아무도 날 도와주지 않는다고. 나 혼자 집세, 식비, 가스비, 전기세를 다 내잖아. 월말을 넘기기가 가장 힘들지. ……한 번, 그래 딱 한 번, 어떤 벨기에 남자가 하룻밤에 100마르크를 준 적이 있었지. 처음이자 마지막인 일이었지만. 아, 그날 얼마나 즐거웠던지! 우린 프랑스말로 대화를 했어. 진짜 매력적인 사내였지!"

그녀는 추억에 젖어 한숨을 푹 내쉬었다.

그러던 어느 날, 아직 정오가 되기 전이었는데 그녀가 고래고래

소리를 지르며 나를 불렀다.

"빨리 좀 와서 나를 도와줘! 어젯밤에 솜을 집어넣었는데, 너무 깊숙이 넣어서 도저히 빼낼 수가 없잖아! 네가 날 좀 분만시켜줘야겠어!"

무슨 말인지 의아해하며 나는 그녀의 좁아터진 창자 속에 겨우 비집고 들어갔다. 코딱지만 한 창문으로는 빛도 새어들지 않는 듯했다. 그녀는 침대 위에 엎드려 있었다.

맙소사, 간단한 일이 아니었다. 그러니까 그녀는 그 거대한 엉덩짝 사이, 분홍빛이 감도는 쭈글쭈글한 살 깊숙이에 즉, 그녀의 끈적끈적한 질 속으로 내 손을 집어넣기를 바라고 있었다. 그 안에 솜이 껴 있었던 것이다.

뽑아내긴 해야 했다. 그런데 어떻게? 상황이 좋지 않았다. 자궁에 꾹 처박힌 솜 중 절반은 어딘가에 딱 걸려서 도무지 빠져나올 생각을 안 하는 것이다. 내가 그 안으로 손가락을 쑥 집어넣어 시도해볼 때마다 빅마마는 신음소리를 내며 가쁘게 숨을 쉬다가 점점 원래의 호흡을 되찾았다. 나는 이 기다란 터널 깊숙이 솜을 집어넣을 수 있었다는 사실이 놀라울 뿐이었다. 아주 대단한 도구였던 것이 분명하다! 말 사이즈의 흑인이 아니었을까? 이제 거의 손의 절반이 들어간 상황. 나는 손가락 끝에 솜을 걸고 그것을 끌고 나오려고 땀을 삐질삐질 흘렸고, 빅마마 셰익스피어는 그 안을 긁어대는 내 손톱을 느끼면서 울음을 토했다.

이 무슨 해괴망측한 상황이란 말인가! 오, 가엾은 산부인과 의사들과 산파들이여! 이 짓을 매일같이 해야 한다니! 오늘 최고로 불행한 여인이 된 빅마마는 좀 더 색다른 방법을 제안한다. 족집게! 눈썹을 뽑을 때 쓰는 그 날카로운 도구 말이다! 아아, 그건 정말 미친 짓이지!

나는 바들바들 떨면서도 족집게를 질 속으로 진입시키는 데 성공하긴 했지만, 그걸 '벌린다'는 건 또 다른 문제였다. 나는 결국 포기했다. 빅마마 셰익스피어도 완전히 녹초가 되어 있었다.

이윽고 그녀는 혼자 버둥거리면서 침대에서 일어섰다. 그녀의 나체란, 고대 비너스 그 자체였다. 조금의 모자람도 없이 살을 찌우신 다산과 풍요의 여신 말이다. 오 드 콜로뉴와 오 드 자벨 냄새를 동시에 풍겨내는 이 살사태 앞에서 나는 깨갱 굴복하고 말았다. 그리고 뒷걸음질 치며 내 방으로 건너갔다. 등 뒤로 빅마마 셰익스피어가 혼잣말하는 소리가 들렸다.

"제기랄, 병원에 가야겠네. 진료비만 15마르크를 내야겠군. 참 꼴도 좋군! 빅마마야, 네가 무슨 불행의 여신이냐? 이 늙은 창녀야, 이제 정신 좀 차리겠지!"

그 무렵 나는 마침내 1차 접종을 마칠 수 있었다. 이제 매독은 서서히 후퇴 중이었다. 2차 접종까지는 조금 숨을 돌릴 수 있었고, 그 다음엔 3차 접종으로 이어졌다. 한 해를 꽉 채워서 단계적으로 시행되는 프로그램이었다. 모든 접종을 마치고 나서는 이 끈질긴 트레포네마속 짐승들이 죽어 나가기를 기다리는 일만 남는다. 그들은 알아서 완전 박멸하는 것이다! 단, 더럽게 재수 없게도 그 사이 또 다른 매독 보균자를 만나지만 않는다면 말이다.

어느 날 오후, 우연히 빌과 마주쳤다. 그는 왁스 광택이 번쩍이는 구두에 줄무늬 셔츠를 입고 고개를 높이 쳐든 채 슈바빙 거리를 걷고 있었다. 위로 걷어 올린 셔츠 아래로 나를 그토록 주물럭거리던 그의 시커먼 팔이 눈에 들어왔다.

"와우, 여기서 만나네? 당신, 어떻게 지내? 애들은?"

나를 보자 딱 멈춰선 그는 이제 나더러 '당신'이란다. 미국식으로.

"아주 잘 지내, 고맙게도."

"아, 내 차 보여줄까?"

오호, 차를 샀다고! 돈이 남아돌면 언젠가 재판소가 그를 정신병원으로 보내기 전 일주일 동안 철창 속에 감금시켰을 때, 내가 대신 내줬던 벌금 150마르크나 갚을 것이지! 그 뻔뻔함은 시간이 가도 변함없군그래!

"따라와, 태워줄게."

그는 큰길가에 완전히 삐딱하게 주차된 푸르스름한 고물차로 나를 데려가서는 아주 장엄하게 보조석 문을 열어주었다. 그리고 곧 시동을 걸었다. 그러나 차는 콜록콜록, 켁켁, 경련과 천식 발작을 번갈아 일으키기만 했다. 그러면 그렇지! 꿀에 차는 무슨! 나는 속으로 맘껏 비웃고 있었는데 이게 웬일, 어느새 차는 도로 위를 달리고 있는 게 아닌가. 다른 차처럼 평범하게, 아니 다른 차들을 추월까지 하며 의기양양하게 말이다. 그때 문득 좋은 아이디어가 떠올랐다.

이번 휴가철에 그는 차를 몰고 스위스에 다녀올 거라고 했으니 나도 그곳에 두고 온 물건들을 되찾으러 그와 동행하면 어떨까? 만약 내 물건이 그곳에 남아 있다면 말이다. 미국 여자에게 아파트를 넘기고 난 이후, 아무 소식도 들을 수 없었던 터였다. 또한 새 여권을 발급받을 수도 있을 것이다. 기한이 지난 여권이 항상 골칫거리였으니까. 아이들은 이곳 탁아소에 두고 갈 터이니, 만약 법정후견인을 만난다 하더라도 애들을 빼앗길 염려는 없을 것이다.

의외로 빌도 한 번에 오케이 했다. 하긴, 그도 그 정도는 해줘야 하는 것이다. 이 모든 게 이 정신 나간 놈 덕분에, 그를 정신병원에서 빼내고자 일어났던 일이고, 그래서 지금 나는 내 자식들과 함께 궁지에 몰린 생쥐 꼴을 하고 있는 게 아니던가?

한편 이 고물차는 우리에게 휴전지대가 되기도 했다. 빌은 운전에 몰입하여 나를 손찌검할 생각을 못했고, 또 그럴 손도 없었던 것이다. 나는 우애로운 형제와도 같은 이 고물차에게 보호받는 느낌이 들었다.

이튿날 우리는 바로 출발했다. 나는 그 전에 아이들을 찾아가 인사를 하고, 곧 돌아오마 약속했다.

우리는 고속도로를 탔다. 4월은 푸르게 우거진 숲의 변두리를 따라 우렁차게 합창하고 있었다. 여행은 느리게 진행되었다. 이 고물 전동 기계는 알고 보니 숨이 끊어지기 직전이었던 것이다. 나는 허벅지 위에 자그마한 라디오를 올려놓고 두 손으로 꽉 쥐어 잡고 있었다.

마침내 저주 받은 도시가 눈에 들어왔다. 다시는, 절대로 돌아오지 않으마 하고 떠났던 이곳. 도시는 새봄의 경쾌한 햇살을 받으며 반짝반짝 빛나고 있었다. 일 년 만이었다. 이제 나는 이곳의 외국인 혹은 여행객이었다. 참 웃긴 일이었다.

다시 찾은 내 아파트로 말할 것 같으면, 그 미국 여자가 아주 대단한 일들을 벌여놓았다. 거실과 창가에는 난데없이 지린내가 진동했다. 지난 바로크 축제 기간 동안에 서른 명가량 되는 나체의 비트닉들이 '부르주아들에게 물을 주기 위해' 창문을 통해 오줌을 싸도록 내버려두었단다. 또한 그녀는 아파트 임대계약서를 잃어버린 적도 있었다고 했다. 따라서 그동안 아파트는 주택공사에 의해 어느 전직 권투선수 샤를르(역시 그녀처럼 심성은 착하지만 알코올중독에 빠진 가엾은 근육맨)에게 넘어가 있었다고.

그날 밤 나는 예전에 입던 옷이며 그리웠던 곰인형, 라디오 따위가 아무렇게나 쌓인 다락방에서 자야 했다. 손으로 쓴 모든 글과 시는 도저히 찾을 수 없었다. 책이며 음반 등은 다 팔렸다고 했다. 우리의 손때가 묻은 가구도 마찬가지였다. 그중 얼마쯤은 다락방에서 살던 늙은 샤를르가 알코올을 사는 데에 유용하게 썼단다. 오줌으로 넘치는 수십 개의 맥주병과 썩은 걸레들이 이를 입증하고 있었다.

나는 히치하이킹을 해서 나의 또 다른 두 자식들도 찾아가보았다. 한 명은 이 나라에, 다른 한 명은 프랑스에 있었다.

그리고 빌과 다시 독일로 향하는 고속도로 위에 올랐다. 따끈따끈한 붉은색 새 여권을 가슴에 품고서! 아파트에서 챙겨온 담요며 이불, 그 외 살림살이들로 꽉 차게 된 고물 자동차는 올 때보다 더욱 힘겨워했다.

붉은색 대저택으로 돌아오자마자 빅마마 셰익스피어는 경찰이 찾아왔었다고 내게 귀띔해주었다. 어서 나의 도착을 보건소에 알려야 한다고 말이다. 그제야 알았다. 병이 완쾌되기 전까지는 여행을 떠날 권리도 없다는 걸. 그러나 다행히 별일은 없었다. 곧바로 보건소에 가서 검진을 받고 사회복지사를 만났는데, 그녀는 내가 나의 병균들과 함께 귀환했다는 사실 자체에 아주 안심하는 것이었다. 내가 기꺼이 주사를 맞으러 온 이상, 다른 일로 그들을 귀찮게 하지는 않을 테니까.

매주 일요일이면 아이들을 보러 탁아소에 갔다. 독일 초등학교에 입학한 애들은 바이에른 사투리에 남다른 진전을 보였다. 하나같이 머리에 베일을 뒤집어쓴 수녀들은 아이들을 엄격하게 관리했지만, 다행히도 주말마다의 외출은 허락해주었다. 그래서 우리는 매주 집시 야영장에 놀러 갈 수 있었다.

마침내 새까만 쁘띠슈슈가 출소했다는 소식을 들었다. 당시 집시 야영장에 있던 나는 곧장 사무실 트레일러로 달려가 그가 몸 담고 있는 병영으로 전화를 걸었다. 수화기를 타고 그의 고통이 그대로 내게 전해져왔다. 여전히 암스트롱처럼 거칠던 그의 목소리는 내게 이렇게 속삭였다.

"사랑해."

나는 그를 보기 위해 병영을 찾았다. 우리는 덤불 속에 그의 군용외투를 깔고 차가운 밤바람을 맞으며 사랑을 나눌 수 있었다. 그는 아직은 외출이 불가능하다고 말했다. 나팔 소리 요란하던 거대한 병영 안으로 내가 몰래 들어갈 수 있었던 것은 그의 동료인 존슨의 도움 덕분이었다. 존슨이 망을 봐주는 동안 나와 그는 동시에 어떤 경사면 뒤로 잠입하여 극적으로 재회할 수 있었던 것이다.

새까만 쁘띠슈슈 역시 나처럼 주사를 맞으러 다닌다고 했다. 군인 병원에서 그를 담당한다고. 매독에 걸렸다는 사실은 감옥에서 알았단다. 순간, 내가 그의 검은 성기를 애무하다가 한번 상처를 낸 적이 있었다는 게 기억났다. 그러니까 중독된 꽃을 그의 입에 물려준 셈이었다. 그러나 그는 나를 나무라지 않고, 외려 그 감동적인 목소리로 이렇게 말했다.

"알잖아, 이런 게 인생인걸. 다른 여자가 아닌 너한테 옮은 게 다행이지."

차가운 바람에 자글자글 갈라지던 그 두툼한 입술로 그는 내 온몸에 키스를 퍼부었다. 우리는 날이 샐 때까지 덤불 속에 있었다. 그 거칠고 딱딱한 바닥 위에서 두 발가벗은 몸뚱어리는 꽁꽁 얼어붙은 서로의 배를 밀착하며 으스러질 듯이 꼭 껴안았다.

미국이란 야생짐승에 잡아먹혀 이제는 내게 돌아올 수 없는 로이 블레인 밀러, 사랑해. 당신을 향한 내 마음은 언제나 똑같아. 그날, 당신의 갈라진 입술에서 새어 나오던 피의 맛이 지금 생생하게 느껴져. 당신이 지금 어디에 있든, 당신과 당신의 친구들, 훌륭한 흑인종에게 늘 평화가 함께 하기를.

나와 빅마마가 머무는 층에 작은 변화가 생겼다. 안느마리가 술집에서 쌈박질을 벌이고 '독일의 리비에라'라는 곳으로 떠나게 된 것이다. 빅마마 셰익스피어는 말했다.

"독일의 리비에라는 우리 같은 사람들이 공짜로 휴가를 보낼 수 있는 곳이지. 감옥 말이야."

그녀가 떠나면서 나는 그녀의 방으로 이사했다. 좁고 숨 막히던 내 방에 비해 그곳이 훨씬 넓었던 것이다. 그런 만큼 집세도 훨씬 비싸서 거의 고급 빌라 수준이었다.

나는 짐을 옮기기 전에 방을 조금 개조했다. 옷장을 옆으로 돌려세움으로써 공간을 좀 더 확보했다. 그 자리에 테이블을 갖춘 작은 부엌 겸 욕실을 만들어 노란색 플라스틱 물병과 세숫대야를 놓았다. 옷장 뒤로는 '침실'을 꾸몄다. 침실의 구성물품은 복잡하지 않았다. 미군부대 앞에서 주워온 건들거리는 침대, 엉덩이가 찔리지 않도록 주의해서 앉아야 하는 원시적인 안락의자, 낮은 테이블 하나, 손끝으로 살짝 건들기만 해도 그대로 붕괴해버리는 골판지 책꽂이 하나가 전부였다.

벽에는 이런저런 그림과 흑인 음악가들의 사진을 붙였다. 할부로 구입한 축음기도 설치했다. 당시 가장 처음으로 산 레코드판은 지금도 간직하고 있다. 요시카 네메스가 바이올린을 연주하고, 소냐 디미트레비치가 그 황홀한 울림으로 노래를 부른 보헤미안 음반이었다. 어디로 쫓겨 다니든 나는 이 음반만큼은 꼭 챙겼는데, 아마 수천 번은 들었을 것이다. 시간이 흐르면서 마일스 데이비스나 바흐, 플라멩코의 음반도 구입할 수 있었다. 딱 한 번, 온전히 상업적인 목적으로 만들어진 '사랑의 노래'라는 음반을 산 적이 있는데, 나를 찾은 독일인 손님들에게 파리에 있는 듯한 환상을 주기 위해서였다. 그들은 이 음반을 들으면 더 빨리 발기했다. 대부분 A면만 들으면 충분했지만, 몇몇 힘든 경우를 만나면 B면까지 들려주기도 했다.

돈 코사크 합창단의 음반도 있었다. 내가 이 음반을 틀어놓으면, 빅마마 셰익스피어는 홀로 복도에서 춤을 추었다. 러시아식으로 두 주먹을 허리춤에 대고 치마를 올려 잡고는 눈물을 글썽이면서 말이다.

나도 점점 화류계 여성에 걸맞은 모습을 하게 되었다. 포르투갈 미용실에서 머리를 부풀렸고 블루블랙으로 염색도 했다. 지금 생각하면 그야말로 앙상한 거지꼴이었지만, 목욕가운도 두 벌이나 샀다. 하나는 초록색의 실크로 짜인 일본제 가운이었고, 다른 하나는 검정색과 빨간색 레이스로 뒤덮여 있던 요염한 가운이었다. 슬슬 돈도 벌기 시작했다. 옷장 속에 감춰둔 부츠에는 봉투 두 개가 꾹 처박혀 있었다. 하나는 독일 마르크용, 다른 하나는 달러용이었다. 마약 상자는 어떤 흑인 병사에게 줘버리고 더 이상 내게 없었다.

아이들에게도 고급 옷과 운동화, 장난감을 사줄 수 있었다. 그중 사내 녀석에겐 실제로 타고 다닐 수 있는 장난감 자동차도 있었다. 전조등이 켜지고 빵빵 클랙슨도 울릴 수 있으며 기어를 넣으면 후진까지 되던, 선명한 파란색의 Ds*였다. 그러던 어느 주말, 감기에 걸린 딸아이에게 아들내미까지 전염될까 하여 그 애만 이곳 붉은색 대저택으로 데려온 적이 있었다. 당시 아들은 일곱 살이었다. 나는 그날 밤은 영업을 하지 않았고, 아들은 저녁 내내

---

* 자동차의 등급을 표현하는 용어로 'Deruxe special'의 약자이다. 프랑스어로 '디에스'라고 발음하며 이는 '여신'이란 뜻이기도 하다.

그 자동차를 타고 복도를 왔다 갔다 했다. 그때 같은 복도에서 살던 모든 여인이 방에서 나와 내 아들을 보며 감탄했고, 아이의 얼굴을 부비고 손에 사탕을 쥐어주며 몹시 귀여워해주었다. 아들은 어리둥절한 얼굴이었다. 단 한 번도 이렇게 수많은 여인들에게서 사랑을 받아본 적이 없었을 테니 그럴 만도 했다.

내 옆방에 살던 에미(바이에른주 출신의 참으로 고지식하던 생물체)는 오로지 미국 백인만 받았다. 그녀는 작고 뚱뚱하며 안짱다리인데다가, 남자처럼 짧게 숱을 친 창백한 레몬색 머리칼을 가지고 있었다.

그녀의 방은 한마디로 동물농장이었다. 침대, 대여한 텔레비전, 테이블, 의자 할 것 없이 온갖 곳에 동물인형을 갖다 놓은 것이다. 리본을 맨 작은 곰인형, 털북숭이 원숭이, 파란 눈의 호랑이 등등. 매번 손님을 받을 때마다 그녀는 침대 위, 비단 쿠션 사이사이에 낀 그것들을 치웠다가 손님이 돌아가면 다시 그녀만의 동물원을 부활해냈다.

그녀와 나의 방 사이에는 구멍과 균열투성이에다가 삐긋삐긋 움직이기까지 하던 얇은 벽 하나가 가로막고 있었다. 따라서 좋든 싫든 간에 그녀의 방에서 발생하는 모든 소리를 들어야 했다. 그 소리를 듣고 파악하게 된 그녀의 작업 과정은 대략 이러했다

일단 열쇠 구멍에서 찰카닥 하는 소리가 난다. 그녀가 군인과 함께 방 안으로 들어오는 것이다. 곧이어 남자가 미련하면서도 커

다랗게 웃어젖히면, 그녀는 턴테이블에 레코드판을 올린다. 항상 같은 음반이다. 노래를 부르는 미국 백인 여가수는 원망과 슬픔이 뒤섞인 목소리로 다음과 같은 문장을 쉼 없이 울부짖는다. '아아, 내가 가장 아름다운 여자라면!'

그러고 나면 세면대에서 물 흐르는 소리가 들린다. 군인이 씻는 것이다. 이윽고 그는 말한다.

"이리 와."

그 즉시 한 무거운 육신이 침대로 추락하는 굉음, 용수철이 맹렬하게 삐걱거리는 소리가 들리고 가끔 에미의 쉰 목소리가 비명처럼 들리기도 한다.

"가슴, 가슴을 만져줘! 여기 배도! 제발 날 흥분시켜줘! 얼른! 이젠 혀로 해봐! 손톱 조심하고!"

그러다 돌연 그녀는 아주 또렷한 목소리로 말한다.

"이제 끝났어, 그만 가."

그리고 다시 들리는 '아아, 내가 가장 아름다운 여자라면!' 세레나데. 그 다음부턴 마치 리플레이처럼 처음에 들렸던 소리들이 거꾸로 재생된다. 세면대에서 물이 흐르는 소리, 군인이 옷을 껴입는 소리, 신발 신는 소리, 문구멍에서 열쇠가 돌아가는 소리, 나지막이 속삭이는 '아듀', 그리고 가벼운 입맞춤.

다시 혼자가 된 그녀는 동물인형들을 제자리에 돌려놓으며 그들과 중얼중얼 이야기를 나눈다.

그러던 어느 날, 벽을 타고 넘어오는 소리가 왠지 모르게 이상했다. 사내의 웃음도, 너무 급박하게 이어지는 에미의 신음도. 아니나 다를까 난데없이 비명이 터져 나왔다. 나는 얼른 빅마마 셰익스피어를 불러 그녀와 함께 에미의 방문에 귀를 붙이고 소리를 감지했다. 그러나 이번에는 무거운 정적뿐이었다. 참지 못한 빅마마는 문을 쾅쾅 두드리며 소리 질렀다.

"에미! 에미! 뭐가 잘못됐어? 당장 문 열어봐!"

문을 연 이는 거의 발가벗은 군인이었다. 아주 요상한 표정을 지어 보이는 그의 어깨 너머로 새파랗게 질린 채 침대 위에 기절해 있는 에미가 보였다. 조금만 더 늦었어도 그녀는 이 세상 사람이 아니었으리라. 에미는 신음조차 내지 못했다. 군인으로 말할 것 같으면, 우리의 빅마마를 보고 겁을 잔뜩 집어먹고는 허겁지겁 옷을 꺼입으며 줄행랑을 놓아버렸다.

쉼 없이 지속적으로 임신을 하던 에미에게는 이미 통통한 볼을 가진 아이가 여럿 있었는데 그 모두 사회복지사가 맡아서 키우고 있었다. 이번에 태어날 아기도 같은 처지가 될 것이 틀림없었다. 세상 빛을 보자마자 버들가지 요람에 들어간 채 얼마간은 엄마와 함께 지낼 수 있겠지. 제대로 먹지도 못하고, 아무렇게나 옷 입혀진 채 밤낮없이 울고 칭얼대겠지. 그러다 일주일째 되는 날, 유게트암트에서 나온 어느 사회복지사의 손에 넘어가겠지. 곧 어느 소박한 시골 부부의 집에서, 울창한 초목 속에서, 잘 먹고 잘 입게 될 거야. 너의 엄마는 가끔 일요일마다 널 찾아갈 거야. 너의 사진은 서랍장 위, 리본 넥타이를 매고 있는 두 곰인형 사이에 놓여질 거야.

아침 열한 시와 정오 사이, 저택은 무거운 잠에서 깨어나곤 했다. 멜리타는 눈을 뜨자마자 장밋빛 목욕가운을 걸치고는 곧장 층계참으로 향했다. 간밤에 혹시라도 초인종 전선 설비가 잘못된 게 아닌지 확인하기 위해서였다. 온통 헤어롤을 말아놓은 부스스한 금발머리의 그녀는 어디서 얻어맞기라도 했는지 눈 주위가 푸르뎅뎅해서는, 한 손에 망치를 들고 배를 앞으로 쑥 내민 채 초인종을 뽑아가려는 깡패들에 맞서 빽빽 잘도 소리를 질러댔다.

붉은색 대저택에는 매일매일 같은 소동이 되풀이되고 있었고, 나 역시 피할 수는 없었다. 나는 빳빳한 새 골판지에 프랑스 국기를 그려 한쪽에 내 이름을 써서 방문 앞에 붙여놓았는데, 누군가 계속 그것을 뜯어서 갈기갈기 찢어버렸다. 아마 열 번도 넘게 새로 만들었을 것이다. 압정이나 못, 강력본드로 붙여도 마찬가지였다. 질투심에 눈이 먼 4층 여인들 중 한 명의 짓이었다.

우리는 지시된 초인종 횟수대로 불려나가 복도에서 손님을 맞이했고, 그 횟수는 우리들 각자의 이름 옆에 표시되어 있었다. 나는 6번이었다. 이 복도에 가장 마지막으로 도착한 여인이기 때문이다. 당연히 1번은 빅마마 셰익스피어였다. 복도에 나가기 전에는 초인종이 몇 번 울리는지 반드시 주의 깊게 들어야 했다.

물론 사내들은 착각하고 몇 번이든 아무렇게나 눌렀다. 허겁지겁 목욕가운을 걸치고 나가보면 가끔 문 앞에서 서너 명씩 부딪히기도 했다. 한편, 새롭게 장전시킨 칼자루를 두 유방 사이에 품고 문을 여는 사람은 언제나 헬렌, 빅마마 셰익스피어였다.

다른 여인들처럼 내게도 몇몇 단골손님이 생기게 되었다. 그중 아주 유별난 사내들도 있었는데, 주로 독일인으로 정신적인 고뇌나 고통에서 잠시 벗어나기 위해 이곳을 찾는 이들이었다. 내가 보기에 그들은 부인들에게서 내팽개쳐져서 충분한 보살핌을 받지 못하는 듯했다. 그녀들은 자신들의 손과 혀를 몹시도 아끼는 여자들일 터였다. 그저 엄마-아빠가 하는 초간단한 의무적 성교에 만족하면서 남편의 발기된 페니스에는 기겁을 하는 것이다. 흥! 사랑의 의식은 그 도덕적인 콧구멍과 젖꼭지를 더럽히는 게지!

그렇다면 가히 예술과 같은 행위와 기교, 춤추는 혀와 민첩한 손놀림, 입에 분사되는 따듯한 액체는 온전히 우리 것일 수밖에! 온몸을 사르르 녹이는 키스와 손끝까지 찌릿찌릿하게 만드는 강력한 체벌까지도! 그래요, 신사분들! 맛보고 즐기세요! 우리 생의 가장 아름다운 시간을, 기교의 절정을 당신들께 드릴게요!

하루가 다르게 배가 부풀던 멜리타는 태아를 보호하기 위해 새로운 '기구'를 마련해야 했다. 이 현대적인 물체는 아주 위생적이라는 고무로 만들어진데다가 여자를 대체할 수도 있단다. 같은 층의 여인들은 이 물체의 작동 원리를 보여준다며 나를 불렀다. 멜리타의 방에 들어가자, 침대에는 이미 군복 차림의 한 말라깽이 군인이 자세를 취하고 있었다. 거시기 역시 사각팬티의 구멍 사이로 빠져나온 채 분부만을 기다리는 상태였다. 일은 빠르고 깔끔하게 진행되었다.

우선 멜리타는 아주 조심스럽게 기구를 물에 적셨다. 고운 결을 가진 그 버섯 모양 고무에는 전선이 달려 있었기 때문이다. 곧이어 그녀는 플러그를 콘센트에 꽂았고, 기구를 더럽히지 않기 위해 군인의 페니스에 콘돔을 씌웠다. 그리고 성기 윗부분에 그 버섯을 씌우고는 어떤 버튼을 눌렀다. 그러자 시동이 걸리는 자동차처럼 윙윙 소리를 내던 그것은 곧 바르르 진동하기 시작했고, 성기는 서서히 발기되더니 금방 팽팽해지다가 마침내 커다랗게 부풀어 올랐다. 이 모든 건 3초 안에 진행되었다. 군인은 어리둥절한 채 꼼짝도 않고 그대로 누워 있었다. 멜리타가 기구를 빼내며 말했다.

"다 됐어요. 30마르크 되겠습니다."

그리고 그것을 다시 물로 헹구어내고는 세면대 위에 매달았다. 그녀가 앞치마에 손의 물기를 닦아내는 동안 군인은 벌써 옷을 다 입고 떠날 준비를 마쳤다. 아주 만족스러운 얼굴이었다.

그 시간 동안 지미는 장을 보았다. 무거운 그물 바구니를 양손에 쥔 그는 짝 달라붙는 체크무늬 바지 아래로 엉덩이를 삐죽거리며 한 마리 노새처럼 계단을 올랐다.

내가 '교관'이라 부르던 손님도 있었다. 특별 케이스 중의 특별 케이스였다. 그는 오직 규율만을 최고로 치던 권위적인 성격의 독일인으로, 항상 채찍을 가지고 들어왔다. 전쟁이 우리에게 남겨준 최악의 후유증 같은 인물이라고 할 수 있다. 아직도 자신이 나치 부대에 있다고 믿는 그는 육십대였지만 배만 조금 나왔을 뿐 여전히 탄탄한 근육을 가지고 있었다.

나는 하이힐과 스타킹과 레이스 허리띠만 착용한 채 침대에 누워, 그에게 완전히 복종해야 했다. 일이 시작되면 그는 아주 단호하게 고함을 지르며 내게 지시를 내렸다.

"다리 벌려! 가까이 와! 무릎 접어! 다리 펴! 벌려! 가까이 와! 접어! 펴! 접어! 접어! 내가 접으라고 했지!"

내가 똑바로 지시를 따르지 않으면 그는 채찍으로 허벅지를 갈겼다. 온몸이 송충이처럼 쫄아들 만큼 아주 제대로! 그러나 아무리 열심히 귀를 기울여도 그의 번개 같은 독일어 문장들은 머릿속에서 실타래처럼 마구 엉켜들었고, 시간이 갈수록 정신은 혼미해졌다.

채찍질이 가미된 이 고된 트레이닝은 용서를 비는 것으로 끝이 났다. 나는 무릎을 꿇고 제발 나와 섹스를 해달라고 그에게 애원해야 했다. 그는 내 입에서 흘러나오는 모든 단어를 감시했다. 만약 단어 선택이 적절치 않다거나, 어조가 충분하게 겸손치 않고 필사적이지 못했다고 느껴지면 처음부터 다시 시작해야 했다. 그러나 다행히 대체로 그는 예상보다 빨리 승리감에 취하곤 했다.

"손님 받아라!"

그날도 빅마마 셰익스피어는 복도에서부터 나를 향해 고함을 질렀다. 나는 서둘러 일본식 목욕가운을 찾아 겨우 팔을 집어넣는 중이었는데, 손님은 벌써 방 앞까지 와서 문을 쿵쿵쿵 두드렸다.

문 앞에는 웬 늙은 주정뱅이 한 명이 서 있었다. 벌겋게 달아오른 주글주글한 얼굴, 이상하게 여겨질 정도로 축축하게 젖은 손, 심각한 악취를 풍기는 절망적인 양복 수트. 방에 들어온 그는 거칠게 숨을 내쉬면서 주머니에서 갈색 병 하나를 꺼내 책꽂이 위에 올려놓았다.

"내 소개부터 하지. 난 상이군인이라오. 전쟁 때 독가스에 중독되었지. 아직 연금은 못 받았지만 기다리는 중이라오. 여기 내 신분증을 보시오."

우리는 30마르크에 합의를 보았다. 그가 내게 원하는 거라곤 이야기를 나누는 것과 '얼마쯤의 쾌락'이 전부라고 했다.

"목이 마르군. 혹시 코냑을 좋아하오?"

그는 곧 갈색 병에 들어 있던 액체를 잔에 따라 내게 건네주었고, 다행히도 나는 그것을 거절했다. 그가 잔을 비워내는 동안 나는 몰래 병을 요기조기 살펴보았는데, 맙소사, 병에 부착된 스티커에는 '연료용 알코올'이라고 분명하게 쓰여 있었다. 그는 손수건으로 입을 닦더니 침대에 걸터앉았다.

"술을 마신 지는 아주 오래되었지. 위는 이미 타버렸소. 아마 술이란 술은 종류별로 죄다 마셔봤을 거요. 하지만 어떤 술도 날 이기진 못해. 내가 술을 마시는 건, 전쟁을 잊기 위해서요. 그런데 마드모아젤, 무엇이 진정 날 기쁘게 하는지 아시오? 내가 당신께 원하는 쾌락이 뭔지?"

"몰라요. 그게 뭔데요?"

"당신의 오줌. 이 잔에 소변을 눠준다면 나는 그걸 마시겠소. 그 뜨거운 것을 단숨에 말이오. 부탁하오. 내게 그보다 더 즐거운 일은 없을 거요."

그는 그 흐리멍덩한 눈동자를 내게 고정시킨 채 입에서 신 냄새를 풀풀 풍기며 끈질기게 애원했다. 나는 귀찮기도 하고, 또 무슨 일이 일어날까 호기심도 생겨서 마침내 승낙했다. 뭐, 그다지 어려운 일도 아니니까. 나는 금방 유리잔 한가득 오줌을 채워 테이블 위에 놓았다. 0.01초 정도 멈칫했을까. 그는 유리잔을 꽉 움켜쥐더니 입으로 가까이 가져갔다. 그러고는 비스듬히 기울여 그대로 입안에 쏟아부었다. 아직도 김이 모락모락 나는 그 노란색 액체의 마지막 한 방울까지 쏙 털어넣은 것이다. 아무리 내 오줌

이긴 했지만 나도 모르게 구역질이 났다. 한편, 늙은이는 안식을 되찾은 성자마냥 평화롭게 미소를 지었다. 그는 혀로 입술을 슥 닦아내며 말했다.

"아, 좋았어. 정말 고맙소."

비로소 나는 바들바들 떠는 그의 두 손, 초췌하고 퀭한 얼굴, 붉고 축축한 눈을 이해할 수 있었다. 그는, 그가 게걸스럽게 마셔대는 이 모든 독에 잔뜩 절어 있는 것이었다. 어쩌면 이미 미쳤거나 환각에 사로잡혀 있는지도 몰랐다. 지금도, 방금 막 마셔댄 그 환각액 때문에 돌연 눈이 휙 풀리지 않았는가!

그는 들릴 듯 말 듯한 목소리로 계속 말을 이었다.

"사는 게 지겹소. 그래, 이제 그만 살고 싶다고. 나는 너무 늙고, 너무 병들었소. 절망적이지. 삶에 더 이상 아무것도 기대하지 않는다오. 내가 바라는 건 오직 하나, 한 여인의 손에 죽는 것뿐이오. 마드모아젤, 제발 그 여인이 되어주지 않겠소? 나의 마지막 여자가 되고 싶지 않소? 그러면 난 행복하게 생을 마감할 수 있을 거요. 자, 들어보시오. 내게 계획이 있소. 그리 어렵지도 않아. 당신이 위험할 일도 없지. 당연히 아무도 모를 거고."

그는 주머니에서 작은 그림 한 장을 꺼냈다.

"보시오. 이건 가죽 끈이 달린 가면이라오. 흔히 돼지를 죽일 때 쓰는 거지. 자, 이렇게 머리에 씌우고 돌려서 묶는 거요. 하지만 먼저, 당신이 발가벗고 있었으면 하오. 당신은 날 의자에 앉히고 밧줄로 묶는 거야. 그리고 내 앞을 걸어. 마스크를 손에 들고, 하이힐만 신고 발가벗은 채로 말이지. 난 당신을 바라볼 거요. 오, 내 마지막 사랑! 이제 일은 빠르게 진행된다오. 내 얼굴에 가면을 씌워 내가 앞을 볼 수 없도록 하고, 목덜미를 내려치는 거지. 나무 망치를 사용하시오. 일정 부위를 계속 내려치시오. 800마르크를 주겠소. 그게 내게 남은 전부라오. 아, 여기 몇 가지 물건들과 함께."

이번에 그는 지갑을 뒤지더니 꼬깃꼬깃 접혀진 종이 하나를 뽑아냈다. 종이에는 단순하면서도 미세하게 떨린 흔적이 남아 있는 필체로 목록이 쓰여 있었다.

— 구식 자전거 한 대
— 쓰던 라디오 하나
— 정장 두 벌
— 상태 좋은 구두
— 가구 몇 개
— 금 커프스단추

"이게 전부 당신 거요. 통장에 저금해둔 800마르크도 같이. 자, 빨리 결정하시오."

대체 뭐라 대답해야 좋을까? 그는 너무나 외로워 보였고, 길을 잃은 것처럼 보였다. 나는 머리를 굴려 일단 그에게 겁을 좀 주고자 했다. 생각할 시간을 벌기 위해서였다.

"심사숙고해야 한답니다. 이건 중요한 일이잖아요. 그래요, 내가 당신을 죽인다고 쳐요. 하지만 난 감방에 들어가거나 살인자로 몰리기 싫다구요. 이런 일일수록 아주 세심하게 준비해야 해요. 음…… 예를 들면 제가 남장을 하고 장갑과 모자, 남자 외투와 구두를 신는 거예요. 일을 끝내고 나서는 그것들을 완전히 태워버리고."

"바로 그거야, 훌륭한 생각이오! 그럼 파출부가 쉬는 날에 내 아파트로 오시오. 그때 나의 처형을 위한 세세한 계획을 확실하게 말해주겠소. 당신이 내 유산을 상속받는 방법까지. 그런데 한 보름 정도 기다리도록 하는 게 좋겠소. 그때 내 장애연금에 대한 답변을 받을 수 있으니까. 400마르크요, 괜찮은 액수지. 받게 되면 당신에게 좀 더 물려줄 수 있소."

어느새 완전히 쾌활해진 모습의 그는 방을 떠나면서 문간에서 한동안 내 손을 잡고 있었다. 계단을 내려가면서도 연신 뒤를 돌아보며 내게 손짓을 하고 친근하게 미소 지어 보였다. 그리고 이렇게 외쳤다.

"또 봅시다! 고맙소! 그럼 안녕히!"

그 이후로도 그는 여러 번 찾아왔었다. 언제나 화나고 절망에 빠진 상태로 방에 도착해서는 오줌을 마시거나 내 손에 죽고 싶은 욕망에 대해 늘어놓았다. 그러다 나와 이야기를 나누면 조금 진정을 하고, 자신의 죽음에 대한 시나리오를 수정하기 시작했다.

매번 반복되자 마침내 나도 짜증이 났다. 그가 너무나 혐오스러웠던 것이다. 결국 나는 그를 문간으로 밀어내고 빽 소리 질렀다.

"꺼져요! 다시는 오지 말아요!"

그러자 그는 자신을 버리지 말아달라고 처량하게 애원했다. 그 다음부터는 그가 벨을 울릴 때마다 빅마마 셰익스피어가 문을 열고는 내가 없다며 되돌려 보냈다. 그녀는 내 방에 와서 주의를 주었다.

"그 주정뱅이 말야, 이미 여기 사는 모든 여자를 건드렸을걸? 그를 받는 여자는 이제 아무도 없지. 한마디로 이곳의 최고 진상이야. 얼른 뒈져버려야 할 텐데!"

이런 일은 수도 없이 반복되었다. 소문에 따르면, 나중에 그는 옆 층계참에서 다른 금발 여인, 즉 새로운 희생양을 찾아냈다고 한다. 그녀가 얼마 동안 그를 견뎌냈는지는 아무도 몰랐다.

어느 날 아침에는 페니실린 주사를 맞으러 병원에 갔다가 우연히 같은 층 이웃인 샤를롯과 마주쳤다. 그녀는 한 손에 팬티를 구겨 쥔 채 진료실 의자에 앉아 있었다. 처음에 그녀는 나를 못 본 척하다가, 몇 분쯤 지나서야 나를 향해 고개를 돌려 어색하게 씨익 웃어 보였다. 나도 똑같이 했다. 어쩔 수 없었다. 우리의 매독은 그다지 자랑할 만한 것이 못 되었던 것이다.

내 방에 '숙박객'을 재우고, 나는 빅마마 셰익스피어의 거대한 등짝과 벽 사이에서 꼴딱 밤을 새웠던 날도 있었다. 그러니까 병원에 갔던 그날 저녁이었다. 썩은 기생충들에게 쫓기며 오랜 시간 길을 돌고 돌았던 나는, 행복감에 만취해 있던 알코올중독자 하나를 간신히 건질 수 있었다. 그와 택시를 타고 집시 오케스트라가 연주하던 레스토랑에 갔다. 무려 새벽 세 시까지 정신없이 먹고 마시던 우리는 겨우 식욕을 잠재우고 비틀거리며 그곳을 빠져나오려 했는데, 갑자기 알코올중독자가 나가지 않겠다고 억지를 부렸다. 그는 무례하게 바이올린 연주자의 얼굴에 지폐를 집어던지면서 나와 자신을 위해서만 연주하라고 명령했다. 또한 거기서 멈추지 않고, 테이블을 쿵쿵쿵 두드리며 다른 손님들을 향해 우리 약혼의 증인이 되어달라고 고래고래 소리를 질렀다. 그런 다음 남의 술잔까지 마구 엎지르며 목이 터져라 독일어로 노래를 불렀다. 한마디로, 완전히 맛이 간 것이다.

 나는 억지로 그를 끌고 나와 택시를 잡아타야 했다. 차는 금세 붉은색 대저택 앞에 도착했고, 그가 문을 연 채로 정신없이 택시비를 지불하는 순간 그의 지갑이 땅바닥으로 툭 떨어져버렸다. 그런데 그는 아무 거리낌 없이 훌쩍 택시에서 빠져나와 저택의 입구를 향해 휘청휘청 가버리는 것이다. 그 두둑한 지갑을 주워 친절히도 그에게 건네준 사람은 물론 나였다. 그때 알았다. 사람들은 피 같은 돈을 잃어버리는 실수를 저지르기도 한다는 걸! 이 주정뱅이 아저씨가 내게 아주 유용한 것을 가르쳐준 셈이다! 고마워요, 아저씨. 그리고 두고 보세요! 곧 당신 가르침의 결실을 보실 테니까!

  나는 그를 부축하여 힘겹게 4층 계단을 올랐다. 걸음을 내딛을 때마다 그는 딸꾹질 한 번에 앞으로 쑥 고꾸라지기를 반복했다. 방에 도착해서는 옷도 내가 벗겨주어야 했다. 그의 시야에는 모든 것이 흐리멍덩하게 보이는 듯했다. 그는 침대에 눕자마자 참을성 없는 목소리로 끈적끈적하게 나를 불렀다.

  "빨리 나올 거지?"

  "그럼요, 금방 와요."

  이십 분 후 화장실에서 돌아왔을 때, 그는 천사 같은 얼굴로 입을 쩍 벌리고 잠들어 있었다. 나는 숨소리를 죽이고 까치발로 살금살금 걸어가 그의 바지 주머니에서 지갑을 꺼냈다. 100마르크 지폐가 수두룩했다. 물론 다 챙기지는 않았다. 언제나 오버는 금물인 법이다. 나는 그에게서 시선을 놓지 않으며 딱 두 장만 오른손 안으로 미끄러뜨리고 소리 없이 반으로 접었다. 천사같이 잠든 그는 계속 코를 골고 있었다. 나는 우리 아기 천사가 밤사이에 혹시라도 추울까 하여 솜털 이불을 살포시 덮어주는 친절도 잊지 않았다.

  기적의 200마르크는 곧장 옷장과 옷장을 감싸는 종이 사이로 들어갔다. 나의 비밀 금고였다. 그리고 불을 끄고 방을 나와 문을 닫고는 아주 부드럽게 열쇠를 돌렸다. 쿨쿨 자거라, 우리 늙은 아가! 자는 동안만큼은 달콤하기를, 그러나 깨어나면 현실은 쓸 것이다!

헬렌은 그녀의 안락한 창자 속으로 나를 맞이했다. 나는 그녀에게 상황을 설명했다. 물론 200마르크에 대해서는 입을 다물었지만. 그건, 나와 내 양심하고만 관계가 있는 문제니까 말이다. 나는 그 돈으로 다음날 우리 아이들의 하숙비를 낼 작정이었다. 나는 하늘을 향해 눈을 찡긋해 보였다. 와우, 드디어 내 곁에도 축복의 하나님이 오셨구나! 할렐루야!

빅마마 셰익스피어와 나는 밤새도록 뒤척였다. 평소처럼 집은 웅웅 진동했고 사내들은 여기저기서 포효했다. 태양 빛이 서서히 계단 위로 스며드는 새벽까지 비명의 물결은 거세져만 갔다. 게다가 빅마마 셰익스피어는 매 시간 일어나 엉클어진 머리에 구멍이 숭숭 뚫린 잠옷 차림으로 붉은색 대저택 전체의 순찰을 돌았다. 사내들에게 으르렁거리거나 그들과 쌈박질을 벌이고 훌쩍이는 여인들을 위로하는 등 바쁜 업무 중에도 그녀는 잠깐씩 방에 들러 방금 일어났던 사건들에 대해 브리핑하는 것도 잊지 않았다. 어떤 여자가 자기 애인을 공격했는데 가위로 오른 가슴팍을 뚫었다는 둥, 짭새들이 드디어 기습했다는 둥, 로비에서 두 레즈비언이 치고받고 싸웠다는 둥, 병영에 돌아가지 않은 몇몇 군인이 모조리 잡혀갔다는 둥.

그러다 그녀는 아침 여섯 시가 되어서야 파김치 꼴을 하고 방으로 완전히 귀향했고, 동시에 침대 한가운데 편하게 누워 있던 나는 차가운 벽 쪽으로 바짝 밀려나게 되었다. 곧 그녀의 라벤더 향이 나는 땡땡이 무늬 플란넬 셔츠가 내 몸을 뒤덮었다.

하지만 삼십 분도 지나지 않아 빅마마는 다시 한 번 침대에서 끄응 일어났다. 이번엔 나의 '숙박객'을 깨우기 위해서였다. 나는 그녀에게 방 열쇠를 넘기고 침대 위에 몸을 죽 뻗었다.

그녀는 아주 정중하게 노크부터 했다.

"잘 주무셨어요? 청소를 하러 왔답니다. 마담께서는 벌써 외출하셨고요. 저더러 인사를 전해달라고 하셨어요. 그리고 실례합니다만, 이제 이 방에서 나가주셔야 합니다."

사내는 아무것도 기억하지 못하고 자신이 지금 있는 곳이 어딘지도 몰라 어리둥절해하며 침대에서 일어났다. 그는 아주 거북스런 표정으로 미안하다고 고개를 조아리고는 힘 좋게 빗자루질을 하는 빅마마 앞에서 허겁지겁 옷을 껴입고 방을 나갔다. 마침내 나는 내 방으로 옮겨가 평화롭게 잘 수 있었다.

고마워, 빅마마 셰익스피어. 그래, 넌 내 친구야, 진짜 친구!

마찬가지로 그녀도 내게 마음을 기대곤 했다. 새벽 네 시에 계란 한 알을 구걸하러 오는 절망스런 키 작은 흑인을 제외하곤 아무도 그녀를 찾지 않던 매달 말, 가장 힘든 시기의 그녀를 나도 버리지 않았다. 내 방에는 언제나 그녀의 접시와 우정의 술잔이 준비되어 있었다. 우리는 자매이자 험난한 길을 함께 걸어나가는 동행자였던 것이다.

단 한 번, 비록 일주일뿐이지만 그녀도 누군가의 여자친구로 살았던 적이 있었다. 무릎 부상을 당한 어느 병사의 사랑스러운 애인으로 말이다. 병사는 압박붕대를 감고 있던 동안 그녀의 창자 속에서 온실의 화초처럼 지냈다. 그녀는 그를 사랑으로 보살폈고, 무릎을 치료해주었고, 의기를 충전해주었다. 아직까지도 생생하게 기억난다. 그녀가 유난히 환하게 밝아진 얼굴로 살짝 나를 불러내던 그날. 그녀는 수줍은 소녀처럼 입술 위에 손가락을 얹고 이렇게 말했다.

"이리 좀 와볼래?"

나의 반응을 주시하며 살짝 숨죽인 빅마마 셰익스피어. 그녀의 유방은 그 어느 때보다 한껏 부풀어져 있었다. 곧장 그녀는 아주 조심스런 발걸음으로 나를 방으로 데려갔다. 마치 아기의 탄생을 알리는 것처럼 한없이 온화해진 그녀의 목소리가 지금도 귓가에 생생하다.

그리고 그녀의 아기가 거기 있었다. 그녀의 침대 위에, 새하얀 붕대로 무릎을 칭칭 감은 채, 파이프 담배를 입에 물고 신문을 읽고 있었다. 빅마마는 '결혼'에 대해, 우리 사이에 단 한 번도 오간 적 없었던 그 정신 나간 단어에 대해 말했다. 그러니까 그녀는 자신의 온 몸무게를 다해 그에게 정박해 있었던 것이다. 이 두 사람은 상처에 의해, 부상당한 무릎 위를 흐르던 붉은 피에 의해 연결되어 있었다.

아아, 그는 낫지 말았어야 했다! 그러면 그녀는 자신의 팔뚝에 의지하여 절뚝거리며 걷던 그를 죽을 때까지 사랑했으리라! 그와 함께 지내는 일주일 동안 우리의 빅마마 셰익스피어는 다시 어린 아가씨로 돌아간 듯했으니까 말이다.

우선 그녀는 무려 30마르크나 주고 미용실에서 오후 내내 머리를 볶았다. 그 팍팍하던 얼굴은 한층 결이 고와지고 건강한 윤기마저 돌게 되었다. 게다가 눈동자는 물에 젖은 것처럼 전보다 더 파랗고, 더 또렷해졌다. 사랑이 그녀의 눈 속에 물망초 꽃을 얹어놓은 것이다.

더는 밤에 외출하지도 않았다. 그녀는 이제 누군가의 여자였다. 복도에 놓아둔 그녀의 난로 속에는 매일 오후 돼지족발이 경쾌하게 보글보글 끓었고, 술잔에는 보드카가 뜨겁게 타올랐다. 그들은 날마다 결혼 피로연 같은 식사를 했다.

기쁨에 목이 멘 그녀의 입술 위로는 달링이라는 단어가 훨훨 날아다녔다. 그녀는 요란한 색상의 루주도, 시커먼 아이섀도도 더는 바르지 않았다. 행복이 그녀의 얼굴을 달콤하고 감미로운 장미로 치장한 것이다.

칼질과 주먹질이 웬 말인가. 그녀의 두 손은 오로지 흑인 애인에게 파이프를 가져다주고, 그의 땀을 훔쳐주고, 그의 무릎에 묘약과도 같은 연고를 발라준 뒤 다시 붕대를 감는 데에만 쓰였다.

그러나 일주일의 시간은 무심히도 흘러갔다. 흑인은 더는 다리를 절지 않게 되었고, 그곳을 떠났다. 그 후로 다시는 그를 보지 못했다.

빅마마 셰익스피어가 다시 망가지는 건 순식간이었다. 고통으로 질겨진 피부, 쥐꼬리처럼 아무렇게나 떨어져 내린 굵은 머리칼. 단도 역시 그녀의 블라우스 속 둥지로 다시 돌아갔다. 목소리도 전처럼 거칠고 준엄해졌다. 사내들과 쌈박질을 하면서 주먹을 휘둘렀고 격한 러시아 욕도 내뱉었다. 붉게 충혈된 눈동자, 쇳소리 같은 목소리, 굽은 손가락의 난폭한 군인으로 다시 돌아간 것이다.

'남자친구'에 대해서는 입도 벙긋하지 않았다. 그 대신 계단 한가운데에서의 술고래 우두머리 역할을 재빨리 재개하여 계단을 오르는 모든 사내를 향해 쉼 없이 욕설을 퍼부었다.

그 새벽을 기억한다. 여섯 시경, 나는 창가에 몸을 기대어 창밖을 내려다보고 있었다. 그때 내 눈에 들어온 것은, 창백하고 쌀쌀한 새벽의 풍경 속, 침과 담뱃재로 끈적끈적해진 인도 위에서, 그 두꺼운 팔을 크게 휘저으며 한 무리의 흑인들을 필사적으로 쫓아내고 있던 산발한 머리의 빅마마였다. 검은 무리는 서서히 짙은 안개 속으로 녹아들어갔다.

해가 뜨면 독일 짭새들은 뱀파이어들처럼 잽싸게 계단을 올라 1층부터 4층까지 초인종을 울려대며 저택의 침묵을 무참하게 깨뜨렸다. 물론 그들의 부름에 대답하는 이는 없었지만, 그들에게는 모든 문을 열 수 있는 열쇠 꾸러미가 있었다. 그랬기에 그들은 무작정 어느 방으로 쳐들어가 가엾은 여자 하나를 끌고 나와서는, 초록색 기생충 안에 밀어 넣을 수 있었다.

거의 매일 그런 일이 반복되었다. 다음 희생양이 누가 될지는 아무도 모르는 일이었다. 그날 정오까지 침대에 남아 있었다는 건 신의 은총을 받은 거나 다름없었다.

하지만 '그날'까지도 나는 짭새들이 무작정 쳐들어간 방에서 대체 무슨 일이 일어나는지는 잘 모르고 있었다. 그러니까 '그날' 아침, 잠들기 전에 소변이 마려워 화장실을 들러 일을 보고 있을 때였다. 갑자기 누군가 문을 마구 두드리면서 숨 막힌 목소리로 제발 들어가게 해달라고 애원하는 것이다. 내가 문고리를 올리기 무섭게 나일론 속옷만 겨우 걸친 키 큰 아가씨가 바들바들 떨면서 화장실 안으로 불쑥 발을 들이밀었다. 그리고 나는 전혀 안중에도 없는 얼굴로(나는 아직 엉덩이도 가리지 못한 상태였다) 스타킹 사이에 끼워져 있던 어떤 종이 뭉치를 미친 듯이 찢어대면서 변기 속으로 흘려 넣는 것이다. 그녀는 온통 눈물범벅인 채였다. 이윽고 갈기갈기 찢어진 종잇조각이 싸그리 변기 물에 휩쓸려 내려갔을 때에야 그녀는 비로소 나를 바라보았다. 멍하니 체념한 표정으로 내게 살며시 미소 지어 보이던 그녀는 문밖으로 나가며 나지막이 '고마워요'라고 중얼거렸다.

그들을 본 것은 방으로 돌아가면서였다. 반쯤 열린 어떤 방 안에 처참한 몰골로 주섬주섬 짐을 꾸리는 아까 그녀와, 그녀와는 아주 대조적인 편안한 얼굴로 벽에 기대어 선 채 그녀를 내려다보는 사복경찰인 듯한 두 사내가 보였다. 그리고 엎어지고, 산산조각 나고, 엉망진창이 된 방도.

나는 아주 나중에서야 이 사건의 속내를 완전히 파악할 수 있었다. 바로 내게 같은 일이 일어났을 때 말이다. 그때 나는 그녀를 떠올렸고, 나 역시 그녀처럼 행동했다. 나도 화장실에 들어가 벌벌 떨었고, 손톱이 빠지도록 어떤 주소가 적힌 수첩을 찢거나 이빨로 물어뜯었고, 눈물을 흘리며 변기 물을 내렸다. 철창에 갇히기 직전, 화장실 문은 그렇게 짧은 몇 초간 똑같이 닫혀 있었다. 어떤 초라한 문 하나를 기준으로 돌연 자유라는 것이 판가름 나는 순간이었다.

여름의 슈바빙 거리에는 화려한 옷차림을 한 여행자 비트닉들이 무리 지어 행진을 했다. 그중 한 명을 알게 되었는데, 초록색의 벨벳 스키니 바지를 입던 그는 뱀처럼 몸이 가느다란 집시였다. 그는 전지전능한 신처럼 춤을 추었고, 칼날로 기타를 연주했다. 스무 살쯤 먹은 것 같았는데 그도 자기 나이를 잘 몰랐다. 그저 오스트리아 빈의 어디쯤, 전쟁의 잔해 속에서 태어나 길 위에서 자랐다고 했다.

내 방에 온 그는 게리 멀리건의 재즈 음악에 맞춰 홀로 춤을 추기도 했다. 우리는 함께 버드랜드에도 갔다. 그와 내가 같이 춤을 추자 흑인들은 동작에 맞춰 손뼉을 치면서 뒤로 물러나며 우리를 빙 둘러쌌다.

아, 집시여! 가슴에 기타를 품은 채 입에 칼을 물고서 너는 태양을 향해 떠났지! 뜨겁게 달아오른 등나무 줄기 같던 너와 사랑을 나누지 못했다니! 너와 떠났어야 했어. 그곳이 어디든, 바람과 별을 따라서! 우리는 바다와 사막을 건너지르며 대륙을 횡단했어야 했어. 세상에서 가장 깊숙한 곳에 숨겨진 비밀의 샘물을 찾아다녀야 했지!

집시여! 혹시 아직도 그 어린아이 같은 손으로 너의 활활 타오르는 욕망을 그리는지? 독특한 오리엔탈풍의 색상으로 칠해진, 분노로 얼룩덜룩한 불길들을? 오, 집시여! 나의 형제! 단 한 번만이라도 너와 다시 만날 수 있기를! 우린 누구보다 광적인 첫날밤을 보내게 될 거야! 네가 원한다면 함께 마약에도 취하자! 밤이고 낮이고 상관없이 언제나 취해 있자! 그리고 쓰러질 때까지 춤을 추자! 화산 옆에서 사랑을 나누어보는 건 어떨까? 멕시코의 어느 무덤 속, 해골 속에 파묻히는 건? 보헤미안이 되자, 거지가 되자, 도망자가 되자! 아이들도 낳는 거야! 그리고 무용수와 음악가, 뱀을 부리는 사람으로 키우자!

집시여, 나는 널 간절히 원해. 제발 내 배에 너의 칼을 꽂아줘! 그러나 이것이 내가 들을 수 있었던 그의 마지막 말이었다.

"난 남쪽으로 가요. 아듀."

끔찍한 일이 일어났다. 내가 잠깐 귀신에라도 홀렸는지 새까만 쁘띠슈슈 몰래 다른 남자와 바람을 피웠고, 이 사실이 그의 귀에도 들어간 것이다. 상대는 내게 레코드판을 가져다주던 젊은 흑인 병사였다. 순간적으로 그의 미소에 마음을 빼앗긴 나는, 돈을 받지 않고 그와 밤을 보냈다. 그리고 그는 이 이야기를 사람들에게 떠벌렸다. 당시 바로 아래층에서 친구들과 함께 담배를 태우고 있던 나의 새까만 쁘띠슈슈, 로이 블레인 밀러의 귀에도 금방 이야기가 들어갔다. 내 실수였다. 모두 거대한 한 가족과 같은 흑인들 사이에서는 소문의 전파력이 그 어떤 인종보다 대단하다는 걸 잊지 말았어야 했다.

이윽고 복도에 종이 여섯 번 울렸다. 문을 열었다.

새까만 쁘띠슈슈였다. 그는 살기가 넘치는 눈으로 나를 바라보며 거친 목소리로 중얼거리듯 물었다.

"사실이야?"

나는 겨우 대답했다.

"응."

그는 얼굴 정면에 주먹이라도 한 방 맞은 듯이 뒤로 비틀거렸다. 이어 그는 신음했고, 울부짖었다.

"당장 죽여버리겠어!"

그는 냅다 방으로 쳐들어와서 문을 잠근 다음 나를 덮쳤다. 그리고 그 거대한 손바닥으로 미친놈처럼 내 따귀를 마구 후려갈겼다. 아무리 팔로 저항해도 그를 당해낼 순 없었다. 나는 뒷걸음질치다가 침대 위로 푹 고꾸라졌으나, 그는 멈추지 않았다. 덜컥 겁이 났다. 이러다 그의 손에 정말 죽으리라. 그러다 어느 순간, 나는 그의 눈을 바라보며 짓눌린 목구멍 바깥으로 겨우 소리를 내보냈다.

"이제 됐어, 달링. 이 정도면 충분해."

그제야 그는 동작을 멈추고 나를 가슴에 와락 품었다. 이어서 눈물을 흘리며 내 옷을 다 벗겼다. 나 역시 울었다. 우리는 축축해진 침대 위에서 몇 시간이고 사랑을 나눴다. 해질녘이 되어서야 그는 병영으로 떠났다.

그가 사라지자 난데없이 한 무리의 흑인들이 내 방 앞으로 우르르 모여들었다. 다행히도 우리의 빅마마 셰익스피어가 잠옷 차림으로 날아와 단도를 들이밀며 꺼지라고 영어로 으름장을 놓기까지, 그들은 방문과 벽을 발로 차고 주먹으로 치면서 문을 열라고 나를 위협했다. 나중에 빅마마가 말해주기를, 그들은 새까만 쁘띠슈슈에게 원수를 갚기 위해 온 거였단다.

자, 이제 벌써 우리의 새까만 쁘띠슈슈를 잃는 고통스러운 순간이 찾아왔다. 어느 날 그는 돌연 이런 말을 했다.

"달링, 발령을 받았어. 미국으로 떠나는 거야. 내가 사고를 좀

쳤지. 검둥이라고 시비 건 백인 군인 셋을 좀 손봐줬거든. 다 병원 신세를 지는 중이야. 한 명은 귀가 잘려 나갔고, 또 하나는 이빨이 깨졌고, 나머지는 눈 한쪽이 멀었어. 다 끝난 거야. 난 배를 타야 해. 출발 전까지는 단 하루도 외출할 수 없어. 내일 병영으로 와주겠어? 지난번처럼 존슨이 입구에서 기다리고 있을 거야."

이튿날, 나는 병영 앞으로 갔다. 지프와 군용 트럭이 지나는 통에 마구 파헤쳐진 울퉁불퉁한 길 위로는 얼음 같은 바람을 타고 날아온 그해의 종설(終雪)이 소복이 쌓여 있었다. 쁘띠슈슈의 말대로 나를 기다리고 있던 존슨은 지하에 있는 어느 저장실로 날 데려갔다.

궤짝 위에 걸터앉아 있던 새까만 쁘띠슈슈는 나를 보자 두 팔을 활짝 벌렸다. 그의 손에는 파란색 벨벳 천으로 감싸진 작은 보석상자 하나가 쥐어 있었다. 그가 상자 뚜껑을 열자 은반지 두 개가 반짝 빛을 발했는데, 그중 하나에는 불꽃을 탁탁 튀기는 듯한 작고 날카로운 진짜 다이아몬드가 박혀 있었다. 그는 미소를 지으며 내게 물었다.

"내 아내가 되어주겠어?"

두 개의 반지는 어느새 내 왼손에 모두 끼워져 있었다. 우리는 설레는 가슴으로 서로를 마주 보았다. 나는 대답했다.

"응."

내 인생에서 다이아몬드를 받아본 처음이자 마지막 순간이었다. 아아, 손에서 발하는 황홀한 광채! 새까만 쁘띠슈슈는 말을 이었다.

"이리 와, 달링. 마지막으로 사랑을 나누고 싶어."

우리는 함께 바깥으로 나왔다. 존슨이 다시 망을 봐주었다. 그와의 키스에서는 얼어가는 물과 습기 찬 바람 맛이 났고, 우리의 두 몸뚱어리 사이에 눈송이가 끼어들 때마다 정신이 아찔했다. 헤어지기 전에 그는 말했다.

"사흘 후에 다시 병영에서 만나자. 아침 여섯 시에 입구에서 기다려줘. 내가 신호를 보낼게."

그로부터 사흘 뒤 어둠이 떠나갈 무렵, 나는 그가 시킨 대로 살을 엘 듯한 바람을 가르며 병영까지 걸어갔다. 그리고 기다렸다. 그러나 그는 나타나지 않았다. 바람에 펄럭거리던 회색 방수포를 뒤집어쓴 거대한 트럭 한 대만 내 앞을 스쳐갈 뿐이었다. 어쩌면 그는 그 안에 있었는지도 모른다.

그러다가 떠오르는 태양에 병영 위로 소복이 쌓인 눈이 오렌지빛으로 곱게 물들었을 때, 광활한 붉은색 막대구름 아래로 하늘 전체가 발광하기 시작했을 때, 창백한 잿빛 공기 속에서 모든 사물이 또렷해지는 순간, 나는 깨달았다. 그가 다시는 돌아오지 않을 것임을. 나는 들릴 듯 말 듯한 목소리로 혼자 중얼거렸다.

"시카고, 시카고. 그가 사라질 곳은 바로 거기겠지. 그 야생적이며 추잡한 거대 도시에서, 완전히 혼자서. 그는 잡아먹힐 거야, 수

천 채의 건물과 수천 개의 도로 사이에서. 그래, 시카고, 검둥이들이 희망도 없이 개미처럼 득실거리는 그곳에서."

그 후 일주일 동안 나는 오지 않을 편지를 기다렸다. 그러다 절망에 빠져 존슨을 찾아갔을 때, 그는 이상야릇한 웃음을 지어 보이며 내게 말했다.

"다 잘되어가고 있어. 그나저나 내게 편지가 한 통 도착했는데 말야."

그러나 그는 보여주려 하지 않았다. 나는 애원해야 했고 또 약속해야 했다. 편지 내용이 어떻든 아무 소란도 피우지 않겠다고. 그제야 그는 편지를 건네주었다.

비로소 나는 정황을 파악할 수 있었다.

아! 로이 블레인, 당신은 지금 뉴욕에 있구나. 거기서 당신의 종족을 찾았구나. 윤기가 잘잘 흐르는 달콤한 피부를 가진 검은 아가씨들을 말야. 거기서 당신은 사랑을 받는구나. 뉴욕, 그곳은 춤이고, 검은 부드러움이고, 당신과 같은 피를 가진 소녀들이고, 그녀들의 벨벳처럼 보드라운 목소리며, 칠흑같이 검은 눈동자……
아! 로이 블레인! 당신은 나를 잊었구나! 단 한 마디 없이, 그렇게.

나는 고개를 숙여 손가락에 끼워져 있던 작고 단단한 다이아몬드를 바라보았다. 보석이 발하는 광채는 어느덧 아주 차가워져 있었다. 더는 필요 없다! 돌아오는 일요일, 집시들에게 넘겨버리리라!

그들은 식료품을 사기 위해 다이아몬드를 팔았다. 나의 유일무이했던 미제 다이아몬드는 집시 아이들의 위장 속에서 즐겁게 생을 마감한 것이다.

아이들과 나는 변함없이 매주 일요일 오후, 집시들을 찾았다. 타타는 곧잘 우리에게 살아온 이야기를 해주었는데, 어느 날인가는 니나가 아기였을 때를 회상했다.

그는 훔친 시계를 팔러 선술집들을 돌아다닐 때 꼭 니나를 데리고 다녔다고 한다. 꼬맹이 니나의 역할은 술집 밖에서 아빠를 기다리는 거였다. 조막만 한 앞치마 아래 수십 개의 손목시계를 감춘 채. 그러면 타타는 그중 한 개의 시계만 손목에 차고 술집에 들어가 테이블을 돈다. 마누라는 다섯 아이와 함께 자신을 내팽개치고 떠났고, 그에게 남겨진 거라곤 이 손목시계 하나뿐, 집에는 아이들이 배를 곯고 있다고 절망적인 사연을 줄줄 늘어놓는 것이다. 그러면 누군가는 동정심에 이끌려 그 시계를 샀단다.

타타는 곧장 술집을 빠져나와 또 다른 손목시계를 차고 그 다음 집으로 들어가 똑같은 레퍼토리를 반복하는 것이다. 니나의 앞치마 아래가 텅 빌 때까지 그들은 도시 전체를 돌고 돌았다고 했다.

나와 아이들이 왔다는 소식에 붉은 머리의 오스트리아 여인 마리아도, 그녀의 꽃천지 트레일러에서 빠져나와 소냐와 타타의 숙소를 찾았다. 그녀는 언제나처럼 아름다웠고, 좀 야위었으며, 술에 절어 있었다. 조세프가 미국으로 떠나고 난 뒤 그녀는 또 다른 흑인 하사를 만난다고 했다. 즉, 새로운 남자친구가 생긴 것이다. 성미가 급한 자그마한 흑인인데 그녀를 자주 손찌검하는 듯했다. 그날도 마리아의 눈가에는 푸르스름한 얼룩이 선명하게 찍혀 있었다.

그녀는 나더러 조세프에게 편지를 써달라고 부탁했다. 조세프를 독일로 다시 돌아오게 하고 자신과 결혼하게 만들 수 있도록 말이다. 게다가 그때가 되기까지는 그녀에게 돈을 부치게도 해야 했다. 쉽지 않은 일이었다.

마리아는 임신했다고 적으라고 했다. 아주 훌륭한 거짓말이었다. 그녀는 배가 어떻게 부풀어오는지 그 모양을 묘사했고, 구토증이 어떻다느니, 엄마가 된다는 사실이 설레고 벅차다느니, 그러나 돈이 없어 힘들다느니 하는 말들을 아무렇지 않게 꾸며냈다. 나는 그녀의 거짓말들을 받아 썼다.

바다 건너 저 멀리 미국에 있는 조세프는 완전히 속아 넘어갔다. 그녀가 자신의 아이를 가졌다는 사실에 몹시 기뻐했고, 몸조리를 잘하라는 내용의 감동적인 기도를 편지 끝에 담았다. 그리고 아기가 태어나는 즉시 소식을 전해달라는 추신도 덧붙여 있었다.

그의 편지를 읽는 것도 내 몫이었다. 마리아는 읽을 줄도, 쓸 줄도 몰랐기 때문이다. 어느새 가상의 아이가 태어나야 하는 시간이 코앞으로 다가왔다. 마리아는 여자아이로 정했다. 이름은 로지타! 결코 이 땅에 존재한 적 없던 가엾은 생명! 곧장 그 탄생을 알리는 의기양양한 편지가 미국으로 날아갔다. 마리아는 항상 같은 말로 편지를 마쳤다.

"편지는 여기서 끝맺지만 내 마음은 아니야. 영원히 널 사랑하는 아내, 마리아 씀."

점점 나는 이 거짓 편지가 양심에 찔리기 시작했으나 마리아는 그렇지 않은가 보았다. 그녀는 말했다.

"걱정 마, 그가 돌아오기 전까지만이야. 아기는 곧 죽을 테니까. 그는 아무 의심 없이 이곳에 돌아와서 나와 결혼할 거야."

그래도 나는 가시방석에 앉은 심정이었다. 이런 식으로 누군가를 속인다는 건 아무리 생각해도 양심이 허락하지 않았다. 아기에 대한 편지를 받고 행복해 할 그의 모습을 상상할 때마다 가슴이 아팠다. 그는 딸 생각에 기쁨에 겨워 있었다. 그가 보낸 모든 편지 속에서 그는 로지타를 가슴에 품고 머리꼭지에서 발끝까지 키스를 퍼부어대고 있었던 것이다.

아빠처럼 새카만 피부에 푸른 눈동자를 가진 우리의 로지타는 가상의 요람 속에서 쑥쑥 성장해갔고 곧 황홀해질 정도로 어여뻐졌다. 짙은 속눈썹과 곱슬곱슬한 머리칼, 작고 오동통한 두 손. 어느새 로지타는 종알거리기 시작했고, 첫 이가 날 때는 앙앙 울었다. 나는 완벽한 영어 문장을 구사하며 이런 온갖 묘사를 써 내려갔다.

조세프도 열정적으로 답장을 써 보내왔다. 그는 이미 독일로의 귀환에 시동을 건 상태였다. 아기용 조끼와 신발, 세례용 원피스까지 사두었다고 했다.

그러던 어느 날, 일요일 오후였다. 언제나처럼 꽃무늬 목욕가운을 걸치고 입에 담배를 문 마리아는 아주 침착한 표정으로 맨발을 까닥까닥 휘두르며 로지타가 아프다고 말했다. 이 사태에 대해서는 아주 조심스럽게 써야 했다. 뭐 대수롭지 않은 병일 테니 걱정할 것 없다고 운운하면서 말이다.

조세프는 끔찍한 고통이 그대로 전해지는 답장을 보내왔다.

그러나 상황은 점점 더 악화되었다. 점점 쇠약해지는 로지타, 아이는 더는 먹지도 울지도 않았다. 마리아는 이미 세 명의 의사를 만나보았지만 돈이 없어 입원을 시킬 수도 없었다고 쓰라고 했다. 중요한 대목이었다.

절망에 빠진 조세프는 곧장 수표를 보내왔다. 그는 밤낮으로 아이를 위해 기도했고 어서 독일로 갈 수 있기를 바랐다. 여행선 티켓도 이미 사놓았다고 했다.

마침내, 로지타가 죽었다. 이 편지는 다른 어떤 것보다도 혐오스러웠지만 마리아는 눈썹 하나 까딱하지 않았다. 그녀는 자신의 마르지 않는 눈물이며 창백한 천사의 조막만 한 얼굴, 새하얀 레이스의 장례용 원피스, 양초, 매장, 꽃으로 뒤덮인 자그마한 무덤 등을 묘사했다. 나는 괴로웠다. 편지 속에서 범죄를 저지른 것만 같았기 때문이다. 어쩌면 우리는 정말 로지타를, 우리의 사랑스러운 흑인 소녀를 죽여버린 건지도 몰랐다. 마리아는 아닐지 몰라도 나는 죄책감으로 고통스러웠다.

곧장 날아온 조세프의 편지는 내 목을 조르는 듯했다. 그가 돌아오리라는 건 확실했다. 그는 마리아가 원하던 대로 곧 그녀 앞에 모습을 드러낼 테지만, 그를 기다리고 있는 건 극심한 고통뿐이라는 걸 예상할 수 있었다.

사실상, 정말이지 끔찍했다. 가장 먼저, 조세프와 발작적인 작은 흑인 사이에 무시무시한 격투가 있었다. 그동안 화려한 꽃 속에 파묻혀 나름 꿈속처럼 살던 그 하사는 조세프의 주먹질과 발길질에 치여 서둘러 거처를 옮겨야 했다. 트레일러의 유리창, 꽃무늬 커튼, 침대보, 식기구들 역시 처참하게 산산조각 났다. 마리아도 마찬가지였다. 그녀의 전신이 푸르딩딩해졌고 머리는 한 움큼 뽑혀 나갔다. 비밀의 정원과도 같던 환상적인 그녀의 트레일러는 순식간에 폭력과 욕설과 피가 난무하는 지옥이 되었다.

이튿날 아침, 간신히 찾아온 고요 속에서 마리아는 이제 정말로 치명적인 무언가를 고백해야 했다. 조세프는 로지타의 무덤을 보고 싶어 했고, 그곳에서 아기를 위해 기도를 올리길 원했다. 그러나 무덤은 어디에서도 찾을 수 없었다. 마리아가 편지 속에서

언급했던 묘지의 그 자리는 텅 비어 있었던 것이다.

그의 분노는 예상을 뛰어넘었다. 이번만큼은 마리아도 죽는 줄 알았단다. 흠씬 두들겨 맞은 그녀는 일주일 동안 침대에 누워 있어야 했다. 조세프는 정말이지 대단했다. 그리고 나서 그녀에게 사과했던 것이다. 게다가 그녀와 함께 집시 야영장에 머물기로 결정하고 부서진 트레일러와 꽃 장식들, 창문을 수리했다. 집시 야영장 근처에 있는 자동차 정비공장에서 일도 구했다. 미군 하사로서 여유롭게 사는 삶을 버리고, 푸른 작업복 차림의 노동자 생활을 선택한 것이다.

마리아도 다시 바깥에 모습을 드러냈다. 어느 일요일 황혼이 깃든 무렵이었다. 여전히 다리를 절뚝이긴 했지만 화사하게 화장하고, 머리를 말아 올리고, 눈에는 아이섀도를 바르고, 속눈썹과 눈썹은 진하게 칠하고, 입술엔 진홍색 연지를 바른 그녀는 여느 때처럼 눈부신 모습으로 조세프의 팔짱을 끼고 초원을 산책하고 있었다. 한편, 조세프가 얼마나 열심히 일을 했던지 그 집에는 곧 중고 자동차도 한 대 생겨서, 그들의 일요일 산책은 모조 카네이션 다발로 빽빽하게 장식된 자그마한 폭스바겐과 함께 아주 우아해졌다. 그러나 결국 그들이 결혼까지 했는지는 아무도 정확히 알지 못했다.

집시들의 트레일러에서 예전과 다름없이 다 함께 빙 둘러앉아 그날 납치한 닭을 뜯고 있던 어느 일요일이었다. 소냐는 타타가 그토록 사랑했던 여인, 검은 머리칼의 바르카가 정육점에서 고기를 훔치던 이야기를 해주었다.

"때는 바르카가 다섯 아이와 함께 타타를 버리고 다른 집시 사내와 도망치기 전이야. 타타가 분노와 고통으로 미치기 전 말야."

"우선 타타와 바르카는 태연하게 정육점에 들어가 고양이들에게 먹일 소시지와 허파 따위를 주문해. 그리고 곧 정육점 주인이 냉장실에 가서 그것들을 찾는 동안 눈에 보이는 좋은 고기들을 모조리 집는 거야. 천이 수북하게 겹쳐진 바르카의 집시치마 아래 아주 깊숙한 곳에는 검정색 천 주머니가 하나 달려 있거든. 바로 거기다가 닭가슴살이며 소 넓적다리를 쑤셔 넣는 거지."

"냉장실에서 돌아온 정육점 주인은 아무 의심 없이 싸구려 소시지 몇 개와 허파 조각까지 챙겨주지. 그러면 타타와 바르카는 천연덕스럽게 몇 푼을 내고 자리를 뜨는 거야."

"그러던 어느 날은 일이 영 글러먹었어. 정육점 주인이 선반에 있던 최고급 육질의 넓적다리가 사라진 걸 눈치채고 소리를 질러 경찰을 부른 거야. 도망치던 타타와 바르카는 결국 붙잡혀서 경찰서로 끌려갔어. 하지만 경찰이 아무리 타타를 뒤져도 돼지꼬리 하나 발견할 수 없었지. 그래서 바르카에게 치마를 올려보라고 한 거야. 하하. 그런데 이 약삭빠른 집시 여인이 어떻게 치마를 올린 줄 알아? 그 수십 장의 치맛자락을 한꺼번에 움켜쥐고 단번에 확

추켜올렸던 거야! 고기가 들어 있던 검은 천 주머니까지 뭉뚱그려서 말야. 그러자 그녀의 새카만 수풀이 짠 하고 등장했어. 그녀는 언제나 노팬티였거든. 짭새들은 자신들도 모르게 바보같이 와 함성을 지르고는 당황해서 얼른 치마를 내리라고 했지. 결국 타타와 바르카는 무고하며 선량한 시민의 얼굴로 고개를 높이 쳐들고 경찰서를 나올 수 있었어. 그리고 곧 트레일러로 돌아가 아이들과 고기 파티를 벌인 거야!"

바르카, 그녀는 농부들이 밭에 나가느라 비워진 농가에 홀로 잠입하는 용감무쌍함도 발휘했다고 한다. 부엌을 통해 침실로 들어간 다음, 옷장 위와 매트리스 아래를 뒤졌던 것이다. 가끔은 유난히도 배가 불룩한 양말 속에서 몇 백 마르크를 발견하기도 했다고. 그러던 어느 날 재수 없게도 붙잡히고 말았지만.

그 일로 그녀는 4년 동안 감방살이를 했다. 환풍은 물론 난방도 되지 않고, 사방의 눅눅한 벽은 곰팡이로 그득하던 고약한 독일식 철판 감방이었다. 게다가 배고픔에 날뛰는 까칠한 여자 수감자들까지 견뎌내야 했다. 감옥에서 집시들은 증오와 박해의 대상이라서 교도관을 비롯한 모든 이들이 그들을 경멸했기 때문이다.

나의 자매 바르카여, 나는 당신을 알지 못합니다. 당신은 타타에게서 떠났습니다. 그를 고통스럽게 했어요. 그러나 그는 당신을 용서했습니다. 왜냐하면 그는 당신을 너무나 사랑했고, 당신이 아이들을 먹이기 위해서 도둑질도 마다 않던 어머니였다는 것을 알며, 또 언제나, 심지어 감옥에서까지 아름다웠기 때문입니다. 당신은 우리의 훌륭하고 자랑스러운 집시입니다.

언젠가 나는 트레일러의 침대 아래에서, 해진 신발들과 수북한 개똥 더미에서 놀라운 편지 한 통을 발견했었죠. 바로 당신이 당신의 딸들인 니나와 베르타에게 프랑스어로 쓴 편지였습니다. 나는 곧바로 죽 읽어 나갔습니다. 사랑과 추억이 넘쳐흐르는, 감각적인 문체의 시적인 편지였습니다. 그때 깨달을 수 있었죠. 당신, 타타와 아이들에게 여왕 같은 존재였던 당신은, 당신 자신보다 강력했던 사랑 때문에 도망가야 했지만, 당신의 가슴엔 절대로 아물 수 없는 상처가 생겼으리라는 걸.

바르카의 다섯 아이들을 데려다 키우고 타타를 보듬어준 소냐로 말할 것 같으면, 그녀는 너무나 정직한 여인이었다. 콩알 하나도 훔칠 줄 몰랐다. 얼마나 순수한 심장을 가졌는지 내가 부탁하지 않았는데도 붉은색 대저택까지 와서 방을 청소해주곤 했다. 그러던 어느 날은 나의 비밀 금고에서 떨어진 20마르크 지폐를 다시 내게 되돌려준 적도 있었다.

소냐, 너는 환하게 미소 띤 얼굴로 내게 20마르크를 내밀었지. 트레일러에 세 명의 자식과 병에 걸린 타타가 있고, 탁아소에는 다섯 아이를 맡겨놓은 네가 말이야. 잘 알잖아, 소냐. 네게 그냥 줄 수도 있는 20마르크였다는 걸. 그런데 너는 그걸 내게 되돌려줬어. 난 너에게 갚을 것이 참 많아. 빈털터리 우리 가족이 집시 야영지에 도착해 너의 손짓을 보았던 그날, 네가 우리를 트레일러로 데려가 아낌없이 먹을 것을 주던 그날부터 말야.

한편, 옷장의 비밀 금고는 언제나 아주 유용하게 쓰였다. 나는 잠깐 화장실에 갈 때라도 얼마 안 되는 몇 푼도 반드시 금고 속에 감춰두었다. 가방에 넣어둔 돈은 물론 벽에 붙여둔 사진까지 훔쳐가는 독일인과 흑인들이 종종 있었기 때문이다.

이 비밀 금고가 제대로 역할을 수행했던 날이 있었으니, 바위 같은 주먹을 자랑하던 덩치 큰 토고 흑인이 왔을 때였다. 그는 관계를 치르던 도중 갑자기 내 목을 졸랐다. '학생 가격'인 30마르크를 내놓은 주제에, 내가 두 번 해주지 않는다는 이유였다.

침대 위에서 우리는 치고받고 싸웠다. 그러다가 그의 두꺼운 손가락에 목이 꽉 눌린 채로 방문을 여는 데 성공한 나는 실오라기 하나 걸치지 않고 그대로 빅마마 셰익스피어의 방으로 냅다 달려갔다. 다행히 그녀의 창자 속에 숨을 수 있었다.

그동안 토고 출신의 그 진상은 광견병 걸린 개처럼 가구들을 엎고 식탁보를 뽑아내고 식기구와 책을 휘저으며 내 방을 샅샅이 뒤졌지만, 결코 자신의 30마르크는 찾을 수 없었다. 나의 옷장은 충실히 우리 사이의 비밀을 지켜줬던 것이다. 지폐 석 장은 옷장을 싸고 있는 종이 아래, 두 압정 사이에 꼭 끼워져 있었다.

이윽고 허리에 두 주먹을 얹고 내 방에 납신 빅마마 셰익스피어, 우렁찬 고함 한 방으로 무식한 토고 사내를 휙 내쫓아버렸다.

복도를 빠져나가던 그는, 소리를 듣고 복도에 모여든 목욕가운 차림의 여인들을 향해 쓰라린 얼굴로 침을 퉤 뱉었다고 한다.

이제 그토록 기다렸던 시간, 로날드 로드웰에 대해 이야기할 순간이 왔다.

로드웰

로니. 숯처럼 시커멓게 탄 피부에 거대한 검정 백합과도 같은 페니스를 가졌으며 야생 바닐라 난초와 생강 향을 풍기던 나의 검은 신이여.

표범의 얼굴, 풀잎처럼 매끄러운 이마, 나무껍질처럼 자글자글 갈라진 두툼한 입술의 로날드 로드웰이여. 당신 눈동자의 보랏빛 홍채는 깊고 신비로운 우물입니다. 나의 밤, 나의 술, 나의 마약입니다.

당신의 페니스에서 솟구치던 유황과 암모니아 맛의 액체를 마셨었지. 당신 복부에 고인 짜디짠 샘과 가슴 위에 구슬 지어 흘러내리던 푸른빛 포도송이들에 축축하게 젖어가며.

아주 느리게 밀려오다가 돌연 광폭한 파도처럼 날뛰던 당신의 단단한 엉덩이 아래에서 나는 발가락 끝까지 전율했었다. 칠흑같이 어두운 검의 공격을 받아 뱃속 깊은 곳까지 불타오를 때마다 나는 비명 질렀고, 울부짖었고, 점점 죽어갔어.

그래, 당신은 날 죽이고 또 부활시켰다. 현실이 아닌, 두 육신이 합일하는 환희의 구렁텅이 속에서, 온몸을 휘감는 당신의 검은 비단구렁이 사이에서.

로드웰, 우리는 버드랜드에서 처음 만났지. 테이블에 앉은 당신은 나를 향해 그 새하얀 이빨을 씨익 드러내고 초록색 테가 둘러진 안경 아래 눈동자를 반짝이며 미소 짓고 있었잖아.

곧이어 내게 다가와, 나를 자리에서 일으켜 품에 안았지. 우리는 블루스 음악에 맞춰 천천히 몸을 흔들었어. 당신의 목소리는 레이 찰스의 그것처럼 걸걸했지.

진실로 사랑해보지 않은 자는 이 책을 쓰레기통에 던져버리길. 책은 그런 사람의 손 안에서보다 더러운 쓰레기 더미 속에서 좀 더 따스하게 머물 테니까.

로 드 웰.

나는 내 보잘것없는 방으로 당신을 초대해 음악을 들었지. 기억나? 파란색과 초록색의 일본식 등불이 달리고, 건들거리는 책꽂이 위에 위험스럽게도 양초 하나가 불타고 있던, 사방이 널빤지 벽으로 둘러싸인 그 방. 당신은 곧장 침대 위에 누웠어.

우리는 집시들의 바이올린 연주와 바흐의 쳄발로 연주곡 네 곡을 감상했지. 그리고 당신이 떠나기 전, 문 앞에서의 가벼운 입맞춤. 그게 다였어. 한마디 말도, 다른 어떤 몸짓도 필요하지 않았지. 다음날 당신이 내 방을 다시 찾았을 때, 우린 이미 연인이 되어 있었어. 당신 품에 파묻혀 나는 멈추지 않고 울었고, 당신은 내 뺨 위를 흐르는 눈물을 핥으며 이렇게 말했어.

"언젠간 기쁨으로 울게 해줄게."

로드웰. 당신은 열아홉 살이었어. 로날드 로드웰. 낮에는 미군 병원의 앰뷸런스를 모는 사내. 당신이 어깨 위에 투박한 군인 껍질을 얹은 채 잠수부처럼 웅크려 앉아 있던 사진은 아직도 간직하고 있어. 허리춤엔 총도 하나 끼어 있지. 아아, 로드웰, 평화의 수호자여.

당신의 편지도 모두 그대로 있어. 전부 다 말이야. 당신이 떠오를 때마다 난 그것을 읽어. 테이블 위에는 또한 당신의 이름 석 자가 검은 실로 새겨진 흰 띠가 놓여 있어. 군복 소매 부분에서 당신이 떼어냈던 것 말야.

그리고 침대 위엔 당신의 초상화가, 벽에는 당신이 준 모든 사진들이 있어. 당신의 눈빛과 미소가 방 안에 넘쳐흐르는 거야. 로드웰, 이곳 새하얀 벽지 위로는 온통 당신의 얼굴, 이빨, 시선, 검은 피부가 은밀하게 번득이고 있어.

아아, 로드웰! 당신 몸 구석구석, 톡 쏘는 향을 발하던 덥수룩한 머리칼 속에 다시 한 번만 입술을 묻을 수 있다면! 단 한 번만이라도 입안에서 당신의 혀를 느낄 수 있다면!

지금 내 손은 당신이 사랑의 서약을 써준, 그러나 이제는 갈기

갈기 찢어져버린 종이를 쥐고 있어. 언제 봐도 놀라운 당신의 문체…… 그래, 나는 하나도 잃어버리지 않았어. 우리를 이어주던 그 모든 것들을 말이야.

황홀한 연인이여, 잠시라도 당신을 사랑하지 않은 순간은 없었어. 그래, 우리의 사랑은 뮌헨의 밤하늘을 가로지르는 찬란한 혜성과도 같았어. 모든 걸 활활 불살랐지! 당신의 이름은 불기둥처럼 이 삭막한 도시 위로 우뚝 솟아올랐어.

당신은 내게 마리화나에 대해 말했었지. 나는 그걸 찾아주겠다고 했고. 그리고 나는 정말 정신 나간 여자처럼 그 약속을 지키려고 했어. 물론 쉽지는 않은 일이었지만.

나는 먼저 파란 눈에 짤막한 염소수염을 기르고 있던 그 비트닉을 찾아내야 했다. 언젠가 그가 내게 마리화나를 팔았었다. 그러던 어느 날, 운명의 신은 슈바빙의 길모퉁이에서 그와 마주치게끔 도와주었다. 그는 사냥꾼에 쫓기는 짐승처럼 벽에 찰싹 달라붙어서, 불안하게 주위를 돌아보며 인도 위를 걷고 있었다. 그는 나를 보자 이렇게 말했다.

"나는 편집증에 시달리고 있다구."

그의 눈은 짙은 안개에 잠겨 있었다. 마르고, 더럽고, 머리는 산발을 한 채였다. 또한 그에게서는 이상하게 달콤한 냄새도 풍겼다. 한마디로 그는 세상과 동떨어져서 희뿌연 연기로 가득한 내면의 천국 속을 걷고 있었던 것이다. 우리는 곧 합의를 보았다. 즉,

내가 300마르크를 주면 그는 바로 다음날 히치하이킹으로 모로코까지 가서 마약 1킬로그램을 직접 가져오기로, 그는 말했다.

"그게 유일한 방법이야. 직접 손에 쥐고 있어야 세관에 걸리지 않지. 조금만 위험해도 곧바로 내버릴 수 있고 말야."

나는 그를 믿었다. '조'라는 이름의 화가였고, 내 가슴이 우정을 발현시켰던 유일한 독일인이었다. 그는 한 달 안에 돌아오기로 했다.

로드웰은 매일 오후 네 시경에 나를 찾아왔다. 곰보 피부에 아주 새카맣고 작은 흑인 친구, 윌리엄 왓슨과 함께였다. 밝고 선명한 색상의 셔츠를 걸친 흑인들은 작열하는 여름, 햇살 덕에 거의 새하얘진 인도 위에서 더욱 새카매 보였다. 덜컹거리며 달리는 전차와 고급 미제 자동차들의 소음 속에서 그들은 마치 휴가를 보내는 왕자들처럼 무기력하고 느리게 큰길을 걸어 붉은색 대저택에 도착했다. 우리는 함께 음악을 들었다. 두 왕자는 침대에 편하게 누웠고, 그중 로드웰은 곧잘 잠이 들었다. 윌리엄은 내 책꽂이에 다리를 올리던 나쁜 습관이 있었다. 그때마다 책꽂이는 와르르 무너져서, 그 위에 올려두었던 식기구와 책, 레코드판을 다시 주워 담아야 했다. 어느 날은 연달아 세 번 무너진 적도 있었는데, 그때 윌리엄은 웃으며 이렇게 말했다.

"어쩔 수 없어, 난 검둥이잖아."

월말 급여를 받는 날, 선물을 가지고 온 로드웰은 복도 계단에 앉아 내 일이 끝나기를 기다렸다. 여러 종류의 앨범, 딸아이를 위한 인형, 물결무늬가 있는 가짜 다이아몬드 보석을 품에 안고.

그날 밤에도 저택은 흥분의 도가니에 빠져들었다. 우리 층에서는 샤를롯과 빅마마, 지지와 나만 흑인을 받았고, 에미와 멜리타는 오직 흰둥이 미국인들만 받았다. 따라서 이 두 무리는 아주 분명히 구분되어 층계참 위에 정박하곤 했다. 복도의 문이 열리는 즉시 백인들은 도망치듯이 흑인들 사이를 미끄러져 지나갔다.

물론 똑같이 흑인을 받는다 해도 각자 일하는 방식은 다 달랐다. 한 독일인과 결혼한 뒤 붉은색 대저택 1층에 자식들과 함께 정착한 뚱뚱보 지지는 오후 내내 병영 근처의 작은 바들을 순회했다. 바에 도착한 그녀가 자리를 잡고 앉아 블라우스 단추를 하나하나 따고 그 터질 듯한 유방을 테이블 위에 얹어놓으면, 곧장 대여섯 명의 흑인들이 다가왔다. 그러면 그녀는 그들 모두를 접수해서 자신의 방으로 데려갔다. 이렇게 그룹 하나를 끝내면 다시 병영 근처로 가서 블라우스 단추를 딴 뒤 또 다른 그룹을 데려오는 식이었다. 그동안 그녀의 남편은 아이와 함께 공원을 산책했다.

샤를롯은 이곳에서 내가 빅마마 셰익스피어와 함께 신뢰할 수 있었던 유일한 사람이자, 아주 똑 부러진 여자였다. 그녀는 우리와 같은 층계참의 옆 라인에 살았다. 전직 재단사였는데 시력이 급작스럽게 떨어지는 바람에 더는 실을 꿸 수 없었다고 한다. 지금 그녀의 소원은 자신만의 아늑한 집을 사는 것이었다. 그녀는 말했다.

"아, 그러니까 나는 절대로 독일인이 내 거기를 빨게 할 수가 없어! 치가 떨리거든! 하지만 우리 사랑스러운 흑인들은 다르지! 얼마나 감미로운지! 그거 알아? 월급날 저녁에 나는 흑인들한테 10마르크만 받는다니까! 다들 내 친구거든. 나한테 처음 오는 애들한테는 다음에 또 오면 5마르크에 해주겠다고 하지. 걔들 사이에서도 나는 꽤 유명할걸? 그치만 조심해야 돼. 처음 와서는 이미 와봤던 것처럼 행동하는 자식들도 있거든. 나한텐 절대 안 통하는 일이지만. 나는 누가 누군지 정확히 알고 있다고!"

페이데이 밤에는 모든 바들이 형형색색의 등으로 실외와 실내를 환히 밝히고 맥주와 코냑, 코카콜라, 비너 슈니첼, 소시지, 머스터드소스를 뿌린 감자튀김 파티를 벌였다.

쿠키라 불리던 아름다운 오스트리아 집시 여인은 버드랜드를 장악했다. 길게 늘어진 검은 머리에 유연한 몸을 가진 그녀는 휘황찬란한 드레스에 황금 액세서리를 주렁주렁 달고 마치 여신처럼 춤을 추었다. 그녀에게는 흰색 자동차도 한 대 있었는데, 석 달에 한 번씩 그걸 타고 아들이 머물고 있는 오스트리아에 다녀온다고 했다. 무기를 소지한다는 소문도 있었다. 자동차 어느 구석에 권총 하나를 숨겨두었다는 것이다.

때는 여름이었다. 내 자식들은 시골의 성곽 비슷한 곳으로 떠났다. 휴가철마다 탁아소는 그곳으로 잠시 옮겨갔다. 그러면 수녀들은 개울에서 그 장막 같은 무거운 치마를 걷어 올리고 아이들과 첨벙거리며 놀 수 있었다.

6월. 들판이 부글부글 끓어오르고 있었다. 나와 로드웰, 집시들은 모두 함께 내 아이들을 만나러 작은 여행을 떠났다. 타타의 자동차는 집시 아이들로 터질 지경이었다. 한편, 마을을 가로지르면서 로드웰은 자동차 밑바닥에 납작하게 엎드려야 했다. 흑인이 왔다는 사실에 수군덕거릴 마을 주민들 때문이었다. 나와 집시들은 검붉게 달아오른 얼굴로 숨을 죽이고 있던 로드웰만 차에 남겨두고, 아이들을 데리러 성곽에 갔더랬다.

아이들의 바이에른 사투리는 혀를 내두를 지경이었다. 게다가 그들은 프랑스어까지 까먹고 있었다. 그런데 또 로드웰은 영어만 했으니, 우리 가족은 그야말로 축소판 바벨탑이었다!

우리는 모기에게 살을 뜯겨가며 개울에서 첨벙첨벙 물놀이를 했다. 로드웰은 아이들을 차례대로 등에 태워서 높은 초원에 올라가 야생짐승처럼 놀았다. 어느새 어둠이 내리깔렸다. 다시 성곽으로 돌아간 아이들은 창문에서 손을 흔들며 끝까지 바이에른 사투리로 외쳤다.

"또 와래이, 엄마!"

나는 내 귀를 의심하지 않을 수 없었다.

슈바빙의 야간 여행에서는 할리우드에서 영화 제작자로 일하는 미국의 백만장자를 만나기도 했다. 그가 어떤 바에서 내게 접대한 위스키를 계기로 인연을 맺은 것이다. 붉은색 대저택까지 나를 따라온 그는 요란하고, 더럽고, 흑인으로 득실거리는 이곳을 보고 깜짝 놀라는 듯했지만 겉으로 내색하지는 않았다. 교양과 예절을 겸비한 인물인데다가 그날 어지간히 취하기도 했기 때문이다. 그는 내게 함께 잘 수 있냐고 정중하게 물어보면서 그 즉시 200마르크를 건네주었다. 그리고 다음날, 아침 일찍 일어나 깔끔하게 떠난 그는 헤어지기 전에 아주 매력적인 제안을 하나 했다. 이번 휴가를 지방에서 함께 보내자는 것이다. 그것도 Garmisch-Parten-Kirchen, 그 고급 호텔에서 말이다!

한 손에 여행가방을 끌고 다른 손에는 호텔 주소가 적힌 메모지를 소중하게 쥐고 제라늄 꽃이 만발한 작은 기차역에 도착했을 때, 나는 두려움에 휩싸여 있었다. 그는 이미 예약을 해두었다고 했지만 도저히 믿을 수가 없었던 것이다. 만약 그가 농담을 했던 거라면? 그 뻔쩍뻔쩍한 고급 호텔에 도착해 프런트에 그의 이름을 말했는데 아무도 그를 모른다고 하면? 가슴이 벌렁거리고 식은땀까지 나서 손안에 꾹 쥐고 있던 메모지가 축축하게 젖을 지경이었다.

그러나 아무 문제도 없었다. 정교하게 세공된 조각품 같은 발코니와 창문으로 뒤덮인 그 거대한 호텔의 프런트 데스크에서는 곧장 열쇠를 건네주었고, 제복을 입은 청년이 내 여행가방을 들고 방까지 동행해주었다.

방은 어찌나 호화로운지 숨이 턱턱 막혔다. 가늘고 섬세한 금테가 온갖 가구에 휘둘러져 있었고 두 군데나 뚫려 있던 욕실의 바닥에는 초록색의 반들반들한 타일이 조금의 어긋남도 없이 정렬하여 박혀 있었다. 또한 세면대 위에 향 좋은 비누와 함께 구비되어 있던 보들보들한 사각형의 휴지에는 얼굴의 물기를 닦는 대신 화장을 지우는 데 쓰라는 권장 말씀이 무려 세 가지 언어로 쓰여 있었다. 창백한 파란 색상의 새틴 직물이 깔려 있던 광활한 더블 침대 두 개는 멀지도 가깝지도 않은 거리에 나란히 있었다. 초록색 펠트가 깔린 책상에서 바둑판무늬의 커다란 압지첩*을 열어보니, 호텔에서 자체적으로 제작한 편지지가 모습을 드러냈다. 톱니처럼 깔쭉깔쭉한 종이 가장자리 한쪽 구석에 찍힌 호텔 고유의 엠블럼은 이곳의 역사와 권위를 나타내기에 조금도 모자람이 없었다. 역시 가늘고 섬세한 금테가 둘러진 컵받침 위에는 태블릿 형태의 스위스 초콜릿 두 상자가 놓여 있었다. 이 호화로운 호텔에서 보낼 앞으로의 시간을 예고라도 하듯이 아주 달콤한 맛이었다. 나는 태블릿 한 판을 꼭꼭 씹어 먹으면서 그 귀족적인 편지지 위에 로드웰을 향한 편지를 쓰기 시작했다.

* 글씨를 쓸 때 사용하는 밑받침.

그때 누군가 점잖게 노크를 했다. 나는 서둘러 압지첩을 접고 긴장된 목소리로 소리 질렀다.

"누구세요!"

세련된 회색 정장 차림의 백만장자였다. 그는 문을 열고 들어오면서 여행은 잘했는지, 방은 마음에 드는지를 물었다. 그리고 나를 가슴에 품어 환영의 키스를 했다.

"원하시면, 저녁을 먹기 전에 호텔 미용실에서 머리를 하셔도 좋습니다. 비용은 걱정 말아요. 제 이름을 대시면 됩니다."

어느새 우리는 반은 예배당이고 반은 럭셔리 외양간처럼 인테리어를 꾸민 레스토랑에서 활활 타오르는 양초들에 둘러싸여 식사를 하고 있었다. 곳곳에 박혀 있는 가짜 대들보와 천장에 대롱대롱 매달려 모조 제라늄 꽃을 담고 있는 구리 냄비는 아무리 봐도 이상했다.

백만장자는 나를 지그시 바라보면서 나더러 엘리자베스 테일러를 닮았다고 했다. 사실 그날 저녁 나는 유난히 정성껏 치장했더랬다. 높게 틀어 올려 방울 장식된 매듭으로 고정시킨 머리 위에, 호텔 미용실에서 구입한 왕관형 머리띠를 올리고, 목걸이와 보헤미안풍의 진주 펜던트, 뱀 모양의 은팔찌를 둘렀으며, 언저리가 아이보리색 새틴 천으로 널찍하게 둘러진 채 한쪽이 트인 중국 스타일의 검정색 미니 원피스를 입고 있었다.

눈부시게 새하얀 식탁보 위에 놓인 황금빛 촛대와 붉은 양초들은 우리의 비밀 여행에 축제 분위기를 더해주었다. 바바리안풍의 전원적인 음악이 흐르는 가운데, 티끌 하나 없는 흰 와이셔츠 차림의 웨이터들은 근엄한 표정과 자세로 연이어 각종 산해진미들을 가져왔다. 마침내 테이블 위에 오른 것은 나를 후끈 달아오르게 하던 강한 적포도주였다.

백만장자는 노련하며 예의바른 신사의 모습에 걸맞게 내 술잔이 빌 때마다 대화에 방해되지 않는 선에서 웨이터에게 잔을 채우라는 눈빛을 보냈다. 그는 마릴린 먼로에 대해서 이야기하기도 했다. 그의 동료들 중 한 명이 그녀를 데뷔시켰기 때문에 그녀와 친분이 꽤 있었단다. 그는 서글픈 목소리로 말했다.

"그녀는 수면제 과다복용으로 자살한 게 아닙니다. 대중들은 매스컴의 거짓부렁에 속고 있는 거죠. 사실 먼로는 이미 오래전부터 약물을 복용해왔어요. 삶을 지겨워하는 다른 수많은 배우들처럼 말입니다. 그녀는 모르핀 과다로 사망했습니다. 우리가 아직까지 밝혀내지 못한 것 하나는, 그게 자의인지 타의인지 하는 거죠. 나는 그녀가 많이 그리워요. 참 착한 사람이었는데……."

식사를 마친 우리는 이번에는 선실을 연상케 하는 어느 바로 자리를 옮겼다. 온통 담배연기로 자욱하던 그곳은 20년 전부터 같은 주인에 의해 운영되어왔다고 했다. 언뜻 보기에도 주인은 손님 한 사람 한 사람을 잘 알고 있는 듯했다.

나는 금방 얼큰히 취해서 백만장자와 함께 신나게 춤을 추다가 혼자 집시 스타일로 추기 위해 그를 한쪽 구석에 세워두기도 했다. 시골풍의 또 다른 선술집에 옮겨 가서도 춤을 멈추지 않았다. 한편, 백만장자는 그곳에서 오래전의 군대 동료를 마주쳤다. 만만찮게 취한 두 사내는, 세상에 전쟁이 존재하는 한 '우리' 미국은 초강대국의 자리를 지킬 거라고 서로의 어깨를 쳐대며 신나게 웃어젖혔다.

"좋아! 오늘 끝까지 가는 거야!"

완전히 취한 백만장자가 걸쭉한 목소리로 외쳤다. 선술집이 문 닫을 시간이 되어서야 내 부축을 받으며 겨우 술집을 빠져나온 그는 잠깐 내게서 몸을 떼고 비틀비틀 걸어가 어떤 차에 대고 오줌을 직 갈겼다. 그때 어디선가 나타난 짭새가 말했다.

"선생님, 여기서 이러시면 안 됩니다."

그렇게 정중한 독일 짭새는 내 생애 처음 보았다. 그러나 백만장자는 마지막 한 방울까지 남김없이 배출한 다음 천천히 옷을 고쳐 입고는 지나가던 택시를 세웠다. 새벽 세 시가 되어서야 우리는 호텔에 도착했다. 시트의 한 모서리를 세모꼴로 접어 올리는 등 객실 청소부가 가히 예술적으로 정리해놓은 침대가 우리를 기다리고 있었다.

그 일주일 동안 우리는 세 번의 매력적인 산책을 했다.

첫 번째 산책은 중세 시대의 교회가 있던 이웃 마을이었다. 그 교회의 내부에는 거대한 규모의 의상실이 있었는데, 그곳에서는 실제 중세 시대 가까운 무렵에 제작되었던 의복을 관리하고 있었다. 이렇게 관리된 의복은 매년 부활절마다 교회에서 하는 중세의 성사극* 공연 때에 사용된다고 했다. 배우들 역시 모두 그 마을 사람들로, 동정녀 역할의 젊은 아가씨는 정말로 숫처녀여야 한단다.

두 번째 산책은 공중 케이블카를 타고 한 것이었다. 우리는 우선 거대 냉동 창고 같던 홀에 들어가 한참 동안 줄을 서야 했다. 케이블카를 타면 유럽에서 가장 높다는 산의 정상에 올라갈 수 있었다. 기다리느라 이미 녹초가 된 뒤에야 꼭대기에 당도할 수 있었지만 짙은 안개와 사나운 눈발, 정신을 혼미하게 하는 강추위 때문에 도무지 아무것도 볼 수가 없었다. 더군다나 이건 아주 위험한 짓이었다. 이런 곳에 있다가는 폐렴에 걸리기 십상이기 때문이다. 다른 관광객들도 한결같이 여름옷 차림으로 바들바들 떨면서 가능한 한 빨리 산에서 내려가길 바라는 눈치였다. 그러나 다시 내려가는 케이블카 자리를 차지하려면 또 한 시간은 기다려야 했다.

세 번째 산책은 그 이튿날의 포토타임이었다. 백만장자는 작열하는 태양 아래서 나더러 이런저런 포즈를 취해보라 했다.

"사진이 성공적으로 찍히면 제작자들에게 보여줘서 영화배우

---

* 성서의 내용을 소재로 한 종교극으로, 중세 말기 유럽에서 매우 유행했다.

로 데뷔시켜줄게요."

물론 아직도 할리우드에서는 깜깜무소식이다. 그래도 만약 그가 살아 있다면 인사를 전하고 싶다. 난 아무런 앙심 같은 건 품고 있지 않다고 말이다.

일주일째 되던 날, 그는 이제 내가 뮌헨으로 돌아가는 게 좋겠다고 말했다. 그도 미국 캘리포니아에 있는 가정으로 돌아가야 한단다. 아내와 아이들이 기다리고 있다고.

그리고 기차역까지 데려다주면서 내가 요구하지 않았는데도 200마르크를 쥐어주었다. 가벼운 입맞춤과 함께, 우리는 친한 친구처럼 작별을 했다.

드디어 모로코에서 조가 돌아왔다. 새카맣게 타고 턱수염까지 기른 그는 전보다 더 사내다워진 모습이었다. 그는 곧장 마룻바닥에 방수천을 펼쳤다. 초록 기운이 도는 노란 색상의 바싹 마른 마리화나 융단이 그 모습을 드러냈다. 막 수확된 상태라 이파리와 줄기가 낟알과 함께 섞여 있었다. 순식간에 내 방은 짙은 향으로 가득 찼다.

그는 일단 마리화나 융단을 반으로 갈랐다. 서로 공평하게 나눠 갖기로 했던 것이다. 그리고 줄기를 신문지에 말면서 낟알을 제거하는 방법을 보여주었다. 거기서 떨어져 나온 찌꺼기를 말아 피우면 두통이 생긴다고 했다. 그는 제대로 된 마리화나 한 대를 말아서 눈을 지그시 감은 채 연기를 들이마시며 이렇게 말했다.

"최고급이라 할 수 있지. 6월에 수확한 거야."

모로코에서 그는 한 아랍인과 함께 긴 시간 동안 어떤 산을 등정해야 했단다. 그리고 양치기가 사는 오두막집까지 올랐을 때, 비로소 마치 흔하디흔한 건초처럼 땅 위에 쫙 깔려서 건조되고 있는 금지된 이파리 무더기를 발견할 수 있었다고 했다.

그는 자기를 만날 수 있는 곳이라며 카페 이름을 하나 댔다. 매일 밤 그 카페의 한구석에 머물면서 독일인들과 흑인 병사들에게 마리화나를 밀매한다고 했다.

로드웰은 해질녘에 도착했다. 우리는 곧장 희뿌연 연기에 파묻혀 몽롱한 분위기 속에서 사랑을 나눴다. 처음이라 그런지 머리가 아프고 구역질이 났다. 동시에 축음기 음악과 로드웰의 키스, 그의 몸짓 하나하나가 열 배는 부풀려져 카오스처럼 정신없이 뒤섞이는 것을 경험했다. 내 안에 들어오는 그의 검은 성기도 평소 때보다 열 배는 날카로운 것 같았다. 나는 한 번도 비명을 질러보지 못한 사람처럼 소리 질렀다. 침대는 깊은 바다 위의 고깃배처럼 울렁거렸고, 시간은 일상적인 무게를 잃고 공중을 부유했다. 한밤중이 되어서야 겨우 현기증을 떨쳐버릴 수 있었다.

로드웰이 마리화나를 마는 방식은 조와 달랐다. 그는 아주 조그맣게 말았다. '스틱stick'이라고 그 자신이 이름 지었듯 성냥처럼 가늘게 말이다. 그는 한 개비에 1달러씩 팔 거라면서 바지 주머니와 밑단의 솔기 안에다가 스틱 몇 개를 비축해두고 다녔다.

빈 성냥갑이라면 옷장과 부츠에 넘쳐나고 있었다. 나는 성냥갑을 파란 종이로 포장해서 그 안에 스틱을 일정량씩 넣었다. 최종적으로 완성된 상품은 옷가지들 사이나 옷에 달린 주머니에 숨겼다. 옷장 속에는 마약 상자들로 득실거리게 되었다.

로드웰과 나는 조금 걱정스럽기도 했다. 이걸 다 팔아치우기는 힘들 것 같았기 때문이다. 아무에게나 팔 수는 없는 노릇이었다. 병영 안에도 사복을 입은 백인, 흑인 짭새들이 어슬렁거리고 있었으니까. 그럼에도 불구하고 우리는 모험을 시작했다.

한편, 로드웰은 마리화나에 완전히 사로잡히게 되었다. 이 새하얀 연기와 황홀한 현기증은 병영에서의 고된 훈련 뒤에 삭막해진 그의 마음을 좀 진정시켜주는 것 같았다. 실제로 그는 훈련이 끝나는 즉시 윌리엄을 비롯한 다른 동료들과 함께 내 방에 들러, 레이 찰스의 목소리에 축축하게 젖은 채 몇 시간이고 신비로운 여행을 떠났다.

단숨에 연기를 훅 들이마시던 조와는 달리 로드웰은 흑인들만의 방식으로 거의 질식사할 듯이 천천히 집중하여 마리화나를 피웠다. 연기는 오랫동안 공중에 떠 있다가 일정 거리를 내며 분리되고, 점점 작아지다가 마침내 자취를 감추었다. 그러는 동안 로드웰의 흰자는 붉게 충혈되었고 호흡은 가빠졌다.

마리화나에서 남는 재는 유난히도 새하얗다. 혹시라도 경찰이

들이닥치면 가장 먼저 눈에 띄는 것도 바로 이 재이기 때문에, 로드웰은 반드시 재떨이를 비울 때는 종이에 싸서 버려야 한다고 입이 아프도록 강조했다. 방 구석구석에 방향 스프레이도 뿌려야 했는데, 특히 문 가장자리와 에미의 방과 나의 방을 가르고 있는 골판지 벽에 신경 써야 했다. 냄새도 배신을 잘하는 요소 중의 하나였다. 복도에 향이 새기라도 하는 날엔, 우리 모두 끝장이었다.

내 방은 어느 순간부터 언제 터질지 모르는 분화구로 변신해 있었다. 방 전체에 마리화나 향이 꽉 들어찼으니 문은 밤이고 낮이고 열쇠로 꼭꼭 잠가두어야 했고, 누군가 문을 두드리면 잽싸게 스틱과 재떨이를 숨기고 얼굴 근육을 조정해야 했다. 또한 복도를 지나는 누구의 주의도 끌지 않도록 반드시 목소리와 행동을 억눌렀다.

로드웰은 늘 그의 친구들을 데려왔다. 따라서 내 침대에는 행복감에 젖은 고양이 대여섯 마리가 언제나 뒹굴거리고 있었다. 레이 찰스의 소름 끼치는 울부짖음이 벽을 뚫고 붉은색 대저택 전체로 울려퍼졌고, 스틱은 서서히 사그라져 새하얀 목을 꺾었다. 솜털 이불처럼 보송보송한 침묵 속에 갇혀버린 흑인들, 그중 몇몇은 가끔 기절하기도 했다. 나머지 사람들이 그를 끌고 방 밖으로 데려가면, 눈이 휘둥그레진 여인들은 그가 취했거나 혹은 섹스를 너무 격하게 했다고 판단했다. 내가 혐오스런 짓을 한다고 의심하는 여인들도 있었다. 언젠가 내 방에서 우르르 나오는 흑인들 수를 세던 멜리타는 들릴 듯 말 듯한 목소리로 이렇게 내뱉었더랬다.

"저 많은 흑인들을 공짜로 해준 모양이군!"

그때 이미 경찰의 감시를 받고 있다는 사실은 꿈에도 몰랐다. 아주 오랜 시간이 지난 뒤에야 알게 되었을 뿐이다. 그들이 내 주위를 어슬렁거리며 쳐놓은 그물은 단 한 가닥도 보이지 않았다. 최후의 순간까지도 우리는 장님에 귀머거리인 상태로 마리화나를 피웠다. 마법의 연기가 우리의 눈과 귀를 완전히 막아버렸던 것이다.

슈바빙의 카페들을 전전하던 남루하기 그지없는 어둠의 자식들이 나를 위해 일을 했다. 그들은 늘 쫓기듯 계단을 올라와 급박하게 노크를 하고는, 마약에 절어 제정신이 아닌 채로 깔창에 구멍이 난 신발을 방 안에 들이밀었다. 더럽고, 말이 없으며, 언제나 저 멀리 한 지점만 멍하니 응시하는 그들은 내가 넘겨준 마리화나를 파란 종이에 싸서 가져갔고, 그것을 다 팔면 내게 돈을 가져와 서로 분배했다. 그들이 공격에 들어가기 전에 서로를 격려하는 차원에서 내 방에서 각자 마리화나 한 대씩을 물고 은밀하게 잎을 태우는 시간은 단 몇 분에 지나지 않았다. 그들은 저녁시간 내내 카페의 가장 어두운 구석에 틀어박혀서 이야기를 하는 척하면서 테이블 밑으로 마르크와 달러를 받고 마리화나를 넘겼다. 누구나 마약을 하는 이상, 파는 자가 곧 사는 자였기에 우리 사이에 속임수는 불가능했다.

뮌헨의 거리는 서서히 금빛으로 물들면서 가을을 맞았고, 내 방에는 로드웰의 사랑과 마리화나의 연기가 한층 더 짙게 배어들었다. 그는 스틱을 피우면서 나를 아낌없이 애무했고, 사랑을 나누고 나서는 깊은 잠에 빠져들었다. 언젠가 그가 말하길, 어떤 여자의 한 부분을 너무 깊숙이 애무한 나머지 그녀가 기절해버린 적도 있었단다. 대체 어떤 부분이냐고 몇 번을 물어도 그는 너무 비밀스럽고 위험한 부위라며 절대 입을 열지 않았다. 나라면 그 희열을 맛보기 위해 죽음의 위험도 기쁘게 감수할 수 있을 텐데!

로드웰, 검은 왕자여! 당신은 내 위에 거꾸로 올라왔던 내 첫 번째 남자였어. 동시에 내가 당신의 굵다란 줄기를 목구멍 깊숙이 빨아들이는 동안 활짝 열려 있던 내 암술의 꿀을 혀로 훔쳐내며 홀딱 마셔버린 첫 번째 사내였지! 아아, 로드웰, 당신의 애무를 받으면 나는 천국을 여행하는 것만 같았어!

"손님 받아라! 빨리, 빨리!"

언젠가부터 층계참에서 독일인들과 흑인들이 종을 여섯 번씩 울려대고 있었고 빅마마 셰익스피어도 꽥꽥 소리 지르며 나를 부르고 있었다. 하지만 우리는 아무것도 들을 수 없었고, 대답할 수도 없었다. 우리, 그러니까 나와 로드웰은 바다 저 밑바닥까지 완전히 침잠해버렸거나 열대의 새카만 부식토 속에 귀와 입이 막힌 채 파묻혀버렸던 것이다.

옷장 속의 부츠들도 어느새 바닥나 있었다. 남은 건 파란 성냥갑 하나뿐. 그 많던 마리화나는 흑인 병사들의 머릿속에서 새하얀 연기로 환상적으로 일렁이면서 휘리릭 사라져버린 것이다. 그러자 어떤 정신 나간 생각이 꿈틀거리기 시작했다.

낡은 중고차 한 대를 사서 내가 직접 모로코로 떠나 꿈의 풀잎들을 산다면? 그럼 몇 킬로그램도 거뜬히 가져올 수 있을 것이다! 돈도 많이 벌고, 무엇보다 나의 로드웰이 겨울 내내 연기 속에 잠겨 행복하게 지낼 수 있을 것이다!

그리고 어느 일요일 오후, 집시들과 내 자식들과 함께 산책을 하다가 나의 꿈을 실현해줄 고물차를 발견할 수 있었다. 차는 힘없이 털털거리며 시골길 위를 달리고 있었는데, 내 마음을 사로잡은 건 갈색 천으로 된 접이식 덮개였다. 모로코에서 유용하게 쓰일 수 있을 것 같았다. 혹시라도 추울 경우 햇볕에 몸을 달구기 위해 열어둘 수 있을 테니까.

우리는 그 차를 앞질러 갔고, 타타는 차가 멈출 때까지 신호를 보냈다. 운전수와의 교섭은 순조롭게 진행되었다. 이미 차를 팔 생각을 하고 있었단다. 오펠사의 이 구식 자동차는 600마르크라고 했다. 접이식 덮개 곳곳에 구멍이 뚫려 있었으나 반창고 따위로 그나마 수선되어 있었고, 가파른 길에서 허덕거리기는 했지만 그래도 올라가긴 했다. 내 방에 차 주인을 데려와 옷장 속 부츠에서 전 재산이던 600마르크를 꺼내 건네자 그는 내게 차키를 넘겨주었다.

나는 재빨리 창가로 뛰어가서 저 아래 인도변에 정박되어 있는 내 인생의 첫 번째 자동차를 바라보았다. 황홀한 기분이 들었다.

로드웰이 오자마자 우리는 시승식을 했다. 나는 시동도 켤 줄 모르니, 운전사는 그였다. 그런데 아아…… 차는 꼼짝도 하지 않았다! 나는 그 끝 간 데 없는 대로를 따라 땀을 뻘뻘 흘리며 차를 뒤에서 밀어야 했고, 마침내 정비소에 도착해서는 배터리를 새로 갈아야 했다. 한편, 로드웰이라고 면허 소지자는 아니어서 우리는 짭새들과 마주할 일이 없도록 최대한 조심스럽게 움직여야 했다. 그러나 차가 말을 듣지 않았다. 사거리를 넘어갈 때마다 멈춰 서던 이놈의 똥차가 결정적으로 경찰서 앞에서 시동이 꺼져버린 것이다. 갑자기 경적까지 이상해져서 멈추지 않고 요란하게 울어댔다. 얼굴이 시뻘겋게 달아오른 로드웰이 핸들과 변속기를 온갖 방향으로 꺾어보아도 마찬가지! 이윽고 소리를 들은 짭새들이 막 밖으로 튀어나오는 순간, 그제야 차는 용수철처럼 튀어올라 앞으로 휙 질주했다.

우리는 대저택 앞에 차를 세워두는 것이 안전하다고 판단했다. 또한 모터를 굳히지 않기 위해 날마다 시동을 거는 것은 좋겠지만, 웬만하면 차를 끌고 나가지는 않는 게 낫겠다고 결론 내렸다.

나는 슈바빙에서 다시 조를 만났다. 그는 나와 함께 모로코 원정을 떠나는 계획에 찬성이었다. 그러나 그 역시 운전에는 젬병이라 여러 카페에 수소문해서 운전수로 쓸 만한 사람을 찾아보겠다고 했다. 그러던 어느 날 조가 한 사내를 데려왔다. 스스로를 독일인 학생이라 소개한 사내는 생쥐를 닮은 얼굴에 뼈만 앙상했다. 나는 그를 고용하기로 했다.

그리고 여행 준비에 들어갔다. 휘발유 값도 아끼고, 좀 더 편안하게 여행할 수 있도록 하기 위해 좌석에는 가짜 표범털 담요 두 장을 깔았다. 어느새 10월 말이었다.

감기 때문에 몸이 으슬으슬하던 어느 날 밤, 시간 가는 줄 모르고 재즈 음악을 듣고 있던 로드웰과 윌리엄은 어느새 복귀 시간이 코앞으로 다가온 것을 알고는 몹시 초조해했다. 로드웰은 나더러 자동차를 빌려달라고 했다. 아주 조심히 몰 것이며 바로 내일 돌려주겠다는 말에 나는 그에게 키를 넘겨주었다. 그는 얼굴빛이 환해져서는 내 입술에 작별키스를 하고 윌리엄과 함께 방을 떠났다.

그날 새벽 세 시, 돌연 방문이 열리며 불이 켜졌다. 그리고 경찰복을 껴입은 독일인과 미국인 짭새 두 사람이 내가 누워 있던 침대로 다가와 다음과 같은 말을 각각 독일어와 영어로 반복했다.

"차를 가지고 계십니까?"

나는 바들바들 떨면서 몸을 일으켰다. 꿈이 아니었다. 내 앞의 두 사내는 유령이 아닌 진짜 짭새들인 것이다. 그들은 침착하게 같은 질문을 다시 한 번 반복했다. 나는 그렇다고 대답할 수밖에 없었다. 오래된 자동차가 한 대 있다고. 그러자 그들은 여권을 요구했다. 나는 아직 상황을 파악할 수는 없었지만, 일단 고분고분 말을 듣는 게 낫겠다고 판단했다.

로드웰과 윌리엄이 기차역 부근에서 사고를 냈단다. 바에 술을 마시러 가서 주차를 하다가 다른 차를 박았는데 그대로 줄행랑을 놓았다는 것이다. 새벽 세 시의 아득한 정적 속에서 나는 이 모든 이야기를 들었다. 마침내 그들은 엄한 목소리로 말했다.

"그런 대책 없는 인간들에게 다시는 차를 빌려주지 마십시오."

그리고 몇 가지 메모를 하고 나서 그들은 자리를 떴다. 이튿날 점심 무렵, 역시 경찰복을 껴입은 또 다른 짭새가 나를 찾아왔다. 그는 지금 차가 병영 근처에 주차되어 있으니 바로 두 시까지 끌고 가지 않으면 불법주차 차량보관소로 견인된다는 말을 전했다. 견인 비용은 100마르크로 차주의 부담이라고 했다.

감기 기운으로 몸에 화끈화끈 열이 오르는 와중에 나는 대강 옷을 걸치고 곧장 전화를 하러 뛰어갔다. 다행히도 타타는 야영지에 있었다. 간단히 내 얘기를 전해들은 그는 버럭 화를 내며 말했다.

"운전사가 필요했으면 진작 나한테 말했어야지! 그 인디언 자식이 차를 개판 쳐놓기 전에 말야!"

병영 초소는 독일인 경찰과 미국인 경찰, 이렇게 두 파트로 나누어져 있었다. 나는 간밤의 사고를 처리하는 창구 앞에서 대답을 기다리고 있었다. 잠시 후 고개를 든 직원은 초연한 얼굴로 말했다.

"유감스럽지만 마담의 차는 더는 존재하지 않는군요. 폐차되었습니다."

나는 아무 대답도 할 수 없었다. 이윽고 가슴 깊은 곳에서부터 눈물이 울컥 치밀어 오르는 것을 느꼈다. 타타는 분통을 터트리면서 초소 안을 뱅뱅 돌았다.

"내가 말했지! 제대로 된 운전수를 뒀어야 한다고!"

소냐가 그의 입을 막기 위해 그에게로 달려가는 순간, 창구 직원이 갑자기 환해진 낯빛으로 손을 들어 보였다.

"잠깐만요! 기다리세요! 아, 제가 착각했네요. 방금 말씀드린 차는 다른 사람 거였어요. 마담 차는 그대로 있네요. 흠집 하나 안 났대요. 운이 좋으시군요. 자, 여기 자동차 키와 서류 받으세요. 아래 사인하시고요."

휴우, 절로 안도의 한숨이 나왔다.

차는 초소에서 아주 가까운 어떤 울타리 앞에 푹 주저앉아 있었다. 배터리는 또다시 방전된 상태였다. 저 멀리 병영 건물에 뚫린 어느 창문에서 로드웰과 윌리엄이 우리를 내려다보고 있었다. 그들은 결국 늦어버린 복귀에 일주일간 외출금지령을 받았다. 타타는 그의 차에서 굵직한 밧줄을 꺼내서 내 차와 연결했고, 이 두 차는 아주 천천히 도시를 가로지르며 붉은색 대저택으로 갔다.

여행을 떠나기 전에 나는 조와 운전수와 함께 내 방에서 회의를 했다. 교활한 얼굴의 운전수에게 도통 호감이 가지 않았지만 벌써 예정한 여행시간이 코앞에 닥쳤으니 다른 선택의 여지가 없었다. 게다가 조는 이미 그에게 이 여행의 목적을 상세하게 까발리고, 마리화나까지 몇 대 쥐어준 상황이었다. 너무 늦었다. 그를 믿는 수밖에.

운전수에게는 300마르크를 주기로 했다. 출발할 때 50마르크, 나머지는 돌아오는 길에 지급하기로 했다. 식사는 각자 알아서 하기로 결정했다.

안개가 자욱하던 어느 날 아침, 우리는 뮌헨을 떠났다. 나는 뒷좌석에 앉았는데, 차의 서스펜션*이라는 게 망가진 까닭에 길고 긴 여행 내내 엉덩이가 얼얼하도록 뒤흔들려야 했다. 조와 쥐의 낯짝을 한 우리의 운전수는 마리화나를 어찌나 많이 챙겨 왔는지 정말 끝도 없이 피워댔다. 차 안을 가득 메운 새하얀 연기에도 불구하고 국경에서 세관원이 아무 눈치도 채지 못한 것은 거의 기적이라 할 수 있었다.

여행 첫날 밤, 어떤 마을의 초입에서 벌써 실신해버린 자동차

---

* 자동차에서 차체의 무게를 받쳐주는 구조장치로서 노면의 충격이 차체나 탑승자에게 전달되지 않게 충격을 흡수한다. 현가장치라고도 한다.

때문에 우리는 호텔에서 잠을 자야 했다. 진흙탕 길 위에서 이 저주받은 똥차를 밀어 겨우 정비소까지 끌고 갔건만, 다음날까지 수리된다는 보장도 받을 수 없었다. 천장에 뚫린 구멍을 통해 비가 새고 라디에이터라는 건 아예 존재하지 않는 차였다.

 샤르봉* 몇 개와 모터의 부품들을 모조리 교체한 뒤에야 이튿날 낮에 재출발할 수 있었다. 그 이후부터 우리는 세 끼를 모두 차 안에서 해결했고, 호텔비를 아끼기 위해 잠도 차 안에서 쭈그리고 잤다. 그러나 차에는 매일매일 새로운 문제가 생겼고, 그때마다 수리비는 장난이 아니었다.

 게다가 이 무식한 운전수는 기분이 나빠지면 야생짐승처럼 씩씩거리며 최고 속력으로 차를 몰았고, 자주 시동열쇠를 잘못 꽂아서 배터리를 방전시켰다. 그러면 또다시 몇 시간이고 정비소에서 충전을 해야 하는 것이다.

 스페인 국경에 이르렀을 때는 타이어 하나가 터져서 그날 밤은 바르셀로나에서 지냈다. 새 타이어를 사기 위해 바르셀로나의 거리를 헤맬 때에도 운전수는 미친놈처럼 차를 몰았더랬다. 도로의 웅덩이와 돌맹이 따위에 걸려 차가 덜컹거릴 때마다 나는 세 사람 중에서 가장 격하게 천장에 머리를 부딪쳤다.

 그 이튿날부터는 거의 밤낮을 가리지 않고 달렸다. 그러던 어

---

* 구식 자동차의 시동장치 부품 중 하나.

느 자정, 어둠에 휩싸인 도로를 달리고 있을 때 마침내 우리의 운전수는 나귀 한 마리가 끌던 짐수레를 들이받았다. 수레 뒤에 분명히 등불이 달려 있었건만! 이 때문에 차의 왼쪽 날개부분 코팅이 제대로 벗겨져버렸다.

그 다음날 오후에는 덤불 기슭에서 뼈다귀를 씹고 있던 개를 치었고, 후진하면서 한 번 더 짓누를 뻔했다. 아아, 그가 속도를 줄이도록 조와 내가 소리를 지르지 않았다면 정말 끔찍한 광경을 볼 뻔했다.

칼로 깎아내린 듯한 그의 옆모습과 경직된 목덜미는 그야말로 나치를 떠올리게 했다. 한 꺼풀 한 꺼풀 벗겨지는 잔인한 그의 내면성 역시 나의 이런 생각을 더해주었다. 나는 그에게 입도 벙긋할 수 없었다. 조금만 싫은 소리를 해도 곧장 야만스럽고 거칠어졌기 때문이다. 게다가 그는 대장 역할까지 하려고 했다. 마리화나에 취해 물렁해진 조는 아무 말도 하지 않았고, 어쩌면 이런 점에 대해 눈치채지 못했을 수도 있지만, 나는 아니었다. 나는 이를 악물고 참으며 애써 침묵을 지키고 있을 뿐이었다.

지옥 같은 분위기에서 우리는 스페인을 가로질렀다. 차바퀴가 일어내는 그득한 먼지에 앞까지 제대로 보이지 않았다. 끝이 보이지 않는 자갈길을 달리는 와중에 입을 여는 자는 아무도 없었고, 차는 고철 조각들의 삐거덕거리는 노래와 함께 심하게 덜컹거렸다. 배가 고프고 목이 말랐지만 멈출 시간은 없었다. 여행자금도 거의 바닥난 상황이었다. 시간이 갈수록 좌석에 점점 금이 가는 바람에 우리 세 사람의 엉덩이도 한쪽 구석으로 바짝 밀려났고, 역시 점점 커져가는 천장 구멍을 머리로 박지 않기 위해 차가 덜컹거릴 때마다 온힘을 다해 궁둥이를 고정시켜야 했다. 그러다 사방에 어둠에 깔리면 온몸에 이불을 돌돌 만 채 좁은 좌석 위에 쭈그려 누워, 곯은 배를 부여잡고 바들바들 떨면서 잠을 청했다.

한번은 새벽 네 시, 해변에서 꽁꽁 얼어붙어 있던 몸을 애써 가동시켜 다시 여행을 시작해야 했다. 해상경비원이 순찰을 돌다가 차를 발견하고 손전등을 들이대면서 우리를 깨웠기 때문이다.

'모로코에 가서 마리화나를 가져온다.' 이는 당시 우리 셋의 머릿속에 들어찬 단 하나의 생각이었고, 실제로 우리는 이를 실현하기 위해 거의 광적인 속도로 내달리고 있었다. 여행이 계속될수록 우리는 더럽고 초조해졌으며, 우리 일행 속에 자리 잡게 된 무거운 침묵을 견딜 수 없게 되었다. 이는 조 역시 마찬가지여서 챙겨 온 마리화나가 바닥나버리자 그는 줄곧 짜증만 냈다.

그러던 중 마침내 세우타 항구에 닿았고, 우리는 먼지를 한껏 뒤집어쓴 우리의 차를 아주 속 시원히 강둑에 정박시켰다. 멀리서 바라본 차는 붕괴되기 직전인 고철 덩어리에 불과했다.

이어서 기름때로 번들번들하던 배에 올랐다. 배는 어찌나 심하게 울렁대던지 거의 모든 승객이 멀미를 일으켰다. 나 역시 화장실을 가기 위해 어느 좁은 복도를 따라가다가 어느 순간 콧속으로 훅 밀려들어오는 구토 냄새와 강렬한 휘발유 향에 서둘러 다시 갑판으로 올라갔다. 그러자 예상치 못했던 장면이 눈에 들어왔다. 저 멀리 수평선 위로 모로코가 떠오르고 있는 것이다. 헐벗어 누런 흙만 쌓인 언덕들, 새벽질된 오두막들과 염소 울타리, 작은 나귀들, 그리고 맨발에 누더기를 걸친 조무래기 아이들과 베일을 뒤집어쓴 여인들이 어둠 속에서 신비롭게 모습을 드러내고 있었다.

테투안을 향해 달리는 낡은 버스 안에는 너덜너덜한 천으로 숨이 막히도록 얼굴을 휘감고 있던 이빨 빠진 노파들과 뷔르누스*를 걸치고 있어 왠지 의뭉스러워 보이는 사내들로 가득했다. 그들 사이에 빽빽하게 좁혀 앉은 우리는 강력한 땀과 먼지 냄새에 마비된 채 버스가 깊게 파인 웅덩이를 지날 때마다 팔 다리가 덜렁덜렁 춤을 추도록 내버려두었다.

버스가 우리의 목적지에 도착하자마자, 수십 명의 아랍 사내들과 아이들이 독일어와 불어를 비롯한 거의 모든 언어로 뭐라고 소리 지르면서 손을 쭉쭉 뻗으며 와르르 몰려왔다. 이 혼잡 속에서도 조는 키가 작은 한 아랍인을 알아보았고, 우리는 그를 따라 어떤 선술집으로 들어가 큼직한 잔에 민트차를 마셨다.

선술집에는 오로지 남자들뿐이었다. 길거리에도 마찬가지였다.

---

* 모로코의 전통 의상으로 아라비아풍의 두건 달린 외투.

이 도시에서 여자는 오직 나뿐인 것 같았다. 더군다나 나는 빨간 바지를 입고 있어서, 내가 지나면 이곳 사람들은 반드시 뒤돌아보았다. 당연히 마음이 편할 수가 없었다. 게다가 줄무늬 뷔르누스 차림에 험상궂은 얼굴을 한 수상한 작자들이 우리 뒤를 좇고 있었다. 아랍인이 말했다.

"경찰들이에요."

우리는 그를 따라 발걸음을 재촉했다. 파란색과 흰색의 도기로 외관이 장식되어 있던 호텔 안으로 불쑥 들어가면서 겨우 그들을 따돌릴 수 있었다.

우리는 침대가 세 개 있는 방을 빌렸다. 조와 아랍인은 들릴 듯 말 듯한 목소리로 자기들끼리만 무슨 대화를 나누었다. 이윽고 아랍인이 곧 돌아올 터이니 잠시 기다려달라고 말하며 방을 나갔다. 얼마쯤 시간이 흘렀을까. 다시 돌아온 그의 손에는 큼직한 비닐봉지가 하나 들려 있었고, 그 안에는 마리화나 이파리와 처음 보는 특이한 막대가 하나 들어 있었다. 은박지로 포장된 길쭉한 밀방망이 같은 거였는데, 아랍인은 그 안에 든 것이 바로 '하시시 젤리'라고 했다.

"맛보시죠, 마담. 물건을 사기 전에는 반드시 맛을 보아야 합니다. 이 젤리는 최고의 품질이죠. 아편을 섞어서 오랜 시간 익혔어요. 제 삼촌께서 직접 만드는 거랍니다. 여기서는 사탕가게에서 팔고 있죠. 물론 아는 사람들에게만 팔지만요. 우리는 토요일 저녁마다 몇몇 친구들과 모여서 음악을 들으며 이걸 먹습니다. 행복하고 즐거운 시간이죠. 인생도 좀 더 아름다워 보이고 말입니다. 작은 숟가락으로 한 숟가락 정도의 양이면 충분해요."

그가 은박지를 벗기자 신비의 젤리가 그 모습을 드러냈다. 짙은 무화과 반죽과 비슷했으나 속에 든 낟알들의 색상은 더 선명했다. 아랍인은 젤리에서 벼룩 크기만큼 뜯어내서 그것을 손가락 끝으로 동그랗게 말아서 내게 내밀었고, 나는 그걸 꾹 삼켰다. 아랍인과 조, 그리고 운전수가 나를 주시하고 있었다.

그리고 곧장 정신을 잃었을 것이다. 순식간에 호텔방과 사내들이 시야에서 사라졌다. 나는 어떤 산의 정상에 펼쳐진, 매우 아름답고 광활한 계곡의 기슭에 있었다. 갑자기 내 몸은 앞으로 푹 고꾸라졌다. 나는 발 아래로 벌어져 있던 깊은 균열 사이로 빠지려는 찰나, 급히 비명을 내지르며 나무뿌리라고 여겨지는 것에 매달릴 수 있었다. 그때 눈이 번쩍 뜨였다. 나는 그대로 호텔방에 있었다. 상체를 구부려 내 앞에 앉아 있는 조의 다리를 꽉 움켜쥔 채. 사내들은 웃음을 터뜨렸고, 아랍인은 눈을 찡긋해 보이며 말했다.

"어때요? 물건 질이 괜찮죠?"

그는 마리화나 역시 최고의 품질이라고 했다. 한 개비씩 말아서 피워본 우리는 동시에 고개를 끄덕였다. 나는 28마르크에 3킬로그램의 마리화나를, 10달러에 젤리 덩어리를 샀다. 그러고는 그것들을 주머니칼로 미리 찢어두었던 배낭의 안감 속에 숨겼다. 조도 자신이 피울 마리화나를 소량 구입했고, 운전수도 조만큼 구입하여 봉지에 넣은 다음 입고 있던 청바지 속에 살과 맞닿게 감춰 넣었다.

그리고 그날 밤, 다른 이들이 잠을 자는 동안 나는 침낭 내부에 마리화나 융단을 까는 작업을 했다. 침낭의 비닐커버와 속에 끼워져 있는 스코틀랜드산 담요 사이에 말이다. 작업은 날이 밝아서야 끝이 났다. 그런데 최종적으로 침낭을 돌돌 말아보니 생각보다 너무 거대했고, 조금만 건드려도 기묘한 냄새를 풍기며 바스락바스락 마른 짚이 속삭이는 소리를 냈다. 언뜻 보기에도 수상한 봇짐이 되어버린 것이다.

조는 홀로 모로코에 남겠다고 했다. 히치하이킹으로 탕헤르까지 가서, 뜨거운 태양 아래에서 올 겨울을 보낼 거라고 했다.

"내년에 뮌헨에서 보자구. 여기서 내가 매독에나 걸리지 않으면 말야."

우리는 서로에게 행운을 빌며 악수를 했다. 조는 마리화나가 든 작은 봉지를 옆에 두고 침대에 누웠고 나는 방을 나왔다. 그리고 문을 닫고 살짝 벌어진 문틈으로 몰래 그를 바라보았을 때, 방 안에 혼자 남은 그는 내가 절대로 잊지 못할 행동을 했다. 나중에 감옥에 갇히게 되었을 때 머릿속에서 백 번도 넘게 재생시켜보았던 장면이었다. 그러니까 내가 방을 나가자 조는 침대에 누운 채,

아듀나 체념의 뜻인 양 팔을 들어 올린 다음 힘없이 툭 떨어뜨렸다. 그리고 반대쪽으로 급격하게 고개를 획 돌렸다. 다가올 운명을 직감했던 걸까? 이 차갑고도 단호한 행위는 이미 우리에게 유죄 선고를 내린 거나 다름없었다. 사실상 그가 마지막으로 남겼던 말도 맞았다. 아주 오랜 시간 뒤에 우리는 뮌헨에서 재회할 것이었다. 철창이 쳐진 어느 작은 사무실 안, 짭새들 앞에서 한 마디 인사도 나누지 못한 채.

그길로 나와 운전수는 택시를 잡아탔다. 마약을 몸에 진 이상, 행동을 빨리 해야 했다. 뜨겁게 달궈진 쇠막대기가 위장 안에 콱 들어박힌 심정이었고 숨은 턱턱 막혔다. 운전수와 나는 더 이상 단 한 마디도 나누지 않았다.

수상한 봇짐은 택시의 트렁크에 실었다. 해변에 위치해 있던 첫 번째 국경에서는 여권만 요구할 뿐 차 안이나 트렁크를 검사하진 않는 것 같았다. 검문 행렬 속에 들어온 뒤부터 나와 운전수는 눈길조차 한 번 스치지 않았고, 드디어 우리 차례가 되어 경찰이 여권을 펼치고 도장을 찍는 동안 나는 입가에 억지 미소를 짓고 앉아 있었다.

마침내 국경을 통과하고 어느 정도 달렸을 때 나는 잠깐 차를 멈춰달라고 택시 기사에게 부탁했다. 운전수는 그런 날 보고 인상을 찌푸렸지만 상관없었다. 나는 잠깐이라도 좋으니 반드시 바깥바람을 쐬고 싶었다. 가슴이 터질 것 같았다. 차에서 내린 나는 모래사장 위를 몇 발자국 걷고 바닷물에 돌멩이도 하나 던졌다. 황홀할 정도로 파아란 물을 보자 가슴이 어느 정도 진정이 되는 것 같았다. 여행은 다시 시작되었다.

세우타 항구에 도착한 우리는 아주 구질구질한 선술집에 들어갔다. 오래된 기름 냄새가 진동하며, 울퉁불퉁 높이가 제멋대로인 바닥 위에는 쓰레기와 오물이 천지였다. 테이블에 자리를 잡은 운전수는 이마를 찡그리며 말했다.

"구역질나는군."

그러나 나로 말할 것 같으면, 바로 그렇기 때문에 안심이 되었다. 이 더러운 선술집에서는 초조함을 떨쳐버릴 수 있었던 것이다. 곧 기름이 줄줄 흐르는 고깃덩어리 한 접시가 테이블 위에 놓였다.

그리고 한참 식사를 하는데, 무언가 촉촉이 젖은 털북숭이 같은 것이 내 발을 슥 스쳐가는 게 느껴졌다. 몸을 숙여 테이블 밑을 보니 가냘프고 초라한, 아주 작은 새끼 고양이 한 마리가 그 새파란 눈동자를 말똥이며 나를 마주 보고 있는 게 아닌가. 적갈색 털에 진득진득한 더러운 것을 잔뜩 묻힌 그 녀석은 내가 안아주자마자 곧바로 가르릉거리며 품속으로 파고들었다.

나는 운전수에게 이 녀석과 함께 떠나자고 말했다. 그는 절대로 안 된다며 씩씩거렸지만, 한참을 싸운 끝에 결국 이렇게 말했다.

"그래그래, 데려가자구! 적어도 세관원들 주의를 고양이로 돌릴 수는 있을 테니까! 동물을 태우고 다니면 좀 더 평범해 보일 수도 있겠지!"

고양이는 암컷이었다. 붉은 모피를 휘감은 채 네 발로 발딱 선, 아랍 출신의 작은 맹수. 나는 파티마*라고 이름을 지어주었다. 어떤 고양이도 절대로 이 이름은 갖지 못하리라! 아, 우리 파티마, 요 깜찍한 악마! 지금 파티마는 어느 집시 남작 부인의 저택에서 비단 쿠션 위에 누워 평화로운 나날들을 보내고 있다. 그러니까 내가 감방살이를 하면서부터! 오, 인샬라!

우리의 똥차는 여전히 강둑의 그 자리에서 태양 볕에 부글부글 끓고 있었다. 운전수는 전과 다름없이 시동열쇠를 힘차게 비틀고 핸들을 쥐었다. 차 안은 대장간 가마 속처럼 열이 올라 숨쉬기도 힘들 지경이었다. 나는 뒷좌석에 마약이 든 봇짐을 절반 정도 펴서 쿠션을 만들고 그 위에 앉았다. 차가 비포장도로에 오르고 내 엉덩이가 흔들흔들 춤출 때마다 쿠션 속 건초 더미는 폴폴 냄새를 풍겼으니, 앞으로의 긴 여정이 심히 걱정되었다. 한편, 우리 파티마는 내가 흔들리거나 말거나 내 무릎 사이에 쏙 들어가 잘도 잠을 잤다.

귀향길에 오른 운전수는 그 어느 때보다 전속력으로 차를 몰았

---

* 파티마Fatima는 아랍의 여자 이름으로 '장미', '두 살이 되기 전에 엄마 젖을 뗀 아기나 짐승 새끼', '죄와 거리가 먼 여자' 등 여러 가지 의미를 갖는다. 한편, 파티마 자흐라Fatima Zahra는 예언자 무함마드의 가장 사랑받던 딸의 이름이기도 하다.

다. 차 안에서 오가는 말이라곤 '물 줘', '빵' 정도가 다였다. 그것도 목이나 위장이 불타오를 때만이었다.

이제 수중에 남은 돈이라곤 휘발유 값뿐이었다.

한편, 운전수는 슬슬 내게 추파를 던지기 시작했다. 그렇지만 핸들을 잡고 있는 한 그는 괴팍하고, 무식하고, 거친 인물로 남아 있을 수밖에 없는 운명이었다. 나는 입을 꼭 다물고 조신하게 뒷좌석에 머물렀다.

꽁꽁 얼어붙은데다가 끝도 보이지 않는 오르막길을 맞닥뜨린 똥차는 더 이상 앞으로 나아가려 하지 않았다. 11월의 차디찬 바람이 천장에 뚫린 구멍 사이로 솔솔 새어들고 있었고, 아무리 주위를 둘러봐도 인적은 찾을 수 없었다. 온통 바싹 메마른 덤불로 뒤덮인 언덕들뿐이었다. 나는 내리막길이 나올 때까지 차를 뒤에서 밀어야 했다. 다음 오르막길에서도 마찬가지였다. 그렇게 대체 몇 개의 언덕을 넘었을까. 나는 체력의 한계를 느끼고 차에 들어가 버티고 앉았다. 그러자 운전수는 문을 열고 나가 범퍼를 발로 차면서 욕설을 퍼부었다.

"제기랄! 망할 창녀! 암퇘지! 빌어먹을 똥차 같으니라고!"

나는 잠시 고민했다. 이 저주받은 똥차를 도랑 속에 처박은 다음, 양팔에 각각 봇짐과 파티마를 꿰차고 히치하이킹을 해서 가는 게 어떨까? 그러나 거센 황토 바람 속에는 오로지 우리뿐이었다. 지나가는 차는 정말 한 대도 없었던 것이다.

결국 나는 마을이 나올 때까지 또 차를 밀어야 했다. 그리고 바로 그 마을의 정비소에서 제법 감동적인 장면을 목격할 수 있었다. 우리의 운전수가 차 배터리를 교체하는 데에 자신의 소중한 몇 마르크를 희생했던 것이다.

사랑스러운 내 아프리카 고양이만이 유일하게 아무 걱정이 없었다. 잠에서 깬 파티마는 앞좌석 등받이에 올라 가르릉거리다가 탐험을 시작했다. 돌연 운전수가 욕설을 퍼부었다.

"하나님 맙소사! 이 잡것! 더러운 짐승 새끼!"

그의 허벅지까지 도달한 파티마가 그만 쉬를 한 것이다. 눈이 뒤집어진 운전수는 곧장 파티마의 목덜미를 휘어잡고는 차창 밖으로 내동댕이치려고 했다.

"안 돼! 파티마를 던지면 나도 내릴 거야! 당신 혼자 남기고 가버릴 거라고!"

어쨌거나 이 여행의 대장은 나였고, 그는 아직 나머지 돈을 받지 못한 상황이었다. 치를 떨면서 좀 참던 그는 거의 기차의 속도로 이 똥차를 몰기 시작했다. 그가 과격하게 핸들을 꺾을 때마다 나는 창밖으로 나가떨어질 지경이었다. 그 후 몇 시간 동안 그는 단 한 마디도 하지 않았다.

어둠이 내리깔렸고, 이번엔 발전기가 숨을 거뒀다. 더는 헤드라이트가 작동하지 않았다. 때맞춰 달도 구름 속에 잠겨 온 세상이 캄캄하기만 했다. 하지만 여행을 멈출 수는 없는 노릇이었다. 우리는 트럭이 지날 때마다 그 뒤에 바짝 붙어서 달렸다. 시속 20킬로미터로 스페인 전체를 가로질렀다고 보면 된다.

이어지는 새벽. 어떤 울타리 뒤로 난 움푹한 오솔길에 차를 세우고 이불 속에 몸을 웅크린 채 덜덜 떨면서 잠시 눈을 감았다.

어느새 우리는 모든 악조건에 초연해져 있었다. 어떤 희생을 치르더라도 뮌헨까지만 가면 되는 것이다. 배고픔도, 추위도 느끼지 못했다. 얼마나 무감각해졌으면, 국경에 이르렀는데 두렵지도 않았다. 두려워할 힘도 없었다. 그저 빨리 지나갈 수 있도록 세관원들과 쌈박질만 벌이지 말자는 생각뿐이었다.

프랑스로 진입했다. 길고 긴 차량 행렬 속에 묻혀 어떤 마을의 국도를 지나는데, 갑자기 거대한 트럭 한 대가 뒤에서 우리 차를 들이받았다. 그 충격으로 나는 천장에 머리를 박고 떨어지면서 파티마를 짓눌러버렸다. 우지직 짓눌리는 고철 덩어리의 굉음과 파티마의 날카로운 울음 속에서 나는 드디어 우리에게 마지막 순간이 왔음을 직감했다.

이 사고가 우리 운전수 잘못이 아니었다는 건 기적이었다. 그는 우리 앞의 차가 왼쪽으로 차선을 바꾸려고 해서 좀 급작스럽게 속력을 줄였을 뿐인데, 우리 뒤에 있던 마스토돈*은 그만큼 속도를 줄이지 못하고 결국 우리를 짓눌러버린 것이다.

---

* 선사시대에 번성했다가 멸종된 코끼리류의 동물.

모두가 차에서 내려 목청껏 고함을 질렀고, 어디선가 짭새들이 경보 사이렌을 울리며 달려왔다. 그들은 꽤 오래 사고 당사자들에게 상황을 조사했고, 나는 절단 난 자동차 안에 앉아 제발 짭새들이 차를 뒤지지 않기만을 빌었다. 어느새 안정을 되찾은 파티마는 곤히 잠들어 있었다.

마침내 별일 없이 출발할 수 있었고, 우리의 소중한 마약 양탄자도 내 엉덩이 아래 개봉되지 않은 채 그대로 남아 있었다. 여행은 계속되었고 이제는 낮과 밤이 따로 없었다. 이 혹독한 계절과 세찬 눈발과 끝을 알 수 없는 암흑 속에 갇혀버린 우리는 아무 말 없이 몽유병자처럼 도로를 달렸다.

나의 고향땅을 지나면서는 하룻밤을 묵기로 하고, 어느 술집에 들어가 마지막 관문을 넘기 위한 휘발유 값 100마르크를 벌었다. 한편 운전수는 이 기회에 자신의 여동생과 만나 그녀의 집에서 잠을 잤고, 나는 예전에 살던 아파트에서 권투선수와 재회했다. 그는 마약에 취한 내가 침낭 속에 파묻혀 따뜻하게 자도록 내버려두었다.

드디어 다섯 번째, 최후의 국경을 넘을 때는 경찰들의 도움을 받기도 했다. 전조등에 후미등까지 고장난 우리 차를 보고 그들은 정비소까지 동행해주는 친절을 베푼 것이다. 정비소에서 끊어진 전선들을 애써 잘 접합해준 덕에 차는 희미하게나마 빛을 낼 수 있었고, 짭새들은 다시 길을 떠나는 우리에게 행운을 빌어주었다.

그리고 밤 열한 시, 드디어 뮌헨에 도착했다. 나는 인도변에 멈춰 선 똥차에서 빠져나와 봇짐과 고양이를 끌어안고 젖 먹던 힘까지 다해 4층 계단을 올랐다. 내 방에는 100마르크 지폐 몇 장이 봉투 안에 고스란히 남아 있었다. 그중 두 장을 뽑고 50마르크 지폐를 하나 더 얹은 다음, 다시 인도변으로 내려가 바들바들 떨고 있던 운전수에게 그의 몫을 건넸다. 그는 뻔뻔하게도 그날 밤 자신의 숙소를 내게 부탁했다. 게다가 50마르크까지 더 요구하는 것이었다. 물론 나는 끄떡도 하지 않았다. 여행 내내 그를 먹이기까지 했으니, 이젠 마른 빵 한 덩어리도 줄 일이 없었다. 게다가 그는 나를 아주 우습게 여겼고 내 가엾은 자동차까지 끝장내버리지 않았는가! 50마르크? 어림없는 소리였다. 이젠 네가 혼 좀 나볼 차례! 그 쥐새끼 같은 면상이라니, 나는 저택의 입구까지 따라온 그를 차갑게 돌려보냈다. 흥, 길거리에서 얼어죽든지 말든지!

그러나 그 빌어먹을 50마르크 때문에 후에 일을 그르치게 될 줄은 꿈에도 몰랐다.

곧장 내 방에 올라간 나는 사랑스러운 파티마를 가슴에 안고 이불 속으로 파고들었다. 빅마마 셰익스피어도 이 작은 짐승을 보자 귀여워 어쩔 줄 몰라 했다. 그녀는 파티마에게 돼지족발 조각과 우유를 접시에 담아주었고, 복도에서 녀석을 한 걸음 한 걸음

쫓아다니며 상냥한 목소리로 이렇게 속삭이곤 했다.

"파티마, 우리 작은 파티마. 요 귀여운 야옹이!"

이튿날, 장을 보고 오다가 눈 속에 파묻혀 있던 우리의 똥차 유해를 발견한 그녀는 노발대발하며 내 방까지 쿵쾅쿵쾅 달려왔다. 그리고 문을 두드리며 소리쳤다.

"하나님 맙소사! 차가 저 지경이라니! 너 뒈졌으면 어쩔 뻔했어!"

이날 밤, 나는 드디어 마리화나 융단을 개봉해 장장 몇 시간 동안 줄기며 이파리, 낟알 할 것 없이 싸그리 커피를 빻는 기계에 넣고 열심히 갈았다. 갈갈대는 소음이 옆방에 들릴 것이 분명했고, 특히나 호기심이 왕성한 빅마마 셰익스피어의 주의를 끌 수도 있었기에 매우 불안했다.

그러나 다행히도 밤이면 밤마다 붉은색 대저택을 흔들어대는 소음이 그 모든 잡음을 덮어주었다. 군인들과 여인들은 동이 틀 즈음에야 비명을 멈추었다.

신선한 마리화나 향이 방 구석구석에 짙게 배어들었다. 단지 숨을 쉬는 것만으로도 몽롱하게 취해버리거나 머리가 지끈지끈 아플 정도였다. 방향 스프레이는 한 통을 다 써도 모자랐다. 한편, 가루는 공장을 하나 차려야 할 만큼 많이 쌓였다. 이것들을 모두 성냥갑에 넣고, 그중 일부를 담배로 말아 옷장 속에 눈에 띄지 않게 정리하려면 대체 얼마만큼의 시간이 걸릴지 가늠할 수도 없었다. 게다가 슈바빙에서 마약을 팔기 위해서는 추가적으로 비트닉을 몇 명 더 고용해야 했다.

대량 판매를 위해 우편물용 저울을, 비닐봉지를 구하기 위해 탈지면을 몇 박스 구입했다. 바깥으로 쫓겨나 산더미처럼 쌓인 성냥과 남은 탈지면들로는 대체 뭘 해야 할지 알 수 없었다.

시간이 갈수록 로드웰의 스틱이 만들어내는 강력한 화학작용이 살과 살이 맞닿을 때의 쾌감을 대체하게 되었으니, 매춘은 점점 형이상학적인 것으로 변해갔다.

하시시 파티를 벌인 날도 있었다. 밤을 꼴딱 새고 아침이 될 때까지 로드웰의 가슴 속에 묻혀 있던 나는 돌연 내가 미치고 있음을, 즉 나의 이성이란 것이 멀리멀리 달아나고 있음을 깨달았다. 나는 로드웰에게 의사를 불러달라고 했지만, 역시 취해 있던 그가 할 줄 아는 거라곤 빅마마를 부르는 것뿐이었다. 방에 들어온 그녀는 축 늘어져 있는 나를 발견하고 단숨에 모든 걸 알아챘던 것 같다. 내 얼굴은 새하얗게 질려 있었고, 바들바들 떨면서 식은 땀을 흘리고 있었으며, 눈은 초점을 잃고 불분명했다. 그 와중에도 빅마마가 눈치채게 해서는 안 된다는 의식이 있었는지, 화가 나서 잔뜩 찌푸린 그녀의 얼굴을 보고 나는 이렇게 말했다.

"미안해, 헬렌. 나 너무 많이 마셨나 봐."

그러자 그녀는 매우 엄한 목소리로 말했다.

"뭐? 많이 마셨다고? 넌 술을 마시지 않잖아! 날 속일 생각은 마! 날 바보로 아는 거야? 두고 봐, 이런 짓은 다 안 좋게 끝나게 되어 있어! 아주 끔찍하게 말야!"

그리고 방을 나갔다. 로드웰은 아연실색한 얼굴이었다. 나는 내가 미치든 말든 입을 다물고 있었어야 했다고 후회했다. 그러나 이미 그녀가 모든 걸 파악해버렸으니, 이제는 그토록 수다스런 그녀가 제발 입을 다물어주기를 기도할 수밖에 없었다.

하시시 젤리는 네스카페 병에 넣어 옷장 속에 숨겨두고, 한 숟가락씩만 흑인들에게 팔았다. 어떤 흑인은 친구들과 서부영화를 보러 가기 전에 젤리를 먹었다는데, 효과가 얼마나 죽이던지 스크린 속에서 바로 자신이 말을 타고 황야를 질주하고 있었다고 했다. 그의 친구들은 그가 관람석에서 튀어오르지 못하도록 그를 붙잡아야 했단다. 그가 또다시 찾아와 일종의 후기를 들려주며 젤리를 너무나 간절히 원하기에 나와 로드웰은 조금만 뜯어내 공짜로 주기도 했었다.

그러나 로드웰은 특이하게도 젤리에서는 아무것도 느끼지 못했다. 그럼에도 불구하고 나와 함께 먹기는 했다.

"이건 내 취향이 아냐. 내가 좋아하는 건 단단하게 말린 스틱 한 개비지."

그의 스틱들은 허리띠 아래 바지의 안감 속에 비축되어 있었다. 나는 아주 신경 써서 방문을 잠그고 다녔고, 시간이 날 때마다 문과 벽의 모서리를 따라 방향 스프레이를 뿌렸다. 톡 쏘면서도 달콤한 마리화나 향은 방에 끈덕지게도 남아 지속적으로 두통을 일으켰기 때문이다. 한편 로드웰은 그 향에 완전히 젖어버린 경우였다. 그가 말하길, 어떤 사람이 마약을 했는지 알아보려면 귓구멍 냄새만 맡아보면 된다고 했다. 짭새들도 그런 식으로 마약중독자를 알아보는 것 같단다.

우리는 밤이나 낮이나 경계 태세에 있었다. 그러던 어느 날, 로드웰이 말했다.

"네가 원한다면 동료를 한 명 더 구할 수 있어. 같은 병영에 있는 흑인이지. 지금은 그를 좀 지켜보는 중이야. 행동이 신중하다는 게 판단되면 그와 함께 팔 수도 있잖아? 이익금도 같이 나누게 되겠지. 어때, 괜찮겠어?"

나는 그러라고 했다. 설마 이 브라운이라는 작자가 우리 사업을 실패로 몰고 가리라곤 예상치 못했다. 그러나 처음부터 그는 그렇게 예정된 운명을 가지고 우리와 연을 맺게 된 것 같다. 인생을 살다 보면 반드시 그런 사람을 만나게 되는 것이다.

또한 여기저기서 우리의 운전수의 대한 소문이 흉흉하게 들려왔다. 가증스런 쥐며느리 새끼 같으니라고! 길거리에서는 한 번도 본 적 없던 사내들이 나를 잡아 세우고 이렇게 물었다.

"마담, 모로코에 갔다 오셨다면서? 차는 어디 있나? 물건은 아직도 있고?"

나는 무슨 말인지 모르겠다는 듯 순진한 척했지만 가슴은 폭발하기 직전이었다. 그 바보 같은 작자가 동네방네 소문을 퍼뜨린 것이다! 게다가 그는 나와 경쟁을 벌이고자 우리가 팔던 가격의 절반 정도에 물건을 넘기고 있었다.

그러던 어느 날 그와 마주친 적이 있다. 그 어느 때보다 초췌한 얼굴을 한 그는 스스로 중요한 인물이라는 듯 위엄을 풍기며, 횃대 위 앵무새처럼 높다란 스툴 위에 앉아 있었다. 나는 그가 보이지 않는다는 듯 훌쩍 지나쳐버렸다.

나를 정기적으로 방문하는 손님 중에는 아래층에 살던 아가씨와 약혼한 흑인 하사가 있었다. 그가 4층에 올라올 때마다 빅마마 셰익스피어는 신중하게 주의를 살피며 그를 내 방까지 데려왔고, 그녀 자신이 방문을 두드리기도 했다. 그는 특별히 프랑스식 섹스를 선호해서 나를 찾는다며 그의 약혼녀인 독일 아가씨는 한 번도 제대로 성기를 빨아준 적이 없다고 했다. 그는 프랑스인들의 세련된 기교 덕에 오랫동안 발기하고 여러 번 관계를 맺을 수 있어서 좋다고 했다.

그날도 그는 만족스런 한숨을 내쉬며 말했다.

"좀만 더, 좀만 더."

그리고 일이 끝나자 마지못해 지갑에서 달러 몇 장을 꺼내면서 너무 비싸다고 투덜거렸다. 그는 좀 구두쇠이기도 했다. 그러나 자꾸만 다시 나를 찾게 되는 걸 스스로도 어쩔 수 없었던 것이다. 약혼녀가 질투할까 봐 까치발로 복도를 살금살금 걸으면서 말이다.

그러던 어느 날, 나는 그 앞에서 실수를 범하고 말았다. 그에게 마리화나 한 개비를 권하면서 모로코 여행에 대해 발설한 것이다. 그러자 그는 단호하게 대답했다.

"그런 거라면 난 조금도 관심 없어. 게다가 그건 나쁜 짓이야. 당신도 그런 일을 하면 안 돼."

순간 분위기는 찬물을 끼얹은 듯이 냉랭해졌고, 그는 옷을 입고 방을 나갔다. 평소처럼 고맙다는 인사는 잊지 않으며.

"어쨌든 좋았어, 아주 좋았다구."

그 이튿날부터 내가 마리화나를 가지고 있다는 걸 모르는 사람은 이 거대한 저택에 아무도 없었다. 드디어 올 것이 온 것이다! 일은 서서히 심상치 않게 돌아가고 있었고 나는 심장이 타들어가는 것만 같았다!

곧 내 방엔 새로운 손님들이 드나들었다. 옆 층계참에 사는 지지도 와서 몇 상자를 사갔는데, 평소에는 내게 한 번도 말을 걸지 않던 인물이었다. 그런 그녀가 사나흘마다 잠옷 차림으로 찾아와서는 조용히 문을 두 번 두드리고, '둘' 혹은 '셋' 하고 마리화나를 요구했다. 상자는 곧장 그녀의 잠옷 주머니 속으로 쏙 들어갔고 그녀는 '고마워'라고 덧붙이며 홀연히 사라졌다. 언제나 안개 비슷한 것에 두 눈이 축축이 젖어 있던 검은 머리칼의 아름다운 아가씨였다. 더군다나 그녀는 아직 매우 어렸다.

어느 날은 우리 층의 한 아가씨와 사귀던 키 작은 흑인 병사가 나를 찾아왔다. 그는 누군가에 쫓기는 듯한 불안한 시선으로 '흰눈snow'을 구해다줄 수 있느냐고 쉰 목소리로 물었다. 헤로인을 말하는 거였다. 나는 그것을 본 적도 없을 뿐더러 마리화나보다 몇 배는 위험한 물질이라는 것을 알고 있어서 화를 내며 거절했다. 그때 밖에서는 작은 소동이 일어나고 있었다. 자기의 남자친구가 내 방에 들렀다는 걸 알게 된 아가씨가 내 목을 따기 위해 날이 시퍼렇게 선 큼직한 가위 한 짝을 들고 정신없이 복도를 달려오다가 지나가던 빅마마 셰익스피어한테 걸린 것이다.

"어디 가는 거야? 뭘 어쩌려고?"

빅마마는 그녀를 일단 막아선 다음 사정을 설명했다고 한다. 마약에 대한 모든 이야기를 들은 그 어린 아가씨는 가위를 바닥에 떨어뜨리고 눈물을 줄줄 흘리며 내 방에 찾아와 이렇게 말했다.

"흑흑…… 용서해줘요. 이제 왜 그가 언니를 보러 갔는지 알았어요."

나는 대답했다.

"뭔가 잘못 알고 있는 것 같은데, 난 네가 무슨 말을 하는지 모르겠어. 명심해. 난 아주 조심해야 하는 사람이야. 화산은 언제 폭발할지 모른다구."

그리고 얼마 지나지 않아 버드랜드에서 만난 흑인과 하룻밤을 보냈다. 방에 온 그는 내게 돈을 후하게 쥐어준 다음부터 아주 이상스럽게 행동하기 시작했다. 끝도 없이 질문을 퍼부어대는 것이다.

"혹시 미국 담배를 피우나? 옷장 안에 보관하고? 미군에서 가져오는 건가?"

금테 안경을 걸친 땅딸막한 작자였다. 나는 초연한 얼굴로 아무것도 피우지 않는다고 대답했다. 그러자 그는 활짝 웃어 보이며 자신이 경찰이라고 말했고, 신분증까지 보여주었다. 나는 그가 다른 의심을 갖지 못하도록 침착하게 굴면서 다른 손님에게 그렇듯 친절하게 대했다. 그리고 밤에 자는 동안에는 확실히 해두기 위해 옷장을 잠그고 열쇠를 뽑아버렸다.

그가 떠나자마자 빅마마 셰익스피어가 벌겋게 달아오른 얼굴로 문 앞에 나타났다. 그녀는 방에 들어와 조심스레 문을 닫고는 목소리를 낮춰 말했다.

"너 미쳤어? 완전히 이성을 잃었구나?"

"내가 뭘?"

"어떻게 경찰을 받을 수 있어?"

"뭐, 다른 남자들과 똑같았어. 친절하기도 했고."

"야, 난 말이야, 네가 그걸 팔기 시작한 뒤부터…… 후우…… 이건 사는 게 아냐. 넌 이해 못하겠지만…… 제발 부탁할게. 이쯤에서 그만둬. 아니면 조심하기라도 하든지! 제발 아무나 좀 받지 말라고!"

나는 어깨를 으쓱해 보였고 그녀는 화가 나서 나가버렸다. 나는 진심으로 두렵지 않았다. 적어도 그때까지는 말이다.

로드웰과 마리화나를 피우고 함께 잠이 들었던 날도 아무런 겁이 나지 않았다. 기적적인 밤이었다. 잠결에 여섯 번 종이 울리는 소리를 들었지만 무의식적으로 문을 열지 않겠다고 마음먹었다. 종은 계속해서 울렸으나 나는 꿈쩍도 하지 않았다. 한편, 밖에서는 무슨 소동이 벌어지고 있는 것 같았다. 누군가 복도의 문을 쿵쿵 치면서 저벅저벅 걸어 다니는 소리가 들렸다. 그리고 열쇠꾸러미 철렁이는 소리, 독일 여인들의 거센 비명, 사내들의 굵직한 저음까지. 이어서 그 누군가는 내 방의 문도 열어보려 했으나 방 안에서 꽂아둔 걸쇠 때문에 성공하지 못하는 것 같았다.

그리고 몇 시간 후에야 화장실을 가기 위해 방을 빠져나왔다가 무슨 일이 있었는지 알게 되었다. 그날 경찰이 무려 여섯 명이나 왔었고, 층계의 방이란 방은 싸그리 뒤졌으며, 모든 여인이 신분증을 제시하고 신문을 당해야 했단다. 그날 저녁에 멜리타의 남편이 탈옥해서 그를 찾으러 왔던 것이다. 따라서 경찰들은 멜리타의 방을 비롯하여 온갖 방을 헤쳐놓았다고 했다. 결국 아무런 흔적도 발견할 수 없었지만.

그때 내가 가만히 누워 있지 않고 살짝이나마 문을 열었어도 모든 게 끝장났을 터였다. 아무 대답이 없기에 경찰들은 빈 방인 줄 알고 그냥 지나갔던 것이다. 이렇게 나는 운 좋게 위험을 모면

하기도 했다.

그 무렵, 미국에서 편지 한 통이 날아왔다. 가늘고 길쭉한 항공우편 봉투의 왼쪽 상단에는 다음과 같이 쓰여 있었다. 로이 블레인 밀러, 시카고. 그래도 나를 잊진 않았는지 새까만 쁘띠슈슈가 내게 편지를 쓴 것이다. 나는 로드웰이 보는 앞에서 그것을 읽고는 눈물을 펑펑 쏟았다.

"무슨 일이야? 나쁜 소식이야?"

그는 아무것도 몰랐다. 내가 병영의 어느 지하실에서 비단결같이 고운 피부의 한 흑인 인디언과 약혼을 했고, 그를 배신했다는 것을. 참을성 있게 그를 기다리지 못했다는 사실을 그는 모르는 것이다.

그러나 편지는 너무 늦게 도착했다. 이제 내가 사랑하는 사람은 로드웰이었다. 과거를 되돌릴 수 없다는 건 알지만, 나는 이 쓰디쓴 후회가 유감스러워 계속 눈물이 났다.

그는 시카고 외진 곳의 어느 담벼락에 뚫린 구멍에 들어가 혼자 잠을 잔다고 했다. 길거리를 배회하며 밥 먹듯이 배를 곯는 삶을 살고 있다는 그는 아직도 나와 재회하기를 바라고 있었다. 편지 내용으로 미루어보건대, 그는 사람 목을 졸라대는 거대한 미국이란 땅에서 혼자 발버둥치고 있었다. 일거리도, 돈도 없이 흑인들의 구역에서 헤매고 있는 것이다. 그의 불타오르는 편지들은 계속해서 날아왔다. 때로는 자신이 쓴 시까지 함께였다. 살아남기 위해 고군분투하는 그의 모습이 머릿속에 그대로 그려졌다. 그가 내지르는 모든 말들과 시는 절망적이었다. 미국이란 땅에서 그가 입고 있는 상처는 결코 아물지 않을 것이었다.

나는 붉은색 대저택의 모든 여인들이 거절하던 독일인을 받은 적도 있다. 깡마른 육체와 신경질적인 성격에, 술 때문에 늘 두 눈이 시뻘겋게 충혈되어 있던 젊은 청년이었다. 매우 급작스럽고 불안정하게 행동하는 그는 말은 거의 하지 않았다. 그는 낡고 얼룩이 진 개버딘제 레인코트를 입고 내 방에 찾아왔다. 우리가 방문 앞에서 약간의 교섭을 진행하고 있을 때 빅마마 셰익스피어는 그의 등 뒤에서 내게 신호를 보냈다.

'받지 마! 제정신이 아닌 놈이야! 위험한 작자라고!'

나는 이해하지 못하는 척하며 그를 방으로 들였다. 그가 어떤 사람인지는 시간이 지나면 자연스럽게 알게 될 것이었다. 청년은 내가 친절하게 굴어줄 경우 150마르크를 주겠다고 약속했다. 당시는 월말이었고 그 돈은 결코 적은 액수가 아니었다. 아니, 외려 과분하기까지 했다.

내가 평소처럼 걸쇠로 문을 잠그자 그는 일단 100마르크를 내밀었다. 돈은 곧장 나의 비밀 금고 속으로 들어갔다. 그는 옷을 벗기 전에 레인코트 주머니에 손을 쑥 집어넣더니 날이 예리하게 빛나는 기다란 단도를 꺼내 테이블 위에 놓았다. 그러고 나서 조금

편안해진 얼굴로 옷을 벗고 의자에 접어두었다. 그는 단도를 들어 보이며 말했다.

"주머니에 넣어두면 맘이 편하지 않아서 여기 놓는 것뿐이에요. 난 언제나 무기를 갖고 다니죠. 아무리 조심해도 지나치지 않거든요."

나는 씨익 웃어 보였다. 그 상황에서 다른 무슨 행동을 할 수 있을까. 나는 세면대에서 그를 씻긴 다음 물기를 닦아주었고, 이내 그는 침대에 누웠다. 우리는 쓸데없는 말을 나누는 법 없이 일을 진행했다. 테이블 위에서 시퍼런 빛을 번쩍이는 큼직한 단도는 우리가 좀 더 서로를 배려하며 행위하게 했고, 또 조용히 입을 다물게도 했다. 우리는 거의 아무런 소리도 내지 않고 몸을 움직였다. 일이 다 끝나자 그는 아주 만족스러워하며 입을 열었다.

"자, 이거 받으세요. 제게 너무나 친절하셨으니까 나머지 드려야 할 돈에 50마르크를 더 얹어 드리죠. 전 사람들이 만족스럽게 굴어주면 반드시 약속을 지켜요. 하지만 날 조금이라도 놀리는 경우엔, 아주 사악한 인간으로 변해버리고 말죠."

나는 계속해서 그를 부드럽게 애무해주었지만 그가 술을 너무 많이 마셨던 탓에 더는 진행할 수 없었다. 그 역시도 그걸 알아차리고 이렇게 말했다.

"하지 마세요. 안 될 거예요. 진짜 너무 수고하시네요. 두 번째는 안 돼도 할 수 없어요. 그래도 감사드려요. 자, 이제 난 가볼게요. 너무 피곤하거든요."

그는 옷을 입었고, 레인코트 주머니에 칼을 도로 집어넣으며 말을 이었다.

"칼은 언제, 어디라도 날 따라다녀요. 모든 일이 내 뜻대로 되는 건 다 이 녀석 덕분이죠!"

그리고 작별 키스를 나눈 후, 그는 떠났다.

나는 다시 병에 걸려버렸다. 매독이 완전히 항복하고 떠나버려서 페니실린을 투입하지 않는 동안 새로운 병균들이 예전의 상처 속으로 침입한 것이다. '뜨거운 오줌'이란 별명의 임질이었다. 정말 조용한 날이 없는 것이다! 몹시도 음흉해 보이는 화상 자국들로 온몸이 얼룩덜룩해졌고, 로드웰은 그런 나를 격렬하게 비난하면서 나를 떠나겠다고 위협했다.

"나는 절대 그런 추잡한 병은 모르고 살았어!"

나는 대답했다.

"아, 그래? 그러면 잘됐네! 이번 기회에 알 수 있게 되었으니!"

그는 얼굴에 팍 인상을 쓰고는 군대에서 주는 알약을 삼켰다.

나는 독일인 의사를 찾아갔다. 의사는 두 판유리 사이에 파란 빛깔의 작은 짐승들을 끼워 넣고 현미경으로 유심히 관찰한 다음, 이틀 간격으로 스트렙토마이신 주사를 두 대씩 놓아주겠다고 했다.

이번에는 매독보다 빨리 나을 수 있었지만 완쾌한 후에도 나는 보라색 용담가루를 채운 물로 매일같이 몸을 씻었다. 이는 빌과 함께할 때부터 시작된 습관이었던 동시에 순전히 감정적인 행위였다. 용담가루 세척을 한다고 해서 병을 막아낸 적은 단 한 번도 없었기 때문이다.

버드랜드 카페에서의 마리화나 밀매는 매일 밤 계속되었다. 카페 안팎으로 흑인과 백인 짭새들이 늘 어슬렁거리고 있기에 이 일을 하려면 여우처럼 빈틈이 없어야 했다. 나는 춤을 추면서 흑인들에게 접근한 다음, 서서히 몸을 밀착시키고 들릴 듯 말 듯한 목소리로 다음과 같은 신비로운 말을 흘리곤 했다.

"몇 개 줄까?"

그러면 그들은 곧장 알아차리고 대꾸했다.

"얼만데?"

"한 상자에 5달러."

"네 개."

"오케이. 화장실 앞에서 기다릴게. 벽 아래서."

그런 다음 나는 테이블로 돌아가 잠시 앉는 척을 하고는 다시 일어나, 출렁이는 인간물결을 빠져나갔다. 그러면 흑인은 이미 화장실 벽 아래 깜깜한 어둠 속에 사르르 녹아든 채 기대어 서 있었다. 네온 불빛과 변기 물 내려가는 소리와 오줌 지린내가 뒤엉킨 벽 건너편의 화장실에서는 칸칸마다 달린 헐거운 문이 번갈아가며 덜커덩거리는 음악을 들려주고 있었다.

파란색 종이에 포장된 성냥갑을 내밀면 흑인은 내게 달러 몇 장을 건넨 뒤, 외투 안주머니 깊숙이 그것을 밀어 넣었다. 이제 그는 밤새도록 화장실에 머물 터였다. 이파리를 담배로 말아 두 배로 비싸게 팔아치우려는 것이다. 위험한 일이었다. 좁은 화장실 안에서 새하얀 연기는 금방 넓게 퍼지기 마련이고, 짭새들 역시 때가 되면 오줌을 싸니까.

그러나 나는 짭새들 면전에서도 성냥갑을 팔았다. 심지어 조명이 환히 켜져 있던 공중전화 부스에서 그들에게서 등을 돌리고 판 적도 있다. 언젠가는 소녀의 도움을 받은 적도 있다. 내가 술집에서 손님을 데리고 나와 인도에서 망을 보는 동안, 그녀는 어두컴컴한 복도의 입구에 움푹 들어간 문간에 딱 달라붙어 있었다. 그때 그녀의 치마 속 집시들의 그 유명한 검정색 천 주머니에는 상자 한 무더기가 감춰져 있었다. 우리는 함께 길거리에 나서서 어느 공터의 생울타리 뒤로 숨었다. 그리고 오줌을 싸는 척 쪼그려 앉아 재빠르게 물건과 돈을 교환했다.

브라질 오케스트라에서 연주를 하는 흑인 음악가와는 기차역 부근에서 종종 거래를 했다. 야외무대에서 공연이 한참 진행되는 동안 테이블에 자리를 잡고 앉아 기다리고 있으면, 휴식 시간에 차를 마시러 내려온 연주자들은 곧장 내 테이블에 동석했다.

모든 거래는 테이블 아래, 무릎과 무릎 사이에서 진행되었다.

한 손으로 돈을 받고, 나머지 손으론 상자를 건네는 식이었다. 그러는 동안 누구 하나 안색이 변하는 사람은 없었다. 우리는 겨우 서로를 쳐다보는 상태로 입은 약간 부자연스럽게 움직이면서, 계속해서 먹고 마시고 웃고 말을 주고받았다.

그러고 나면 휴식 시간이 끝났고 연주자들은 각자의 악기 앞으로 되돌아갔으며, 음악이 다시 울려퍼졌다. 잠시 후, 나 역시 자리에서 일어나 도심의 요란한 소음과 담배연기를 가로지르며 무대 앞을 지나면서 그들에게 손으로 신호를 보냈다. 그러면 그들도 연주를 하면서 나를 향해 씨익 웃어 보이곤 했다. 나는 곧장 작은 골목에 들어가 돈을 세었다. 그들은 한 번도 날 속인 적이 없었다.

그 브라질계 흑인은 마리화나가 음악을 하는 데 상당한 도움을 주며, 마약 없이는 독일에 남아 그저 그런 바들을 돌며 저질 음악을 계속할 용기가 나지 않을 거라고 했다. 마리화나는 그의 영혼을 뜨겁게 달구고, 마음을 즐겁게 하며, 통통 튀어오르는 손가락으로 불꽃을 튀기며 기타 연주를 할 수 있도록 만드는 것이다. 그러나 아무도 이를 눈치채지 못한다고 했다. 사장은 계산대에만 매달려 있고, 종업원들은 늘 일에 치여 있는 것이다.

슈바빙의 어느 고층 건물에서 금발의 아내와 아이, 고양이 한 마리와 살던 독일인 음악가도 내 단골 중의 하나였다. 한번은 그의 집에 가본 적도 있었다. 내 마리화나를 팔던 비트닉과 함께였다. 그 비트닉은 곱슬머리에 몸이 온통 털북숭이며, 모로코 여행

전에는 조와 함께 살았던 자그마한 사내였다.

한편, 조와 비트닉이 함께 살았던 곳은 어떤 건물의 지하에 자리 잡은 더러운 방이었는데, 이상한 천이 깔린 침대 하나만으로 꽉 찬 곳이었다. 바로 그곳이 비트닉들이 새하얀 연기에 파묻힌 채 뒹굴거리며 대부분의 시간을 보내는 아지트였다. 눅눅해진 벽에는 찢어진 그림 몇 장도 걸려 있었다.

독일인 음악가는 피해망상의 가장 높은 단계에 도달해 있었다. 초인종이 작동하지 않아 비트닉이 현관문을 두드렸고, 초점 없는 눈빛의 그가 실내화를 질질 끌며 나왔다. 그는 문을 열어주면서도 상체만 앞으로 숙여서 혹시라도 우리를 따라온 자가 없는지 좌우를 꼼꼼히 살펴보았다. 아무도 없다는 게 확인되자 그제야 우리를 들여보냈다. 한마디 말도 없이 조용히 하라는 듯 입술 위에 손가락을 스르르 얹으며.

복도에는 고양이 집과 아이들의 세발자전거가 보였고, 방에는 책이 산더미처럼 쌓여 있었으며, 덧창들은 모두 꼼꼼히 닫혀 있었다. 이윽고 그의 아내가 방에 들어왔다. 그녀 역시 조용했다. 그녀의 두 눈동자는 한곳에 초점을 맞추지 못한 채 이리저리 배회하고 있었고, 새빨간 루주를 바르고 있었음에도 미소는 창백하고 서늘했다. 아파트는 전체적으로 어두워서 고통이 훑고 지나가고 있음을 그대로 보여주고 있었다. 우리 역시 편하게 있을 수가 없었다. 단 한 마디 말도 오고 가지 않는 가운데, 독일인 음악가는 테이블에 포장 종이를 펼쳐서 그 위에 내가 비닐봉지째 넘겨준 마약을 부었다. 그러고는 코를 가까이 대어 냄새를 훅 들이마시고는 손가락 끝으로 얼마쯤 주무른 뒤, 그중 소량을 파이프에 넣고 불을 붙여서 우리에게 내밀었다. 우리는 돌아가면서 파이프를 피웠고, 그도 머릿속 깊숙이 연기를 들이마셨다.

"음, 아주 좋군."

그는 이렇게 말하고 곧장 우편물용 저울을 가져와 마리화나의 무게를 달았다. 그리고 몇 백 그램 정도를 구입하고는 다음번에도 우리와 거래하겠다고 했다.

"이거 없이는 아무 일도 할 수 없지."

파이프를 도로 주머니에 넣으며 중얼거리던 그는 이미 중증 마약중독자의 모습이었다.

그에게 있어 주위의 모든 것은 꿈속에서처럼 늘어지고 불분명한 것 같았고, 그 역시 현실을 둥둥 떠다니고 있었다. 그의 흐릿한 얼굴 윤곽과 느린 몸짓이 이를 말해주고 있었다. 그는 떠나는 우리를 현관까지 나와 배웅하면서도 잔뜩 겁에 질린 채 짭새들이 어딘가 숨어 있지는 않은지 은밀하게 사방을 훑어보았다. 그러다 결국 우리를 확 밀쳐내고 문을 쾅 닫아버리는 것이었다. 문 안쪽에서는 빗장을 채우고 여러 번 열쇠를 돌리는 소리가 들렸다.

여전히 붉은색 대저택 맞은편의 인도변에는 내 똥차가 붕괴 직전의 꼴을 하고 처참하게 서 있었다. 빅마마 셰익스피어는 차를 가리키며 말했다.

"우리 저택 앞에 저런 똥차라니, 이건 수치야! 네 차가 큰길 풍경까지 망치고 있다는 거 몰라? 또 우리는 어떻게 보이겠니? 손님들이 대체 저게 누구 거냐고 물으면? 어떻게 우리 여인들 중 하나가 저 똥차를 끌고 다닌다고 말하냐고! 다른 여자들 차는 얼마나 멋지니? 내가 너라면 당장 폐차해버리겠어!"

그랬다. 누더기 같은 내 똥차는 분명 니켈 지느러미를 단 채 인도를 따라 주르르 세워져 있는 메르세데스나 트라이엄프, 거대한 시보레들에게 즉, 우리 마담들이 고된 노동을 하고 얻은 결실들에게 일종의 모욕이었다. 우습지 않은가? 그래도 내 차 옆에서, 오물이 넘쳐나는 쓰레기통들은 진실로 쓸모 있어 보였으니 말이다.

어느 날 아침, 타타는 집시 친구 한 명과 함께 나를 찾아왔다. 그들은 타타의 천식 걸린 차(이 차는 겨울철 새벽이면 보닛에 더운 물을 부어 잠을 깨워줘야 했다)와 나의 가엾은 고철 덩어리를 밧줄로 엮었다. 그러고는 정비소까지 끌고 가서 어떤 증명서 한 장을 발급받아 왔다. 내 똥차의 사망신고서였다. 그로부터 일 년 후, 어느 영리한 변호사 덕분에 이 증명서를 가지고 보험회사로부터 천 마르크를 얻어낼 수 있었다. 구매가보다도 큰 액수였다.

1층 출입구에서 집주인인 늙은 유태인과 마주치면 그는 늘 살벌한 눈빛으로 나를 스윽 훑어보고는 칼처럼 날카로운 인사말을 날리곤 했다.

"마드모아젤, 집세는 냈는가?"

빅마마 셰익스피어의 말로는, 그는 아주 악독한 구두쇠란다. 뮌헨에 건물 몇 채를 가지고 있으면서도 자동차 살 돈을 아끼기 위해 전차를 타고 다닌다고 했다. 그래도 꼴에 열아홉 살짜리 불쌍한 꼬마 아가씨를 애인으로 두고 있는데, 어리석게도 그 애는 검버섯 핀 쭈글쭈글한 애인에게 참으로 충실하단다. 흥! 언젠가는 그녀가 늙은이의 전 재산을 탕진해버리기를!

어느 일요일, 우리의 부족장 타타는 나를 어떤 집시의 장례식에 데려갔다. 때는 몹시도 춥고 슬픔으로 가득 찬 아침이었다. 그러나 내 기억 속에는 형형색색의 꽃과 음악의 향연, 짙게 퍼진 국화향 사이로 엄습하던 영혼을 두드리는 묵직한 추모곡으로 그날이 남아 있다.

머리부터 발끝까지 온통 검은색을 걸친 집시 무리가 묵묵히 명상에 잠긴 얼굴과 몸짓으로 영구 안치소 주위로 몰려들었다. 타타와 소냐, 그리고 그들의 성장한 딸들은 꽃다발을 들고 있었다. 80년을 살다가 하늘의 부름을 받고 세상을 떠난 어느 집시의 장례식이었다.

침묵에 잠긴 집시 무리는 유리벽 뒤로 늘어진 수십 개의 관을 지나 행진했다. 천이 덧대어진 각각의 관 속에는 베개 위에 머리를 올려둔 시체들이 꽃들 사이에 파묻혀 있었고 그 주위로는 촛불들이 활활 타오르고 있었다. 죽은 이를 보는 건 처음이었다. 유난히 크기가 작은 관에는 어린 소녀가 잠들어 있었다. 그 모두가 새하얗고, 꼼짝도 하지 않았으며, 무척 평화로워 보였다. 순간 나는 깨달았다. 여기서 나를 사로잡는 건 죽음이 아니라는 것을. 그것은, 이들의 평온한 수면에 섞여 있던 음산한 조롱이었다. 관 한 구석에 자리 잡은 그들의 얼굴은 우리를 비웃고 있는 것만 같았다. 어쩌면 살아 있는 자들의 귀에는 들리지 않지만, 승리감에 취한 목소리로 우리를 부르고 있는지도 몰랐다. 그렇다. 우리는 이미, 그들의 영원성 앞에 무릎을 꿇고 있는 것이다. 아아, 그 무거운 침묵 속에 스며 있던 삶에 대한 경멸이란!

한쪽에서는 자그마한 노파가 무덤 구덩이를 앞에 두고 바닥에 털썩 주저앉으며 비명을 내지르고 있었다. 죽은 집시의 아내였다. 그 날카로운 울부짖음 속에는 그녀 역시 이 세상을 떠나고 싶어 하는 바람과 먼저 떠난 남편에 대한 원망이 섞여 있었다. 그러나 그녀가 아무리 크게 질러도, 아무리 눈물을 흘려도 그는 들을 수도, 볼 수도 없을 터였다. 이미 죽었으니까. 그녀는 철저하게 혼자 남겨진 것이다. 사람들은 그녀를 부축해 어디론가 데려갔다. 또 다른 예배당 비슷한 건물에서 마지막 의식이 남아 있었다.

성가대원들의 힘찬 노랫소리와 스피커를 통해 흐르는 웅장한 전례음악은 장례식에 온 사람들의 뼛속까지 흔들어댔다. 그들은 차가운 포석 위에 그대로 멈춘 채 눈물을 줄줄 흘렸고 심장이 찢어지기라도 하는 듯 상심한 얼굴들이었다. 실제로 아주 가학적인 음악이었다. 대리석 벽과 기둥까지 뚫고 나가 건물 전체를 웅웅 울부짖게 하는 이 비통스러운 굉음을 듣고 있자니, 나는 현기증이 났다. 다음부터 오르간이나 합창대 꼬랑지만 봐도 바로 고막을 틀어막게 될 것 같았다.

마침내 이 속 터지는 곳을 빠져나올 수 있었다. 묘지의 담벼락 아래에 모여 선 우리의 머리 위에는 11월의 태양이 창백한 빛을 발하고 있었다.

우리는 곧장 어느 선술집으로 향할 수 있었다. 오, 신이시여, 감사합니다! 우리는 커다란 테이블에 빙 둘러앉아 너무하다 싶을 정도로 즐겁게 수다를 떨며 서서히 몸의 열기를 높였다. 아, 이제 좀 살 것 같았다. 우리는 먹고, 마시고, 농담을 주고받았다. 죽음에 대해 이야기하는 사람은 아무도 없었다. 마치, 우리의 살아 있는 육신에 대한 축하파티를 벌이는 사람들처럼 그 가련한 몸뚱어리를 열심히도 음식으로 채웠고 맥주로 적셨다. 또한 노래도 부르고, 꺼억꺼억 트림도 하고, 고래고래 고함도 질러댔다. 거창하고 통쾌한 웃음소리가 주크박스에서 흘러나오는 독일 왈츠곡과 섞여서 술집에 왕왕 울려 퍼졌다. 이렇게 그날의 장례식은 거나한 술잔치 속에서 막을 내렸다.

내 자식들은 여전히 수녀들이 운영하는 탁아소에서 지내고 있었다. 엄마들에게서 아이들을 빼앗아 가는 대단한 업무를 진행하는 독일의 비열한 기관 유겐트암트의 체제에 동의한 원장 수녀님은 새로운 규칙을 정했다.

이제 더는 아이들을 데려갈 수 없다는 것이었다. 주말은 물론 여름휴가 기간에도 불가능하고 잠깐 동안의 산책도 금지된 것이다. 한번은 아이들에게 옷을 사주기 위해 잠시 시내에 데려가겠다고 했더니 탁아소에서는 종교 제복 차림의 간수 한 명을 붙여주었고, 그녀는 우리가 가는 곳마다 졸졸 따라다녔다. 그런데 그냥 집요하게 쫓아오는 것만이 아니라 이것저것 참견하고 지시하기까지 했고, 우리는 반드시 복종해야 했다.

즉, 좀 더 '남부끄럽지 않은' 이러한 외투와 저러한 구두를 사란다. 전부 다 내 눈에는 초라하기 짝이 없는 것들이었다. 그녀에게 돈을 내는 사람이 나라는 사실은 전혀 중요하지 않은가 보았다. 항의라도 할라치면 곧바로 협박이 날아왔다. 순순히 지시를 따르지 않으면 다음 쇼핑까지 금지시키겠다는 것이다. 힘없는 우리는 항복할 수밖에 없었다. 고개를 푹 숙이고 어깨를 축 늘어뜨린 우리는 승리의 미소를 짓고 계신 우리의 엄격한 케르베로스*와 함께 옷가게를 빠져나왔다.

치가 다 떨렸다. 왜 내가 아이들 손을 쥐어 잡고 냅다 내빼지 못하는지 이해할 수 없었다. 딱딱하게 풀 먹인 성스러운 챙 모자 아

---

* 케르베로스Cerberus는 그리스 신화에서 지하 세계를 지키는 머리가 셋 달린 개를 말한다.

래 분노로 얼굴이 시뻘겋게 달아오른 그녀는, 뻣뻣한 검정 치마 속에서 발만 동동 구를 게 뻔한데!

타타와 소냐의 맏딸인 푸른 눈동자의 니나는 젊은 아가씨들만 머무는 시설에 들어갔다. 당연한 말이지만 자유로운 영혼의 니나에게 그곳이 마음에 들 리 없었다. 그녀는 벌써 세 번이나 창문을 넘어 야간 탈출을 감행했다. 남자친구들을 만나기 위해서였다.

소냐의 생일날 나는 그녀에게 250마르크짜리 중고 트레일러를 선물했다. 야영지의 다른 어떤 차보다도 크고 멋진 트레일러였다. 한편, 이 차는 나중에 다시 내가 갖게 되었는데, 그녀가 내게 선물해주었던 것이다. 사실 진짜 트레일러 한 대를 소유하는 것은 나의 오랜 꿈이기도 했다.

아무튼 그날, 집시들은 기뻐 날뛰면서 곧장 새 트레일러로 이사를 갔다. 그리고 정리를 다 끝낸 뒤에 나를 불렀다. 타타가 맡아 꾸민 곳은 그들의 침실, 즉 트레일러의 맨 안쪽이었다. 그들의 새 집은 예배당 같았다. 반짝거리는 금박지가 발린 벽에는 성스러운 그림들과 종이로 만든 꽃들, 레이스 달린 카펫이 걸려 있었다.

침대 머리맡에 놓인 탁자에서는 작은 등잔 두 개가 타오르고 있었다. 타타와 소냐는 각각 그 거대한 침대의 양쪽에 누워, 가운데에 작은 집시 딸들을 품고 잠을 잤다. 율리시카는 엄마와 함께, 푸른 눈을 가진 금발 소녀 에미는 아빠와 함께. 이 두 소녀 모두 그때까지도 가끔 자면서 오줌을 싸곤 했다. 그러나 이 집시 가족은 어찌나 서로를 아끼고 사랑하는지 절대로 그런 것 때문에 아이들을 나무라지는 않았다.

"익숙해졌어. 뭐, 별일 아니잖아."

소냐는 대수롭지 않다는 듯 말할 뿐이었다.

그 주의 일요일, 나는 우리가 살던 예전의 낡은 트레일러를 새롭게 단장했다. 실내의 벽을 파란색과 하얀색 페인트로 칠하고, 커튼을 달고 융단도 걸었다. 여름휴가를 위해서였다. 그때 집시들의 말도 조금 배웠는데, 지금 기억에 남은 건 이 한마디뿐이다.

"Tu Narvlo, jovri(이 바보 같은 것, 꺼져)!"

남의 트레일러에 들어와 성가시게 하는 자들에게 하는 말이었다.

타타는 밀매한 미국 담배와 위스키들을 낡은 차 트렁크에 한가득 싣고서 날마다 눈발을 가르며 원정을 떠났다. 비싼 고층 건물에 사는 부자들에게 팔아치우기 위해서였다.

그러던 어느 날, 폭스바겐 안에 숨어 그를 엿보고 있던 짭새들에게 체포된 적도 있다. 당시 함께 원정 나갔던 소냐도 같이 체포되었다. 짭새들은 차 트렁크를 열어보고 타타와 그녀를 경찰서로 데려갔단다. 상황은 안 좋았다. 증거물이 너무나 확실했기 때문이다. 최고 품질만 파는 군대 전용 대형 상점의 물건들을 되파는 일은 금지되어 있었다. 흑인 병사들은 아주 싼 가격에 그것들을 타타에게 팔아넘기곤 했던 것이다.

자, 이제 타타와 소냐는 그간 오랫동안 준비했던 연극의 막을 올렸다. 경찰에 발각되는 재수 없는 사태를 대비했던 이 연극은 아주 훌륭하게 진행되었다. 집시들의 영혼이란 정말 신비롭다. 무슨 일이 닥쳐도 절대로 절망의 수렁에 빠지지 않는 것이다.

제1막은 이름하여 '타타의 분노'이다. 그는 짭새들 앞에서 소냐를 향해 으르렁거리며 이 여편네가 흑인 병사랑 눈이 맞아서 이따위 것들을 선물로 받고는 남편인 자신도 모르게 차에 감췄다며 여편네 머리를 으깨버리겠다고 과격하게 위협한다.

제2막은 '소냐의 오열'이다. 그녀 역시 짭새들의 면전에서 보기 좋게 땅바닥에 엎어져서는 닭똥 같은 눈물을 뚝뚝 떨어뜨리며 제발 타타가 자기를 죽이지 못하게 해달라고 애원한다. 그러면서 그녀는 타타에게 두 손 두 발을 싹싹 빌며 사과하는 것도 잊지 않는다. 그러고는 아이들을 먹이기 위해 남편 몰래 선물을 받기는 했지만 이제 다시는 그런 일이 없을 거라고 맹세한다.

이어지는 제3막. 그래도 분노를 참지 못한 타타가 벌떡 일어나 그녀를 죽일 듯이 달려들고 짭새들은 놀라서 얼른 그를 붙잡아 그의 화를 누그러뜨리려 애쓴다. 그가 진정하겠다고, 그녀를 건드리지 않겠다고 약속하기까지 다시 긴 시간이 지난다.

그리고 마지막 막이다. 마침내 아내를 용서한 타타는 엉엉 울면서 그녀를 와락 끌어안는다. 여전히 무릎을 꿇고 있는 소냐는 아이들의 이름으로 그에게 용서를 구한다. 한편, 그들의 변함없는 사랑에 완전히 감동한 짭새들은 소냐를 부축해 일으킨 다음, 그들을 감옥 대신 아이들이 기다리고 있는 집으로 보낸다. 그래도 공판을 받긴 받아야 하겠지만, 법정에서 그들을 소환하기까지는 몇 개월이 걸린다. 소냐는 말했다.

"우리는 운 좋게 빠져나온 셈이지. 그때 우리와 동시에 붙잡혀 왔던 다른 집시 여인을 봤어. 짭새들이 그녀를 뒤지니까 네 옷장에 있는 것과 꼭 같은 성냥갑이 와르르 쏟아졌지. 그 안에도 똑같은 것들이 가득 들어 있었고. 그녀는 변명하려고 했어. 왜 이것들이 자기 주머니 안에 있는지 모르겠다고. 그러나 당연히 아무도 믿지 않았지. 즉시 철창행이었어."

이 말을 듣자 소름이 슥 등줄기를 훑고 지나갔다.

그럼에도 불구하고 나는 또 한 번 위기를 모면할 수 있었다. 어느 일요일 아침 열한 시 무렵이었다. 종이 여섯 번 울리고 나서 누군가 방문을 두드렸을 때 기적적으로 나는 방 안에 혼자 있었다. 전날 새벽까지 들끓던 흑인도, 마리화나 향도 그때는 모두 사라진 뒤였다. 다만 재즈 음악을 조금 크게 듣고 있었는데, 아래층 여인들이 시끄럽다고 경찰을 부른 거였다.

문 앞에 나타난 자들은 유난히도 정중한 짭새 두 명으로, 자신들의 의무를 당연히 이행하는 것이면서도 나더러 방해해서 미안하다고 했다. 마약으로 폭발할 듯한 옷장이 코앞에 있는데도 아무것도 보지도, 느끼지도 못하면서 말이다. 나는 서둘러 축음기

볼륨을 줄였고, 그들은 얼른 방을 떠났다.

한 포르투갈 사내를 받은 기억도 난다. 그는 방에 들어서자마자 지갑에서 멋들어진 지폐 몇 장을 꺼내 보였다. 내가 모르는 화폐였지만 화려한 채색 장식이며 주르르 늘어진 0자를 보니, 엄청난 액수일 게 분명했다. 그는 그중에서 몇 장을 뽑아내더니 몹시도 귀족적인 자태로 테이블 위에 그 돈을 날렸다. 내 심장이 존경심으로 가득 차는 감동적인 순간이었다. 그날 밤은 문제없이 지나갔다. 다행히도 그는 정상적인 사람인데다가 일이 끝나고 몇 시간 동안 잠을 자기까지 해서 나도 얼마쯤 쉴 수 있었던 것이다. 날이 밝았고, 나는 그에게 성냥갑 두세 개 정도를 권해보았다. 그는 즉시 어제의 그 지갑을 열었고 환하게 웃는 얼굴로 그중 두 장을 내게 건네주었다.

아침이 되어 들뜬 마음으로 돈을 환전하러 은행에 갔다. 창구 직원이 장부를 들여다보며 계산을 하는 동안 나는 궁금해 미칠 지경이었다. 그러나 결과는 참담했다. 그 포르투갈 자식한테 속았다! 사이즈만 크지, 참으로 인정머리 없는 지폐들이었다. 종이에 화려하게 새겨진 섬세한 장식은 치명적인 속임수에 불과했다. 그러나 인정해야 했다. 그날 밤 내내 핥고 빨아서 번 돈은 겨우 16페니히*라는 걸. 그나마 조금이라도 잤었다는 걸로 울분을 다스릴

---

* 오늘날 원화로는 96원이다.

수밖에!

내 한탄을 들은 빅마마 셰익스피어는 대답했다.

"음, 그런 일이 종종 벌어지지. 다음부터는 조심하도록 해. 그러니 항상 달러나 독일 마르크를 요구해야 해. 우리가 믿을 수 있는 유일한 지폐들이니까."

뺨을 맞았다. 로드웰로부터였다. 그러니까, 애인들에게 뺨 몇 대 정도는 맞아줘야 하지 않을까. 거칠게 내리쳐진 손자국은 사랑의 최고급 증표처럼 뺨 위에 깊숙이 새겨지는 것이다. 물론 그럴 만한 사람에게 맞았을 때의 얘기지만 말이다. 로드웰, 당신의 거대한 검정색 손이 나의 뺨을 후려쳤지. 나는 오늘날까지도 그 황홀한 손찌검을 떠올리며 당신을 찬양해.

당신은 말했다.

"오늘 밤은 나도 손님이야. 준비해둬."

그러나 그날은 11월 30일, 페이데이였다. 벨은 도무지 멈출 줄 모르고 날카롭게 울려댔고, 나는 로드웰을 계단에 앉아 기다리게 했다. 몇 시간 동안이나 오래오래 말이다.

빅마마 셰익스피어가 로드웰을 들여보냈을 때, 그는 미친놈 같았다. 방을 막 빠져나가는 독일인과 마주쳤던 그는 급하게 문지방을 건너 내 위로 덤벼들었고, 나의 뺨을 갈겼다. 나는 조용히 맞았다. 내 눈앞에는 내가 그토록 사랑하던 얼굴, 인디언과 흑인의 피가 섞인 그 얼굴이 분노로 번득이고 있었다.

어쩌면 나는 언젠가, 미국의 어느 도시에서, 어떤 큼직한 검정 손이 내 뺨을 후려칠 때 느꼈던 화끈함을 다시 느낄 수 있을지도 모른다.

그러나 지금 내게 남은 거라고는 로드웰이 약속을 썼던 찢어진 종잇조각뿐이다. 어느 날, 다른 사람에 의해 지켜질지도 모를 사랑의 서약들.

나는 잘 알고 있다. 지금도 누군가 아주 멀리서 나를 기다리고 있다는 것을. 그는 어둠에 휩싸인 게토 한가운데, 폭력이 난무하는 중심가에, 석탄가루가 날리는 어느 거리에 있다. 혹은, 그와 같은 민족들이 리듬에 맞춰 발을 구르고, 손뼉을 치며, 그 꺼끌꺼끌한 목소리로 노래를 부르는 한 예배당의 문 뒤에서 절규하며 신을 부르고 있다.

나는 잘 안다. 그 누군가, 검은 땀방울이 출렁이는 예배당에서, 신의 눈물에 흠뻑 젖은 채 날 기다리고 있다는 것을.

로드웰은 언제나 웃기를 좋아했다. 그의 웃음은 참 우렁차기도 했다.

"내가 어렸을 땐, 인디언 아버지가 머리를 밀어주셨지. 꼭지에 아주 작은 머릿단만 남기고서 말야. 어머니는 흑인이었는데, 진짜 검은 피부를 갖고 계셨어. 지금은 많이 늙으셨고 주름도 많지. 무슨 사이비 종교에 심취해 계셔. 여동생까지 개종시켜서 그 둘은 매주 일요일마다 예배당에 가서 노래를 부른다지. 형제는 총 아홉 명이야. 아버진 돌아가셨고."

그 얘기를 듣고 나서 나는 몇 달 동안이나 로드웰에게 어머니께 편지를 쓰라고 권했다. 벌써 몇 년간 가족과 단절된 생활을 하던 그에게는 쉽지 않은 일이었다. 마침내 편지를 쓰긴 썼다. 고작 몇 줄뿐이었지만, 그 몇 줄에 그의 어머니는 아들이 자신을 생각하고 있다는 걸 알 터였다.

12월이 되었다. 시커먼 거리 위에 쌓인 눈은 끈적한 회색 죽처럼 변했다. 그러나 밤새 또다시 눈이 내리면 그 다음날 붉은색 대저택에는 축제 분위기가 났다. 숭숭 뚫린 구멍들과 지네 같은 균열들, 곰팡이 얼룩이 진 파사드가 순백 모피로 살포시 감싸졌으니까.

일주일 간격으로 난방 설비가 고장 나서 우리 여인들은 방 안에서 오들오들 떨어야 했다. 물론 늙은 유태인은 상관도 하지 않았다. 그는 궁핍했던 자신의 과거를 우리에게 복수하려는지 그 달에는 집세까지 올렸다. 벽은 계속해서 쩍쩍 갈라졌고, 가구들은 조각조각 무너져 내렸으며, 꽉 막힌 변기는 기어코 복도에 그 흉측한 창자를 토해냈다. 본연의 구실을 잊은 지 오래인 욕조로 말할 것 같으면, 오 드 자벨 속에서 수영하는 정자들의 수족관이나 다름없었다.

이웃사촌 에미는 다 해진 플란넬 원피스 아래로 불룩한 배를 쑤욱 내밀고는 오리처럼 뒤뚱뒤뚱 걸었다. 두꺼운 낯짝 위로 붙은 그녀의 금발머리는 낫으로 툭 베어낸 지푸라기 같았다. 좀먹은 외투를 걸친 그녀는 닳아빠진 검은색 핸드백과 우산을 들었다. 그 꼴에다가 무릎까지 오는 헐렁한 흰색 양모 스타킹을 죽 올려 신은 다음, 군인용 나막신을 작은 발에 꿰신고서는 "잘 걸을 수 있다니까"라고 말하며 밤마다 기차역 근처로 갔다. 그러고는 두 술집 사이에 위치한 인도 모퉁이에서 살을 에는 눈을 맞으며 하염없이 남자들을 기다렸다. 대체로 그녀는 아무 성과 없이 눈만 냅다 뒤집어쓰고 온몸을 바들바들 떨면서 방에 돌아왔고, 욕을 내뱉으며 거칠게 열쇠구멍에 키를 쑤셔 넣었다.

"제길! 괜찮아, 난 괜찮아…… 괜찮기는 개뿔! 이젠 한 푼도 없잖아! 이런 망할!"

그리고 문밖으로 우산에 묻은 눈들을 털어댔다. 그녀는 더 이상 방에서 음악을 들을 수도 없었다. 대여료를 낼 1마르크조차 없었기에 어떤 두 사내가 텔레비전 수상기를 들고 가버린 지 오래였다.

유고슬라브인 마리아 역시 기차역 주위의 한심스러운 술집으로 향했다. 영리하고 똑똑한 그녀는 에미와는 다르게 매번 금장식된 담뱃갑 속에 꼬깃꼬깃 접힌 100마르크 지폐 몇 장을 넣어가지고 돌아왔다.

그녀는 모두 쿨쿨 잠에 빠진 이른 아침에 사냥을 나섰다. 그곳은 다른 여인들이 천식 걸린 듯한 어설픈 색소폰 소리에 맞춰 밤새도록 몸을 흔들던 곳이었다. 아침이 되어 차갑게 식은 연기를 가늘게 내뿜고 있는 술집 입구에서 그녀는 가녀린 암고양이처럼 어슬렁거렸다.

그때까지도 술집에서는 썩은 스펀지처럼 축축하게 알코올에 젖은 채로 의자에 늘어져 있는 불쌍한 늙은이들을 볼 수 있었다. 지금이 낮인지 밤인지조차 구분하지 못하는 자들 말이다. 그러나 그녀가 노리는 것은 이들이 아니었다. 그녀가 그 새큼한 미소를 지으며 흥분시키려는 자들은, 곧 있으면 도착할, 가죽 서류가방을 손에 쥔 단정한 외무사원들이었다. 그들은 일을 시작하기 전에 그날의 첫 번째 커피를 마시기 위해 이른 아침 선술집에 들르곤 했던 것이다.

반쯤 타들어간 시가에서 흩어져 나오는 짙은 연기 속에서 마리아는 여학생용 체크무늬 치마를 허벅지 위로 들어 올렸다. 그녀는 마치 반들반들한 꽃뱀처럼 그들 사이로 끼어들어 그중 하나를 꿰찬 다음, 쥐도 새도 모르게 근처의 작은 호텔로 데려갔다. 그러고는 십오 분 후에 천연덕스럽게 계단을 내려오는 것이다. 마리아는 내게 말했다.

"문제가 생긴 적은 한 번도 없어. 호텔 여사장이 날 알고 있거든. 나는 이른 아침이 좋아. 짭새들도 없고, 부랴부랴 서두르면 서

너 명 정도는 해치울 수 있잖아. 게다가 외근사원들은 친절하고 다루기도 쉬워. 그들도 다정한 애무와 함께 하루를 시작한다는 사실에 매우 만족해하고 말야. 그들의 무뚝뚝한 여편네들이 대체 뭘 해주겠어?"

멜리타는 포르노 사진을 서랍 속에 수집하곤 했다. 아주 낡은 사진들이었는데, 모두 다른 시대에 다른 스튜디오에서 촬영된 것들이었다. 옛날 여인들은 하나같이 아주 복잡스런 속옷을 입고 있었는데, 그중 내가 완전히 반해버린 여자가 있었다. 유명한 화류 인사인 동시에 스파이이기도 했던 여인, 니트리비였다. 네 모서리가 닳아 해지고 누렇게 바랜 사진 속에는 한적한 시골길 위에서 자전거를 탄 채로 엎치락뒤치락하고 있는 나체의 커플이 있었다. 남자를 아래에 두고, 자전거 프레임 위에 반쯤 비틀어 앉아서 상체를 핸들 위로 뒤집고 있는 기괴한 자세의 여인이 바로 우리의 유명한 니트리비였다. 자전거는 까딱하면 풀밭으로 엎어질 만큼 기울어져 있었지만 사진 속에서는 기적적으로 앞으로 나아가는 모양을 하고 있었다.

버드랜드에서 만났던 '러브love'라는 이름의 흑인 사내도 기억난다. 10달러에 합의를 본 우리는 곧장 내 방으로 와 옷을 벗었다. 나는 여느 때와 다름없이 재계(齋戒) 의식을 거행하기 위해 그에게 물이 담긴 대야를 내밀다가 돌연 벅차오르는 감동을 주체할 수가 없었다. 세상에나! 내 코앞에는 보통보다 세 배는 길고, 가장 굵은 부분은 내 손목보다도 두꺼운, 그런 페니스가 우뚝 서 있었던 것이다!

러브는 커다란 눈동자를 반짝이며 나를 응시하고 있었다. 숨이 턱 멎어버린 나의 뱃속에 어서 그것을 박고 싶어 하는 욕망이 그대로 전해지는 눈빛이었다. 나는 부디 아무 문제없기를 속으로 기도했다. 정말이지 이만한 직경의 물건은 그때까지 한 번도 본 적이 없었고, 이후로도 보지 못할 것 같았다. 가히 귀족적인 페니스라 할 수 있었다. 그는 흑인으로 변한 유피테르*가 분명했다. 그나저나 내 안을 통과할 수나 있을까? 목숨을 걸어야 할지도 모르는 일이었다!

나는 그 황홀한 물건에 니베아 크림을 골고루 발라준 다음, 나 역시 발랐다. 크림을 반 통이나 써버렸지만 두려움은 계속되었다. 침대에 누웠다. 유피테르의 페니스는 살며시, 아주 부드럽게 점점 내 안을 채워 나갔다. 그의 성기와 내 그것에 남는 공간이 조금도 없을 때까지. 그리고 결국 그것은 나를 완전히 점령했다.

내 안 깊숙이 들어온 묵직한 것이 느껴졌다. 예상과는 달리 심하게 아픈 건 아니었지만, 그렇다고 유난히 좋은 것도 아니었다. 나는 또다시 불안감에 사로잡혔고, 더는 목소리도 낼 수 없었다.

그러나 다행히 무서운 일은 일어나지 않았다. 일을 끝낸 그가

---

* 로마 신화에 나오는 최고의 신으로 그리스 신화의 제우스에 해당한다.

조금이나마 몰랑몰랑해진 그것을 빼내었을 때, 나는 무한한 경외심을 가지고 그것을 두 손에 쥐어보았다. 그리고 날 죽이지 않은 것에 대해 '고마워요'라고 기어들어가는 목소리로 중얼거렸다.

마침내 러브는 옷을 챙겨 입고 '굿바이'라고 말했다. 나는 마치 벼락이 멀어져 가는 것을 목격하듯이, 내가 느껴야 했던 아찔한 공포에 전율하며 그가 떠나는 뒷모습을 우두커니 바라보았다.

어느 흑인에게 강간을 당하기도 했다. 저녁 내내 춤을 추고 술집을 빠져나가는데 한 흑인 병사가 다가왔다. 그는 다정한 목소리로 병영 방향의 큰길에 있는 버스 정류장까지 데려다주겠다고 했고 나는 아무런 의심 없이 그와 동행했다.

이미 자정이 가까운 늦은 시각이었다. 얼어붙은 도로 위를 걷던 우리의 발걸음은 갑자기 쏟아지기 시작한 눈발 때문에 더욱 무거워졌다. 그는 지름길을 안다며 나를 천장이 둥그스름한 통로 아래로 이끌었다. 몇 걸음만 내려갔을 뿐인데, 어느새 우리는 도로 아래를 지나는 으슥한 터널에 들어와 있었다. 갑자기 그는 나를 콱 움켜잡고 벽으로 밀어붙였다. 그리고 한 손으로 내가 꼼짝 못하도록 지탱시키고, 다른 손으로는 옷을 거칠게 잡아당겼다.

나는 미친년처럼 저항했다. 비명을 지르려는 순간, 그는 내 입에 가죽 장갑 낀 주먹을 처넣어버렸고 소리는 터져 나오지 못했다. 그의 손을 물어뜯으려 했지만 이빨은 묵직한 가죽 장갑 위를 자꾸 미끄러질 뿐이었다.

그는 내 머리카락을 휘어잡은 다음 돌에 머리를 내리찧으면서 동시에 배에 발길질을 해댔고, 남는 손으로는 여전히 내 입을 틀어막고 있었다. 나는 이제 거의 다 벗겨진 상태로 그의 무릎과 거친 자갈 바닥 사이에 짓눌려 있었다. 꼼짝도 할 수 없었다. 나는 항복하고 말았다.

이윽고 그는 허겁지겁 바지 지퍼를 내렸고, 일은 빨리 끝났다. 꽁꽁 얼어붙은 터널 속에서 딱딱한 자갈 바닥에 늘어져 바들바들 떨고 있는 나를 내버려두고 가면서 그는 제법 인상적인 작별인사를 던졌다.

"감옥에서 나온 지 얼마 안 되어서 땡전 한 푼 없거든. 아마 너도 언젠가 이런 날 이해하게 될 거야."

또다시 크리스마스가 찾아왔다. 붉은색 대저택의 여인들은 하나같이 방 한구석에 붉은 양초며 색색의 볼을 장식한, 작고 낭만적인 전나무를 들여놓았다. 어둠이 깔리면 우리는 초를 켜고 흑인들을 받았고, 그럴 때면 그들의 피부는 한결 더 은은하게 번득였다. 나는 책꽂이 위에 전나무를 세워두었다. 한편, 이 나무는 내가 로드웰과 함께 크리스마스 특집 비밀 파티를 벌이는 와중에 신비롭게 춤을 추기도 했다. 브라질산 버섯에서 추출했다는 메스칼린*을 타먹은 뒤였다. 이 정체불명의 가루는 성냥갑 세 개와 교

---

* 주로 멕시코 선인장에서 추출하는 환각제.

환한 것이었다. 어떻게 해서 이것들이 정신의학을 공부하는 한 독일 대학생의 손에서 슈바빙의 턱수염을 기른 비트닉의 손으로 들어갔는지는 알 수 없었다. 예수의 초상이 조각된 나무 메달 목걸이를 가방에 잔뜩 넣어가지고 다니던 그 비트닉은 스카치테이프로 둘둘 말린 비닐봉지 세 개를 넘겨주며 이렇게 말했다.

"난 마약을 사지도, 팔지도 않지. 교환만 해주는 거야. 이웃사랑 정신을 실천하기 위해서."

로드웰과 나는 물이 든 유리컵 두 잔에 각각 한 봉지를 녹였다. 효과를 느끼기까지는 삼십 분 정도 기다려야 한다고 했다. 물맛은 아주 썼고, 마시자마자 구토증이 밀려왔다. 이때 토하면 안 되고 무조건 잘 참아내야 했다. 우리는 침대 위에 얌전히 누워 '그분'이 내려오시기만을 기다렸다. 두 손을 배 위에 올리고 가만히 누워 있자니 몸이 좀 욱신대는 것 같았지만 눈앞에 보이는 것은 그대로여서, 그 비트닉에게 농락당했던 게 아닐까 괘씸해하고 있던 찰나였다. 갑자기 책꽂이 위로, 벽에 뚫린 동굴 저 안쪽에 불꽃 하나가 높게 치솟은 채 꼼짝 않고 있는 것이 보였다. 나는 손가락 하나까딱하지 못하고 이 설명할 수 없는 불길을 멍하니 바라보았다.

크리스마스 전나무가 변신한 것도 바로 이때였다. 주욱 늘어난 몸통 양 옆으로 수많은 나뭇가지들이 위아래로 올라갔다 내려갔다 하면서 춤을 추기 시작했다. 트리에 매달려 있던 형형색색의 장식볼들도 순식간에 거대해져서는 태양처럼 작열하면서 부우웅 하강하여 침대를 스치더니, 방바닥에 닿았다가 다시 리바운드되어 공중으로 떠오른 다음 천장까지 가 닿았다. 그리고 마법의 회전목마처럼 같은 운동을 쉼 없이 반복했다.

이어서 솔잎들이 서로 얽혀들면서 바스락거리는 소리가 유난히 크게 들려오기 시작했다. 창문에 달린 커튼은 난데없이 실내에서 부는 바람을 맞아 끝도 없이 물결쳤다. 분명 창문이 닫혀 있는데도 커튼은 확 부풀어 올랐다가 스윽 가라앉으며 주름을 만들고 없애기를 반복하는 것이다. 이때 솔잎들의 음악이 돌연 위협적으로 증폭했는데 그 소리는 오르간 연주음과 매우 비슷했다.

천장에 매달려 있던 색종이로 만들어진 일본식 물고기 역시 갑자기 미쳐버렸다. 공중에서 살랑살랑 흔들거리던 그것은 돌연 대왕고래처럼 거대하게 부풀어 오르더니 격렬하게 요동쳤고 결국 바닥까지 내려왔다. 이제 집채만 해져버린 그 물고기는 나와 로드웰의 몸을 건드리며 정신 나간 속도로 빙빙 돌다가, 다시 자세를 바로 하고 원래의 크기로 확 줄어들었다가, 짙은 연기에 파묻혀 거의 보이지 않게 되었다. 그러다가 다시 형상이 또렷해지더니 바람에 서서히 부풀어 오르고 어느새 전처럼 어마어마해져서 우리를 짓눌렀다. 내가 이렇게 죽는구나 생각하는 순간, 그것은 또다시 머리를 쳐들고 공중으로 붕 떠오른 다음 손바닥만큼 좁아들어서 천장에 딱 붙어버렸다. 이 미친 물고기의 급작스런 회전과 순환, 사이즈 변화를 좇느라 눈이 너무 피곤했고, 그것이 매번 우리

쪽으로 다가올 때마다 나는 힘겹게 비명을 삼켜야 했다.

겨우 몸을 일으켜 로드웰이 누워 있어야 할 옆쪽을 바라보았으나 이제 그도 그가 아니었다. 침대에는 사랑하는 애인 대신 화강암 재질의 부처님, 납작하면서도 거대한 돌신이 누워 있는 게 아닌가! 꿈쩍도 않던 그 형상은 내부에서 점화된 불꽃으로 전신이 이글대고 있었다. 비명을 내지르고 싶었으나 어떤 소리도 입 밖으로 나오지 않았다. 아아, 로드웰! 나는 사랑과 공포를 동시에 느꼈다. 그는 내가 더 이상 가까이 갈 수 없는, 무기질의 신이 되어버린 것이다. 그렇다, 언제나 그를 그렇게 상상해왔었다. 로드웰 같은 존재가 이 세상 사람일 수 없는 것이다. 아아, 이제 나는 신과 사랑을 나눌 테다!

그리고 나는 고개를 숙여 내 손을 바라보았다. 투명했다. 살가죽은 불에 타오르고 있었는데, 내부의 뼈가 훤히 들여다보였다. 동시에 손가락들이 안으로 우그러들고 손톱은 길게 자라나고 있었다. 사자 앞발로 변하는 중이었다. 다시는 손을 펼 수 없을 것만 같은 절망적인 마음에 처절하게 울부짖어보았으나 역시 아무 소리도 나지 않았다.

나는 겨우 일어나 몸을 질질 끌다가 침대 아래로 굴러떨어졌다. 다시 몸을 일으켰다. 끔찍하게 노력한 끝에 겨우 거울 앞에 똑바로 설 수 있었다. 내 얼굴을 바라보니 어느새 그것은 괴물의 면상이었다. 얼굴의 절반은 여기저기 베어진 채 처참하게 비틀어져 있었다. 곧 흐물흐물 흘러내릴 듯 고통스러운 모습. 나머지 반쪽은 희뿌연 안개 속에 가려져 있었다.

앞으로 이런 얼굴로 살아야 할 거란 생각에 슬픔이 밀려와 눈물을 펑펑 쏟아내며 침대 위로 몸을 던졌다. 로드웰이 가슴에 날 품고 꼭 안아주었다. 이윽고 사지가 바들바들 떨리기 시작했다. 이루 말할 수 없이 추웠다. 그런데 이상하게도 이마에서는 땀이 줄줄 흘러내렸다. 이빨도 다닥다닥 부딪혔다. 로드웰은 조용했다. 아무 말도 하지 않았다. 그러나 나는 숨도 쉬지 않고 계속해서 뭐라고 나불거렸다. 그의 품속에서 거칠게 날뛰었으나 그는 온힘을 다해 나를 잡아냈다.

침대에 누워 있던 나는 돌연 창가에 앉은 새가 되었다. 창밖으로는 눈처럼 새하얀 거대한 성들이 정적에 휩싸여 있었다. 나는 날고 싶었다. 하늘 높이 비약하고 싶었다. 로드웰에게 말했지만 그는 결코 나를 놓아주지 않았다. 책꽂이 위, 깊게 뚫린 동굴 속엔 여전히 이상한 불씨가 타오르며 벽에 치명적인 상처를 내고 있었다. 내 등 뒤에서는 전나무가 환상적인 아우라를 발하며 격렬하게 지그 춤*을 계속 추고 있는 한편, 나는 창가 끝에서 힘차게 날개를 퍼덕거렸다.

아침이었을까. 아니 그저 어떤 순간. 그러니까 더는 시간이란

---

* 17~18세기의 빠르고 경쾌한 춤으로, 대개 독무인데 몸을 꼿꼿이 세운 채 발을 재빨리 놀려 즉흥적으로 춘다.

게 존재하지 않기에 뭐라 지시할 수 없는 순간에, 밤새 눈물로 불타올랐던 무거운 눈꺼풀이 들어올려졌고 나는 정신을 차렸다. 모든 것은 원래대로 돌아가 있었다. 책꽂이 위, 작은 접시에 올려두었던 양초는 원래의 형상을 잃고 녹아 있었고 심지 주위로 펼쳐진 파라핀 강 속에는 아주 작은 불씨가 거의 사그라져 있었다. 크리스마스트리에 달았던 장식 조명은 완전히 꺼진 상태였다.

색종이로 만들어진 창백한 체펠린 비행선*은 천장으로부터 몇 센티미터 정도 떨어져 매달린 채 미동도 하지 않았다. 물론 바람도 전혀 없었다. 커튼도 두껍게 주름이 진 모양 그대로 딱딱하게 떨어져 내려 있었다.

로드웰도 옆에 있었다. 그의 검은 육체도 더는 지난밤의 불타오르던 부처가 아니었다.

정말 대단한 약물이지 싶었다. 더는 시도해보고 싶지 않았다. 무려 열 시간 동안 환각의 시간을 보내고 나자 완전히 작살난 기분이었다. 그러다 겨우 잠을 잘 수 있었고, 난 아주 깊은 잠에 빠져들었다.

남은 메스칼린 봉지는 어떤 흑인 병사에게 팔았다. 그는 내 앞에서 그걸 마시고 방을 나갔는데, 몇 시간 뒤 다시 돌아와 방문을 두드렸다. 문을 열자 사시나무처럼 몸을 바르르 떨면서 눈물을

---

* 독일의 체펠린 백작이 발명한 경식 비행선으로, 제1차 세계대전 때에는 벨기에와 영국 공습에 활용되었다.

철철 흘리는 그를 볼 수 있었다. 곧바로 의자 위에 픽 쓰러져버린 그는 신음하며 새벽까지 잠을 잤다.

그해 12월 31일의 수입은 천 마르크가 넘었다. 그날 밤엔 단 일 초도 병사가 끊이지 않았던 것 같다. 어떤 술 취한 흑인은 도무지 잠에서 깨어날 줄 몰라 빅마마 셰익스피어가 와서 그 강력한 팔뚝으로 번쩍 안아 가기도 했다. 복도 밖 계단에 정박된 그는 오랜 시간이 지나서야 정신을 차렸다.

한 번도 본 적 없던 젊은 병사 둘이 찾아와 마리화나를 요구하기도 했다. 흑인 한 명과 백인 한 명이었다. 백인이 먼저 입을 열었다.

"문을 잠그십시오. 그리고 물건을 꺼내세요. 다 알고 왔습니다. 물건이 좋으면 700마르크에 사겠습니다. 내 친구가 반을 낼 겁니다."

말을 끝내기가 무섭게 그는 주머니에서 기다란 권총 하나를 꺼내 테이블에 올려놓았다. 나는 총을 못 본 척하고 살짝 미소 지으며 말했다.

"좋아요."

그리고 그들 앞에 마리화나 이파리를 조금 펼쳤다. 그들은 곧 두 대를 말아 피웠다. 백인이 흑인에게 물었다.

"좋은데, 넌 어때?"

흑인이 대답했다.

"나도."

나는 곧바로 우편물용 저울을 가져와 이파리가 들어 있는 작고 불룩한 비닐봉지를 올렸다. 크리스마스 선물로 성냥갑도 두 개 더 얹어주었다. 그러자 권총은 백인의 외투 안으로 쏙 사라졌다. 그들은 각각 350마르크씩 지불하고는 자리에서 일어났다. 그들이 방에서 나가려는 순간, 나는 이러한 질문을 던지지 않을 수 없었다.

"아까 왜 권총을 꺼냈죠?"

백인이 대답했다.

"거래를 할 때의 제 습관입니다. 인생이란 모르는 일이잖아요. 가끔 사람들은 제게 속임수를 썼는데, 총 앞에서는 절대 그런 일이 벌어지지 않더군요. 이해해주셨으면 합니다."

"물론이에요."

그들은 떠나면서 내게 새해 인사를 해주었다.

거의 자정이 다 되었을 무렵, 마지막 흑인이 도착했다. 그는 지금까지도 내가 간직하고 있는 도금된 펜던트, 섬세하게 세공된 구슬이 꿰어진 아름다운 목걸이, 그리고 다양한 모양의 귀걸이들을 가지고 왔다.

그가 사정을 끝냈을 때는 마침 새로운 한 해를 맞이하는 종이 울리기 시작했다.ND 자정 정각이었다. 나는 곧장 창문을 활짝 열었다. 밖은 온통 새하얗게 변해 있었고, 큰길을 따라 늘어진 수많은 파사드 위로 눈송이가 흩날리고 있었다. 나는 흑인을 일으켜 품에 안고 춤을 추었다. 둘 다 맨발에, 옷은 절반만 걸친 채였다. 그의 검고 빛나는 피부에서 나오는 생강향까지 맡게 되자 이 순간이 너무나 가슴 벅차게 다가왔다. 오늘 번 천 마르크까지 합쳐서 이제까지 벌어둔 돈으로 로드웰과 아이들과 함께 한 지붕 아래 살 날이 멀지 않았다는 생각에 심장이 콩닥콩닥 뛰었다. 우리 소유의 아파트에서 함께 살기로 로드웰과도 약속했던 터였다.

나는 기뻐 어쩔 줄 몰라 흑인과 춤을 추었고, 동시에 눈물도 흘렸다. 순간적으로 이런 생각이 머리를 스쳐 지나갔던 것이다.

'모든 게 너무나 아름다워. 하지만 행복이 영원히 지속되지는 않겠지. 이제 곧 불행이 닥칠 거야.'

사실 그땐 행복에 겨운 한 여자의 쓸데없는 망상일 뿐이라고만 여겼다. 정말이지 그 말이 꼭 맞아떨어지게 되리라고는 짐작도 하지 못했다.

1월의 둘째 날. 그날 밤의 일은 피가 뚝뚝 떨어지는 글자로 머릿속 깊이 새겨져 있다. 저녁 여덟 시에 버드랜드에서 로드웰과 만나기로 약속이 되어 있었다. 그러나 아무리 기다려도 그는 오지 않았다. 버드랜드는 평소와 같이 만원이었고, 주방으로 이어지는 통로 쪽에서 한 덩치 큰 흑인이 나와 말하고 싶다는 신호를 보내왔다. 그는 곧 내게 다가와 씨익 웃어 보였다. 두툼한 입술 사이로

금이빨이 번쩍였다.

"로드웰을 찾소?"

"그런데요……."

"그는 오지 않을 거요. 경찰에 잡혀갔으니까. 지금쯤 감방에 들어갔겠군."

"말도 안 돼!"

놀란 내가 비명을 지르자 흑인은 목소리를 한껏 낮춰 이렇게 말했다.

"말이 되오. 브라운과 함께 잡혀 들어갔지."

어느새 내 몸은 딱딱하게 굳어 있었다. 움직일 수도, 소리 지를 수도 없었다. 나는 겨우 힘을 내어 거의 알아들을 수 없을 만큼 희미한 목소리로 아주 빠르게 물었다.

"왜 잡혀간 거죠?"

그가 대답했다.

"마약 때문에."

"얼마 동안이나 있어야 되는 건가요?"

"모르지. 15년? 어쩌면 20년. 죄목에 따라 다를 테니까."

할 말을 다 한 흑인은 등을 돌리고 자리를 떴다.

나는 고개를 들고 상체를 꼿꼿하게 펴보았다. 그리고 생각했다. 방금 일어난 일을 누구도 알아차리게 해서는 안 된다. 나는 확고한 발걸음으로 집시들이 둘러앉은 테이블까지 걸어갔다. 그러던 와중에 흑인 하사들과 같은 테이블에 앉아 있던 빅마마 셰익스피어를 보고는 방긋 미소 지어 보이기까지 했다. 그러고는 두 테이블 멀리 떨어져 있던 소냐에게 몸을 기울여 속삭였다.

"잠깐만 나올래? 중요한 일이야."

그녀는 아무 말 없이 자리에서 일어나 타타에게 신호를 보내고는 그들끼리 집시 말로 몇 마디를 주고받았다. 밖으로 나온 우리는 눈을 맞으며 카페에서 멀리 떨어진 곳까지 나아갔다. 이윽고 눈 속에 멈춰 선 내가 그녀에게 말했다.

"아무도 찾지 못할 은신처 같은 데 알아? 여행가방 하나를 좀 보관해야 하는데, 지금 당장 가면 좋겠어. 로드웰이 잡혔대."

소냐는 아무런 질문도 하지 않았다. 우리는 곧장 버드랜드로 돌아갔다. 그녀에게 집시 말로 이야기를 전해 들은 타타도 즉시 자리에서 일어나 그의 차로 향했다. 우리 셋은 재빠르게 도시를 가로질러 붉은색 대저택에 도착했다. 소냐는 나와 함께 방으로 올라가서 성냥갑, 봉지, 커피 빻는 기계, 우편물용 저울 등을 가방에 꾸리는 것을 도왔다.

우리는 다시 도시를 가로질렀다. 무거운 여행가방 때문에 타타의 낡은 자동차는 땅에 거의 닿을 지경이었다. 이윽고 차가 멈춘 곳은 내가 전혀 모르는 마을이었다. 타타는 어느 오래된 집의 초인종을 눌렀다. 소냐가 말했다.

"여기서라면 가방은 안전할 거야. 우리 친구 집시들의 집이거든.

네가 원하는 기간만큼 오래 가방을 맡아줄 수 있을 거야."

아파트는 아이들과 여자들, 어린 소녀들로 발 디딜 틈이 없었다. 집시들은 우리에게 와인을 대접했으나 나는 한 모금도 마실 수 없었다. 목구멍이 꽉 막힌 듯했기 때문이다. 그래서 서둘러 가방을 어떤 방에 놓아두고, 작별인사를 나누었다. 타타에게는 다시 버드랜드로 데려다 달라고 부탁했다.

그날, 나는 밤새도록 춤을 추고 술을 마셔댔다. 그리고 보름 동안 매일 밤마다 그곳에 갔다. 로드웰을 아는 이들을 지켜보기 위해서였다. 어쩌면 형사일지도 모르는 몇몇 흑인들이 내게 다가와 의미심장한 질문을 던졌지만 나는 아무것도 모르는 척했다. 그리고 오히려 그들에게 농담을 던지거나 아니면 계속 몸을 흔들었다. 그러던 중 새로운 사실을 알게 되었다. 로드웰이 지금 다카우에 있는 군인감옥의 독방에 수용되어 있다는 것. 또한 그는 아무것도 발설하지 않았다는 것. 그를 배신한 건 브라운이었다. 병영에 근무하는 어떤 짭새에게 물건을 팔면서 물건이 어디서 났냐는 질문에 이 머저리가 곧장 짭새를 로드웰의 옷장으로 데려갔던 것이다.

당시 로드웰은 침대에 누워 쉬고 있었다고 한다. 그런데 갑자기 문이 열렸고, 눈을 아래로 내리깐 브라운과 함께 두 명의 짭새가 들어온 것이다. 옷장은 잠겨 있지 않았다. 짭새들은 거기서 빈 성냥갑들을 발견했고, 약물검사를 하기 위해 로드웰의 레인코트 주머니를 면도칼로 잘라 갔다. 그런 다음 브라운과 로드웰을 이송해 갔다. 로드웰은 빵과 물밖에 먹을 것을 주지 않는 캄캄한 지하 독방에 홀로 남았다.

나는 수소문하여 로드웰을 담당한다는 미국 변호사를 알아낸 뒤, 그를 만나러 갔다. 그는 다짜고짜 내게 이렇게 물었다.

"만 달러 있어요?"

내가 대답했다.

"아니요."

그러자 안락의자에 기대어 앉으신 우리 고상한 변호사님께서는 이렇게 대답하셨다.

"정말 유감이군요. 그 돈 없이는 힘겨운 상황에 처한 당신의 애인을 위해 제가 해줄 수 있는 게 별로 없으니까요. 더군다나 그가 다 불어서 빠져나올 가능성은 희박해졌어요."

로드웰이 불었다고? 아니, 그럴 리가 없다. 그건 불가능하다. 아무래도 이 변호사가 착각하는 것이 분명하다. 로드웰은 그럴 사람이 아닌 것이다. 그렇게 생각하면서도 변호사 사무실을 빠져나오는 나는 분노심으로 가득 차 있었다. 큰길을 따라 걸어가는 내내 로드웰에게 온갖 욕설을 퍼부었다.

그러나 역시 오해였다. 나중에 알게 된 사실인데, 그 변호사는 로드웰과 브라운을 착각했던 것이다. 즉, 나를 브라운의 여자친구로 보았다는 말이다. 흥! 고상하신 백인 변호사님의 눈에는 모든 흑인들이 다 똑같이 시커멓기만 하겠지!

나는 좀 더 맞서 싸우고 싶었다. 그를 철창에서 빼내고 싶었다!

그러던 어느 날 나는 타타에게 기름값 20마르크를 주며 다카우의 감옥까지 데려다 달라고 부탁했다. 우리가 길을 나선 때는 안개가 자욱하던 어느 오후였다. 병영에 도착하자 소복하게 눈이 쌓인 진창 속에 주르르 늘어져 있던 을씨년스런 회색 막사들이 눈에 들어왔다. 그 오래된 파사드들은 격심한 돌풍에도 불구하고 죽은 듯이 그 자리에 꾹 박혀 있었다. 또한 어느 곳을 둘러봐도 날카로운 철조망이 과거에 범죄가 일어났던 이 땅을 꽉 물고 있었다. 막사들은 마치 각지게 얼어붙은 잿더미 같았다. 입을 봉한 창문들, 유난히 낮은 지붕들. 소리 없는 눈발은 사살된 유태인들과 집시들의 호흡에 맞춰 흩날리고 있었다. 그 오래된 한숨을 받아 눈송이들끼리 서로 스치고 있었고, 벌판은 끙끙 신음하고 있었다. 이 길고 거무스레한 막사들은 절대로 하얗게 닦아낼 수 없으리라. 한여름의 뜨거운 태양조차도 이곳을 달구진 못하리라.

우리는 어떤 목탑 위에 올려진 아치형 천장 아래를 지났다. 군사 야영지의 입구였다. 나는 두렵지 않았다. 작은 사무실이 일렬로 늘어져 있던 막사 안에서 군복 차림의 엄격해 보이는 미국인들에게 로드웰을 보겠다고 요청했다. 그들은 단지 내 이름만 묻고는 감옥 대기실에서의 짧은 면회를 허락했다.

그와의 재회를 위해 나는 아름답게 꾸미고 왔다. 집시식의 쪽

찐 머리는 니나의 작품이었다. 틀어 올린 머리 끝에는 가짜 다이아몬드가 박힌 귀걸이를 달아서 영롱이는 물방울처럼 반짝이게 했다. 그날 선택한 의상은 큼직한 장밋빛 스웨터와 에메랄드색 라메* 재질의 번쩍거리는 화려한 바지, 그리고 가죽 부츠였다.

집시들은 대기실 출입을 금지하고 있었다. 따라서 내가 텅 빈 사무실에서 비닐이 덧씌워진 좁먹은 소파 위에 앉아 로드웰을 기다리는 동안, 집시들은 차에서 나를 기다려야 했다. 나는 두 손을 꼭 맞잡은 채 철창으로부터 고개를 돌리고 앉아 있었다.

그렇게 얼마쯤 흘렀을까. 돌연 웃음소리가 들려왔다. 고개를 돌려 창밖을 바라보자 새하얀 풍경 속에 로드웰이 지나가고 있었다. 앞으로 모아진 두 손에는 수갑이 채워진 채였다. 한 교도관이 그를 앞장서서 걷고 있었다.

이윽고 그가 대기실에 들어왔다. 아아, 로드웰, 수갑을 차고 있는 로드웰! 당신, 나의 인디언, 나의 왕, 하시시 모험을 함께 한 나의 연인!

쇠사슬에 매인 당신의 비단결 같은 손, 나를 애무하던 그 손이구나! 검은 두 허벅지 사이의 푸르스름한 어둠 속에서 내가 코브라처럼 꼿꼿이 서서 애무했던 사내, 내 입에 체액을 쏟아내었던 그 검은 사내, 바로 당신이 불면증으로 수척해진 얼굴로 죄수복

---

*금, 은 등의 금속실로 짠 직물.

을 입고 있구나!

나는 벌떡 자리에서 일어났다. 로드웰은 교도관에게 날 안아도 되냐고 물었다. 교도관은 고개를 끄덕였다. 우리는 곧장 소파에 앉아 수갑 때문에 고개를 조금 비스듬히 기운 채로 정신이 아득할 정도로 키스를 했다. 감독관은 창밖으로 시선을 고정하고 우리를 못 보는 척했다.

영원히…… 듣고 있니, 로드웰. 난 영원히 당신을 사랑할 거야. 당신과 함께라면 지하 독방에서 20년 동안 철창신세를 지는 것도 행복일 거야.

그러나 우리는 별다른 말을 나눌 수가 없었다. 교도관은 아닌 척하면서도 계속 우리를 감시했기 때문이다. 나는 잔머리를 써서 애무를 하는 것처럼 그에게 꼭 달라붙은 뒤 나지막하면서도 부드러운 속삭임으로 우리의 소식을 전해주었고 또 그의 소식도 물었다.

면회 시간이 끝났다. 교도관은 계속 이 말을 반복했다.

"끝났어요, 시간 다 됐습니다."

억장이 무너져 내리는 키스를 마지막으로 그는 대기실을 떠났다.

창밖으로 고개를 푹 숙인 채 아까와는 반대 방향으로 걸어가는 로드웰이 보였다. 나는 다음 주에도 다시 오리라 생각했다. 그리고 방에 돌아와서는 로드웰이 마지막으로 선물했던 음반을 들었다. 행복의 장갑을 낀 듯한 달콤한 목소리로 노래하는 아름다운 아프리카 여인, 미리암 마케바였다. 그녀는 '사랑은 딸기와 같은 맛이 난다'고 노래하고 있었다.

사랑하는 이가 눈앞에 사라진 나는 위장이 산(酸)으로 타들어가는 것처럼 가슴이 쓰라렸다. 그러나 마냥 슬퍼하고 있을 수만은 없었다. 나 역시 위험했다. 로드웰을 면회한 지 얼마 지나지 않아 유태인 주인의 가정부인 노파가 나를 찾아왔다.

"혼자 있수?"

노파는 매우 불안한 낯빛으로 방 이곳저곳을 샅샅이 들여다보며 발을 들이밀었다. 그리고 내 아이들을 걸고 지금부터 자신이 하는 말을 아무에게도 누설하지 않겠다는 약속을 받아내고 나서야 겨우 침대에 엉덩이를 붙였다.

그녀는 그동안의 종속된 삶 때문에 펠트를 덧씌운 듯 거의 들리지 않게 된 목소리를 한층 더 낮추고는 이렇게 말했다.

"마담이 위험에 처해 있다는 사실을 말해주려고 온 거라우. 그래도 마담은 내게 상냥하게 말도 걸어주고, 병든 내 딸내미를 위해 쓰라며 돈도 쥐어준 유일한 분이니까. 마담도 잘 알지, 얼마나 많은 여편네들이 제 날짜에 집세를 안 내는지. 그녀들은 나를 보면 화만 낸다우. 사장님 역시도 그렇지. 나한테 이곳은 지옥이야. 이곳의 가장 더러운 잡일을 맡아 하는 사람이 나라는 건 아무도 모르지……."

노파의 바싹 마른 낡은 입술에서 새어 나오는 말은 한숨과 다름없었다.

"마담, 제발 조심하시게! 신중해야 한다우. 모든 여자들이 당신에 대해 속닥거리고 있어. 마약을 판다고 말이야. 마담, 세상엔 법이 있다는 걸 아시우. 나는 그 소문을 들은 것만으로도 마담을 신고하지 않은 거에 죄책감을 느끼는구려. 소문이 사실인지 아닌지는 알고 싶지 않아. 그러니까 아무 말 마시우. 하지만 만에 하나, 뭐라도 갖고 있다면 당장 버려. 마담을 생각해서 하는 조언이니까 날 믿고. 마담, 약속한 거지? 자, 이제 나를 보지 못한 걸로 하시우."

나는 그녀를 안심시켰다. 그리고 이번 사건을 일을 그만둘 계기로 받아들였다. 이제 내게 남은 일은 단 하나였다. 도망. 나는 집시들에게 맡겨두었던 여행가방을 다시 챙겼다. 옷장은 또다시 수상쩍은 냄새를 풍겼고 부츠 역시 다시 성냥갑을 삼키게 된 것이다. 어서 빨리 여길 떠야 했다. 예감이 좋지 않았다. 마룻바닥에선 벌써부터 불꽃이 타닥타닥 타오르는 것만 같았다.

돌아오는 일요일, 타타와 소냐에게 예전에 살던 트레일러로 돌아간다고 말할 셈이었다. 그곳에서 나는 훨씬 안전할 것이다. 흑인 친구나 오랜 시간 알아와 신뢰할 수 있는 몇 명만 빼고는 아무도 모르는 곳이있다. 심지어 빅마마 셰익스피어조차도 그곳은 몰랐다.

집시들은 쥐도 새도 모르게 내 침대를 준비해주었고, 짐들의 일부도 미리 옮겨주었다. 이제 일주일 정도만 기다리면 타타가 나를 태워 가기로 되어 있었다. 그러는 사이 의학도이자 나의 흑인 형제인 아지가 찾아왔다. 언젠가 내게 이런 말을 했던 친구이다.

"이제 흰둥이들이랑은 상대하지 마. 너는 우리 족속이니까."

그날은 아프리카에서 구할 수 있는 마약들에 대한 이야기를 하던 때였다.

"어느 날, 아프리카에서 친구들이랑 마리화나를 피웠어. 그리고 차를 몰고 무슨 다리 위를 지나는데, 오 마이 갓! 다리가 갑자기 자동차보다도 좁게 폭이 줄어드는 거야! 너무 놀라서 머리를 쥐어 잡고 꽥꽥 소리를 질렀지."

몸이 가느다랗고 유연했던 아지는 버드랜드 카페에서 한 마리의 검은 뱀처럼 춤을 추었다. 그는 언제나 기상천외한 외투를 걸쳤는데, 그중에서 흰색과 검은색이 섞인 체크무늬 재킷을 입으면 마치 몽상가 흑인 같았다. 그와 나 사이에는 깊은 우정이 자리 잡고 있었다. 로드웰이 잡혀간 뒤로 그는 자주 날 찾아와 함께 시간을 보내주었다. 어느 날 저녁에는 함께 마리화나를 피우고 정신 나간 사람들처럼 끊임없이 웃었더랬다. 도저히 멈출 수가 없었다. 나는 몸을 흐느적거리며 축음기 위에 아마드 자말의 음반을 올렸다.

그때 의자에 앉아 있던 아지는 눈을 감고 조용히 상체를 좌우로 왔다 갔다 했다. 두 입술은 웃다가 그대로 굳어버린 활 모양을 한 채, 거의 움직임 없이.

그날 밤, 레오폴드 거리에 있는 댄스장에서 그는 나를 도와 스틱을 팔았다. 본격적으로 일을 시작하기 전에 아지는 통로에서 한 탐정을 알아보았고, 내가 그의 거동을 살피는 동안 아지는 화장실에 들어가 흑인들에게 스틱을 권했다. 성냥갑이 동나는 즉시 우리는 댄스홀을 빠져나왔다. 한번 연기가 피어오르고 냄새가 퍼지기 시작하면 곧장 들통 나기 십상이기 때문이었다.

그 주의 토요일 아침, 드디어 붉은색 대저택을 떠났다. 빅마마 셰익스피어는 나를 보고 머리를 설레설레 흔들며 말했다.

"대체 어딜 가는지는 몰라도 신께선 네가 후회하지 않길 바라실 거야. 난 언제나 너의 친구로 남아 있어. 그러니까 혹시라도 도움이 필요하면 곧장 이리로 와."

우리는 작별의 포옹을 했다. 나는 나머지 모든 잡동사니와 허벅지 위에 둥글게 웅크려 있던 파티마와 함께 타타의 차를 타고 떠났다.

곳곳에 구멍이 뚫린 트레일러 안에서는 찬바람이 솔솔 불었지만 그럭저럭 살아갈 수 있었다. 소냐는 요리할 때 쓰던 화덕을 트레일러 입구에 놓아주었고, 나는 까끌까끌한 미군용 낙타털 담요와 어느새 솜털이 많이 빠져버린 파란색 중고 침낭을 침대 위에 겹쳐 깔았다. 트레일러의 가장 안쪽엔 옷장을 놓았는데, 그 안의 원피스들 사이에 들어간 생쥐들은 모처럼 즐거운 시간을 보내는 듯했다. 천장을 통해서는 눈이 들어왔다. 어느 날 아침에 눈을 떠 보니 테이블 위는 온통 새하얘졌고, 양동이는 꽁꽁 얼어서 돌덩이처럼 무거워져 있었다.

마리화나가 든 여행가방은 타타와 소냐의 트레일러 아래, 눈 속에 파묻어두었다.

밤이면 나는 집시 야영지를 빠져나왔다. 녹슨 버스들과 화물차들, 러시아 교회, 사람이 사는 깡통집들이며 거기 달린 철판 굴뚝과 가느다란 연기가 새어 나오던 굴뚝의 거무스름한 팔꿈치형 부분, 이 모든 것이 차디찬 안개 속에 꼼짝 없이 얼어붙어 있었다.

나는 구멍 난 부츠를 신고 눈이 수북이 쌓인 큰길을 저벅저벅 걸으며 금지된 구역의 중심으로 향했다. 자동차 한 대가 날 주워갈 때까지. 칠흑 같은 어둠과 혹한 속에서 짭새들에게서 도망칠 수 있도록 매번 부르릉거리는 공범을 만날 수 있었던 건 기적이라 할 수 있었다. 차에 탄 나는 양 어깨의 근육을 뒤로 힘껏 잡아당겼다 이완시키고 안도의 한숨을 내쉬면서 사내의 얼굴을 보기도 전에 이렇게 말했다.

"직진하세요. 큰길을 따라서요."

상황이 험악해지면 언제라도 내려야했지만 인도에서 도망쳐 온 그 몇 분만큼은 꽁꽁 얼어붙은 온몸을 사르르 녹일 수 있었다. 몸에 열이 오름과 동시에 피곤과 졸음도 쏟아져서 그 이후로는 최후의 경계에 다다를 때까지 거의 한 마디도 하지 않았다. 즉, 무거운 정적이 흐르는 눈 덮인 벌판의 출현에 깜짝 놀란 사내가 심히 걱정스러운 얼굴로 고개를 돌려 이렇게 물을 때까지.

"아직 멀었나?"

"아뇨, 거의 다 왔어요. 저희 집이 얼마나 아담한지 곧 보실 거예요. 편안히 계실 수 있답니다."

"아, 그런가."

사내는 다시 안심했다.

이윽고 그 유명한 악취가 콧구멍 속으로 솔솔 들어오기 시작했다. 샤넬 산 정상에서 하강하는 강력한 쓰레기 향이 차창을 통과해 우리의 기관지까지 꽂히는 것이다. 사내는 몇 번 콜록거린 다음 가만히 냄새를 맡아보다가 고개를 들어 이렇게 물었다.

"이게 뭔가? 어디서 오는 냄새야?"

그 와중에도 비릿하며 역겨운 향은 점점 밀도가 높아지고 충만해져서 마침내 우리의 머릿가죽을 침범하여 골 속까지 파고들었다.

"오오, 대체 무슨 냄새야! 끔찍하군! 소름 끼쳐!"

나는 그가 혼자 난리치도록 내버려두고 두 손으로 코와 입을 틀어막고 있었다. 그런 상태로 터져 나오는 웃음까지 삼키자니 도저히 숨을 쉴 수 없었다. 우리의 왼편에 펼쳐져 있던 샤넬 산은 서늘한 달빛 아래 그 난잡한 시체보관소의 위상을 드높이고 있었다.

산의 옆구리에서는 심지어 새하얀 섬광이 너울거렸다. 우리는 한창 진행 중인 부패 속에 푹 잠겨버린 것이다. 말은 목구멍에 딱 걸려버렸고, 생각은 머릿속에서 힘없이 휘청거렸으며, 위는 울렁울렁하다가 결국 무언가를 내보낼 참이었다. 사내는 완전히 구겨진 얼굴을 하고 오로지 한 생각에만 집중해서 울퉁불퉁한 길을 세차게 돌진했다. 가능한 한 빨리 이 가스 중독 지대에서 탈출하기! 나는 그에게 왼쪽으로 가라고 신호를 보냈고 차는 쓰레기산 일대를 따라 토하듯이 달려나갔다. 우리는 미친놈들처럼 맹렬한 눈을 하고 최소한의 공기만 들이마셨다. 정말이지 질식하기 직전이었다!

마침내 산에서 멀찌감치 떨어져 나왔고 사내는 다시 숨을 쉴 수 있었지만, 그는 녹초가 된 얼굴로 헉헉거리기만 할 뿐 아무 말도 하지 못했다. 저기, 눈 덮인 과수원 모퉁이 뒤에 최후의 일격이 자신을 기다리고 있다는 걸 아는 것일까?

그리고 보란 듯이 펼쳐진 집시 야영지의 가난한 풍경이 그를 맞았다. 환상적인 지붕들은 깜깜한 하늘 아래 그 황량한 모습을 드러내고 있었고, 그 위로는 뒤틀어진 판자들이며 배기관들이 달빛을 받으며 솟아 있었다.

"뭐야? 여기가 어딘가? 저기 산다는 거야?"

차는 절망스럽게 전진했다. 사내는 낡은 트레일러들과 유령 같은 버스들, 하얗게 성에가 낀 찌그러진 캠핑카들에서 눈을 떼지 못했다. 그러고는 이토록 아름답게 눈으로 수놓아진 곳에서, 범죄이니 암살이니 하는 추악한 단어들을 내뱉었다.

"여긴 정상적인 장소가 아니잖나! 전과자들의 소굴! 살인자, 도둑놈, 거지들이 모여 사는 곳이라고!"

나는 목소리를 최대한 부드럽게 가다듬고 대답했다.

"저는 작지만 아주 깨끗한 트레일러에서 혼자 살아요. 난로와 좋은 침대가 갖춰져 있고, 따듯한 물도 나온답니다. 우리 둘 다 즐거운 시간을 보낼 수 있을 거예요."

이때 내 손 역시 말을 했는데, 그의 외투 안으로 슬그머니 잠입하여 애교를 떨며 그를 유혹했던 것이다. 사내는 곧 누그러졌다.

"흐음, 좋아. 이미 여기까지 왔으니까 당신을 믿겠어. 당신이 친절해 보여서 마음이 놓이는군. 난, 이런 장소라면, 특히 밤에는 절대 가까이 가지 않는 사람인데 말야. 더러운 인간들이 싫거든. 이런 방식으로 사는 인간들 말야. 뭘 해 먹고사는지는 몰라도 정직하지 못한 일일 게 분명해."

차는 오솔길을 타고 덤불 속으로 내려간 뒤, 아직까지 불이 밝혀져 있던 집시들의 트레일러를 우회했다. 그리고 커버가 씌워져 있던 타타의 차 옆에 멈췄다. 나는 먼저 타타와 소냐의 트레일러에 들렀다. 문까지 올라가는 계단이 얼어붙은 까닭에 바드득 바드득 소리가 났다. 소냐가 내 트레일러 열쇠를 가지고 있었다. 내가 외출해 있는 동안 그녀가 화덕의 불씨를 유지시켜주기 때문이다. 사내는 차 옆에 붙어서 오들오들 떨고 있었다. 어쩌면 잠시 마음이 약해져 이곳까지 따라온 걸 후회하고 있는지도 몰랐다. 나는 그를 오래 기다리게 하지 않았다. 소냐에게서 열쇠를 받아 와 내 트레일러 문을 열자, 달콤한 열기가 우리 두 몸뚱어리를 감싸 안았다. 곧장 양초에 불을 붙였다. 이곳에서는 언제라도 조금씩은 크리스마스 분위기가 났다. 낡고 거무스레한 화덕의 균열 사이로, 바람을 맞아 타닥타닥 불꽃을 튀기며 타오르는 잉걸불이 보였다. 주전자는 가느다란 수증기 줄기를 뿜어내며 나지막이 우리에게 뭐라고 속삭이고 있었다.

사내의 표정이 금방 환해졌다. 그의 시선은 꽃무늬 커튼에서 카키색 이불이 깔린 침대로, 해진 카펫으로, 그리고 플라스틱 대야와 테이블 위에 접혀 있는 잘 세탁된 수건으로 이동했다. 그는 지갑에서 50마르크를 꺼냈다.

일은 빨리 끝내야 했다. 시간이 조금만 흘러도 화덕은 온기를 잃고, 구멍을 통해 솔솔 불어오는 바람이 우리의 등짝을 바짝 얼어붙일 테니까. 나는 대충 서두를 끝냈다. 이미 가볍게 이빨을 부딪치고 있던 남자도 그 이상은 요구하지 않았다. 얼른 두툼한 옷을 껴입고 자동차를 타고 자신의 아파트로 돌아가고 싶은 것이리라. 마누라님께서 솜이 누벼진 폭신한 부부 이불 아래 침대를 땃땃하게 데워놓으셨을 테니.

그해 겨울, 트레일러에 데려왔던 사내 중에 다시 나를 찾은 이는 한 명도 없었다. 매일매일이 첫날밤이었던 것이다. 그중 몇몇은 집시 야영지 안으로 아예 발을 들이지도 않았다. 먼발치에서 야영지의 환상적인 풍경을 목격한 그들은 눈 한가운데 나를 떨어뜨리고는 왔던 길을 되돌아갔다. 그럴 때면 나는 완전히 용기와 기력을 상실해 한동안 다시 도시로 나가지 못했다. 꽁꽁 얼어버린 몸과 영혼을 이끌고 겨우 트레일러까지 돌아와서 고양이와 함께 이불 속으로 깊게 파고들었다. 그리고 고양이와 서로 몸을 맞대어 잔뜩 웅크린 자세로 밤을 보냈다. 머리카락 한 올이나 콧수염 한 가닥도 결코 이불 밖으로 내보내지 않고 말이다. 영하 이십 도를 오가는 날씨는 어찌나 살벌한지, 얼굴을 바깥으로 내놓기라도 하면 콧김이나 입김이 예리한 은빛 얼음으로 변할 정도였다.

실로 트레일러의 밤은 끔찍했다. 바람이 불 때마다 차체가 쿵쾅쿵쾅 요동쳤고, 지붕에 난 구멍을 통해 눈이 밀려들어왔다. 아침이 되면 안이나 밖이나 흰색 천지였고, 유리창 표면에는 온통 반짝이는 이파리 모양의 스테인드글라스가 장식되어 있었다. 자면서도 우리는 오들오들 떨었다.

아침이면 소냐가 와서 화덕에 불씨를 넣어주고, 양동이에 언 얼음을 깨주었다. 나는 이불에서 빠져나오자마자 단숨에 옷 속으로 다이빙한 뒤, 아침식사를 위해 가족 전원이 나를 기다리고 있는 집시들의 트레일러로 향했다. 그곳은 훨씬 따듯하고 좋았다. 도착해서 가장 먼저 하는 일은 소냐가 준비해둔 거대한 물통에 들어가 몸을 씻는 거였다. 처음에 그들이 있는 곳에서 발가벗을 용기가 나지 않아 주저하고 있을 때, 소냐는 이렇게 말했다.

"주저 말고 씻어. 타타는 강제수용소에서 벗은 여자들을 질리도록 봤잖아. 죽은 여자든 산 여자든 말야. 그에겐 너무 익숙한 모습이야."

나는 가장 먼저 유방을, 그리고 그 나머지 부위를 씻었다. 어린 율리시카는 매번 살그머니 옆에 붙어 서서 내게 이런 말을 했다.

"질 닦는 것도 잊지 마!"

그러고는 구멍투성이인 디방 위에서 그 자그마한 맨발을 동동 구르며 까르르 웃어대는 것이다.

목욕이 끝나면 소냐는 집시 스타일의 커피를 따라주었다. 버터 한 조각이 녹아 들어간, 진하디진한 커피였다.

"마시면 좀 나아질 거야."

그런 다음 그녀는 길쭉한 빵 조각에 버터를 발라주었다. 그 집에 식기구라고는 잔 하나와 접시 하나가 전부였지만, 소냐는 내가 가장 먼저 먹고 마시길 바랐다.

"처음으로 먹어야 할 사람은 너야. 아이들은 기다릴 수 있어. 서두르지 마. 우린 시간이 있잖아."

그랬다. 나는 집시 가족의 황홀하리만치 상냥한 손길들 안에서 따듯하게, 마치 공주처럼 그들 사이에 앉아 있었다. 아이들은 반짝반짝 빛나는 눈으로 나를 주시하며, 조용히 아침식사를 기다렸다.

집시들이여! 나는 내가 지난밤 낚아챈 절망스러운 장밋빛 10마르크 지폐가, 너희들을 먹여 살리는 이 빈약한 종잇조각이 부끄러웠다! 대체 무엇으로 당신들의 바다처럼 넓은 마음에 보답을 해야 할까!

야영지에서 물을 구하는 일은 고된 의식과도 같았다. 밤사이 공중 수도꼭지가 꽁꽁 얼어붙기 일쑤였기 때문이다. 물을 나오게 하려면 일단 멋지게 치솟은 얼음탑을 썰어낸 다음, 곡괭이로 남은 조각들을 깨부순 뒤, 수도꼭지 머리에 뜨거운 물을 부어줘야 했다. 아침마다 우리 빈민들은 하나같이 빈 양동이를 들고 길게 줄을 서서 자기 차례가 돌아오기만을 기다렸다.

타타의 경우, 그가 추위를 다스리는 방법은 술이었다. 매일 아침마다 내가 페피와 윌리에게 1마르크를 쥐어주면 타타는 그 거칠고도 그윽한 목소리로 그들에게 소리쳤다.

"슈타인헤거를 사와라! 어서!"

슈타인헤거란 자그마한 초록색 병에 들어 있던 술로, 집시 야영지 내에 위치한 식료품점에서 살 수 있었다. 타타는 이 술을 원샷에 죽 들이켰다. 그러면 그의 뱃속과 불굴의 폐가 뜨겁게 불타오르는 것이다. 그는 이글거리는 눈빛으로 커다랗게 웃음을 터트리며 말했다.

"이게 내 젊음을 유지시켜준다니까!"

술은, 가끔 다카우와 아우슈비츠의 끔찍한 기억들을 그의 목까지 차오르게도 했다. 어느 날 저녁, 니나는 새파랗게 질려서 내 숙소까지 헐레벌떡 달려왔다.

"빨리 좀 와봐! 아빠가 화나서 발작하고 있어. 완전히 미쳐버렸어! 엄마를 막 패고 있다구!"

나는 서둘러서 니나를 따라 작은 사다리를 올랐다. 산산조각 되어버린 식기구와 유리창 한가운데, 시뻘겋게 달아오른 얼굴로 트레일러를 흔들어대는 타타가 보였다. 아이들은 침대 아래에 웅크려 숨어 있었다. 집시들의 샴고양이와 파티마, 검정 강아지는 식탁 아래 둥글게 몸을 말고 있었다.

한편, 소냐는 눈물범벅인 채로 타타와 마주하고 서서 제발 자기를 죽이지 말라고 가녀린 목소리로 애원하고 있었다. 그를 향해 뻗은 두 손에선 피가 뚝뚝 떨어졌다.

그러나 타타는 듣지 않았다. 들을 수 없었다. 증오와 고통, 그리고 술, 이 모든 것에 엉켜들어 잔뜩 취해 있는 것이다. 그는, 소냐가 반은 독일인인 점에 분노하고 있었다.

전쟁에서의 모든 기억이 용암처럼 부글부글 솟아오른 것이다. 수용소, 죽은 아이들, 눈 속에서 얼어터진 피골이 상접한 육체들, 나치가 저지른 수천 가지의 비열한 짓거리……. 그는 폭탄처럼, 대포질 하듯, 식인食人 가마*와도 같이 불꽃을 이글거리며 고통스럽

---

* 나치가 유태인 시체들을 처리하기 위해 강제수용소에 건립했던 화장터를 일컫는다.

게 울부짖었다.

그래, 타타! 당신의 우렁찬 목소리가 절대로 사그라지지 않기를! 당신들이 흘렸던 모든 피가 독일인들 머리 위로 쏟아져 내려 그들을 지글지글 불태우기를!

나는 비명을 지르며 소냐 앞으로 몸을 던졌고, 나 역시 눈물을 흘렸다. 나는 울부짖었다.

"소냐는 내 자매야! 죽이려면 날 먼저 죽여!"

그러자 타타는 최후의 포효를 꾸욱 집어삼키더니 꼼짝 않고 그 자리에 머물렀다. 나는 소냐에게 붕대를 감아주기 위해 그녀를 데려갔다. 깨진 접시 조각의 단면에 팔이 크게 베였다. 피를 닦아내고 그녀의 손을 매만지면서 가슴속에서 경외심 같은 것이 뭉글뭉글 솟아났다. 그 수많은 아이들을 재우고 먹이는 손, 때로는 타타가 무릎을 꿇고 키스를 퍼붓기도 하는 그런 손이었다.

빅마마 셰익스피어에게서 새로운 사실을 알 수 있었다. 내가 붉은색 대저택을 떠난 바로 다음날, 독일인 짭새와 미국인 짭새가 내 방에 들렀단다. 그들은 옷장을 열거나 마룻바닥을 들어올리고 벽까지 구석구석 더듬어보았다고 했다. 그리고 아무것도 발견하지 못하자 이번에는 저택에 사는 모든 여인들에게 나에 대해 물어보았다고 했다. 그러나 내가 어디로 숨었는지 아는 사람은 아무도 없었다. 물론 동물과 아이들로 북적거리는 트레일러 아래 마약이 묻혀 있다는 사실 역시 아무도 알지 못했다.

그러던 어느 오후 그들은 집시 야영지까지 찾아왔다. 다행히도 나는 외출했던 참이었다. 그들을 맞은 건 니나였는데, 그녀는 상냥한 미소까지 지으며 아무렇지 않게 거짓말을 했단다.

"아뇨, 그런 사람 없답니다. 그런 여잔 여기 살지 않아요."

이번에도 그들은 아무 성과 없이 다시 돌아가야 했다. 아마도 병영에 있는 로드웰의 소지품에서 내 사진을 발견해서 찾아온 것이리라.

곧이어 버드랜드, 미용실, 길거리 등 온갖 곳에서 사람들은 목소리를 낮춰 짭새들이 날 찾고 있다고 일러주었다. 고마워, 샤를롯, 지지. 그런데 내가 너희들 말을 듣지 않았지.

로드웰 역시 교도관의 얼빠진 시선을 살피며 내게 애원했다. 내 귀에 키스를 하다가 뜨겁게 숨을 토해내며 이렇게 말했던 것이다.

"다 버려. 트레일러에 아무것도 남기지 마. 이제 미친 짓 그만두라고. 그리고 일을 찾아. 무슨 일이든지 아무거나. 내가 출감하는 대로 우린 결혼하는 거야. 변호사비를 냈어. 미국에서 가족이 돈을 보내줬거든."

아, 그때 그의 말을 들었더라면!

그러나 내 흑인 친구들 몇 명은 아직도 꽁꽁 얼어붙은 발로 도시에서부터 택시를 타고 야영장까지 찾아왔다. 나는 그들은 트레일러에 남겨두고 열쇠로 문을 잠근 다음, 조용히 집시들의 트레일러로 가서 눈을 파내고 여행가방을 꺼냈다. 그리고 딱 그날 피울

만큼만 들고 돌아왔다. 오직 타타와 소냐만이 아는 사실이었다.

한편, 이곳 야영지는 배신과 배반의 화산과도 같았다. 모두가 유다의 후손들인 것이다. 이곳 거주자들은 가능한 한 모든 걸 누구보다 빨리 짭새들에게 일러바칠 수만 있다면 팔과 다리가 부러져도 마다 않는 작자들이었다. 하루라도 경찰용 폭스바겐이 새하얀 눈 속에서 그 음흉한 아우라를 번쩍이지 않는 날이 없었다. 가족들에게 배신당한 가엾은 누군가를 잡아가려고 오는 거였다.

햇볕 좋던 어느 날 오후, 군인 감옥에서 로드웰을 면회한 후에 타타는 나를 다카우로 데려가 미술관으로 변신한 전前 강제수용소의 잔해를 보여주었다. 수용소 입구에는 수로를 따라 좁고 움푹한 길이 이어져 있었다. 타타는 이곳에서 발가벗겨진 수용자들이 눈을 맞으며 이름이 불리기를 기다렸다고 했다.

"맞아, 여기야. 몇 시간이고 서서 기다렸지. 차라리 지금 당장 목숨을 끊어달라고, 죽여달라고 애원하는 자들도 있었어. 굶주리고 빼빼 마른 사람들의 온몸은 그 살벌한 추위 속에서 온통 보랏빛으로 변해 있었어. 몇몇은 그냥 픽 쓰러졌지. 그대로 죽은 거야."

태양 아래 눈부시게 빛나고 있던 눈 쌓인 좁은 길의 한쪽에는 아직까지도 철조망이 굳게 땅에 박혀 있었고, 다른 쪽에 썩은 물이 고여 있는 도랑은 더럽고 오래된 판자때기들로 뒤덮여 있었다.

우리 같은 방문객들은 작은 그룹을 지어 다카우 수용소를 둘러볼 수 있었는데, 어떤 공간에 들어서서는 그 모두가 동시에 입을 딱 다물기도 했다. 그중의 하나가 바로 화장터였다. 그러나 타타는 아주 차분한 몸짓으로 벌겋게 녹슨 소각로를 가리켰고, 입가에 살며시 미소까지 지으며 이렇게 말했다.

"아우슈비츠에서 내 첫 번째 아내와 여덟 아이들을 불태운 것과 똑같은 모양이군그래."

그 말에 대답하는 이는 아무도 없었다. 내 눈에 들어온 철제 아궁이들은 땅바닥에 얼굴을 대고 잔뜩 인상을 찌푸리고 있는 모습이었다. 곧이어 장밋빛의 벽돌로 구축된 가스실 내부로 진입했고, 처형자들이 손톱으로 할퀴어낸 미세한 자국들을 볼 수 있었다. 그들은 이름이나 십자가, 혹은 날짜 등을 새겨두었다. 그들 최후의 흔적이었다. 사방의 벽에서는 먼지가 뒤엉킨 눈물이 줄줄 흘러내리고 있었고, 그 모든 장면을 목격한 장밋빛 벽돌들은 무겁게 침묵을 지키고 있었다.

밖으로 나왔다. 아아, 너무나 파란 하늘! 그래, 하늘은 타타의 강렬하게 반짝이던 눈동자처럼 파랬다.

겨울이 깊어갈수록 밤은 점점 혹독해져서, 나는 결국 집시들의 트레일러로 잠자리를 옮겨야 했다. 축축한 침낭 속에서 니나와 강아지, 두 마리의 고양이와 꼭 달라붙어 잠을 잤다.

나는 다시 도시로 돌아가기로 마음을 굳혔다. 그리고 슈바빙에 방을 하나 빌렸다. 고층 건물의 6층에 자리 잡아 햇빛이 잘 들던 스튜디오로, 낡은 가구들이 충분히 갖춰져 있었고 발코니와 욕실도 딸려 있었다. 안락하고 편안한 숙소임엔 틀림없지만 왠지 나는 알 수 없는 슬픔을 느꼈다. 정체 모를 사람들이 조금 살다 떠나고, 또 조금 살다 떠나기를 반복하는 곳, 영혼이 머무르질 않는 장소이기 때문일까. 현관에 달린 꽃무늬 커튼 뒤에 숨겨져 있던 녹슨 버너는 차갑게 식어버린 요리에서 나는 오래된 악취를 풍기고 있었다.

이곳에 이사 온 뒤로도 밤마다 스카프로 얼굴을 두르고 외출했다. 혹한 때문에 길거리에 사내들은 드물었다. 눈이 내리자 굼떠진 자동차들은 거의 들리지 않을 정도로 나지막이 웅웅거리며, 거인 나라의 과묵한 새들처럼 인도를 스치듯이 달렸다. 차창에 낀 성에 때문에 안에 탄 이는 도무지 볼 수가 없었다.

스페르그렌츠는 황량하기만 했다. 나는 허벅지까지 눈 속에 파묻힌 채로 가로수를 따라 비틀거리며 걸었다. 눈송이들은 세차게 소용돌이치며 소리 없이 내려와 이마와 두 볼과 눈두덩을 칼로 베는 듯이 물어댔다.

마리화나 역시 이사를 갔다. 이번엔 오로지 나만 아는 곳이었다. 욕실 안 세면대가 달린 벽 위쪽에는 손이 닿지 않는 높이에 구멍이 하나 뚫려져 있었다. 그 구멍 속에 마리화나를 넣어두고 철창이 쳐진 벽감을 덮었던 것이다.

나는 의자를 받치고 올라서서 철창문을 연 다음, 건물의 중심부까지 이어지는 관을 따라 못을 몇 개 박았다. 그리고 마리화나

봉지에 미리 엮어둔 끈을 못에 돌돌 말아 고정시킨 뒤, 봉지만 가능한 한 깊이 내려가도록 아래로 떨어뜨렸다. 그러고 나서 철창을 닫으면 감쪽같았다. 혹시라도 위험한 경우에는 언제라도 끈을 잘라 마리화나 봉지를 건물의 뱃속으로 실종시킬 수 있었다.

5달러에 성냥갑 하나를 샀던 흑인 대위가 있었다. 그는 그중 한 대만 말아 피우고는 다시 성냥갑을 내게 내밀었다.

"여기서 좀 보관해주게. 가끔씩 피우러 올 테니. 차 안에 숨기는 건 너무 위험해서."

그리고 다시는 그를 본 적이 없다. 나중에 내가 7개월 동안 철창신세를 지게 한 결정적인 증거물이 바로 이 흑인 대위의 작은 성냥갑이었다.

나를 목 졸라 죽이려던 흑인도 있었다. 버드랜드에서 만난 놈이었는데, 그는 날이 밝자마자 그 커다란 눈알 깊숙이 잔혹한 불씨를 이글거리며 침대에서 일어나지 않겠다고 우겼다. 그러면서 두껍고 시커먼 두 팔로 나를 감싸고 놓아주지 않는 것이었다. 전날 밤과 백팔십도 다른 태도였다. 좋다! 상황이 그러하다면, 나 역시 맞서 싸우리라! 일단 나는 오줌이 마려우니 화장실에 가게 해달라고 생글생글 웃으며 부탁했다. 그는 의심 가득한 눈초리로 한동안 나를 쳐다보다가 결국 두 팔을 풀어주었다.

"흠, 그치만 빨리 끝내. 너무 오래 머물지 말라고."

나는 실오라기 하나 걸치지 않은 몸으로 발딱 일어났다. 그리고 한 손으로 욕실 문에 달린 금속 문고리를 잡아당기면서, 다른 손으로는 잽싸게 문에 걸려 있던 내 옷에서 가죽 허리띠를 뽑아 냈다. 그리고 얼마 후, 긴장으로 온몸을 사시나무처럼 떨면서 다시 방으로 돌아갔다. 등 뒤로 감춘 오른손 안에는 돌돌 말린 허리띠가 들어 있었던 것이다.

침대에는 여전히 흑인이 아무것도 모르고 누워 있었다. 나는 용수철처럼 그 위로 뛰어올라 허리띠를 단숨에 쫙 펴서 그의 목에 감아 X자로 교차시킨 다음, 젖 먹던 힘까지 다해 힘껏 잡아당 겼다.

깜둥이는 너무 놀라 끽 소리도 내지 못하고 역시 내 목을 조르면서 방어했다. 그러나 내가 무릎으로 그의 가슴을 짓누르고 있었기 때문에 아무리 해도 나를 이길 수는 없었다. 나는 온몸의 무게를 실어 더욱 세게 힘을 주었다. 질긴 가죽 허리띠는 그의 목을 제대로 물어 숨통을 꽉 조르고 있었다. 곧 그의 입에서 혀가 빠져나오고 두 눈이 시뻘겋게 달아올랐다. 질식하기 직전이었다. 나는 단숨에 띠를 풀어내고 침대 밑으로 던져버렸다.

그는 일어났다. 그리고 아무 말 없이 옷을 챙겨 입었다. 구두끈을 묶고, 외투를 입고, 떠날 준비가 다 되었을 때 그는 천천히 뒤돌더니 나를 향해 뚜벅뚜벅 걸어왔다. 순간 공중으로 부양하는 두 손, 소름이 끼칠 만큼 잔인한 빛을 발하는 눈동자! 이번엔 내가 함정에 걸려든 것이다! 그가 아직까지도 숨통이 완전히 트이지 않아 탁한 목소리로 들릴 듯 말 듯하게 말했다.

"이제 내가 널 때려 죽일 차례야."

그리고 그 바위 같은 주먹을 내리치려는 찰나였다. 나는 아무 생각 없이, 어쩌면 아주 자연스럽게, 내가 그 순간 할 수 있는 유일한 행동을 했다. 즉, 아주 다정한 미소를 입가에 담으며 그를 올려다본 뒤, 그의 어깨에 손을 얹고 이렇게 말한 것이다.

"이러지 마. 지금 당신에게 유일하게 필요한 건, 사랑이잖아."

그러자 그는 주먹을 거두고는 나를 가슴에 품었다. 바로 그 순간 초인종이 울리지 않았다면, 다음에 일어날 일은 불 보듯 뻔했으리라. 문을 열자 소냐가 나타났다. 흑인은 난처한 동시에 혼란스러워하는 듯했다. 나는 그에게 커피 한 잔을 대접했고, 커피를 다 마신 그는 마침내 자리에서 일어났다. 그 이후로 다시는 그를 보지 못했다.

어느 날 아침 여섯 시, 우리의 빅마마 셰익스피어가 몸소 행차를 했다. 간만의 외출을 위해 무척이나 공들여 치장한 모습이었다. 그 커다란 얼굴에는 밀가루를 뒤집어쓴 듯이 새하얀 분을 두텁게 바르고, 라벤더 꽃이 만발한 보드라운 파란색 양모 원피스를 터질 듯이 조여 입고, 코끼리를 연상시키는 육중한 목덜미 위로 가느다란 금목걸이를 휘두른 그녀는 안락의자로 몸을 던졌다. 곧장 힘겹게 삐그덕거리는 가엾은 나무판자들의 코러스와 함께 그녀가 말했다.

"자기야, 다시 보게 돼서 너무 좋다. 그치만 우리 움막에서 난 요즘 너무 쓸쓸해. 네가 떠난 뒤로 더 이상 괜찮은 사람이 없잖아. 그리고 이제 이런 생활도 진절머리가 나. 매일 밤마다 반복되는 쌈박질에, 지겹게도 찾아오는 짭새들……. 안젤리카는 자기랑 함께 시골에 가서 살재. 잠깐 고민해보긴 했는데, 결국엔 안 가겠다고 했어. 알잖아, 내 나이가 되면 남은 거라곤 자유, 그게 다라는 거."

그 무렵, 탕헤르에서 조의 소식이 날아오기도 했다. 나는 그의 엽서를 읽고 나서 혹시 몰라 재빨리 없애버렸다.

그러던 어느 날, 도시의 지평선 위로 기다리고 기다리던 거대한 태양이 떠올랐다. 로드웰이 출감한 것이다. 아직까지 병영에서 외출 허가를 받지 못한 그는 몰래 나를 보러 왔다. 머리는 삭발되어 있었고, 그의 살갗에서는 여전히 감방의 차가운 시멘트 벽 냄새가 났다. 그는 내 앞에서 어색해했고, 말이 없었다. 하지만 헛된 침묵도 잠시, 우리는 곧 깨달았다. 우리가, 같은 방에, 함께 있다는 걸! 우리는 환희하며 숨이 막히도록 서로를 힘껏 끌어안았다. 그리고 우리는 믿었다. 이제 우리에게 남은 거라곤 오직 행복뿐, 모든 일은 술술 풀려나갈 거라고 말이다.

이닐 밤, 비드렌드에서는 파티가 벌어졌다. 시끌벅적한 소음과 짙은 담배연기 사이로 천장에 달린 화려한 색상의 등잔들이 가볍게 흔들거렸다. 커다란 테이블에는 브라운과 로드웰의 출감을 축하하는 흑인 친구들이 빽빽하게 둘러앉아 있었다. 버드랜드에 이만큼의 진과 코냑이, 이렇게나 푸짐한 먹을거리가 올라왔던 적은 한 번도 없었다. 여기저기서 푹푹 터지는 웃음과 주먹질, 흑인들의 가히 야생적인 환희가 파티의 홍을 돋웠다.

나로 말할 것 같으면, 길쭉한 로드웰의 전신에 착 달라붙은 채 그의 비단 같은 두툼한 입술에 잡아먹히고 그의 단단한 허벅지와 가슴에 녹아들어버렸다. 그렇게 먹고, 마시고, 웃고, 춤을 추었다.

우리의 유다인 브라운은 납작한 코가 달린 그 얼굴에 약간 바보스런 미소를 띠고 나와 로드웰의 맞은편에 앉아 있었다. 그가 악수를 청했을 때 나는 차갑게 거절했다. 로드웰은 우리가 팔던 마리화나 상자와 똑같은 성냥갑을 그에게 내밀고는 새하얀 이를 드러내 씨익 웃어 보이며 빈정대는 태도로 물었다.

"어이, 이거 받으시게. 불이 필요하지 않으신가? 하나 쓰라니까! 무서워하지 말고! 진짜 성냥이 들어 있다고!"

그러자 브라운의 얼굴이 딱딱하게 굳었다. 그는 억지로 살짝 웃어 보였지만 얼마 후 자리에서 일어나 버드랜드를 나갔다.

그날 밤은 일요일이었고, 로드웰과는 수요일에 다시 보기로 약속했다. 결코 지킬 수 없었던 그날의 약속.

로드웰, 지금 벽에 붙은 당신의 사진을 바라보고 있어. 당신의 향기가 기억나. 살갗에서 서서히 풍겨 오던, 야생 바닐라 난초의 냄새. 잃었지, 당신의 새카만 키스들. 이제 더는 할 수 없게 되었어. 새틴처럼 부드러운 광택이 흐르던 그 새카만 몸뚱이, 이마, 난초의 푸르스름한 빛이 돌던 입술…… 모두 잃어버렸어. 허리케인처럼 몰아치던 당신의 웃음, 그보다 강력한 두 허벅지 사이의 돌풍, 감미로운 두 눈, 뇌 속까지 새하얀 마리화나 연기를 들이마셨을 때의 몽롱한 그 얼굴, 그리고 당신의 이름, 로……드……웰. 미국이 전부 삼켜버린 거야. 시카고, 흑인 구역, 가난하고 헐벗은 어느 지하, 희뿌연 안개 그 깊숙한 곳에서.

난 당신을 잃었어.

그랬다. 월요일이었다. 나의 마지막 월요일. 태양은 온통 새하얗게 뒤덮인 뮌헨을 눈부시게 비추고 있었다. 나는 마약으로 꽉 찬 무거운 그물 가방을 쥐고 큰길을 걷고 있었다. 독일인 음악가에게 마지막 남은 마리화나 1킬로그램을 팔러 가는 길이었다. 전과 다름없이 음산한 고층 아파트 지하에 틀어박혀 사는 그 음악가 말이다.

그리고 받은 돈을 맡기기 위해 은행에 갔다. 천 마르크 한 장이었다. 이만한 액수의 지폐를 만져보기는 처음이었다. 나는 이 돈이 내가 로드웰과 결혼하는 그날까지 안전한 곳에서 아무 문제없이 나를 기다려줄 거라고 믿었다.

로드웰이 출감한 뒤로 나는 더는 두려운 게 없었다. 욕실의 은신처에서도 마리화나를 꺼내서 꽃무늬 파우치에 넣고 옷장 안 손이 닿을 수 있는 거리에 놓아두었다. 모로코에 사는 아랍인의 주소를 비롯해 내게서 마리화나를 사는 흑인 대위들과 하사들의 전화번호가 적힌 쪽지는 자그마한 흰색 지갑 안에 두었는데, 이 역시 파우치에 함께 들어 있었다. 이제 내게 남은 마리화나라곤 성냥갑 한 개가 전부였다. 차 안에 숨기는 건 위험하다며 흑인 대위가 맡겨놓았던 것 말이다.

그날 자정, 어떤 흑인이 찾아와 얼마라도 지불할 테니 성냥갑 하나만 팔라고 애원했다. 나는 대답했다.

"일주일 후에 다시 오세요. 새거 준비해놓을게요."

비행기를 타고 탕헤르에 갈 작정이었다. 준비도 완료되어 있었다. 옷장을 씌우는 비닐 커버는 침낭 가방 안에서 마리화나 융단으로 변신하기를 기다리고 있었고, 스코틀랜드식 담요 역시 단단히 말려 침낭 위에 얹혀 있었다. 이날 아침에는 여행사에 비행기 표도 주문해두었다.

화요일, 집시들이 놀러 왔다. 타타는 안락의자에 앉았고, 니나와 소냐는 우유를 데우는 등 아침식사를 준비했다. 나는 파티마의 배변판을 엘리베이터 옆에 위치한 쓰레기 투입구에 버리기 위해 나가려던 참이었다. 소냐가 내게 다가오며 말했다.

"줘, 내가 할게."

"아냐, 내가 갈게. 금방인데, 뭐."

그리고 나는 현관문을 열었다. 그때 나는 앞치마 차림에 굽이 높은 금색 슬리퍼를 신고 있었는데, 내 발에 비해 사이즈가 너무 커서 빨리 걸을 수가 없었다.

한 손에 배변판을 쥐고 복도로 나간 다음, 등 뒤로 다시 문을 닫았다. 그리고 앞으로 걸어나갔다. 쓰레기 투입구에 거의 도착한 순간, 엘리베이터 문이 스르륵 열렸고, 두 남자가 나왔다. 그들은 내게로 다가왔고 그중 한 명이 이렇게 물었다.

"혹시 당신이 레……?"

"그런데요."

그러자 다른 한 명이 신속히 고양이 배변판으로 몸을 기울이며 말했다.

"그 안에 뭐가 들었지?"

즉시 상황이 파악되었다. 그토록 상상했던, 그 상상만으로도 몸서리쳤던 순간이 다가온 것이다. 나는 서둘러 투명인간이 되어야 했다. 아니면 6층 창문에서 뛰어내리거나, 그것도 아니면 냅다 계단을 달려 내려가기라도 해야 했다. 하지만 빌어먹을 슬리퍼 때문에 아무것도 할 수 없었다. 이미 너무 늦었다. 딱 걸려버린 것이다. 나는 아주 차분하게 미소 지으며 이렇게 말했다.

"고양이 화장실이에요. 더러워서 비우려고요."

그러자 그중 한 명이 배변판 안을 뒤지더니 쿵쿵 냄새를 맡았다. 오줌 지린내가 진동하는 통에는 젖은 톱밥들과 노란색 작은 공 모양의 똥이 엉겨 붙어 있었다.

"별거 아니군."

그는 손수 쓰레기 투입구를 열어주었다. 나는 아무 말 없이 이를 악물며 오물을 싸그리 털어냈다. 그들이 내 팔을 잡았다.

"어디가 당신 집이오?"

"저기요."

곧장 그들의 물렁물렁한 몸뚱어리가 내게 달라붙었다. 그들의 숨결이, 내 목덜미로 내리꽂치는 쥐새끼 같은 시선이 느껴졌다. 의심할 여지 없이 그들은 무장한 상태였다. 저렇게 슬슬 웃어 보이는 이유는 바로 그 때문이었다. 겨드랑이 아래나 어딘가에 감춰둔 강철 보호장치의 무게를 느끼면서, 정의의 수호자로서 당연히 거만하고 충분히 잔인할 수 있는 그들이었다.

드디어 현관문 앞에 닿았다. 나는 독일말로 소리 질러야 했다.
"소냐, 문 열어! 나야. 여기 방문객들이 있어!"

아아, 잠시 말을 배워두었더라면! 그러면 모두 다 구할 수 있었을 텐데! 그들이 내 입을 틀어막기 전에 아주 빠르게 이렇게 내뱉었을 텐데!

"당장 옷장으로 가! 파우치를 꺼내서 창밖으로 던져!"

아, 내가 배변판을 비우러 복도에 나가지만 않았어도! 그들이 초인종을 울리는 동안 시간을 벌 수 있었을 텐데! 옷장을 비워내고 완벽히 숨길 수 있었을 텐데! 그러나 난 여기, 바로 현관문 앞에 있었다. 내 자신이 문을 열라고 소리치면서. 그들을 데려온 사람은 나였다. 내가, 내 발로, 짭새들을 집까지 안내해 온 것이다!

이젠 너무 늦었다. 그들은 집 안에 발을 들이밀었고, 벽에 등을 기댄 채 마룻바닥 위에 무겁게 정박해 있었다. 그중 누군가는 그 축축한 입술을 양옆으로 씨익 잡아당겨 보이며 싱거운 목소리로 커다랗게 말했다.

"달콤한 인생도 이제 끝이시네그려!"

그들의 질투가 느껴졌다. 상사들의 비위를 맞춰가며 받는 쥐꼬리만 한 월급을 위해 하루 온종일 딱딱한 사무실 의자에 앉아 기진맥진 헥헥대다가, 집에 와서는 실내화를 꺼 신고 역한 왁스 냄새나 풍기는 차갑고 뚱뚱한 여편네와 텔레비전 앞에 앉아, 맥주잔을 옆에 두고 저녁 시간을 보내는 늙은 머저리들이니 어련할까.

그 목소리는 이번에는 감미로울 만큼 압도적인 어조로 말했다.

"다 알고 왔습니다. 모로코 여행, 마리화나 거래 모두. 당신의 운전수로 일했던 미스터 P가 다 불었습니다."

오, 유다! 쥐새끼 면상의 운전수! 네가 우릴 배신했겠지! 좋다, 다 알고 있다니까 이제부터 난 아무 말도 하지 않겠다. 한 단어도 내뱉지 않겠다. 귀머거리, 백치, 바보처럼 침묵하겠다.

그들이 승리자처럼 수색영장을 내미는 순간, 그 유명한 문장이 내 귀에 내려앉았다.

"당신을 체포합니다."

아, 인생은 아름다워라!

짭새 중 하나는 타타의 차를 수색하기 위해 그와 함께 아파트를 나갔다. 다른 짭새가 소냐를 뒤진 다음 방문 앞에 등을 꼿꼿이 세우고 서서 우리를 바라보는 동안, 소냐와 나는 절망감에 얼룩진 차가운 시선으로 오랫동안 서로를 응시했다. 그녀는 새하얗게 질려 있었다. 단도처럼 시퍼렇게 날 선 생각들이 내 머릿속에서 교차했다. 바로 저기, 바닥에 있는 빈 병으로 이 유유자적하신 돼지의 목덜미를 내려치는 게 어떨까. 아니면 복부에 제대로 한 방 먹이는 거다. 그리고 튀는 거야! 좋아, 계단을 올라오는 다른 짭새도 똑같이 손을 봐주자! 소냐와 타타는 공범이 될 거다!

아니, 더는 아무것도 가능하지 않았다. 그때 누군가 현관문을 두드렸고, 내려갔던 짭새가 벌써 올라온 것이다. 타타의 차에서는 아무것도 찾지 못했단다. 오, 신이시여, 감사합니다. 짭새는 또다시 각지고 둔중한 턱을 아래로 움직이면서 이러한 말을 했다.

"마리화나를 어디에 숨겼는지 말하쇼. 그게 더 빠를 테니."

"무슨 얘기를 하시는지 모르겠군요."

내 대꾸에 한숨을 내쉬며 일에 착수한 그들은 소품 하나하나, 가구 한 점 한 점을 모조리 까뒤집었다. 이불까지도 속을 뜯어내고 나서는 눈발처럼 휘날리는 솜털 무더기 사이에서 기침과 재채기를 멈추지 못했다. 파티마를 허벅지 위에 올려두고 안락의자 위에 앉아 있던 나는 떨지 않으려고 이를 악물었다. 그리고 그들의 움직임을 주시하며 나 혼자 속으로 쇼-프와 놀이*를 했다. '엇, 좀 뜨거운데.' '앗, 차가워.' '엥, 완전 얼어붙었군.' 처음에 그들은 영 진전을 못했다. 그러나 아주 천천히, 그들은 옷장에 가까워졌다.

'맙소사! 이거 불 나겠는데!' 나는 속으로 비명을 지르면서 뼈가 바스러질 듯 두 손을 꾹 움켜쥐었다. 소냐는 나를 보고 상황을 파악한 듯했다. 이젠 어떤 것도, 그 누구도 그들의 두 손이 가는 방향을 바꿀 수 없었다. 다음과 같은 승리의 함성을 막아낼 수도 없

---

* 프랑스 아이들이 즐겨 하는 '쇼-프와chaud-froid 놀이'는 우리나라의 보물찾기와 비슷하다. 즉, 한 사람이 물건을 숨겨놓으면 다른 사람은 그 사람 앞에서 그것을 찾는다. 물건을 숨겨둔 사람은 찾는 사람이 물건에 근접할수록 '쇼(뜨거운)', 물건에서 멀어질수록 '프와(차가운)'를 말해줌으로써 상대방은 물건이 숨겨진 위치와 거리를 상대적으로 파악하여 물건을 찾아낼 수 있다.

었다.

"아하! 여기 내가 찾아낸 것 좀 보쇼!"

마침내 꽃무늬 파우치를 손에 쥔 그들은 혐오스럽다는 듯 인상을 찌푸리며 내게 남아 있던 유일한 성냥갑과 노란 빛깔의 이파리 찌끄러기만이 미세하게 남아 있는 비닐봉지 몇 개를 꺼냈다. 그리고 달러 봉투, 자그마한 붉은색 수첩, 주소가 들어 있는 흰색 지갑까지. 끝났다. 모든 게 그들 손에 있다. 기쁨에 겨워 덩실거리는 그들의 불룩한 배가 눈앞에서 아른거렸다.

짭새들은 곧장 이 비통한 발견물들을 가지고 피라미드를 만들었다. 결코 보고 싶지 않은 장면이었다. 그러나 그들은 이것들을 침대 위에 하나하나 쌓아 비틀거리는 비참한 증거물 더미를 만들었다. 그렇다, 침대 위의 이 보잘것없는 배신자들이 날 감옥에 보내는 것이다. 짭새들은 말했다.

"일단 한동안은 언제 출감할 수 있을지 알 수 없겠구만!"

나는 침대 위에 비뚤비뚤하게 쌓인 그것들을 계속 응시할 뿐이었다…….

그들은 멈추지 않았다. 한 짭새가 뭔가를 더 찾아내보고자 하는 헛된 희망으로 부엌과 현관문의 좁은 통로, 가스난로 등에서 잡동사니가 든 박스와 쌀 봉지, 설탕 봉지, 오트밀 봉지 따위를 싸그리 비워냈다. 나머지 짭새 역시 벽에 고정되어 있던 전축과 스피커 두 개를 뜯어내는 수고를 아끼지 않았다.

한편 나는 침착하게 의자에서 일어났다. 그리고 방을 가로질러 침대에 걸터앉았다. 주위를 둘러보았다. 줄곧 꼼짝 않고 벽을 등지고 서 있던 소냐만 빼면 나를 보는 이는 아무도 없었다. 그녀의 시선은 단 일 초도 나를 놓지 않았다. 나는 재빨리 손을 놀려 주소가 들어 있는 흰 지갑을 낚아챘다. 그들이 아직 열어보지 않은 유일한 것이었다. 나는 걸치고 있던 외투 아래로 그걸 슥 집어넣고, 오른팔로 그 부분을 꾹 눌러 배에서 떨어지지 않도록 했다. 소냐는 눈썹 하나 까딱하지 않았다. 나는 크게 심호흡을 한 뒤, 목에 힘을 주고 우렁차게 말했다. 가슴이 조금 벌렁거리긴 했다.

"아, 왜 이렇게 덥지! 숨이 막히네요! 바람을 좀 쐬어야겠어요!"

전축을 만지고 있던 짭새가 고개를 들었다. 의심스러운 눈초리였지만 아무것도 본 것은 없었다. 나는 왼손만 사용하여 조금 어색하게 부츠를 꺼 신었다. 그리고 침대에서 일어나 약간 비틀거리며 발코니까지 걸어간 뒤, 역시 왼손으로 문을 밀었다. 여전히 오른팔은 복부에 딱 고정되어 있었다.

발코니에 나간 나는 창밖으로 몸을 기울였다. 그리고 번개처럼 빠르게 왼손을 외투 아래로 집어넣어 지갑을 낚아챈 다음 난간 밖으로 던졌다. 그대로 수직 낙하한 지갑은 5층 아래, 유리 처마에 쌓인 눈 속으로 폭 파묻혔다.

순간적으로 짭새가 발코니로 튀어나와 난간 밖으로 몸을 기울여 여기저기 열심히 둘러보았지만, 눈 속에 잠긴 흰색 지갑을 발견할 수는 없었다. 이렇게 우리의 흑인 하사들과 대위들, 그 아랍인은 곤경에서 벗어난 것이다! 그들에게 늘 자유의 축복이 따르기를! 비록 나는 칠흑 같은 어둠 속에 처박힐지라도.

마침내 그들은 일을 마쳤다. 아파트의 모든 것은 낱낱이 분해되고, 벗겨지고, 산산조각이 났다.

"좋아, 이제 가자구."

나는 로드웰과 아이들의 사진 한 장씩과 칫솔을 챙긴 다음, 외투를 걸치고 장갑을 꼈다. 그리고 마지막으로 화장실에 갔다. 문을 잠그고 변기에 앉아 내 마지막 자유의 순간을 만끽했다.

좋다, 이제 준비되었다. 노란 눈동자의 배신녀가 된 나는 후에 다시는 만나지 못한 내 아프리카 고양이 파티마를 꼭 껴안아주었다. 나의 단칸 아파트는 더 이상 존재하지 않는 것과 다름없었다. 현관문이 닫혔고 열쇠는 타타에게 넘겼다. 이제 나는 더 이상 내 집 어느 구석에서도 머물 수 없었다. 짭새들은 한 걸음 한 걸음 내 뒤를 좇았다. 아파트를 빠져나와서는 마지막으로 철창에 가려지지 않은 태양과 새하얀 눈을 보았다. 눈발은 어찌나 우아하게 춤을 추며 떨어지던지!

그리고 짜잔, 초록색 기생충 등장! 내 마지막 여행을 동행할 반짝이는 비퀴벌레였다. 빈틈없이 인도에 주차되어 있던 폭스바겐의 문이 열렸고, 내가 타기를 기다리고 있었다. 짭새는 뒤에서 나를 떠밀었다.

"빨리 타요, 빨리!"

곧 나는 불행의 때가 덕지덕지 낀 뒷좌석에 떨어져버렸고, 모든 것은 더러운 차창 뒤로 사라져갔다.

순간, 멈추지 않는 커다란 비명이 귓고막을 가득 채웠다. 소냐였다. 그녀는 허공에 두 팔을 휘저으며 상을 당한 집시 여인처럼 절규했다. 그녀의 비명은 그 후로, 내가 가는 곳 어디든 나와 함께 했다. 결코 나를 떠나지 않았다. 그것은 내가 당한 모든 괴로움과 고통을 일격에 되갚아주던 그런 비명이었다.

나는 고개를 돌려 그들을 한 번 더 보았다. 타타와 소냐는 큰길의 저 안쪽으로 사라져가고 있었다. 눈물 한 방울 흐르지 않았다. 나는 그렇게 고치 속의 애벌레처럼 불행 속에 자리 잡아가고 있었다. 신문을 위해 힘을 좀 아껴두어야 했다.

아아, 이 도시가 불길에 휩싸인다면! 이 폭스바겐이 담벼락을 받아버린다면! 이 차에 있는 사람이 모조리 급사하여 딱딱하게 굳어버린다면! 나 역시 절단 나서라도 여기서 빠져나갈 수 있다면!

그러나 차는 계속 달렸다. 아무 일도 일어나지 않았다. 저 멀리, 기나긴 담이 끝나는 지점에 철창 쳐진 회색빛 창들과 날카로운 철조망이 모습을 드러내기 시작한 것 말고는.

폭스바겐은 지하실 쪽으로 가파르게 내려가는 안마당을 지난 뒤 차고의 미닫이문 앞에 멈췄다. 거기서 짭새 한 명은 자그마한 전화기를 손에 쥐고 분명한 발음으로 이렇게 말했다.

"상황 종료, 열한 시."

그리고 나는 여기저기 끌려 다니는 소포 신세가 되었다. 엘리베이터 안으로 끌려 갔다가, 복도를 따라 밀려 가다가, 마침내 먼지와 땀 냄새가 뒤엉킨 작은 사무실의 의자 위에 꼼짝없이 정착했다. 앞에는 까탈스러워 보이는 중년의 암컷 하나가 앉아 있었고, 옆 책상에서는 느끼한 불독 한 마리가 몹시 흥분한 눈빛으로 나를 곁눈질하며 혀로 입술을 슥 핥아내고 있었다. 여자가 말했다.

"슈바빙의 밤거리에서 무슨 일을 하죠? 내가 동료를 부르길 바라나요? 그가 본 걸 그대로 증언하기를 바라는 거예요? 그래요?"

우연히도 '동료'는 자리에 없었고 따라서 이 쪼글쪼글한 여편네는 복수심에 차올라 쉼 없이 코를 킁킁거려야 했다. 그녀의 머릿속은 안 봐도 훤히 들여다보였다.

'네 자유의 대가를 치르게 해주마! 우리는 하루 종일 갇혀서 일만 한다고! 곰팡내 나는 사무실에 처박혀 산더미처럼 쌓인 서류 속에서 질식할 지경이야!'

나는 상냥하게, 인내심을 가지고 부인했다. 불독은 손가락 끝으로 마리화나 성냥갑을 살짝 들어 올리고는 일부러 헛기침을 하며 말했다.

"잘 들으시오, 아가씨. 키프^{kif}라고 불리는 마약 5그램이 발견되었소. 비닐봉지에도 의심할 것 없이 같은 물질이 남아 있었고."

그는 내 쪽으로 몸을 돌리며 말을 이었다.

"당신을 위해 경고하는 거요. 입을 열지 않으면 최소 6개월, 미결구금하겠소."

그때 문이 열리고 우리의 운전사, 유다가 등장했다. 난생처음 감방에서 밤을 지새우느라 새하얗게 질린 채 기진맥진한 그 꼴은 마치 병에 걸려 흐물흐물해진 지렁이 같았다. 비굴하게 눈알 굴리는 꼬라지하고는! 경찰의 신문에 그는 땅에 바짝 붙어 기어가는 딱정벌레가 내는 소리보다도 작은 목소리로 대답했다.

"이 여자를 아시오?"

"네."

"증언을 유지합니까?"

"그렇습니다."

나는 아무 말 없이 그에게서 시선을 접었다.

아주 나중에 알게 된 바에 따르면, 그는 여행 내내 내 돈으로 게걸스레 먹어댔으므로 요구할 권리가 전혀 없는 그 지긋지긋한 50마르크를 얻어내겠다는 집요하고 교활한 희망으로 붉은색 대저택을 찾아왔었단다. 그러고는 빅마마 셰익스피어와 다른 여인들에게서 내가 더 이상 그곳에 살지 않는다는 대답과 함께, 경찰이 날 찾고 있다는 소리를 들은 것이다.

그는 곧장 손발이 오그라들면서 패닉 상태에 빠졌다. 너무 무서워 입에 게거품까지 문 이 소심한 양반은 부리나케 경찰서까지 뛰어가 의자 위에 털썩 주저앉아 엉덩이를 꽉 조이고 사실대로 모든 걸 주저리주저리 토해냈다. 그 자신의 체포장과 함께 내 것에도 사인을 했음은 물론이다.

그런 유치하고 하찮은 배신자가 피곤함에 다리를 휘청거리며 그 아름다운 자백을 토해냈던 입을 꾹 다문 채 내 앞에 서 있는 것이다. 짭새들은 그를 다시 데려갔다. 당연하다. 각자 자기 감방에 가는 것이다!

전날 오후, 그의 감동적인 자백이 끝나자마자 경찰들은 이렇게 말했겠지.

"정말 감사합니다."

그러고 나서 또 말했을 테지.

"여기 사인하세요. 종이 아래!"

이런! 그러고는 주먹 하나가 그의 어깨 위를 내리쳤던 게 아닐까. 당연히 공범자도 체포되는 거니까! 고마워, 운전수 아저씨! 일 하나 끝내주게 마무리해주시는군! 자, 제 발로 범죄자가 되신 기분이 어때?

판결 완료, 유죄 선고. 그리고 너도 곰팡이 슨 빵과 소다 수프를 꽤나 오랜 시간 동안 맛볼 수 있겠지. 부디 정의가 너의 더러운 내장들을 빡빡 닦아주기를!

문이 다시 열렸다. 이번엔 나의 사랑스런 집시들이었다. 타타와 니나, 그리고 거대한 종이봉투를 가슴 한가득 품은 소냐! 봉투 안에는 초콜릿이며 과일, 버터, 구운 통닭, 과자가 넘쳐났다. 내 인생 전체를 통틀어 배고프지 않다는 사실이 그때만큼 안타까웠던 적은 없었다. 그러나 당시 위장에는 굵직한 철막대 하나가 콱 박혀 있는 듯해서 물 한 모금 넘길 수 없었다. 결국 다음날 나의 첫 번째 감방을 떠나면서 먹을거리 전부를 감독관들에게 넘겨야 했다.

그러나 종이봉투만은 챙겼기에 내가 머물던 감방 안에는 오랜 시간 그 봉투가 풍기는 좋은 향기로 가득했다. 내 기억 속의 봉투는 항상 감방의 그 자리에 있기에 나는 앞으로도 결코 배고플 일이 없을 것이다. 확신컨대, 천국에서도 천사들이 나를 위해 그 봉투를 보관해주어서 나는 영원토록 그 환상적인 맛을 느낄 수 있을 것이다.

"널 위한 거야. 우리가 준비했어."

그때 내 옆에 선 타타는 내 어깨에 손을 얹고는 쉰 목소리로 말했다.

"내가 얘 애비 되는 사람입니다."

불독 짭새는 그의 여권을 들여다보았다.

"말도 안 돼! 성이 다르잖소!"

타타가 대답했다.

"아니, 내 말이 맞습니다. 언젠가 파리에서 이 아이 엄마를 만나 아주 즐겁게 지내다 온걸요."

불독은 얼빠진 표정으로 입을 다물지 못했다. 철창을 앞에 두고 솟구치는 이러한 사랑을 그는 이해하지 못하는 것이다. 다른 사람 같았으면 나 같은 죄수를 저주하고 부정했을 텐데! 그러나 이 남자, 이 집시 사내는 자신이 나의 아버지라고 말했다! 불독의 정신세계를 뛰어넘는 행동이었던 것이다!

그래, 찾아라! 내 여권을 다 뒤져봐라! 너는 절대 찾아낼 수 없을 것이다. 사랑이 머무는 곳은 거기가 아니기 때문이다. 사랑은 먼 곳에서, 당신의 발이 닿지 않는 곳에서 고동친다! 다카우와 아우슈비츠에서도 살아남는 게 바로 사랑이다! 그리고 사랑은 집시 야영장의 트레일러에서, 오물이 덕지덕지 묻은 발로 걸어다닌다! 너희들의 가스실이나 위선적인 공동체, 기관, 하물며 화장터에서도 사랑을, 집시들의 심장을 파괴할 수는 없다!

한편 니나는 내 귀에 대고 프랑스말로 속삭였다.

"다 말해. 진실을 말해. 비트닉에 대해 말하라구!"

그리고 나를 포옹했다. 그녀의 여린 몸은 바들바들 떨고 있었다. 축축이 젖은 초록색 눈동자, 검은 머리칼, 장밋빛 입술, 열여섯 꽃다운 나이의 그녀는 어찌나 아름답던지! 그녀는 짭새들의 퀴퀴한 사무실을 눈부시게 밝히고 있었다.

"면회 시간이 다 됐습니다. 가족들은 모두 나가주세요!"

나의 집시들은 문밖으로 내쫓겼다 동시에 우리는 이제 다 끝났음을, 오랜 시간 동안 더는 만나지 못할 것임을 짐작했다. 단단히 막힌 사방의 벽이 이미 나를 압도하고 있었고 문은 쿵 하고 굳게 닫혀버렸다. 집시들은 사라지고 여기 없었다.

그 뒤, 한 해가 넘는 시간이 흘렀다. 벽 위로 줄지어진 철창의 그림자, 게르만족 교도관이 녹슨 자물쇠를 만질 때 좁은 방 안에 울리던 열쇠 소리와 쇳소리 모두 기억에서 희미해졌다.

나는 나의 집시들을 다시 보고 싶었다.

누구에게도 말하지 않고, 나와 얼굴이 닮은 믿을 만한 여자에게 여권을 빌려 한 남자와 함께 자동차를 타고 길을 나섰다. 그리고 밤새도록 차를 몰았다. 마침내 국경에 닿았고, 나는 거대한 스카프를 얼굴에 돌돌 만 채 뒷좌석에서 자는 척을 했다. 그러다 우리의 성실한 세관원이 손전등을 비췄을 때 나는 화들짝 깨어나는 얼굴로 안면근육을 좀 일그러뜨리면서 삐뚤어진 입술로 두서없이 뭔가를 중얼거렸다. 나보다 훨씬 젊던 여권 속의 여자와 좀 더 닮아 보이게 하기 위해서였다. 세관원은 한동안 나와 여권 사진을 열심히 번갈아 보았다. 나는 그 모양 그대로 숨죽이고 있었다. 미세한 움직임이나, 짧은 숨소리에도 들통 날 게 뻔했기 때문이다. 이미 눈동자 색깔부터가 달랐다. 내가 갈색인 반면, 그녀는 초록색이었다. 그러나 세관원은 만족스런 얼굴로 내게 여권을 돌려주었고, 우리는 독일로 진입할 수 있었다. 그날 이후로 내게 금지되어버린 국가, 동틀 녘이면 어찌나 위협적인 빛을 발하는지 어디에도 내가 모습을 드러낼 수 없는 그곳에 말이다.

김진명 베스트 컬렉션
Best Collection

김진명 소설을 읽기 전과 후,
당신은 분명 다른 사람입니다

〈최후의 경전〉과 〈1026〉은 제목을 바꿀 만큼 손을 많이 봤다.
다시 쓰는 것은 오히려 어렵더라. 기존에 썼던 걸 함부로 빼버리면
내 작품을 내가 부정해버리는 꼴이 되니까. 어느 부분을
어느 정도까지 고치느냐에 대한 판단과 평가의 시간이 길었다.
— 교보문고 인터뷰 중에서

www.saeumbook.co.kr
전화 02-394-1037 팩스 02-394-1029

잔인하게 슬픈, 그러나 아름다운……
100년의 시차로 벌어진 명성황후 시해사건과 황태자비 납치사건

가부키 관람 도중 일본의 황태자비가 납치된다. 경악하는 일본 열도, 누가 감히 일본의 황실을 모욕한단 말인가? 범인의 요구는 뜻밖에도 한성공사관발 문서 한 장. 황태자비의 목숨이 경각에 달려 있음에도 문서의 존재조차 완강히 부인하는 일본 정부. 과연 문서가 담고 있는 내용이 무엇이란 말인가?

"이 소설을 읽기 전까지 나는 왜 사람들이 김진명에 열광하는지 알지 못했다."

황태자비는 트렁크 안에서 무수한 상념에 시달렸다. 그러나 트렁크가 열리는 순간 자신은 황실의 위엄을 지켜야만 한다고 생각했다. 그리고 지금 이 순간 황실의 위엄을 지킬 수 있는 길은 범인에게 어떤 요구도 하지 않고 오직 침묵하는 것이라고 판단했다. 이런 상황에서는 어떤 말도 범인에게는 애원쯤으로밖에 들리지 않을 것이었다. 황태자비인 자신이 누군가에게, 그것도 자신을 납치한 범인에게 애원을 한다는 것은 견딜 수 없이 모욕적인 일이었다. 트렁크가 열린 후 황태자비는 몸을 일으키려고 했으나 다리에 힘이 들어가지 않았다. 무디고 저린 통증만 느껴질 뿐 도저히 일어날 수 없었다. 황태자비는 자신이 마치 한 마리 벌레처럼 비참한 모습으로 노출되어 있다는 생각에 혀라도 깨물고 싶은 심정이었다. (본문 중에서)

하드커버 | 476쪽 | 정가 13,800원 | 〈황태자비 납치사건 1,2〉 개정판

최후의 경전

경이로운 수의 비밀을 풀다
인류를 구원할 최후의 지혜를 찾아라!

1달러 속 13계단과 요한묵시록 144, 그리고 12, 72, 108…… 놀라운 숫자들의 수수께끼가 흥미진진하게 펼쳐진다. 자본으로 세계를 지배하려는 비밀결사 모임인 프리메이슨. 그들의 지도자인 전시안은 지구의 물리적 변화에 대해 연구하면서 신비의 경전을 찾기 위해 은둔한 채 세상 밖으로 나오지 않고 있다. 카발라와 짝이 된다는 경전, 성경에 그 열쇠가 있다는 신비의 경전. 과연, 그 경전은 무엇이고, 어떤 내용을 담고 있는 것인가?

"김진명을 읽지 않고 현대 소설을 말하는 것은 우스운 일이다.
댄 브라운도 김진명 소설을 읽고 쓰는 것은 아닐까?"

「이 세상에는 아주 특징적인 수들이 있소. 예를 들면 72나 108 같은 것들이오. 이런 수들은 분명히 지구상의 어떤 비밀들을 담고 있소. 그리고 그 비밀들은 이미 아득한 옛날로부터 어떤 현인들에 의해 전승되어오고 있는 것들이오」
인서는 호기심이 일었다. 아득한 옛날 인류가 어떤 비밀을 알아내고는 그것을 수에 담아두다니, 놀라지 않을 수 없었다.
「그런데 그 비밀들을 왜 하필 수에 담아두었을까요? 글자에 남겨두었으면 훨씬 이해하기가 쉬울 텐데」
나딘은 고개를 가로저었다.
「그 반대요. 글자는 유한하지만 수는 무한하오. 수라는 것은 우주의 글자인 셈이오. 고고학적 발굴에 의존해온 인류의 역사 해석은 오류투성이요. 그러니 발굴 하나에 의해 역사가 뒤집히고 교과서 내용이 바뀌어버리는 거요. 그러나 수는 그렇지 않소. 나는 숱한 서적을 읽고 이 세상 곳곳을 다니면서 이 지구상에는 어떤 수들이 어떤 곳에서 어떤 의미로 존재하고 있는가를 연구했다오」 (본문 중에서)

하드커버 ∎ 384쪽 ∎ 정가 13,800원 ∎ 〈코리아닷컴 1,2〉 개정판

한국 현대사의 가장 미스터리한 하루, 10월 26일

박정희와 김대중, 두 죽음 사이
대통령들의 죽음, 배후는 누구인가?

박근혜를 사랑했던 한 정보원의 죽음, 그것은 끝이 아닌 시작이었다! 보스턴의 천재 변호사 이경훈에게 걸려온 죽음을 앞둔 퇴역 첩보원의 전화 한 통. '10·26의 비밀'이라는 첩보원의 마지막 유언을 듣게 된 이경훈은 한국 현대사의 가장 미스터리한 하루 10월 26일의 진실을 파헤치기 시작한다.

"《무궁화꽃이 피었습니다》 속편이다.
진실을 쫓는 김진명의 집요함에 소름이 돋는다."

「김재규 부장과 나는 수십 번이나 도상 훈련을 했소. 만약의 경우…… 만약의 경우에 대한민국을 장악하려면 무엇을 어떻게 해야 하는가를 말이오」
「만약의 경우라면……?」
「말 그대로 만약의 경우였소. 우리는 이미 전쟁이 아닌 상태에서 한국을 장악하기 위해서는 어떻게 해야 할지, 열두 시간 이내에 신병을 확보해야 할 사람들의 거처와 움직임 따위를 철저하게 파악하고 있었소. 모두 합쳐 백 명이 좀 안 되었지. 무슨 뜻인지 알겠소? 그들만 연행하면 대한민국은 한동안 공백 상태가 되고 마는 거였소. 누가 무슨 짓을 해도 나설 사람이 없었다는 거지.」
「그러나 대중(大衆)이 있지 않습니까?」
「대중? 김대중은 있을지 몰라도 그냥 대중은 없는 거요. 대중이란 늘 선전과 공작에 이용당하는 존재들 아니오. 그들이 도대체 무엇을 할 수 있겠소?」
(본문 중에서)

하드커버 | 472쪽 | 정가 13,800원 | 〈한반도1,2〉 개정판

우리나라는 왜 대한민국일까?
벼락같이 던져진 대한민국 국호 韓의 비밀

천년의 금서

핵융합 발전의 획기적인 발전을 주도했던 ETER의 물리학자 이정서는 대통령의 초청으로 프랑스에서 귀국한다. 그는 대통령 초청 만찬에서 공적을 치하 받지만 기쁨도 잠시, 며칠 후 친구의 충격적인 죽음을 접하게 된다. 경찰 수사에서 친구의 죽음은 자살로 판정되지만 정서는 의구심을 떨치지 못한다. 정서는 사건을 파고들다 다른 친구인 한은원 교수까지 실종되었다는 사실을 알게 된다. 이러한 사건의 미궁 한가운데엔 대韓민국이 있다.

"이것은 위험한 책이다.
〈무궁화꽃이 피었습니다〉는 예고편에 불과했다!"

우리나라는 새로운 국명을 지을 때 화려한 과거를 계승하려 했다. 고려는 고구려를 계승한다는 의미로 지어졌고 조선은 과거의 조선 즉, 고조선을 잇겠다는 뜻이었다. 지금은 고조선이 무척 왜소하게 그려져 있지만 이성계가 조선을 건국하던 당시까지는 고조선이 대단한 나라였다는 증거가 있었기 때문이다. 고려의 국명이 고구려를 따고 조선의 국명이 고조선을 따듯, 대한민국이라는 국호를 지을 때 한(韓)을 택한 건 한이라는 글자에 과거의 화려한 영광이 담겨 있기 때문이 아닐까 생각해볼 필요가 있다. 우리 역사에 한이 처음 등장한 것은 물론 한반도 남부에 있었다는 마한, 진한, 변한의 삼한이다. 그러나 당시 두만강 압록강을 국경으로 두고 있던 조선이 고작 한반도 남부에 움츠리고 있던 삼한을 잇고자 대한제국이라고 국호를 지었을까? 특히 당시는 외압을 떨치고 조선의 기개를 펴겠다는 웅혼한 기상에서 국명을 바꾸었는데 말이다. 어쩌면 삼한은 그전에 이미 한이라는 뿌리를 가지고 있었던 게 아닐까? 그리고 그 한은 한반도에 갇힌 조선이 본받고 싶었던 강력하고 거대한 나라가 아닐까? 아니, 분명 그럴 것이다. (본문 중에서)

하드커버 | 327쪽 | 정가 10,800원

일본 역사 교과서 왜곡의 음모를 파헤친다
사라진 호태왕비의 글자는 동(東)이었다

일본의 한 시골 마을에 의문의 살인사건이 발생한다. 피살자는 비문에 관한 서적들을 가득 소유한 여든이 넘은 노인. 현장에는 아무런 단서도 남아 있지 않고, 없어진 것이라고는 책 뒤에 붙어 있던 종이 한 장뿐이다. 도대체 이토록 대담하고 정교하게 살인을 저지른 범인은 누구이고, 범인이 가져간 종이는 무엇일까? 사건의 중심엔 '왜가 백제와 신라·가야를 신민으로 삼았다'는 조작된 '임나일본부'가 있다.

"대한민국을 지키는 국보급 소설이다. 김진명 최고의 소설이다!"

이 세 사람 간에는 어떤 상관관계가 있지 않을까. 일본 역사에 빛나는 자료를 갖고 왔으면서도 철저히 은폐되어야 했던 인물. 마찬가지로 그 허구성을 알고도 자신의 이름으로 발표하지 못했던 에이지. 그리고 참모본부의 촉탁으로 호태왕비에 대해 쓴 겐지. 잠시 눈을 감고 생각에 잠긴 상훈에게 참모본부라는 단어가 범상치 않은 의미로 부각되어왔다. 에이지 살인사건은 어쩐지 육군참모본부와 떼려야 뗄 수 없는 관계가 있는 것 같았다. 지금까지 알게 된 사실을 연결해볼 때 에이지나 가토가 참모본부에 근무했었음이 틀림없다는 확신이 생긴 상훈은 더욱 흥분되는 가슴을 가라앉히고 자료를 살폈다.(본문 중에서)

하드커버 | 전2권 | 각권 375쪽 내외 | 각권 11,800원 | 〈가즈오의 나라 1,2〉 개정판

무궁화 꽃이 피었습니다

대한민국 최고의 베스트셀러
6백만 독자를 감동시킨 핵폭탄 같은 소설

우리나라가 독자적인 핵을 가져야만 한다고 생각한 박정희 대통령과 핵물리학자 이용후. 두 사람의 만남과 의문의 죽음을 흥미진진하게 밝혀낸 소설. 독자적인 핵을 갖고자 했던 박정희의 집념과 한 천재 물리학자의 조국애가 빚어낸 한반도의 운명은 어떻게 될 것인가?

"이 책을 읽기 전과 읽은 뒤의 내 삶은
무엇인가 바뀌어져 있었다."

「어떤 소문인데?」
「미국에 있던 한국인 핵물리학자가 다리뼈 속에 원자탄 설계도를 감춰서는 한국으로 왔다는 거야」
「뭐? 뼛속에 설계도를 감춰?」
「그리고는 박대통령에게 주고 바로 돌아갔다는 거야」
과학기술처에 출입하는 동료기자의 전화는 허황되기 짝이 없었지만 순범은 한귀로 넘겨버릴 수 없었다. 뭔가가 찡하고 가슴에 울려오는 것을 느낄 수 있었다.
소문과 이용후 사이에 무슨 관계가 있을 것만 같은 예감이 머리를 무겁게 파고들자 순범의 가슴이 두근거렸다. 자리에서 일어나 창가로 다가간 순범은 자신도 모르게 나직이 신음소리를 냈다.
「음…… 핵개발. 재미 물리학자 이용후」

순범은 이제껏 누구도 추적하지 못했던 엄청난 사건에 자신이 빨려들어가고 있는 것을 느꼈다. (본문 중에서)

하드커버 | 전2권
각권 485쪽 내외 | 각권 13,800원
〈무궁화꽃이 피었습니다 1,2,3〉 개정판

대한민국 주식시장을 지켜라, 역사의 주술을 풀어라!
최고의 펀드매니저도 경악한 베스트셀러

일본 동양문화연구소의 슈퍼컴퓨터가 선택적 장애를 일으킨다. 긴급 투입된 세계 최고의 프로그래머 기미히토 교수. 교황청에 파티마 제3의 예언 공개를 촉구하며 하이재킹의 배후로 지목된 초인 사도광탄. 한국 주식시장을 붕괴시키려는 라이언펀드에 맞서는 소녀 해커 수아. 국적도 생각도 다른 천재들이 뭉쳤다. 대한민국의 과거, 현재 그리고 미래는?

"김진명을 읽는 것은 대한민국을 읽는 것이다. 누구도 흉내낼 수 없는 예지와 통찰력, 시간이 흘러도 그의 소설이 읽히는 까닭이다."

조 교수의 시선이 닿는 곳에서 사도광탄은 조용히 고개를 끄덕이고 있었다. 의외의 질문이었다. 함흥차사라면 어린아이도 다 아는 얘기였다. 조선 개국 초기 왕자의 난 직후 태조 이성계가 이방원의 꼴이 보기 싫어 함흥으로 가버렸으며 자신을 찾아오는 사신들을 활을 쏴서 죽이곤 했다는 이야긴데, 거의 정사에 가까운 비중을 가지고 있는 야담이었다. 사학과 교수인 자신이지만 따로 생각해보거나 한 적은 없었기에 사도광탄의 물음은 생소하게 느껴졌다. 「함흥차사란 이태조가 함흥으로 찾아오는 사신들을 죽였다는 얘긴데, 그것이 이태조 자신의 죽음과 무슨 관계가 있소?」 「관계가 있어요. 함흥차사는 이태조의 억울한 죽음을 말해주는 열쇠기든요.」 「설명을 해보시오.」 조 교수의 목소리는 여전히 냉랭했다. 「이태조가 억울한 죽음을 당했다는 생각이 들면 해원굿을 도와주실 건가요?」 (본문 중에서)

하드커버 | 전2권 | 각권 344쪽 | 각권 11,800원 | 〈하늘이여 땅이여 1,2〉 개정판

병영들, 눈으로 뒤덮인 적막하고 거대한 담벼락들도 다시 볼 수 있었다.

무미건조한 파사드를 내세우고 있는 HLM 앞에 차를 세웠다. 소냐가 공장에서 일하기 시작한 뒤로 집시들은 그들의 트레일러를 팔고 도시에서 살았다. 쓰레기산이며 아침마다 꽁꽁 얼어붙던 수도꼭지, 낡은 버스와 캠핑카들 위로 치솟은 굴뚝의 배기관 숲에서 빠져나와 발코니와 욕실이 딸린 아파트 3층에서 따듯하게 지내고 있었다.

초인종을 누르자 소냐가 문을 열었다. 그녀는 날카로운 비명을 토해냈다. 곧 집시 아이들이 우르르 달려나와 내 팔다리에 주렁주렁 매달리며 기쁨의 함성을 질러댔다. 그들은 서로 나를 안겠다고, 먼저 가슴에 나를 품겠다고 현관에서 아우성이었다. 우리는 모두 눈물을 흘리고 있었다.

아, 집시들이여!

방에 들어온 나는 곧장 테이블 앞에 앉혀져 질문과 키스, 애무 세례를 받았다. 타타는 내가 좋아하는 피망고추 초절임 한 병을 자랑스럽게 들이밀었다. 나를 위해 일부러 가족들 몰래 부엌 찬장에 숨겨두었던 그가 이젠 보란 듯이 딸들에게 병을 가져오라 시켜서 내 앞에서 그걸 직접 개봉한 것이다. 그리고 한 접시 거하게 담아서 삶은 계란과 돼지비곗살, 와인, 맥주, 큼직한 빵조각, 과자와 함께 대접해주었다. 그날 나는 먹을거리에 파묻혀 밤새도록 허우

적거렸다.

그들의 집에 가구라고는 거의 없었는데, 방 한구석에 자리 잡은 요람이 눈에 띄었다. 소냐가 임신을 한 것이다. 타타와 소냐는 여자아이를 낳으면 나와 똑같은 이름을 지어줄 거라고 했다. 만약 이번에 사내아이가 태어나면 둘째, 셋째까지만 더 시도해보고 이후에는 아이 낳기를 그만둘 거라고 했다. 소냐가 너무 힘들 테니까 말이다. 그래도 내게 대녀代女를 주고자 하는 희망으로 오랫동안 노력해볼 거라고 했다.

빈 방에 장난감은 없었지만 낡은 옷가지들을 가지고 노는 어린아이들의 손에 의해 환상적인 세계가 창조되어 있었다. 부엌은 여자아이들이 하도 열심히 문질러 닦은 덕에 바닥, 가구, 그릇들 할 것 없이 모두 다이아몬드처럼 반짝반짝 빛나고 있었다.

그날 밤, 나는 거실에 놓인 디방에서 잠을 잤다. 밤새 타타는 기침을 조금 했다. 그러나 행복하고 힘에 찬 기침이었다. 몸을 따듯하게 유지할 수 있고, 배고플 때마다 음식을 먹을 수 있는 사내의 기침 말이다.

이튿날 아침, 나는 그곳을 떠났다. 경찰이 찾아올까 두려웠던 것이다. 뮌헨은 언제라도 날 삼켜버릴 수 있는 무지막지한 상어 아가리와도 같았으니까. 나는 그곳에서 영원히 추방당한 존재였던 것이다.

집시들의 집까지 동행해준 친구와 차를 타고 돌아가다가 유다

자식이 우리 몰래 거래를 하던 바 앞을 지날 때였다. 잠깐이라도 그 안에 들어가보고 싶은 욕망을 잠재울 수 없었다. 단 몇 초만이라도 말이다. 스카프로 얼굴을 둘둘 감았으니 나를 알아보는 사람은 아무도 없을 터였다. 마침내 나는 차에서 내려 아주 자연스러운 동작으로 문을 열고 바 안으로 발을 들이밀었다. 바는 새롭게 단장되어 있었다. 그러나 나는 불행히도, 역시 새롭게 만들어진 계단을 보지 못하고 발을 헛디뎌버렸다. 비밀 입장은 완전히 실패! 나는 조르르 앉아 있던 사람들 발을 따라 길게 나자빠졌다. 스카프가 다 헤쳐졌음은 물론, 그 모든 사람들의 시선을 한 몸에 받으며 웃음거리가 되고 말았다. 나는 사람들이 날 알아보기 전에 허겁지겁 핸드백과 스카프, 검정 선글라스를 챙겨서 도망치듯 바를 빠져나왔다.

이때 누군가 날 본 것이 분명하다. 왜냐하면 벌써 그 이튿날 이른 아침에 비밀경찰 두 명이 집시들의 아파트까지 와서 나에 대해 물었다는 소식을 들었기 때문이다. 우리의 멋진 소냐는 그들이 집을 뒤지도록 그냥 내버려두었다고 했다. 내가 이미 그들의 사정거리 밖으로 멀리 떨어져 독일의 꽁꽁 얼어붙은 고속도로 위를 달리고 있다는 걸 잘 알고 있었기 때문이다.

그리고 7년 후, 나는 다시 한 번 독일을 찾았다. 이번엔 기차를 타고서였다. 그때 나는 몸에 꼭 맞는 흰색 외투를 걸치고, 몹시 우아하게 머리를 쪽 쪄 올리는 등 무슨 부르주아 댁의 마담처럼 일

등석에 혼자 앉아 있었다. 그러나 세관원 앞에서는 역시 고양이 앞의 쥐처럼 바짝 졸아들 수밖에 없었다.

그 유명한 판둥스부흐(저주받은 이들의 이름이 알파벳순으로 나열된 자그마한 초록색 책자)*를 겨드랑이에 낀 독일인 세관원이 열차 칸을 지나 내게로 오고 있었다. 그러나 다행히도 그는 무릎에 책 한 권을 올려두고 평화롭게 앉아 있다가 매력적인 미소와 함께 가장 프랑스인다운 프랑스말을 구사하며 여권을 내어주는 나를 보고는 그것을 펴볼 생각조차 하지 못했다. 지금까지도 그는 바로 코앞에 추방자가 있었다고, 그만큼이나 독일어를 유창하게 구사하는 전직 수감자를 만났다고는 결코 의심하지 못하리라.

그리고 열흘 동안 나는 집시들의 집에 숨어 살았다. 타타는 내가 아파트 발코니에서 잠깐 바람만 쐬어도 주의를 줬다.

"너무 오래 있지는 마라. 이웃들이 알아보니까."

어엿한 아가씨가 된 에미와 율리시카는 마치 공주님들처럼 그 검은 머리를 허리께까지 길게 땋아 내렸다. 유겐트암트에 의해 어린 시절 내내 시설에 갇혀 있었던 맏딸 조세핀도 이제는 가족들과 함께 살고 있었다. 조세핀은 소냐와 함께 아침 다섯 시부터 공장에서 날품팔이로 일했다. 그동안 에미와 율리시카는 나와 함께 시간을 보내면서 다섯 동생을 돌보았다.

---

* Fahndungsbuch. 일종의 위험인물 리스트.

집시들은 파티를 준비하고 있었다. 다음날이 타타의 생일이기도 했던 것이다. 햇볕이 환히 비추던 발코니에는 닭 한 마리가 큼직큼직한 마늘쪽들과 함께 기름으로 가득한 냄비 속에 푹 잠겨 있었고, 건들건들하던 낡은 냉동실은 맥주며 시골풍 샴페인, '프랑스식' 진짜 레드 와인으로 남는 공간이 없었다. 그중 적포도주는 특히나 나를 위해 마련된 것으로, 그 집엔 냉장실이 없기에 꽁꽁 얼려두어야 했음에도 불구하고 그 환상적인 향과 맛은 조금도 떨어지지 않았다.

파티는 이튿날 이른 아침부터 시작되었다. 내가 잠에서 깨어나자마자 집시들은 내게 일본식의 목욕가운을 입혀서 곧바로 커다란 가족 소파로 이동시켰고, 각종 산해진미와 맥주, 화이트 와인, 카페오레 등을 코앞에 들이밀었다.

방의 한구석에 자리 잡은 유아용 침대 안에는 축소판 '푸른 눈의 니나'와도 같은 갓난아기 니누시카가 까르르 기분 좋은 비명을 내지르며 장난감을 가지고 놀고 있었다. 금발의 이 아기는 장밋빛이 도는 진주색 피부와 마루인형처럼 가느다란 손을 가지고 있었다. 조세핀과 그녀의 사라진 남자친구 사이에서 태어난 딸이었다. 집시 가족들은 하루 종일 돌아가며 아기에게 키스 세례를 퍼부었고 그 천사 같은 얼굴과 오동통한 맨 엉덩이, 말랑말랑한 보조개 위에 얼굴을 비볐다.

초록 눈의 진짜 니나는, 그녀의 '프랑스인' 아들을 데리고 사라져버렸다고 했다. 격분한 타타가 총을 들고 독일 전체를 뒤져보았지만 결국 찾아내지 못했단다.

본격적인 파티 시간이 다가오면서 아파트에 초인종이 울리기 시작했다. 심장이 멎는 것만 같았다. 경찰이 찾아와 그날처럼 나를 체포하고, 또다시 감옥에 처넣을 것만 같았기 때문이다. 결과적으로 벨은 백 번도 넘게 울렸는데, 한 스무 번째부터는 나도 지쳐서 벌벌 떠는 짓도 다 그만둬버렸다.

마침내 집시 부족이 모조리 타타의 아파트에 정박했다. 새카만 머리칼에 눈에선 불길이 활활 타오르던 거무스름한 피부의 사내들과 푸른 계통의 새틴 혹은 실크 치마를 길게 늘어뜨리고 금 장신구를 주렁주렁 단 여인들과 어린 아가씨들이 모였다. 포동포동 살찐 아이들은 아파트 전체를 횡단하며 비명 지르고 마룻바닥 위를 데굴데굴 구르고 전투를 벌이는 등 몹시 생동감 있고 활기에 넘쳐 있었다.

발코니에는 술 궤짝이 가득했고 방 안에는 꺼내놓은 맥주와 샴페인이 철철 넘쳐흘렀다. 너무 낡아서 쉰 소리를 내던 축음기는 그래도 멈추지 않고 쉼 없이 돌고 돌았다. 방 한구석에 세워져 있는 서랍장 위로는 십자가들과 상아 재질의 일본 여신상 사이로 양초 여러 개가 타오르고 있었다. 죽은 이들의 영혼을 기리기 위해 묘지에서 사용하는 자그마한 빨간색 성체불도 함께 볼 수 있었다. 어느 봄날의 밤, 병영과 아주 가까운 곳에서 우유통을 들고 가다가 트럭에 치였던 페피가 무덤 속 꽃무더기 아래 곤히 잠들어 있음을 떠올리게 하는 성체불이었다.

타타는 웃고, 고함 지르고, 춤추고, 추억을 불러일으키는 힘찬 체코 노래들을 부르면서 밤새도록 집시들과 잔을 부딪쳤다.

한편 달빛이 은은하게 비추던 발코니에서는 집시 왕의 친아들이 나를 가슴에 품고, 자신과 함께 떠나자고 애원하고 있었다. 그러나 그는 유부남이었다. 그의 부인이 만약 이 사실을 알면 내 가죽을 벗겨내버리리라! 또한 내가 타타의 딸인 만큼 그에게도 큰 불명예로 남을 것이었다.

그럼에도 나는 왕자와 함께 비어 있던 방으로 몰래 잠입했다. 코가 비뚤어지도록 마셨음에도 나의 급작스런 실종을 단번에 눈치 챈 타타는 이 방 저 방을 샅샅이 뒤지다가 결국 나를 찾아냈다. 벼락처럼 떨어지는 타타의 욕지거리가 이어졌다. 집시 왕자는 곧 내게서 떼어져서 문밖으로 휙 내던져졌고, 나는 방에 가두어졌다. 이튿날 눈을 떠보니 나는 완전히 옷을 갖춰 입은 채였고, 내 옆으로 세탁물과 신발 따위가 쌓여서 만들어놓은 산 중턱에 한 여인이 검은 머리칼을 풀어헤치고 쿨쿨 자고 있었다. 그곳은 에미의 방이었던 것이다.

타타에게 여러 번 애원한 끝에 겨우 도시를 산책할 수 있었다. 물론 혼자는 아니었다. 수호천사처럼 에미가 옆구리에 딱 달라붙어 있었다. 우리에게 허락된 시간은 단 한 시간뿐이었다.

두근거리는 심장을 주체하지 못하며 슈바빙 거리에 올랐다. 그리고 길고 긴 큰길을 따라 붉은색 대저택까지 걸었다. 집은 마치 자석처럼 내 몸을 끌어당기고 있었다.

그런데 집은 예전의 그 모습이 아니었다. 쓰러져가는 낡은 선박 대신 그 자리에는 아무런 특징 없는 저택 한 채가 우뚝 서 있었다. 흠집 하나 없는 반들반들한 새 문짝 사이로는 아무것도 엿볼 수 없었고, 인도 위에서 비틀거리는 흑인이나 독일인도 없었다. 계단도 깨끗했다. 안으로 들어가기 위해서는 초인종을 누른 다음, 어떤 네모난 장치에 얼굴을 대고 자신의 도착을 알려야 했다.

이제 이 구식 건물은 쌀쌀맞은 부르주아 분위기를 풍기고 있었고, 이는 큰길의 다른 어떤 건물과 조금도 다를 바가 없었다. 그럼에도 이 집이 예전의 붉은색 대저택이라고 믿게 해주는 유일한 징표는, 건물 바로 앞에 주차된 녹색 폭스바겐 옆에서 보초를 서는 유니폼 차림의 짭새 두 명이었다.

잔디가 깔린 큰길 위로 사람들이 북적거리는 카페의 테라스를 따라서도 경찰이 쫙 깔려 있었다. 그들은 하나같이 총집에 손을 얹은 채, 천천히 달리는 폭스바겐의 보호를 받으며 무리지어 이동했다. 그들과 같은 거리에서 누더기를 걸친 수많은 부랑자들이 햇볕을 쬐고 뒹굴면서 마약에서 깨어나려 하고 있었는데, 그런 모습이 철통같은 감시를 설명해주고 있는 듯했다.

나와 에미는 예전에 조가 자주 드나들던, 예술가들이 모이는 작은 카페의 테라스에 자리를 잡고 앉아 코카콜라를 사 마시는 대담한 행동을 감행했다. 짭새들은 코앞에 있었다. 두 무릎이 바들바들 떨며 서로 맞부딪혔고 심장이 어찌나 격렬하게 뛰던지 목구멍까지 얼얼할 지경이었다. 버드랜드로 이동하고 싶었으나 이미 너무 늦은 시각이었다.

버스를 타고 집시들의 아파트로 돌아오면서는 참으로 유감스러운 광경을 보았다. 내가 그토록 좋아했던, 형형색색의 등불이 달린 병영 근처의 오래된 바가 사라지고 없었던 것이다. 대신 그곳에는 나무판자와 고철 더미로 뒤덮인 삭막한 공터만이 남아 있었다. 나라에서 모두 철거한 것이다. 흑인들과 음악과 춤은 온데간데없이 사라지고 온통 공장 뒷마당이나 창고 혹은 산업 쓰레기뿐이었다.

나는 다시 한 번 타타에게 집시 야영장에 데려다 달라고 부탁했다. 그러나 정작 야영장에 도착해서는 가능한 한 머리를 깊게 처박고 뒷좌석에 쭈그려 앉아 있어야 했다. 차에서 내리는 건 물론이거니와 창밖으로 머리나 손을 내밀 수도 없었다. 타타는 말했다.

"여기 여자들은 널 보자마자 경찰에 일러바칠 거야."

차는 천천히 야영지를 돌았다. 나는 갯벌의 게처럼 두 눈만 빠끔히 내놓고 트레일러와 낡은 버스들, 다양한 모양의 작은 십자가와 표지판으로 뒤덮인 러시아 교회를 다시 보았다. 가슴이 벅차

올랐다. 빅마마 셰익스피어도 이곳으로 스며들어 낡은 트레일러에서 혼자 어렵게 살고 있다고 했다. 먹고살기 위해 '정직한' 일을 하면서 말이다. 그러나 아주 가끔 사람들 몰래 '그 일'을 하기도 한단다. 그럴 땐 독일인 한 명당 50마르크를 받는다고 했다. 흑인은 더 이상 이 지역에서 볼 수 없었다.

언뜻 보기에 루시는 대머리가 돼서 가발을 쓰고 다니는 것 같았다. 붉은 머리의 마리아는, 그녀에게 절식을 강요하고 그녀를 이슬람교로 개종시킨 아주 못된 터키인과 동거하고 있었다.

이제 타타는 눈처럼 새하얀 색상에, 라디오까지 달린 아주 멋들어진 새 차를 몰고 다녔다. 뮌헨의 어느 도로를 달리던 그는 돌연 흘러나오는 폭스트롯 음악에 핸들을 놓았다. 그러고는 그 황홀한 저음의 쉰 목소리로 노래를 따라 부르면서 앉은 채로 춤을 추기 시작했다. 나를 지그시 바라보는 그의 눈에는 눈물이 그렁그렁했다.

"행복하구나."

그래요, 타타. 계속 노래 불러요! 우리들의 낡은 고통이 싹 꺼질 수 있도록!

아아, 집시들이여! 당신들은 진정 생생히 살아 있습니다!

언젠가 우리 모두 한자리에 모이는 그날, 파티는 영원히 끝나지 않을 것이다.

후기

　도망치는 파리아들처럼, 납치해낸 나의 아이들과 독일을 떠나온 지 이제 30년이 지났다.

　더는 내게 흑인 애인도 없고, 아이들은 모두 어른이 되었다. 나의 집시 아버지, 유목민 야영지에 살던 훌륭한 타타는 사랑과 고통과 술에 절어 세상을 떠났다.

　나는 아무것도 잊지 않았다. 두려움, 주먹질, 흑인들, 음악, 춤, 감옥의 차디찬 벽…… 이 모든 것들은 내 영혼과 살가죽에 단단히 들러붙어 그대로 생생하게 살아 있다. 내가 사랑하는 이들과 나를 영원토록 이어주는, 눈에 보이지는 않지만 가슴속 깊이 새겨진 유대감처럼.

　시간은 물 흐르듯 흘렀다. 시간에 씻겨 둥글게 다듬어진 그 수많은 순간은 기억 속에 온전히 남아 있다.

　오늘날 나는 또 다른 거리에서, 그 언젠가처럼, 거의 모두가 이방인으로 살아가는 고독한 남자들을 맞는다. 그들은 캄캄한 밤에 내 방을 찾아와 문을 두드리고, 안식을 찾은 마음으로 은밀하게 다시 떠난다.

나는 숨지 않는다. 시대가 변했고 우리는 반란을 일으켰다. 그래야 했다. 가면을 쓰거나 혹은 그대로 얼굴을 드러낸 수천 명의 여인들은 어둠 속에서 빠져나와 세상에 맞서 말하고, 글을 쓰고, 서로 결속하여 그녀들의 진실과 그녀들이 처한 진상을 밝혔다. 이를 들은 사람들은 그녀들을 탄압하고, 인정하려 하지 않았다. 그들은 이 여인들의 입을 다물게 하고자 했으나, 그녀들의 목소리가 훨씬 우렁찼다. 사람들은 거북하게도 그녀들과 마주해야 했고, 그녀들이 존재한다는 사실을 받아들여야 했다. 그녀들은 어둠 속 바퀴벌레처럼 짓밟혀서는 안 되었다.

때는 지금으로부터 15년 전, 파리 몽파르나스에 자리 잡은 한 예배당에서였다. 버림받은 자매들과 나는 혁명을 시작했다. 그리고 그날 이후 단 한순간도, 나는 그녀들을 떠나지 않았다. 혁명이 우리를 품었다. 우리가 눈을 감는 최후의 순간까지도 혁명은 우릴 놓아주지 않을 것이다. 혁명은 세계 전체를 감싸 안았다.

어떤 경우에도 절대로, 더는 누구도 우리의 아이들을 빼앗을 수 없을 것이다. 우리도 더는 비참하게 학대받고, 쫓겨 다니고, 감금당하고, 타인의 손에 죽지 않을 것이다. 더는 우리의 애인들을 감옥에 처넣지 못할 것이다. 행복감과 승리감에 취한 우리가 피 흘리지 않고 맨발로 걸을 수 있는 비단 융단처럼, 우리 앞에 존경이 펼쳐질 것이다.

바로 그날을 위해 우리는 지쳐 쓰러질 때까지 맞설 것이다. 늘

그래왔듯이 돈을 내야 할지라도, 우리의 피와 하나뿐인 목숨을 담보로 번 그것을 또 지불해야 할지라도, 세상에 맞서 투쟁할 것이다. 사람들이 우리에게 취하는 그 돈은 매우 고되게 일해서 번 돈이다. 아니, 일 그 이상의 희생으로 번 돈이다.

자유는 돈으로 살 수 없다. 이 사실을 뼈저리게 안다는 점이 우리의 힘이고 희망이다.

만약 그래야 한다면 우리는 늑대의 발걸음으로, 또는 호랑이나 새의 발걸음으로, 불가능하다고 여겨지는 모험을 시도할 것이고, 마침내 우리만의 공간을 구해낼 것이다.

상처의 연고이자 사막의 오아시스인 우리,

기분 좋은 향을 풍기고 반짝반짝 빛나는 우리,

적나라하게 노출된 동시에 온통 상처투성이인 우리,

여자이자 마법사인, 사내들의 욕망의 대상이자 인간의 감각을 다루는 요정인 우리들의 권리를.

1975년 6월 초, 파리 몽파르나스의 생베르나르 성당에는 몸은 연약하지만 정신만은 굳건한 오백 명의 여인들이 모였다. 그중 몇몇은 말하거나 소리를 지를 힘조차 없었다. 그녀들을 맞은 목사들은 성모마리아와 성인들의 조각상을 두터운 천으로 덮어버렸다. 넷째 날 밤, 경찰들은 그녀들을 곤봉으로 후려치며 바깥으로 내쫓아버렸다.

우리는 굴복하지 않을 것이다. 투쟁은 바다를 가로지르고, 신문과 텔레비전 화면을 불태우고, 차가운 벽을 부술 것이다. 결코, 우리는 더 이상 사냥꾼에 쫓기는 짐승들처럼 거리를 걷지 않을 것이며, 자동차든 그 어디에서든 우리를 강간하도록 내버려두지 않을 것이다.

수많은 친구들이 사라졌다. 외로움 때문에, 퍼주기만 하고 한 번도 받지 못한 사랑 때문에 세상을 떠났다. 그녀들을 기억하면서, 사람들의 평범한 일상과 불신이 어떻게 그녀들을 죽였는지 말해야 할 것이다. 아름답고, 관대하고, 재주와 수수께끼로 가득 찬 그녀들을 절실히 필요로 하던 이들이 분명히 존재했다. 그들은 그녀들의 다정한 미소와 부드러운 애무, 무한한 참을성과 지식과 능력에 목말라했다.

그럼에도 그녀들의 영결식에는 아무도 오지 않았다. 몇몇 친구들과 우리, 잃어버린 자매들만이 영원히 잊혀져갈 그 차가운 몸뚱어리 앞에서 꼼짝 않고 눈물을 흘렸을 뿐이다. 자신들을 더듬던 수천 개의 손에서 그녀들은 그렇게, 영원히 몸을 숨겼다.

찬란한 꽃들 아래, 이토록 조용할 수 있을까. 오래된 기도를 올린다. 너무 살아버린 삶을 가로지르면서, 오르간 음악과 향 내음이 자아내는 어린 시절이 그녀들에게서 우리에게로 거슬러 올라왔다.

완전한 석방이다! 마침내 그녀들은 너무 고단했던 세상에서 빠져나가 더는 고통 받지 않으리라.

평화롭게 잠드세요, 지친 별들이여.

1989년 8월 24일
제네바에서

부록

매춘은 혁명적인 행위이다

만남, 결별, 적대, 얼굴 없이 맞댄 몸과 몸…… 아무 데도 없는 장소, 모호하며 알 수 없는 이곳. 여기서 우리는 현실을 초월하는 동시에 그것에 부인당한다.

나는 육체가 돈을 벌어다 주는 잔혹한 연금술을 다시 발견했다.

나는 남자를 공격한다. 그를 분해해서, 그의 구조를 적나라하게 드러낸 다음, 그의 비밀스런 선로들과 불안한 톱니바퀴들을 윤이 나도록 문지른다.

매춘 — 혁명

나는 하녀의 가면을 쓴다. 나의 알몸은 공략이 불가능한 빛나는 갑옷이다. 아무에게도 강간당하지 않고, 빼앗기지 않고, 굴복하지 않는다. 내가 **받아들이는** 것이다.

어둠 속에서 무력하고 늙은 마귀들이 다가오면 나는 그들의 창자를 파헤치고, 근육을 팽창시키고, 숨을 헐떡이게 한다. 나의 애무를 받은 그들은 펄쩍 도약하고, 히이잉 말 울음소리를 내며 은은한 광택이 도는 황량한 액체를 뿜어낸다. 그것은 그들의 페니스 아래로 물결치며 흘러내린다.

나는 꿈꾸고 있는가? 아니, 현재를 사는가?

나는 과거로 무장되었다. 등에는 이미 안장마냥 미래가 얹혀져 있고…….

별안간 나의 자유가 나의 손안에서 폭발한다. 돈으로 가득 차 무거운 수류탄처럼.

아아, 남자, 남자, 남자들! 길거리에서 나를 추적하는 당신들…….

나는 당신들의 욕망에 맞춰 여러 존재가 될 수 있다. 꿈꾸는 소녀 혹은 길거리 여자 혹은 성녀. 당신의 돈을 쥐는 그녀는 내가 아니라 나의 분신이다. 나의 진짜 정체성은 당신이 도저히 찾을 수 없을 만큼 깊은 곳에 있으니까…….

나는 천 겹의 살갗 아래 숨어 있다. 그 마지막 살갗은 눈에 보이지도 않고 온전히 나에게만 속해 있기에 당신은 결코 나를 발가벗기지 못할 것이다. 나를 감싸고 있는 모든 살갗은 하나같이 소중하고, 가치 있고, 예민하고, 달콤하고, 눈부시다. 따라서 나는 대체물 없이는 단 한 겹의 살갗도 제거하지 않는다. 단지 허물을 벗을 뿐. 나는 뱀이다. 절대로 닳지 않고, 비참해지지 않는 여자이다.

나는 창녀다

당신은 고귀한 열매가 되어 나의 두 손 안에서 부드럽게 미끄러진다.

그렇다, 우리는 **창녀들**이다.

우리의 육체는 당신의 악기이다.

성기란 경이로운 기관이다. 그것은 자연과 일치되어 삶과 죽음을 동시에 바라보고 있다.

정신적으로 억압되고 무모한 자들이 문명이란 걸 이루면서 세상에 병, 독, 악, 집착이 생겨났다.

'타락'

스스로에 대한 금욕이 이 모든 타락의 원인이라는 걸 모르는 천치들! 성수로 그 고귀한 궁둥이를 살균하신 기독교인들! 정말 구역질이 난다!

나로 말할 것 같으면, 늘 난잡한 길거리 위에 올라 쾌락을 찾는

다. 약혼, 결혼, 믿음 따위의 기반이 되는 낡은 금기인 '순결'에서 심신을 해방시키며, 바로 이것이 **혁명적 행위**임을 의식한다. (순결? 대체 무엇에게, 누구에게 순결해야 한단 말인가? 잘 교육받은 쓰레기들에게?)

나는 나 스스로에게 주문한다. **살아라**, 그리고 죽여라.
우리 창녀들은 당신들 체제에 조종되기를 거부한다. 인도 위에서, 경찰서에서, 쇠창살 안에서, 정부의 각 부처, 대학, 병원, 모든 곳에서 우리는 혁명을 할 것이다. 낡고 정형화된 당신들의 모든 구속 체제를 들쑤셔놓을 것이다.
우리에게로 오는, 성경에서 말하듯 '피곤하고 지친' 모든 자들, 즉, 우리가 자살과 고독에서 구해내는 자들, 우리의 유방과 질 속에서 스스로를 되찾는 자들, 가벼워진 고환과 뜨겁게 달궈진 심장으로 가정에 되돌아가는 바로 그 자들이 우릴 괴롭히고, 비난하고, 부정하고, 세금을 매기고, 바가지를 씌우고, 억누르고, 맘대로 우리의 아이들을 고아원에 집어넣고, 우리가 사랑하는 남자들을 감금하는 짓거리를 그만두도록—
우리가 아름답고, 가치 있고, 바람직하며, 유능하다는 걸 인정하도록—
또한, 수천만 사내들의 발기와 사정을 담당하는 이가 바로 우리이고, 그렇게 엉덩이와 뇌에 땀을 흘려가며 번 돈은 우리 소유이며, 그럴 만한 자격이 있다는 사실 역시 받아들이도록—

고대 시인들이 여왕을 찬양하고 노래한 것처럼, 당신들도 우릴 명예롭게 여기고 존경하도록—

각자 자기에게 맞는 자리가 있는 것이다.

공장에는 노동자가 있고, 가정에는 주부가 있으며, 길거리에는 창녀가 있다. 보석처럼 밤을 반짝반짝 빛내는 그녀들이 있다.

우리는 **사랑**을 다루는 위대한 예술가일 뿐이다. 결코 그 누구에게도 해를 끼치지 않는다.

만약 우리에게서 그런 것을 그토록 강렬히 원하는 것이라면, 우리는 당신네들이 끊임없이 저지르는 살인적 착취를 다시 문제 삼지 않을 수 없다.

우리는 전쟁을 거부한다.

우리가 지향하는 것은 **사랑**이다.

공장, 회사, 결혼, 사장, 국가에 종속되기를 거부하는 우리는 어떠한 금지와 박해에도 **자유롭다**. 여기 혹은 다른 어딘가에 존재할 자유, 그 어느 곳에도 존재하지 않을 자유가 있는 것이다. 또한 육체의 자유, 금전적 자유, 시간과 공간의 자유, 표현과 혁명의 자유가 있다.

나는 **몸을 판다**—

현재와 미래의 자유를 위해—

내 인생이 어느 순간 황홀한 광채를 발하며 펑 하고 터져버리도록—

당신의 속박, 계략, 협박, 계약, 동정 따윈 바라지 않는다.

다만, 내가 원할 때 깨어나고 잠들 수 있기를 바란다.

내가 원할 때, 당신을 발기시키고 싶다.

내가 원할 때, 당신을 사정시키고 싶다.

내가 원할 때, 당신이 오르가슴을 느끼게 하고 싶다.

그러면 당신은 돈을 지불하겠지.

내가 제공하는 쾌락은 아주 비싼 것이다. 나는 당신의 창녀이자 당신의 주인이다.

당신은 내 하인이겠지.

나는 주장한다. 나의 매춘 행위는, 당신들의 법과 감옥, 요양원, 학교, 군대에 좀 더 효과적으로 침 뱉기 위한 일종의 **범죄**임을.

화학 가공되고 전자화된 당신들의 수음 도구와 무기, 제복, 컴퓨터 위에도…… 퉤!

1977년 5월 22일
제네바의 길거리에서, 그리젤리디스 레알
(1977년 Marge지 13호에 실린 글)